셜록홈즈

프리미엄 단편 콜렉션

3

vol.
3

셜록홈즈

프리미엄 단편 콜렉션

아서 코난 도일 지음

파주Books

셜록 홈즈의 마지막 인사

셜록 홈즈의 사건부

마음으로 읽는 것이 일반 소설이라고 한다면, 머리로 읽는 것이 추리소설이라고 할 수 있을 것이다. 추리 소설을 읽는 동안 머리는 끊임없이 회전을 하며 긴장감을 늦추지 않는다. 사건을 풀어 보기 위해서 한 글자 한 글자, 한 장면 한 장면 놓치지 않고 모든 것을 사건과 연관 지어 생각하려 한다. 다시 앞 장을 뒤적이며 내용을 확인하기도 하고, 읽어 나가면서 끊임없이 생각을 바꾸기도 한다. 소설 속 탐정과 함께, 혹은 그보다 앞서 문제를 풀어 보려고 노력한다. 물론 이도 허구 속 내용으로 뛰어든다는 점에서는 일반 소설과 다를 바가 없지만, 그것을 받아들이는 주체인 '나'의 마음가짐은 사뭇 다르다. 추리소설을 읽을 때는 모든 내용을 그대로 수용하지 않는다. 때로는 등장인물의 대사나 행동을 의심하기도 하고 분석하기도 한다. 소설에서 묘사된 배경을 차가운 시선으로 바라보며 어떤 실마리를 찾으려 한다. 즉 소설을 읽는 나는 지금 내가 있는 자리에서 소설을 객관적으로 바라본다. 소설 속 이야기와는 한 걸음 떨어진 곳에서 그것들을 조망하고 종합한다. 바로 이것이 추리소설이 주는 재미다. 나도 탐정이 되기는 하지만, 소설 속 탐정과 나를 동일시하지는 않는다. 나는 사건을 푸는 또 다른 탐정인 것이다.

셜록 홈즈는 사건을 접하는 순간 대부분의 문제를 풀어 버린다. 독자로서는 도저히 따라잡을 수 없는 전지전능함을 지녔다. 독자 탐정이 사건을 파악하기도 전부터 홈즈는 어떤 결론을 내린다. 하지만 그것으로 끝이 아니다. 홈즈는 자신의 결론을 사실에 의거해 증명한다.

바로 여기에 홈즈를 읽는 재미가 있는 것이다. 그는 결코 '느낌'으로 움직이지 않는다. 독자는 홈즈가 자신의 결론을 증명해 가는 과정을 따라가며 그의 추리를 추리할 수밖에 없다. 그리고 고개를 끄덕인다. 그 과정은 대부분 홈즈의 동료인 왓슨 박사에게 설명하는 식으로 이루어진다.

홈즈는 아주 사소한 것들을 통해서 사건을 풀어 간다. 발자국, 담뱃재, 필적 등 사건 현장에 널려 있는 모든 것이 그에게는 단서가 된다. 사전 지식이 전혀 없는 우리는 홈즈처럼 사건을 풀어내지 못한다. 하지만 후에 그가 들려주는 말을 들으면 나도 할 수 있을 것 같다는 막연한 생각을 갖게 된다. 그리고 사물을 보는 눈이 달라진다. 논리적으로 생각하려 하고, 관찰적인 시선으로 사물을 바라보려 한다. 늘 수동적으로만 사물을 받아들이던 우리가 능동적으로 사물을 바라보고 생각하게 되는 것이다.

재미라는 부분 외에 홈즈 시리즈가 독자에게 주는 가장 커다란 선물은, 바로 이 논리적 사고와 관찰적 시선일 것이다. 그리고 홈즈가 출간되었을 당시 선풍적인 인기를 얻었던 것도 바로 그런 이유에서였을 것이다. 다른 소설과는 달리 홈즈 시리즈에 통쾌함이라는 면은 부족하다. 그럼에도 그렇게 선풍적인 인기를 누릴 수 있었던 것은, 역시 누구나 고개를 끄덕이게 하는 논리적인 부분과 나도 할 수 있을 것 같다며 사물을 유심히 관찰하게 만드는 힘 때문이 아닐까 생각한다.

홈즈 자신도 그런 논리적인 사고와 관찰적인 시선을 일상생활에 도입하면 도움이 될 것이라고 말한다.

홈즈를 읽으며 얻은 논리적인 사고가 얼마나 우리의 실생활에 도움을 줄 수 있을지는 몰라도, 우리에게 머리를 쓰게 하고 논리적으로 생각하게 만드는 것만은 사실이다. 그리고 관심의 폭을 넓혀 준다. 아무렇지도 않게 지나쳐오던 발자국도 유심히 관찰하게 되고, 자신도 모르게 과학적인 사고를 하게 되며, 지하철에 앉아서 앞에 앉은 사람을 유심하게 관찰하고 그의 직업을 맞혀보려 노력하게 되는 것이다.

바로 이 점이 홈즈를 읽는, 혹은 읽은 또 다른 재미이자 홈즈가 우리에게 주는 선물이다.

홈즈는 그 날카로운 시선으로 그런 우리의 모습을 바라보며 차가운 웃음을 지을 것이다. 그보다 앞서 사건을 풀겠다는 생각은 애초부터 버리고 그에게 한 수 배운다는 생각으로 홈즈를 만난다면, 그는 따뜻하게 우리를 맞아 많은 것들을 가르쳐 줄 것이다.

셜록 홈즈의 마지막 인사

위스테리아 저택
Wisteria Lodge

노트를 넘겨보고 확인한 일인데 그것은 1892년이 저물어갈 무렵, 찬바람이 불던 날의 일이었다. 점심을 먹다 전보를 받은 홈즈는 바로 답신을 보냈다. 전보의 내용에 대해서는 한마디도 하지 않았지만 그가 전보에 신경을 쓰고 있다는 사실은 쉽게 알 수 있었다. 식사를 마친 뒤, 파이프를 들고 난로 앞에 서서 깊은 생각에 잠겨 있다가 때때로 전문을 다시 살펴보곤 했다.

　그러다 갑자기 장난기 어린 눈빛으로 나를 바라보았다.

　"왓슨, 자네 틀림없이 문학자이기도 하지? 대체 '이상'이란 단어의 뜻이 뭔가?"

　"정상이 아니라거나……, 보통과는 다르다는 뜻 아닌가?"

　내 대답을 들은 홈즈가 고개를 옆으로 흔들었다.

　"그 이상의 의미가 있는 것 같은데. 어딘지 비극적이고 무시무시한 느낌이 드는 단어야. 자네, 지금까지 참을성 있는 독자들을 상대로 수많은 이야기들을 발표해오지 않았나? 그중에서 몇 가지를 생각해보면 알 수 있겠지만, 아주 이상한 일은 범죄와 연결되는 경우가 많단 말이야. 빨강 머리 사내의 사건을 생각해보게. 처음에는 이상한 일이라고 생각했던 것이 결국에는 엄청난 강도 사건으로 발전하지 않았나? 그리고 다섯 개 오렌지 씨앗을 둘러싼 아주 이상한 일은 바로 살인으로 연결되었지. '이상'이라는 단어를 만나면 나는 깜짝 놀라네."

"그 전보에 '이상'이라는 단어가 나오나?"

홈즈가 소리 내어 전문을 읽었다.

"믿기 어려운 이상한 경험을 했다. 조사 부탁함. 채링 크로스 우체국, 존 스콧 에클스."

"남자일까, 여자일까?"

"남자일 거야. 여자라면 내가 답장을 보내는 비용까지 저쪽에서 지불하지는 않았을 테니까. 바로 여기로 달려왔을 거야."

"그 사람과 만날 생각인가?"

"왓슨, 캐러더스 대령을 형무소로 보낸 이후 내가 얼마나 무료한 시간을 보내고 있는지 자네도 잘 알고 있지 않나? 머리가 헛바퀴 돌고 있는 엔진처럼 당장이라도 부서질 것만 같아. 머리는 일을 하라고 있는 건데 일이 전혀 들어오질 않으니. 일상은 쳇바퀴 돌듯 반복되고 신문도 재미가 없어. 범죄의 세계에서 대담한 음모나 가슴 설레는 모험은 완전히 자취를 감추고 말았어. 그런데도 새로운 사건에 손을 댈 거냐고 묻는 건가? 아주 하찮은 일일지도 모르겠지만 어쨌든 의뢰인이 벌써 온 것 같군."

조심스럽게 계단을 오르는 발소리가 들리더니 곧 손님이 방으로 안내되어 들어왔다. 다부진 체구에 키가 크고 희끗희끗한 수염을 기르고 있었으며, 빈틈이 보이지 않을 정도로 품위 있는 사람이었다. 자못 진지한 표정, 거드름 피우는 태도는 지금까지의 삶이 뚜렷하게 밖으로 보여주고 있었다. 구두에 달린 각반에서 금테 안경까지 그야말로 보수파 국교도의 전형적인 모습으로 예의와 형식을 중히 여기는 선량한 시민이라는 인상을 주었다.

하지만 아주 놀라운 일을 겪은 듯 차분함을 완전히 잃어버린 모습이었다. 머리카락이 헝클어져 있었고, 뺨이 분노로 붉게 물들어 있어 한눈에도 허둥대고 있음을 알 수 있었다.

"매우 이상하고 불쾌한 경험을 했습니다. 홈즈 씨, 이런 경험은 내 평생에 처음입니다. 정말 괘씸하다고 해야 할지, 무례하다고 해야 할지. 어떻게 된 일인지 알아야만 분을 삭일 수 있을 것 같습니다."

그가 분노를 참지 못하고 숨을 헐떡이며 말했다.

"자, 자리에 앉으세요, 존 스콧 에클스 씨. 우선 왜 여기에 오셨는지 물어야겠네요."

홈즈가 그를 달래는 듯한 투로 말했다.

"경찰에 알릴만한 일은 아니지만, 그렇다고 해서 그냥 내버려둘 수도 없는 일이 있습니다. 사립 탐정이라는 사람들에게는 조금도 흥미가 없지만, 당신의 평판은 예전부터......."

"그렇군요. 한 가지 더 질문하겠습니다."

"뭐지요?"

홈즈가 회중시계를 들여다보았다.

"지금은 2시 15분이에요. 당신이 전보를 친 것은 1시경이었고. 옷매무새나 머리가 흐트러진 것으로 보아 오늘 아침에 눈을 뜬 순간부터 골칫거리가 생긴 것 같은데."

존 스콧 에클스가 헝클어진 머리를 매만지고 수염이 자란 턱을 쓰다듬었다.

"어떻게 아셨습니까? 아침에 몸단장 같은 건 전혀 생각지도 못했습니다. 어서 그 집에서 나가자는 생각밖에는 없었으니까요. 여기에 오기 전에 여기저기 둘러보고 왔습니다. 관리인을 찾아갔더니 가르시아 씨는 꼬박꼬박 집세를 내고 있으며, 위스테리아 저택에도 특별히 이상한 점은 없다고 했습니다."

"잠깐만요. 당신은 여기 있는 내 친구 왓슨 박사와 비슷하군요. 왓슨에게는 이야기 순서를 거꾸로 말하는 좋지 않은 버릇이 있어요. 다시 한번 생각을 정리하셔서 있었던 일을 정확하게 순서대로 말씀해주세요. 대체 무슨 일이 있었기에 머리도 빗지 않고, 구두만 정장용 구두를 신고, 조끼의 단추까지 엇갈려 끼우고 제게 도움을 청하러 오신 거죠?"

홈즈가 웃으며 말했다.

에클스는 한심하다는 표정으로 자신의 단정치 못한 복장을 내려다보았다.

"정말 가관이군요, 홈즈 씨. 태어나서 처음으로 당하는 일이라서요. 어쨌든 그 이상한 일을 빠짐없이 말씀드리겠습니다. 그러면 이런 모습으로 찾아올 수밖에 없었다는 사실을 당신도 인정하실 겁니다."

그가 자신의 사정을 막 털어놓으려던 순간 그를 막아서는 일이 일어났다. 방 밖이 소란스러워지더니 하숙집 안주인인 허드슨 부인이 문을 열어 듬직한 체구의 두 남자를 방 안으로 안내했다. 한 사람은 우리도 알고 있는 런던 경찰청의 그렉슨 경감이었다. 힘이 넘치고 늠름하며, 한계가 있기는 하지만 유능한 경관 중 한 명이었다. 홈즈와 악수를 나눈 그는, 함께 온 남자를 서리 주의 경찰인 베인스 경감이라고 소개했다.

"우리는 서로 힘을 합쳐 수사를 하고 있습니다. 쫓고 있던 사냥감이 이쪽으로 뛰어들어서요."

그렉슨 경감이 불독과 같은 눈으로 우리의 의뢰인을 쳐다보았다.

"당신은 존 스콧 에클스, 주소는 리의 포펌 저택이죠?"

"맞습니다."

"아침부터 계속해서 당신 뒤를 쫓았습니다."

"전보를 단서로 이곳을 알아냈군요."

"맞습니다, 홈즈 씨. 채링 크로스 우체국에서 사실을 확인하고 바로 이곳으로 왔습니다."

"왜 제 뒤를 쫓은 겁니까? 무슨 일로?"

"에셔 부근에 있는 위스테리아 저택의 주인 알로이셔스 가르시아 씨가 어젯밤 사망했는데 그 사건에 대해서 당신에게 묻고 싶은 게 있어서입니다, 존 스콧 에클스 씨."

눈을 둥그렇게 뜬 에클스가 자세를 바로잡았다. 심하게 놀랐는지 얼굴에서 핏기가 싹 가셨다.

"죽었다고? 그가 죽었단 말입니까?"

"그렇습니다."

"사고를 당했습니까?"

"살해당했습니다. 그건 틀림없는 살인입니다."

"뭐라고? 어떻게 그런 일이? 설마......, 저를 의심하고 계신 건 아니겠지요?"

"피해자의 주머니에 당신이 보낸 편지가 들어 있었습니다. 그 편지로 당신이 어젯밤 그곳에서 묵을 예정이었다는 사실을 알게 되었습니다."

"네, 틀림없이 묵었습니다."

"그래요? 역시 그러셨군요."

그렉슨 경감이 경찰수첩을 꺼내들었다.

"잠깐 기다리세요, 그렉슨 경감. 당신도 사실 그대로를 듣고 싶겠죠?"

홈즈가 말했다.

"존 스콧 에클스 씨, 직무상 말해두겠는데 지금부터 하시는 말씀은 당신에게 불리하게 작용할 수도 있습니다."

"에클스 씨가 막 그 얘기를 하려던 참에 당신들이 들이닥친 거예요. 왓슨, 에클스 씨에게 브랜디 소다를 드리는 게 좋겠는걸. 자,

듣는 사람이 많아지기는 했지만 신경 쓰지 말고 조금 전에 하려던 얘기를 그대로 해보세요."

브랜디를 한 모금 마신 에클스의 얼굴에 다시 생기가 돌기 시작했다. 경감이 들고 있는 수첩 쪽으로 불안한 시선을 한 번 던지더니 그는 곧 이상한 체험에 대한 얘기를 들려줬다.

"저는 독신이고, 원래 사교를 좋아하기 때문에 많은 친구들과 교제하고 있습니다. 그중에 멜빌이라는 은퇴한 양조업자가 있는데 그의 일가는 켄싱턴에 있는 앨브마를 저택에서 살고 있습니다. 몇 주 전, 그 집에 초대를 받았을 때, 가르시아라는 젊은 남자를 알게 되었습니다. 그는 스페인계로 대사관과 어떤 연관이 있는 사람이라고 했습니다. 영어가 아주 유창했고, 흠잡을 데 없이 예의 바르며, 흔히 볼 수 없을 정도로 미남이었습니다.

우리는 마음이 잘 맞았습니다. 그는 처음부터 제가 마음에 들었는지 알게 된 지 채 이틀도 지나지 않았는데 저희 집을 방문했습니다. 그러던 중에, 에셔와 옥스숏 중간에 있는 위스테리아 저택에서 며칠 묵다 가라는 초대를 받게 되었습니다. 그래서 저는 약속한 대로 어젯밤 에셔로 갔습니다. 그 집에 대해서는 전에 가르시아에게서 얘기를 들은 적이 있었습니다. 그의 말대로 충직한 스페인 하인이 그를 위해서 일하고 있었습니다. 그도 영어가 매우 유창했는데, 그가 모든 집안일을 도맡아 한다는 것이었습니다. 그리고 여행을 갔다가 알게 된 혼혈 요리사가 있는데 솜씨가 매우 좋아 멋진 식사를 준비해준다는 것이었습니다.

서리 주의 주택가에 있는 집치고는 매우 특이한 집이 아니냐고 묻던 그의 말을 기억하고 있습니다. 그때 저는 정말 그렇다고 대답했는데 실제로 방문해보니 이건 특이한 정도가 아니었습니다. 위스테리아 저택까지는 마차로 갔습니다. 에셔에서 남쪽으로 약 2마일 정도 떨어진 곳에 있습니다. 집은 매우 넓었는데 도로에서 꽤 들어간 곳에 지어져 있습니다. 구불구불한 마찻길을 따라서 높다란 상록수들이 늘어서 있습니다. 건물은 낡았고 손을 본 흔적도 없이 그대로 무너져가고 있었습니다.

잡초가 무성하게 자라 있고 비바람에 시달려 더러워진 문 앞까지 마차를 타고 들어갔습니다. 그 순간 문득, 별로 친하지도 않은 사람의 집을 방문한 게 경솔한 짓이었는지도 모르겠다는 생각이 들었습니다. 하지만 가르시아씨는 자기가 직접 문을 열어주는 등 진심으로 저를 환영해주었습니다. 그리고 거뭇한 피부의, 어딘지 음울한 느낌을 주는 하인이 짐을 내리고 저를 침실까지 안내해주었습니다.

집 전체에 답답한 기운이 감돌고 있었습니다. 저녁은 가르시아씨와 단 둘이서 먹었습니다. 그는 최선을 대해 저를 대접하려 했지만, 마음이 다른 곳에 가 있는 듯 넋 나간 사람처럼 종잡을 수 없는 얘기만 해대서 저는 그 뜻을 전혀 알아들을 수가 없었습니다. 손가락으로 쉴 새 없이 테이블을 두드리기도 하고, 손톱을 물어뜯기도 하는 등 보기에도 불안해 보이는 행동을 해댔습니다. 기분 좋은 대접은 아니었죠. 음식도 그다지 맛있지 않았습니다. 거기다 무뚝뚝

한 하인이 우리 옆을 지키고 있었기 때문에 더욱 기분이 좋지 않았습니다. 그날 밤 안에 돌아갈 구실을 찾아야겠다고 몇 번이고 생각했습니다.

아, 그리고 보니 두 분 경찰께서 수사하고 있는 사건과 관계가 있을지도 모를 일도 있었습니다. 그때는 대수롭지 않게 생각했었습니다만, 식사를 마칠 때쯤에 하인이 편지를 가지고 들어왔습니다. 그 편지를 읽고 난 가르시아 씨는 그 전보다 훨씬 더 이상한 행동들을 보였습니다. 저와는 전혀 대화를 나누지 않았고, 줄담배를 피우며 깊은 생각에 빠져 있었습니다. 편지에 대해서는 단 한마디도 하지 않았습니다.

11시쯤에 저는 서둘러 침실로 들어갔습니다. 그런데 잠시 후에 가르시아 씨가 방문을 열었습니다. 그때는 이미 불을 끈 뒤였습니다. 제게 벨을 울렸냐고 물었습니다. 저는 울리지 않았다고 대답했습니다. 그는 조금 있으면 1시인데, 이렇게 늦은 시각에 미안하다고 말했습니다. 그 이후로 저는 아침까지 깊은 잠을 잘 수 있었습니다.

정말 이상한 일은 아침부터 일어나기 시작했습니다. 아침에 눈을 떴을 때 주위는 이미 환하게 밝아 있었습니다. 시계를 보니 9시 가까운 시각이었습니다. 8시에 깨워달라고 부탁을 해두었는데 그때까지 내버려두다니 어처구니가 없었습니다. 하인을 부르려고 자리에서 벌떡 일어나 벨을 눌렀습니다. 하지만 하인은 모습을 나타내지 않았습니다. 몇 번을 눌러도 결과는 마찬가지였습니다. 벨이 고장 난 거라고 생각했습니다. 저는 서둘러 옷을 입고 화를 내며 따뜻한 물을 마시러 아래층으로 내려갔습니다.

그런데 아래층에는 아무도 없었습니다. 현관 옆에 있는 방으로 가서 사람을 불러보았지만 아무도 얼굴을 내밀지 않았습니다. 그래서 방 하나하나를 살펴봤습니다. 사람의 모습이라고는 어디서도 찾아볼 수가 없었습니다. 어젯밤에 가르시아 씨의 방이 어디인지 알아두었기에 그의 방문을 두드려봤지만 아무런 대답도 들리지 않았습니다. 손잡이를 돌려 안으로 들어가 봤습니다. 방은 텅 비어 있었고 침대에도 잔 흔적이 남아 있지 않았습니다. 가르시아 씨도 다른 사람과 함께 사라져버린 것이었습니다. 주인, 하인, 요리사, 이 세 외국인이 하룻밤 사이에 종적을 감춘 것입니다. 그것으로 저는 위스테리아 저택 방문을 마쳤습니다.”

홈즈는 이상한 이야기를 모은 사건 수첩에 이번 사건이 추가된 것이 기쁜 듯 두 손을 비비며 미소를 지었다.

“내가 알고 있는 한, 비슷한 예를 찾아보기 힘들 정도로 이상한 체험을 하셨군요. 그래서 어떻게 하셨습니까?”

“화가 머리끝까지 치밀어 올랐습니다. 처음에는 장난을 치는 줄 알았습니다. 짐을 싸서 있는 힘껏 현관문을 닫은 뒤 가방을 들고 에셔로 향했습니다. 에셔의 커다란 부동산 업자인 앨런브라더스 상회로 갔는데 그곳에서 위스테리아 저택이 빌린 것이라는 사실을 알게 되었습니다. 그 순간, 이번 일은 나를 놀리기 위한 것이 아니라 집세가 밀려서 그런 것이 아닐까 하는 생각이 머리를 스치고 지났습니다. 벌써 3월도 거의 다 끝나가고, 집세를 내야 하는 날이 얼마 남지 않았으니까요. 하지만 그게 아니었습니다. 상회에서는 이미 집세를 선불로 받았다고 했습니다.

런던으로 나온 저는 스페인 대사관을 찾아가봤습니다. 대사관에서는 가르시아라는 사람에 대해서 아는 바 없다고 했습니다. 그래서 멜빌 씨의 집도 찾아가봤습니다. 가르시아 씨를 처음 만난 곳이 그곳이었으니까요. 그런데 멜빌 씨는 가르시아 씨에 대해서 저만큼도 모르고 있었습니다. 그때는 이미 홈즈 씨의 전보를 받은 뒤였기 때문에 바로 이곳을 찾아왔습니다. 홈즈 씨는 난처한 일을 당한 사람에게 지혜를 빌려준다는 얘기를 들었습니다.

참, 경감님. 조금 전의 말씀하신 건, 그곳에서 끔찍한 사건이 있었다고요. 조금 전에 드린 말씀은 전부 사실입니다. 맹세할 수 있습니다. 그 일 말고 가르시아 씨의 운명에 대해서는 아무 것도 모릅니다. 저는 경찰에게 도움이 되도록 최선의 노력을 다하겠습니다.”

“알겠습니다, 에클스 씨. 잘 알았습니다. 당신의 말은 우리가 확인한 사실과 완벽하게 일치합니다. 예를 들자면 식사 중에 도착한 편지. 그 편지를 어떻게 했는지 알고 계십니까?”

그렉슨 경감이 부드러운 어조로 말했다.

“네. 가르시아 씨가 구겨서 난로 안으로 집어던졌습니다.”

“베인스 경감, 어떻습니까? 사실과 일치합니까?”

베인스 경감은 몸이 단단해 보였으며 얼굴에는 붉은 빛이 돌았다. 뺨과 이마 사이에 파묻힌 눈이 날카롭게 반짝이고 있지 않았다면 그의 얼굴은 틀림없이 우습게 보였을 것이다. 그가 천천히 미소 지으며 주머니에서 변색된 접힌 종이를 꺼냈다.

"난로의 철망 덕분입니다, 홈즈 씨. 그 뒤로 떨어져 이렇게 타지 않고 남아 있었습니다."

홈즈가 감탄했다는 듯 미소 지었다.

"그런 종이쪽지까지 발견하시다니, 아주 철저하게 조사를 하셨군요."

"맞습니다, 홈즈 씨. 나는 무슨 일이든 아주 철저하게 하는 편이니까요. 편지를 읽어드릴까요?"

크렉슨 경감이 고개를 끄덕였다.

"종이는 어디서나 흔히 볼 수 있는 크림색 편지지로 특별한 무늬는 없습니다. 크기는 4절판. 조그만 가위로 두 군데를 오려냈습니다. 세 번 접었고, 보라색 밀랍으로 봉인했는데 서둘러 봉한 듯, 납작한 타원형의 물건으로 위에서 눌러 붙인 듯합니다.

수신인은 위스테리아 저택의 가르시아 씨로 되어 있습니다. 내용은 이렇습니다.

「우리의 색은 녹색과 흰색. 녹색은 열리고 백색은 닫힌다. 바깥쪽 계단, 첫 번째 복도, 오른쪽 7번째, 녹색 베이즈. 성공을 빈다. D」

여자의 필적으로 끝이 뾰족한 펜으로 썼습니다. 수신인은 다른 펜으로 썼거나 다른 사람이 쓴 듯합니다. 글자의 획이 아주 굵어졌 거든요."

"이거 아주 재미있는데요."

홈즈가 편지를 살펴본 뒤 말을 이었다.

"그렇게 사소한 것들까지 주의 깊게 관찰하다니 정말 대단해요, 베인스 경감. 내가 두어 가지 조그만 사실들을 덧붙여도 될까요? 우선 봉인을 할 때 사용한 타원형의 물건은 틀림없이 커프스의 납작한 단추일 거예요. 그 외에도 그런 물건이 또 있나요? 종이를 자를 때 쓴 것은 끝이 둥그런 손톱깎이에요. 짧기는 하지만 잘려 나간 두 곳이 똑같은 곡선을 그리고 있는 것을 확실하게 알 수 있으니까요."

베인스 경감이 웃으며 말했다.

"모든 점을 철저하게 조사한 줄 알았는데 그래도 놓친 부분이 있었군요. 이 편지를 놓고 판단하자면, 어떤 음모가 있었으며 거기에는 편지를 보낸 여자가 관여하고 있는 듯합니다. 솔직히 말씀드려서 제가 알 수 있는 것은 여기까지입니다."

이런 이야기를 나누는 동안 에클스는 의자에 앉아 분주하게 몸을 움직이고 있었다.

"편지를 찾아주셔서 정말 고맙습니다. 그것으로 제 얘기가 사실이었다는 걸 증명할 수 있을 테니까요. 그런데 가르시아 씨에게 무슨 일이 있었는지, 그리고 하인들은 어떻게 된 건지 아직 말씀을 듣지 못했습니다."

"가르시아 씨에 대해서는 바로 말씀드릴 수 있습니다. 오늘 아침 저택에서 1마일 정도 떨어진 옥스숏 공유지에서 사체가 발견되었습니다. 머리가 완전히 부서져 있었습니다. 모래주머니 같은 것에 세게 얻어맞은 듯했습니다. 상처를 입었다기보다는 머릿속이 완전히 짓이겨졌다고 말하는 편이 옳을 겁니다. 주위는 매우 한산한 곳입니다. 현장에서 400미터 이내에는 인가가 전혀 없습니다. 범인은 뒤에서 습격한 듯한데, 피해자가 죽은 뒤에도 계속해서 타격을 가했습니다. 아주 잔인한 범행입니다. 발자국은 물론 다른 어떤 흔적도 남아 있지 않았습니다."

그렉슨 경감이 말했다.

"없어진 물건은요?"

"없어진 물건은 하나도 없는 듯합니다."

"가엾게도, 그런 끔찍한 일을 당하다니. 덕분에 저만 난처해졌습니다. 하룻밤 묵었던 집의 주인이 한밤중에 외출했다가 비참한 최후를 맞이했으니....... 하지만 저와는 아무런 관계도 없는 일입니다. 제가 왜 그 사건에 휘말리게 된 거죠?"

에클스는 불평하는 투로 말했다.

"이유는 간단합니다. 피해자의 주머니에서 발견된 서류는 당신이 보낸 편지뿐이었습니다. 거기에는 살인이 일어난 날 밤에 당신이 그의 집에서 묵겠다는 내용이 적혀 있었습니다. 피해자의 이름과 주소도 그 편지에 적힌 것을 보고 알았습니다. 오늘 아침 9시가 지난 시각에 위스테리아 저택을 찾아갔었는데 거기에는 당신도 다른 사람도 없었습니다. 그래서 그렉슨 경감에게 전보를 쳐서 내가 집을 살펴보는 동안에 당신을 찾아봐 달라고 부탁했습니다. 그곳의 조사를 마친 뒤 런던으로 나와서 그렉슨 경감과 함께 수사를 하고 있는 중입니다."

베인스 경감이 말했다.

"그럼 지금부터 정식적인 절차를 밟아야겠습니다. 에클스 씨, 서까지 같이 가주십시오. 당신의 진술서를 작성해야 하니까요."

그렉슨 경감이 자리에서 일어나며 말했다.

"알겠습니다. 당장 가도록 하지요. 홈즈 씨, 부디 수사를 맡아주시기 바랍니다. 비용과 노력을 아끼지 말고 꼭 진상을 밝혀주시기 바랍니다."

홈즈가 서리 주의 경감을 바라보았다.

"베인스 경감, 내가 수사를 도와드려도 괜찮을까요?"

"그렇게 해주신다면 영광입니다."

"지금까지 수사를 군더더기 없이 신속하게 아주 잘 처리해주셨군요. 범행 시간에 대한 단서는 있나요?"

"사체는 1시경부터 그곳에 있었습니다. 마침 그때 비가 내리기 시작했는데 비가 내리기 전에 살해당한 것이 틀림없는 것 같습니다."

"아니, 그럴 리가 없습니다, 베인스 경감님. 그건 틀림없이 가르시아 씨의 목소리였습니다. 그 시간에 그는 저와 침실에서 대화를 나눴습니다. 정말입니다."

에클스가 커다란 소리로 말했다.

"이상한 얘기지만 그런 일이 없으라는 법도 없죠."

홈즈가 미소 지으며 말했다.

"무슨 실마리라도 잡으셨나요?"

그렉슨 경감이 물었다.

"언뜻 보기에 그리 복잡한 사건은 아닌 듯싶어요. 흥미를 끄는 새로운 부분이 없는 건 아니지만. 사실을 좀 더 자세히 확인한 뒤에 의견을 말씀드리도록 하죠. 그건 그렇고, 베인스 경감. 집 안에서 이 편지 외에 다른 물건은 찾아내지 못했나요?"

베인스 경감이 묘한 시선으로 홈즈를 바라봤다.

"있었습니다. 아주 이상한 물건들을 한두 가지 찾아냈습니다. 저는 지금부터 서로 갈 생각인데 그 후에 저와 함께 저택으로 가주실 수 있으십니까? 그 물건들에 대한 당신의 의견을 듣고 싶습니다."

"기꺼이 가도록 하지요."

홈즈가 벨을 눌러 허드슨 부인을 불렀다.

"허드슨 부인, 심부름하는 아이에게 이 전보를 보내달라고 해주세요. 답장을 보낼 때 쓸 5실링도 함께요."

손님들이 돌아간 뒤에 홈즈는 한동안 말이 없었다. 깊이 생각에 잠길 때면 늘 그렇듯 줄담배를 피우며 날카로운 눈 위의 눈썹을 잔뜩 찌푸린 채 고개를 앞으로 내밀고 있었다.

"왓슨, 이번 사건에 대해서 어떻게 생각하나?"

홈즈가 갑자기 나를 바라보며 물었다.

"에클스 씨의 수수께끼 같은 얘기는 정말 이해할 수가 없어."

"범죄에 대해서는?"

"글쎄, 피해자의 하인 두 명이 모습을 감췄다고 하니, 살인과 어떤 관계가 있어서 도망을 친 것 같은데."

"틀림없이 그렇게 생각할 수도 있을 거야. 하지만 주인을 살해하기로 한 하인들이 굳이 집에 손님이 있는 날 밤을 골라서 음모를 실행하려 했을까? 그가 혼자 있을 때 얼마든지 죽일 기회가 있었을 텐데."

"그렇다면 왜 도망간 걸까?"

"나도 그걸 알고 싶네. 그들은 왜 도망간 걸까? 이건 아주 중요한 문제야. 그리고 우리의 의뢰인인 에클스 씨의 이상한 체험도 중요한 문제 중 하나지. 왓슨, 어떻게든 이 두 가지 문제를 한꺼번에 설명할 방법이 없을까? 그 설명이 이상한 말들로 가득한 그 편지에까지 해당된다면 그건 일단 가설로 받아들여도 좋을 거야. 앞으로 알게 될 사실들이 그 가설을 뒤집어엎지만 않는다면 우리는 사건을 곧 해결할 수 있을 텐데."

"어떤 가설을 세울 수 있을까?"

의자 등받이에 몸을 기댄 홈즈가 눈을 가느다랗게 떴다.

"이것만은 확실하게 말할 수 있는데, 모든 것이 장난이었다는 해석은 잘못된 거야. 그 이후의 일들을 보면 알 수 있듯이 어떤 심각한 일들이 엮여 있는 게 틀림없어. 에클스 씨를 위스테리아 저택으로 불러들인 것도 그것과 관계가 있을 거야."

"어떤 관계가 있다는 거지?"

"순서대로 생각해보도록 하세. 그 스페인 청년과 에클스 씨는 우연한 기회에 갑자기 친해졌다고 했는데 거기에는 석연찮은 부분이 있어. 적극적으로 다가간 것은 가르시아였어. 그는 존 스콧 에클스를 알게 된 다음 날, 런던 건너편에 있는 에클스의 집을 방문했네. 그 뒤에도 빈번하게 연락을 주고받았고 결국에는 에클스를 에서로 불러들였어.

그가 에클스에게 기대했던 것은 무엇이었을까? 에클스가 그에게 무엇을 해줄 수 있었을까? 그다지 매력적인 남자는 아닌데. 그렇다고 머리가 좋은 것도 아니고······. 기지가 넘치는 라틴계 남자와 서로 마음이 맞을 리가 없어. 그렇다면 가르시아는 자신이 알고 있는 사람들 중에서 왜 그가 목적에 합당한 사람이라고 생각했을까? 에클스에게는 대체 어떤 눈에 띄는 특징이 있는 걸까? 그래, 특징이 없는 것도 아니군. 그는 평범하고 성실한 영국인의 전형이라고 할수 있어. 다른 영국인들을 설득시키기에 그보다 더 적합한 인물도 없을 거야. 자네도 봤겠지만 두 경감 모두 에클스의 황당한 체험담을 아무런 의심 없이 그대로 받아들이는 듯한 눈치였어."

"그렇다면 어떤 일에 대한 증인으로?"

"어떤 문제가 생겨서 실제로는 증인이 되지 못했지만 여하튼 그건 아주 중요한 일이었을 거야. 나는 그렇게 생각하네."

"그렇군. 그렇다면 그를 알리바이에 대한 증인으로 삼고 싶었던 걸까?"

"제대로 봤네, 왓슨. 일이 계획대로만 진행됐다면 에클스는 알리바이를 증명하는 데 이용됐을 거야. 이야기를 진전시키기 위해서 이렇게 생각해보도록 하세. 위스테리아 저택에 살고 있는 사람들이 모두 하나가 되어 어떤 일을 계획하고 있었다고 말이야. 어떤 일이었는지는 모르겠지만 어쨌든 그 일을 새벽 1시 전에 마칠 예정이었어. 시곗바늘을 돌려놓으면 에클스를 빨리 침실로 올라가게 만들 수 있어. 가르시아가 에클스의 침실로 들어와 벌써 1시라고 말했을 때는 겨우 12시밖에 안 된 시각이었을 수도 있어.

　가르시아는 계획했던 일을 마치고 1시까지 집에 돌아오기만 하면 되는 거야. 자신이 용의자로 지목 받게 된다 하더라도 그에게는 확실한 알리바이가 생기게 되는 셈이야. 어느 법정에서나, 흠잡을 데 없는 영국인이 그는 밤새 집에 있었다고 증언을 해줄 테니까. 최악의 사태에 대비해서 미리 그렇게 손을 써둔 거야."

　"음, 무슨 소린지 알만해. 그렇다면 다른 사람들은 왜 종적을 감췄을까?"

　"글쎄, 아직은 사실을 완전히 조사하지 못했으니 정확히 알 수는 없지. 그래도 해결할 수 없을 정도로 어려운 문제라고는 생각지 않아. 어쨌든 자료가 모이기 전에 왈가왈부할 일은 아닌 것 같네. 그러면 자신의 생각에 맞춰서 사실을 왜곡해버리고 말 테니까."

　"그렇다면 편지는?"

　"어떤 내용이었더라? '우리의 색은 녹색과 흰색', 무슨 경마 얘기 같군. '녹색은 열리고 백색은 닫힌다', 이건 틀림없이 어떤 암호

일 거야. '바깥쪽 계단, 첫 번째 복도, 오른쪽 7번째, 녹색 베이즈',
이건 남녀간의 밀회를 말하는 게 아닐까? 사건의 배후에 질투심으
로 가득한 남편이 있을지도 모르겠군. 'D', 이건 중매 역할을 하는
사람일 거야."

"가르시아는 스페인 사람이야. 'D'라는 건 도로레스를 뜻하는
게 아닐까? 스페인 여자들이 흔히 쓰는 이름 아닌가?"

"그럴 듯한데. 대단해, 왓슨. 하지만 나는 다르게 생각하네. 스페
인 사람이 스페인 사람에게 보낸 편지라면 스페인 어로 보냈을 거
야. 그 편지를 쓴 사람은 영국인임에 틀림없어. 어쨌든 지금은 차
분하게 앉아서 그 우수한 경감이 돌아오기를 기다리기로 하세. 비
록 짧은 시간이었지만 무료함을 느끼지 않아도 됐던 행운에 감사
하면서 말일세."

서리 주의 베이스 경감이 돌아오기 전에 홈즈가 보낸 전보에 대
한 답장이 도착했다. 전보를 읽은 홈즈는 수첩 갈피에 그것을 끼워
넣고 호기심 가득한 얼굴로 바라보던 내게 시선을 돌렸다.

"상류 사회에 대해서 탐색 중이라네."

전보에는 사람들의 이름과 주소가 적혀 있었다.

「핼링 바이경, 딩글 저택. 조지 포리옷 경, 옥스숏 저택. 하인즈
치안 판사, 퍼디 저택. 제임스 베이커 윌리엄 씨, 포틴 저택 구관.
핸더슨 씨, 하이 게이블 저택. 조슈어 스톤 교수, 니더 월슬링 저
택.」

"이러면 우리의 작전 범위를 확실하게 알 수 있지. 베인스 경감도 논리적인 사람이니 같은 생각을 했을 거야."

홈즈가 말했다.

"나는 무슨 말인지 잘 모르겠는데."

"잘 들어보게. 식사 중에 가르시아가 받은 편지는 모임이나 밀회를 위한 약속일 것이라고 조금 전에 결론 내리지 않았나? 그 글을 액면 그대로 받아들여도 된다고 가정한다면, 편지를 받은 사람은 약속을 지키기 위해서 어떤 집의 바깥쪽 계단을 올라 첫 번째 복도에서 7번째에 있는 문을 찾았을 거야. 그러니까 그 집은 아주 넓은 집이라고 볼 수 있지. 그리고 옥스숏에서 멀어야 1, 2마일 정도 떨어진 곳에 있는 집일 거야. 가르시아가 그쪽 방향에서 살해되었고, 내 생각이 맞는다면 알리바이가 확보된 1시까지는 위스테리아 저택으로 돌아올 생각이었을 테니까.

옥스숏 근처에 커다란 집은 그리 많지 않아. 그래서 에클스가 갔다던 그 부동산 업자에게 전보를 쳐서 이런 조건들에 맞는 집들을 조사해본 거지. 여기 있는 전보가 그 리스트일세. 이 안에 엉킨 실타래의 한쪽 끝을 찾을 수 있을 거야."

6시쯤, 우리는 베인스 경감과 함께 서리 주의 아름다운 마을인 에셔에 도착했다. 그곳에서 묵을 채비를 해가지고 떠난 홈즈와 나는 불이라는 여관에서 쾌적한 방을 찾을 수 있었다. 우리는 곧 경감과 함께 위스테리아 저택으로 향했다. 3월의 쌀쌀한 밤이 찾아와 차가운 바람이 불었으며, 보슬비가 뺨을 때렸다. 황폐해진 공유지를 지나서 비극이 일어났던 집으로 가기에 아주 어울리는 밤이었다.

추위를 참아가며 가라앉은 기분으로 2마일 정도 걸어가니 울창한 밤나무 가로수 길에 높다란 나무문이 있었다. 어둡고 구불구불한 마찻길을 따라가니 회색빛이 도는 검푸른 하늘을 배경으로 검게 보이는 낮은 집이 앞에 서 있었다. 현관 왼쪽에 있는 창문에서 희미한 불빛이 새어나오고 있었다.

"경찰을 한 명 배치해뒀습니다. 창을 두드려봅시다."

이렇게 말한 베인스 경감은 잔디밭을 가로질러가 창문을 두드렸다.

흐린 유리창을 통해서 서둘러 난로 옆에서 일어나는 남자의 모습이 희미하게 비쳤다. 그 순간 날카로운 외침 소리가 들려왔다. 곧 경찰이 새파랗게 질린 얼굴로 거친 숨을 내쉬며 문을 열었다. 떨리는 손에 들고 있는 촛불이 흔들리고 있었다.

"왜 그러나 월터스?"

베인스 경감이 날카로운 소리로 물었다.

경찰은 손수건으로 이마를 닦으며 안심한 듯 길게 한숨을 내쉬었다.

"와주셔서 정말 감사합니다. 오늘 밤은 시간이 너무 더디게 가고, 정신도 제정신이 아닌 듯싶습니다."

"제정신이 아니라고? 월터스, 자네가 그런 말을 할 때도 다 있나?"

"하지만 이 집은 너무 조용하고, 부엌에는 이상한 것이 있습니다. 그런데 창을 두드리는 소리가 나서 그것이 또 나타난 줄 알았습니다."

"또 나타난 줄 알았다니, 무슨 소린가?"

"틀림없이 악마였어요. 창가에서 어슬렁거리다 갔습니다."

"뭐가 창가에서 어슬렁거렸단 말이지? 언제?"

"두 시간쯤 전, 그러니까 막 땅거미가 내리기 시작할 무렵이었습니다. 저는 의자에 앉아서 책을 읽고 있었습니다. 문득 고개를 들어보니 아래쪽 창문 너머로 이쪽을 들여다보는 얼굴이 있었습니다. 얼마나 무시무시한 얼굴이었는지, 꿈에 볼가 무섭습니다."

"이봐, 월터스! 그게 경찰이 할 말인가?"

"저도 알고 있습니다. 하지만 정말로 놀라 자빠질 뻔했습니다. 거짓말을 한들 무슨 소용 있겠습니까? 검은 색이라고도 하얀 색이라고도 할 수 없는 피부, 태어나서 그런 건 처음 봤는데 점토에 우유를 부은 듯한 이상한 색이었습니다. 그리고 그 얼굴은 또 얼마나 크던지, 경감님 얼굴 두 배 정도는 될 겁니다. 커다란 눈망울을 이리저리 굴리며, 굶주린 짐승처럼 하얀 이빨을 드러내고 있었습니다.

솔직히 말씀드리자면 녀석이 사라질 때까지, 손가락 하나 까딱할 수 없었고 숨도 제대로 쉴 수 없었습니다. 녀석이 사라진 뒤에 밖으로 뛰어나가 정원의 수풀 속을 찾아보았지만 다행히 녀석의 모습은 보이지 않았습니다."

"월터스, 자네가 훌륭한 경찰이라는 사실을 알고 있기 때문에 그냥 넘어가는 거지, 아니면 벌써 감점을 당했을 거야. 설사 그것이 진짜 악마였다 할지라도 근무 중의 경찰이 그런 녀석을 놓치고 나서 다행이라는 말을 쓰다니, 그건 결코 있을 수 없는 일이야. 너무 긴장한 탓에 환각을 본 건 아닌가?"

"그 점이라면 바로 확인할 수 있어요."

이렇게 말한 홈즈는 휴대가 가능한 소형 랜턴에 불을 붙였다. 그리고 잔디밭을 살펴봤다.

"굉장히 큰 구두를 신고 있어요. 몸의 다른 부분도 발처럼 크다면 굉장한 거구의 사내일 거예요."

"그 사람은 어디로 간 걸까요?"

"수풀을 지나서 도로로 나간 것 같아요."

진지한 표정으로 생각에 잠겨 있던 베인스 경감이 말했다.

"흠, 그 녀석이 누구이며 무슨 일로 여기에 찾아왔는지는 모르겠지만 지금은 모습을 감췄어. 어쨌든 서둘러 일을 마칩시다. 홈즈 씨, 괜찮으시다면 집 안을 안내해드리겠습니다."

몇 개의 침실과 거실을 주의 깊게 살펴보았지만 이렇다 할 성과는 없었다. 이 집을 빌린 사람은 이곳으로 자신의 물건을 거의 옮겨오지 않은 듯했다. 가구나 도구 등 자잘한 물건까지도 예전부터 이 집에 갖춰져 있던 것뿐이었다.

수많은 옷가지들이 남겨져 있었는데 전부 하이 홀본에 있는 막스 상회의 상표가 붙어 있었다. 그곳으로 이미 전보를 보내 조사를 해봤는데, 돈을 꼬박꼬박 지불하는 손님이라는 것 외에는 알아낸 것이 없다고 했다. 수많은 잡동사니, 몇 개의 파이프, 몇 권의 책(그중 두 권은 스페인 책이었다), 구식 권총, 기타 등이 주인 개인의 소유물이었다.

"이런 것들은 아무짝에도 쓸모없는 것들입니다. 홈즈 씨, 이쯤에서 부엌을 봐주시기 바랍니다."

촛불을 손에 든 베인스 경감이 거들먹거리는 걸음으로 걸어가다 말했다.

부엌은 집의 뒤쪽에 있었는데 천장이 높고 음산해 보이는 곳이었다. 한쪽 구석에 깔아놓은 지푸라기는 요리사가 침대 대신으로 쓰던 것일까? 테이블 위에는 먹다 남긴 요리와 지저분한 접시 등 어젯밤의 흔적이 그대로 남아 있었다.

"이걸 보십시오. 어떻게 생각하십니까?"

베인스 경감이 찬장 안에 세워둔 이상한 물건을 촛불로 비추며 물었다. 주름투성이에 심하게 쪼그라들고 말라비틀어져 있었기 때문에 그것이 원래 무엇이었는지 확실하게 알아볼 수가 없었다. 검은 색에, 표면은 가죽으로 둘러싸인 것 같았는데 어딘지 난쟁이와 비슷하다는 인상을 받았다. 처음에는 흑인 아기의 미라인 줄 알았다. 그런데 자세히 들여다보니 늙어 몸이 오그라든 원숭이처럼도 보였다. 결국 인간인지 원숭이인지 구별할 수가 없었다. 한가운데 하얀 조개껍질을 엮은 끈이 이중으로 감겨져 있었다.

"이거 아주 재미있는데. 정말 흥미로워."

홈즈는 그 기분 나쁜 물건을 주의 깊게 살폈다.

"또 다른 건 없나요?"

설거지 하는 쪽으로 말없이 다가간 베인스 경감이 촛불로 그 주위를 밝혔다. 깃털이 달린 채 무참하게 찢긴 희고 커다란 새의 다리와 몸통이 여기저기에 흩어져 있었다. 홈즈가 절단된 머리에서 새어나온 타액을 가리키며 말했다.

"하얀 수탉이로군요. 재미있습니다. 이거 정말 이상한 사건이로군요."

하지만 베인스 경감은 마지막을 위해서 가장 기분 나쁜 증거품을 남겨두고 있었다. 설거지를 하는 곳 밑에 대량의 피를 담아둔 양동이가 있었고 테이블 밑에는 검게 그을린 뼛조각이 수북하게 담긴 접시가 있었다.

"뭔가를 죽인 뒤에 불태운 겁니다. 타고 남을 걸 긁어모은 겁니다. 오늘 아침에 의사에게 의뢰를 해봤는데 인간은 아니라고 합니다."

홈즈가 빙그레 웃으며 두 손을 비볐다.

"축하합니다, 경감님. 특징 있는 유익한 사건을 맡게 되셨군요. 실례의 말씀일지는 모르겠지만, 이런 한적한 지역에서는 당신의 뛰어난 실력을 발휘할 기회가 그리 흔치 않겠죠?"

베인스 경감이 기쁘다는 듯 조그만 눈을 반짝였다.

"맞습니다, 홈즈 씨. 시골에 묻혀 있다보면 이런 사건이 중요한 기회가 되니 저는 무슨 일이 있어도 이번 기회를 살리고 싶습니다. 뼈에 대해서 어떻게 생각하십니까?"

"새끼 양이나 새끼 염소 같은데요."

"그럼 흰 수탉은?"

"희한한 일입니다, 베인스 경감. 정말 희한한 일이에요. 이런 건 그리 흔히 볼 수 있는 게 아닙니다."

"틀림없이 이 집에는 이상한 짓을 하는 이상한 사람들이 살고 있었던 것 같습니다. 그리고 그중 한 명이 죽었습니다. 함께 살던 사람들이 뒤따라가 죽인 걸까요? 그렇다면 반드시 잡힐 겁니다. 전국의 항구를 감시하고 있으니까요. 하지만 저는 다른 생각을 가지고 있습니다. 전혀 다른 생각이요."

"그럼 결론을 내리셨나요?"

"가능하다면 독자적으로 수사를 하고 싶습니다. 이번 사건을 해결하면 그 공적이 전부 제 것이 되도록 말입니다. 당신은 이미 명성을 얻었지만 저는 지금부터입니다. 당신의 도움 없이 사건을 해결했다고 후에 자랑할 수만 있다면 그보다 더한 기쁨도 없을 겁니다."

"알았어요. 각자 다른 길을 걷도록 하죠. 제가 조사한 내용이 도움이 된다면 언제든지 이용하도록 하세요. 이제 집 안은 전부 둘러본 것 같으니 다른 곳으로 가서 시간을 유용하게 활용해야겠네요. 그럼 베인스 경감, 행운을 빕니다."

홈즈가 기분 좋게 웃으며 말했다.

홈즈의 태도에 드디어 범인의 추적이 시작되었음을 알리는 미묘한 변화가 일어났음을 나 이외의 사람은 알아채지 못할 것이다. 아주 주의 깊게 살펴보지 않으면 평소의 냉정한 모습으로 밖에는 보이지 않는다. 하지만 홈즈는 벌써 눈빛이 달랐으며, 행동도 활발해져서 표면으로는 드러나지 않는 열의와 긴장을 느낄 수 있었다. 그는 잠시 후면 사냥감을 잡아들일 것이다.

평소와 다름없이 그는 아무런 말도 하지 않았으며, 나 역시 아무런 질문도 하지 않았다. 나는 그와 함께 추적을 같이하며 사냥감을 잡는 데 조그마한 도움이라도 줄 수 있다면 그것만으로도 보람을 느낄 것이다. 쓸데없는 참견을 해서 일에 열중하고 있는 그를 괴롭힐 생각은 조금도 없었다. 언젠가는 나도 모든 진상을 알게 될 것이다. 따라서 나는 기다리기로 했다. 그런데 아무리 시간이 흘러도 그저 기다리고만 있어 나는 점점 실망하지 않을 수 없었다. 하루하루 시간이 흐르는데도 홈즈는 전혀 움직일 생각을 하지 않았다.

어느 날 아침, 그는 런던으로 외출을 했다. 문득 흘린 말에 의하면 대영 박물관에 가는 듯했다. 멀리로 외출한 것은 그때뿐이었다. 나머지 시간에는 대부분 혼자 오랫동안 산책을 하거나 이 마을에서 알게 된 사람들과 이야기를 나누며 하루하루를 보냈다.

"왓슨, 시골에서 일주일 정도 지내는 건 자네에게도 유익한 일일 거야. 새싹이 돋기 시작한 울타리와 꽃이 핀 개암나무는 보기만 해도 기분이 좋아지는 걸. 조그만 호미와 채집통, 식물학 입문서만 있으면 아주 멋진 시간을 보낼 수 있을 것 같아."

실제로 그는 이런 도구들을 들고 밖으로 나섰지만 저녁 시간이 다 되어 들고 들어온 식물들은 아주 조금에 불과했다.

둘이서 산책을 나갔다가 베인스 경감을 만난 적이 몇 번 있었다. 경감은 뚱뚱하고 붉은 얼굴에 미소를 짓고, 조그만 눈을 반짝이며 홈즈에게 인사를 했다. 사건에 대한 얘기는 거의 하지 않았지만 수사는 순조롭게 진행되고 있는 듯했다. 하지만 사건이 일어난 지 5일째 되던 날 조간에 다음과 같은 머리글이 실린 것을 보고는 놀라지 않을 수 없었다.

「옥스숏 사건 해결, 살인용의자 체포」

내가 머리글을 읽자 홈즈가 엄청난 기세로 자리에서 일어나 외쳤다.
"뭐라고? 설마 베인스 경감이 잡은 건 아니겠지?"
"아무래도 그런 것 같은데."
내가 소리 내어 기사를 읽었다.

「어젯밤 늦게, 옥스숏 살인 사건의 용의자가 체포되어 에셔와 그 부근은 흥분의 도가니가 되었다.
이미 보도한 바와 같이 위스테리아 저택에서 살고 있던 가르시아 씨는 옥스숏 공유지에서 사체로 발견되었다. 사체에는 무참하게 폭력이 가해진 흔적이 남아 있었다. 같은 날 밤, 그의 하인과 요리사가 행방을 감췄기 때문에 그들 두 사람은 살인 용의자로 지목되고 있었다. 피해자의 집 안에 있던 귀중품을 빼앗을 목적으로 범행을 저지른 듯하지만, 그 점은 아직 명확하지 않다. 수사를 담당했던 베인스 경감은 도망자들을 추적하는 데 전력을 기울였다. 그 결과 그들은 멀리 도망친 것이 아니라 미리 준비해두었던 은신처에 몸을 숨겼을 것이라는 확신을 갖게 되었다.

애초부터 그들을 쫓을 단서는 충분했다. 위스테리어 저택에 드나들던 한 상인이 창문 너머로 그곳의 요리사를 본 적이 있었는데, 그의 증언에 의해 요리사의 아주 특이한 외모가 밝혀졌기 때문이었다. 요리사는 상당한 거구에, 모습이 추했으며, 흑인과 백인의 혼혈인데 흑인의 특징이 강하게 드러나는 황갈색 피부를 가지고 있다. 이 사람은 사건 후에도 모습을 드러낸 적이 있었다. 사체가 발견되던 날 밤, 대담하게도 위스테리아 저택으로 돌아왔는데 그 모습을 발견한 월터스 경찰이 그를 추적했다. 베인스 경감은 요리사의 행동에는 어떤 목적이 있으며, 따라서 그가 다시 모습을 나타낼 것이라고 생각했다. 그래서 일부러 집 안의 경찰을 철수시키고 정원의 수풀 속에 경찰을 배치했다.

결국 요리사는 덫에 걸려들었고, 어젯밤 격렬한 저항 끝에 체포되고 말았다. 그때 체포를 하려 달려든 다우닝 순사를 물어뜯어 중상을 입혔다. 용의자를 치안 판사에게 인도해야 할 시기가 오면 경찰에서 그를 재구속할 것으로 보인다. 이번 체포로 수사에 커다란 진전이 기대된다.」

"지금 당장 베인스 경감을 만나러 가야겠네. 그가 다른 곳으로 가기 전에 만나야 해."

홈즈가 모자를 집어 들며 말했다.

마을 길을 서둘러 걸어가자니 마침 경감이 하숙집에서 나오는 모습이 보였다.

"읽으셨습니까? 홈즈 씨."

그가 신문을 내밀며 말했다.

"읽었어요, 베인스 경감. 친구로서 당신에게 한마디 충고하고 싶은데 제발 불쾌하게 생각지는 말아요."

"충고라고 하셨습니까?"

"나는 이번 사건을 아주 주의 깊게 조사해왔어요. 그래서 하는 말인데, 당신이 올바른 방향으로 수사를 진행하고 있는 것 같지 않군요. 확신이 없다면 그 방향으로 너무 멀리 나가지 않는 것이 좋을 듯합니다."

"정말 감사합니다."

"당신을 위해서 하는 말입니다."

베인스 경감이 그 조그만 눈으로 재빨리 윙크를 하는 느낌이 들었다.

"전에 약속하지 않았습니까, 홈즈 씨. 각자 자기 방식대로 수사를 진행하자고. 저는 그렇게 하고 있을 뿐입니다."

"그랬었죠. 너무 나쁘게 생각지는 말아요."

"아닙니다. 당신의 호의는 정말 감사드립니다. 하지만, 누구에게나 그 사람 특유의 방법이라는 게 있지 않습니까? 당신은 당신의 방법대로 수사를 하시죠. 그건 저도 마찬가지입니다."

"그 얘기는 여기서 그만둡시다."

"제가 손에 넣은 정보를 기꺼이 알려드리겠습니다. 체포한 남자는 말 그대로 야만인입니다. 마차를 끄는 말처럼 튼튼하고 악마처럼 난폭한 녀석입니다. 모두 힘을 합쳐 체포하기는 했지만 다우닝의 엄지손가락을 물어뜯어 하마터면 손가락이 떨어져나갈 뻔했습니다. 영어도 제대로 하지 못합니다. 뭘 물어도 신음 소리만 낼 뿐입니다."

"그가 주인을 죽였다는 증거를 잡으셨나요?"

"그런 말은 하지 않았습니다, 홈즈 씨. 그런 말은 한 적이 없습니다. 방법은 각자 사람마다 다릅니다. 서로 자신의 방법대로 수사를 하도록 합시다. 그렇게 약속하지 않았습니까?"

홈즈는 어깨를 한 번 들썩인 뒤 베인스 경감과 헤어졌다.

"저 사람을 도무지 이해할 수가 없어. 엉뚱한 방향으로 가는 느낌이 드는데. 이렇게 된 이상 각자의 방법대로 수사를 진행하고 그 결과를 지켜보는 수밖에 없겠어. 어쨌든 베인스 경감의 태도에는 이해할 수 없는 부분이 있단 말이야."

불 여관으로 돌아온 홈즈가 바로 입을 열었다.

"왓슨, 그 의자에 앉게나. 오늘 밤에 자네의 도움이 필요할지도 모르니 사정을 설명해두도록 하겠네. 내 수사가 어디까지 진행됐는지 지금부터 얘기하도록 하지.

눈에 띄는 사건의 특징은 아주 단순해. 그런데 범인을 체포하기가 여간 어려운 게 아니란 말이야. 그러기 위해서는 몇 군데 빈틈을 메워야만 해. 그럼 사건이 일어났던 날 밤, 가르시아가 편지를 받았던 일에서부터 얘기를 시작하도록 하세. 그의 하인이 살인에 관계했다는 베인스 경감의 말은 염두에 두지 않아도 좋아. 왜냐하면 에클스를 저택으로 불러들인 건 가르시아 자신이니까. 그 목적은 아무리 생각해봐도 알리바이를 만들기 위해서인 것 같아. 그러니까 그날 밤에는, 가르시아가 어떤 일을……, 어떤 범죄를 계획하고 있었고 그것을 실행에 옮기다 살해당한 거야. 알리바이를 만들어두려 했다는 게 범죄를 계획하고 있었다는 증거지.

그렇다면 누가 그를 죽였을까? 그가 계획한 범죄로 피해를 입게 될 상대가 가장 유력한 용의자라고 할 수 있어. 여기까지는 누구나 쉽게 생각할 수 있는 일 아닌가? 그렇다면 가르시아의 하인들이 모습을 감춘 이유도 아주 명확해지지. 그들 역시 가르시아가 계획한 범죄에 공범으로 동참했던 거야. 계획대로 일이 진행되어 가르시아가 무사히 집으로 돌아왔다면 설사 의심을 받게 된다 하더라도 에클스가 알리바이를 증명해줬을 테니 아무런 걱정도 없었을 거야.

하지만 그것은 매우 위험한 계획이었기 때문에 정해진 시간까지 가르시아가 돌아오지 않는다면 그가 목숨을 잃은 것이라고 쉽게 생각할 수 있었을 거야. 그럴 경우 두 사람은 미리 준비해둔 은신처에 몸을 숨기기로 되어 있었을 거고. 그렇게 하면 경찰의 수사도 피할 수 있고 다시 계획을 실행시킬 수도 있을 테니. 내 설명이 그렇듯한가?"

실타래처럼 얽혀 있던 사건이 완전히 풀린 듯했다. 매번 느끼는 일이지만, 나는 왜 지금까지 그 사실을 몰랐었는지 정말 이상할 따름이었다.

"그렇다면 하인은 왜 저택으로 돌아온 걸까?"

"서둘러 도망치느라 그가 소중한 물건을, 결코 포기할 수 없는 물건을 두고 갔기 때문이 아닐까? 그래서 두 번이나 돌아왔던 거지."

"그렇군. 다음은?"

"다음은 가르시아가 받았다던 편지에 관한 것. 그 편지는 범행 목표가 된 곳에 공범자가 있다는 사실을 나타내고 있네. 그렇다면 그곳은 어디였을까? 그곳은 커다란 집이며 조건에 맞는 집이 근처에 그리 많지 않다는 사실은 전에도 얘기한 적이 있었지?

나는 이 마을에 오자마자 식물 채집을 하러 돌아다니며 리스트에 오른 집들을 전부 살펴보고 그곳에 살고 있는 사람들의 경력까지도 전부 조사를 했어. 그중 눈에 띄는 집이 한 채 있더군. 하이 게이블 저택이라는 곳인데 제임스 왕조 양식으로 지어진 전통 있고 유명한 저택이지. 옥스숏에서 저쪽으로 1마일 정도 떨어진 곳에 있어. 살인 현장과는 겨우 0.5마일도 떨어져 있지 않고. 그 외의 집들에 살고 있는 사람들은 모두 평범하고 성실한 사람들로 이번 사건과는 관계가 없는 것 같아. 그런데 하이 게이블 저택에 살고 있는 헨더슨이라는 사람만은 아주 특이해서, 어떤 특이한 사건에 휩싸인다 해도 조금도 이상할 것이 없는 인물이었어. 그래서 나는 수사 범위를 그와 그의 가족들에게로 좁혔지.

그들은 모두 이상한 사람들이야. 왓슨, 그중에서도 가장 이상한 사람은 주인인 헨더슨이야. 그럴듯한 구실을 만들어 그를 만나러 갔었는데 깊은 생각에 잠긴 듯한 그의 움푹 들어간 검은 눈을 보고 있자니, 내 방문 목적을 꿰뚫어보고 있는 게 아닐까 하는 생각도 들었다네. 나이는 50세 전후고 건강한 체구에 힘이 넘쳐 보였어. 짙은 회색 머리카락과 굵고 검은 눈썹에 발걸음은 사슴 같고 제왕과 같은 태도를 가지고 있더군. 거칠고 거만한 양피지 같은 얼굴 깊숙한 곳에 난폭한 기질을 숨기고 있어. 외국인인지 열대에서 오랫동안 생활한 건지는 모르겠지만 거칠고 누런 피부를 가졌는데 몸은 채찍처럼 부드럽다네.

친구이자 비서인 루카스는 틀림없이 외국 사람이야. 피부가 검은색이거든. 아주 교활한 느낌을 받았는데, 사람을 대하는 태도가 싹싹한 게 꼭 고양이 같아. 말은 정중하게 하지만 악의로 가득 찬 사람이야. 이로써 외국인 그룹이 둘 등장하게 됐네. 위스테리아 저택 사람들과 하이 게이블 저택 사람들. 그렇다면 사정이 어느 정도 확실해지지 않나?

헨더슨과 루카스는 서로 마음을 터놓고 지내는 사이로 그 두 사람이 일가의 중심이야. 하지만 이번 문제에 있어서는 다른 사람이 훨씬 더 중요한 위치에 있어. 헨더슨에게는 자식이 둘 있네. 11세와 13세 된 딸이지. 그들의 가정교사로 버넷이라는 40세 전후의 영국인 여자가 함께 생활하고 있어. 그리고 충실한 하인이 한 명 있고.

지금 말한 사람들이 그 일가의 가족이라고 할 수 있지. 그들은 수많은 곳을 함께 여행하며 돌아다니고 있어. 헨더슨이 여행을 아주 좋아해서 일 년 내내 여행을 다니거든. 지난 1년간도 거의 집을 비워두었다가 몇 주 전에 하이 게이블 저택으로 돌아왔다고 하네. 큰 부자이기 때문에 무슨 일이든 마음 내키는 대로 할 수가 있어. 그 외에도 집사, 하인, 하녀 등 많은 사람들이 그곳에서 살고 있어. 영국의 시골 저택에서 흔히 볼 수 있는, 밥은 밥대로 먹으면서 일은 제대로 하지 않는 사람들이지. 지금 말한 것들은 마을 사람들의 이야기와 내가 직접 조사한 것으로 알게 된 사실이야. 이런 경우, 그 집에서 쫓겨나 원한을 품고 있는 사람이 있다면 그에게서 유용한 정보를 많이 얻을 수 있을 거야. 운 좋게도 그런 사람을 찾아냈어. 운이 좋았다고는 하지만 처음부터 그럴 생각으로 찾았던 거니까.

베인스 경감이 말한 것처럼 사람은 누구나 자신의 방법을 고수하지. 나는 내 나름대로의 방법으로 하이 게이블 저택의 정원사였던 존 워너를 찾아냈어. 거만하기 짝이 없는 주인이 홧김에 내쫓은 사람이지. 워너는 그 집에서 일하는 몇몇 하인들과 아직도 친하게 지내는데 모두 주인을 두려워하고 아주 싫어하는 사람들이야. 이것으로 그 집의 비밀을 밝혀낼 열쇠를 손에 쥐게 된 셈이야. 그런데 정말 이상한 사람들이더군. 그들에 대해 모든 것을 알고 있는 건 아니지만 아주 특이한 사람들이라는 점만은 틀림없어.

집은 한가운데서 두 부분으로 나뉘어 있는데 한쪽에는 가족이,

다른 한쪽에는 하인들이 살고 있어. 헨더슨을 직접 시중들고 있는 하인이 식사를 준비해주는 것 외에 양쪽 사이의 왕래는 전혀 없어. 연락용 문이 있어서 무엇이든 그 앞으로 가져간다고 하네. 가정교사와 아이들은 거의 외출을 하지 않아. 기껏해야 정원에 나서는 게 전부라고 하더군. 헨더슨은 혼자 다니는 적이 없다고 하네. 검은 피부의 비서가 그림자처럼 그를 따라다녀. 하인들의 말에 의하면 주인은 무엇인가를 아주 두려워한다는 거야. 워너는 '돈을 위해 악마에게 영혼을 팔았기 때문'이라고 말하더군. 악마가 언제 영혼을 가지러 올지 몰라 두려움에 떨고 있는 거라고.

그들이 어디 출신이며 무엇을 하는 사람들인지는 아무도 몰라. 정말 난폭한 사람들이지. 헨더슨은 개를 훈련시킬 때 쓰는 채찍으로 두 번이나 사람을 때린 적이 있네. 하지만 합의금을 듬뿍 주었기 때문에 재판까지는 가지 않았다고 하더군.

자, 왓슨. 새로 수집한 정보를 바탕으로 상황을 판단해보도록 하세. 가르시아가 받은 편지는 역시 그 집에서 보낸 것으로 보이네. 그건 예전부터 준비해두었던 계획을 실행하라고 가르시아에게 지시하는 편지였어. 그럼 누가 그 편지를 쓴 것일까? 그 요새와 같은 집에 살고 있는 사람으로, 그는 틀림없이 여자야. 그렇다면 가정교사인 버넷 외에는 그럴듯한 인물이 없어. 아무리 생각해봐도 같은 답이 나올 뿐이야. 우선은 이 답을 사실이라 인정하고 이야기를 계속 해보기로 하세. 그러면 어떤 답이 나오는지 확인해보기로 하자고. 참, 버넷의 나이나 성격으로 봐서 이 사건에 연애 문제가 관계

됐을 거라고 봤던 애초의 생각은 무시해도 좋을 것 같아.

편지를 쓴 사람이 버넷이라면, 그녀는 가르시아의 친구이자 공범자일 거야. 가르시아가 죽었다는 소식을 접한 그녀는 과연 어떤 행동을 보일까? 그가 계획한 일이 부정한 일이고 그것을 실행에 옮기다 살해당했다면 그녀는 틀림없이 입을 다물고 있을 거야. 하지만 그를 살해한 사람에 대해서는 원한과 증오심을 품게 되겠지. 복수할 수만 있다면 복수하려고 들 거야.

그녀를 만나 그 점을 이용할 수는 없을까? 나는 처음에 그렇게 생각했어. 그러던 중에 좋지 않은 소식을 접하게 됐어. 사건이 있던 날 밤 이후로 버넷을 본 사람이 아무도 없다는 거야. 그날 밤 이후로 완전히 모습을 감췄다고 하더군. 그녀는 아직 살아 있는 걸까? 자신이 불러들인 친구 가르시아와 마찬가지로 그날 밤에 살해당한 건 아닐까? 아니면 어딘가에 갇혀버린 걸까? 무슨 일이 있어도 이 점을 밝혀내야 하네.

이번 사건이 얼마나 까다로운 것인지 이제 알겠나? 체포 영장을 발부 받고 싶어도 사실을 증명해줄 만한 증거가 하나도 없어. 치안 판사에게 말해봐야 말도 안 되는 공상이라며 비웃기만 할 거야. 여자가 행방불명됐다는 것만으로는 이유가 충분하지 않아. 그 이상한 집에서 사람이 일주일 정도 행방을 감추는 건 그리 드문 일이 아니니까. 하지만 지금 이 순간 버넷이 목숨을 잃을지도 모르는 일이야. 그 집 정원사였던 워너를 문 옆에 세워두고 그 집을 감시하게 했는데 지금 내가 할 수 있는 일은 그것뿐이야. 지금으로써는 달리 방법이 없어. 법의 힘을 빌릴 수 없다면 우리가 위험에 뛰어들 수밖에 없지."

"어쩔 생각인가?"

"그녀의 방이 어딘지 알고 있어. 별채의 지붕을 통해서 들어갈 수 있는 곳이야. 오늘 밤, 우리 둘이서 수수께끼의 핵심을 파고들자고."

솔직히 말해서 나는 그 방법이 별로 마음에 들지 않았다. 살인의 분위기를 자아내고 있는 낡은 집, 기묘하고 무시무시한 사람들, 침입할 때 있을지도 모를 뜻밖의 위험, 법률상 불리한 위치에 서야한다는 사실. 이런 점들을 생각한다면 도저히 그의 말을 따르고 싶지가 않았다. 하지만 홈즈의 냉정한 추리에는 물러남을 용납하지 않는 묘한 힘이 있었다. 이런 모험을 하지 않고서는 절대로 사건을 해결할 수 없는 것이다. 나는 말없이 그의 손을 쥐었다. 더 이상 뒤로 물러설 수는 없었다.

하지만 우리는 결국 그런 위험을 감수하지 않아도 되었다. 3월의 어스름이 내릴 무렵인 오후 5시경, 흥분한 한 사람이 방으로 뛰어들었기 때문이었다.

"녀석들이 떠났습니다, 홈즈 씨. 조금 전 마지막 열차로 떠났습니다. 버넷 씨가 도망쳐 나왔기에 마차에 태워 이리로 데리고 왔습니다."

"잘 했어요, 워너 씨! 왓슨, 드디어 빈틈이 메워진 것 같네."

홈즈가 자리에서 벌떡 일어나며 말했다.

마차에 있던 여자는 정신적으로 심한 충격을 받았는지 거의 실신 직전에 있었다. 날카로운 콧날을 한 얼굴에는 최근에 있었던 비극의 흔적이 뚜렷하게 남아 있었다. 숙이고 있던 고개를 들어 그녀가 멍한 눈으로 우리를 바라보았다. 잿빛 홍채에 둘러싸인 동공이 까만 점처럼 수축되어 있었다. 아편을 먹인 것이다.

"말씀하신 대로 문 옆에 서서 감시를 하고 있었습니다. 마차가 나오기에 뒤를 쫓아서 역까지 갔습니다. 이 여자는 몽유병자처럼 흐느적흐느적 걷고 있었는데 녀석들이 기차에 태우려 하자 갑자기 난폭해지기 시작했습니다. 녀석들이 억지로 기차에 태웠습니다. 그러자 다시 난동을 피우더니 밖으로 뛰어내렸습니다. 그때 내가 여자에게로 달려가서 마차에 싣고 여기로 데려온 겁니다. 둘이서 도망칠 때 기차의 창문 너머로 우리를 바라보던 녀석의 얼굴은 평생 잊을 수 없을 겁니다. 녀석에게 걸리면 목숨이 열 개라도 모자랄 겁니다. 검은 눈으로 노려보는 노란 악마였어요."

해고된 정원사 워너가 말했다.

우리는 그녀를 이층으로 옮겨 소파에 눕혔다. 진한 커피를 두 잔 마시게 하자 아편으로 몽롱했던 머리가 간신히 맑아진 듯했다. 베인스 경감을 부른 홈즈가 서둘러 사정을 설명했다.

"아, 제가 원하던 증거를 손에 넣으셨군요. 저는 처음부터 당신과 같은 방향으로 수사를 진행하고 있었습니다."

경감이 홈즈의 손을 덥석 잡으며 말했다.

"뭐라고? 당신도 헨더슨 씨를 주시하고 있었다고요?"

"그렇습니다, 홈즈 씨. 당신이 하이 게이블 저택의 수풀 사이를 기어다닐 때 저는 농장의 나무 위에서 그 모습을 내려다보고 있었습니다. 나머지는 누가 먼저 증거를 손에 넣느냐 하는 일뿐이었습니다."

"그럼 요리사는 왜 체포한 거지?"

"헨더슨이라 자칭하던 그 사람은 자신이 의심받고 있다는 사실을 눈치 챘을 겁니다. 안전하다고 판단될 때까지 가만히 몸을 숨긴 채 절대로 움직이지 않을 겁니다. 엉뚱한 사람을 체포해서 그를 안심시키려 했던 것입니다. 그러면 그는 어딘가로 도망치려 할 것이고, 그러면 버넷 씨에게도 접근할 기회가 생길 테니까요."

베인스 경감이 조그맣게 웃었다.

"당신은 틀림없이 출세할 거예요. 당신은 본능과 직감을 모두 갖추고 있어요."

홈즈가 그의 어깨에 손을 얹으며 말했다.

베인스 경감이 기쁘다는 듯 얼굴을 붉히며 말했다.

"이번 주 내내 사복 경찰에게 역을 지키라고 시켰습니다. 하이 게이블 사람들이 기차에 오르면 어디까지고 뒤쫓으라고 명령해두었습니다. 버넷 씨가 도망친 순간에는 형사도 당황했을 겁니다. 하지만 당신의 조수 워너 씨가 그녀를 데려왔으니 이제 모든 일은 다 끝난 거나 마찬가집니다. 그녀의 증언이 없으면 그들을 체포할 수 없으니 가능한 한 빨리 진술을 듣고 싶습니다."

홈즈가 버넷을 바라보며 말했다.

"점점 정신이 드는 모양이군. 그건 그렇고 베인스 경감, 헨더슨 씨가 대체 어떤 작자입니까?"

"예전에 '산 페드로의 호랑이'라 불리던 돈 무릴로라는 사람입니다."

산 페드로의 호랑이! 순식간에 그 사람의 경력이 내 머리를 스치고 지나갔다. 그는 지금까지 문명국이라 불리던 나라를 지배해온 수많은 군주 중에서도 가장 비열하고 피에 굶주린 폭군이었다. 힘이 세고, 대담무쌍하며, 정력적인 이 사람은 10년, 아니 12년 동안이나 공포에 떠는 사람들에게 온갖 폭정을 베풀었다. 중앙아메리카 전역에서 그의 이름을 두려워했다고 한다.

그러다 드디어 폭정에 견디다 못한 민중들이 들고일어났다. 하지만 그는 극악무도할 뿐만 아니라 교활하기도 한 사람이었다. 반란의 조짐이 보이자 심복들을 태운 배에 가만히 재화를 옮겨 실으라고 명했다. 이튿날, 폭도들이 궁전으로 쏟아져 들었지만 그곳은 이미 빈껍데기일 뿐이었다. 독재자도 없었고, 두 딸도 없었으며, 비서도, 재산도 무엇 하나 눈에 띄질 않았다. 그날 이후, 그의 행방을 아는 자는 아무도 없었다. 유럽의 신문에서 이 사람의 현재 상황에 대해서 몇 번이고 보고를 한 적이 있었다.

베인스 경감이 말을 이었다.

"조사해보면 알겠지만 산 페드로의 국기는 그 편지에 적혀 있던 녹색과 흰색으로 되어 있습니다. 그는 지금 헨더슨이라는 이름을 쓰고 있지만 저는 과거로 거슬러 올라가 지난날의 그의 행적을 조사해봤습니다. 파리, 로마, 마드리드, 바르셀로나. 산 페드로를 출발한 배는 1886년에 바르셀로나에 도착했습니다. 복수를 꿈꾸던 사람들은 계속 그의 뒤를 쫓았습니다. 그리고 이제야 그가 있는 곳을 찾아낸 것입니다."

"1년 전에 그를 찾아냈어요."

조금 전부터 자리에서 일어나 베인스 경감의 말을 열심히 듣고 있던 버넷이 얘기를 시작했다.

"전에도 파리에서 암살 계획을 세웠던 적이 있었어요. 하지만 악마가 그 사람을 지키고 있는 걸까요? 이번에도 용감하고 고귀한 가르시아가 목숨을 잃고 그 괴물은 목숨을 부지했어요. 하지만 그를 처단하려는 사람들이 끊임없이 일어나 언젠가는 정의가 실현될 날이 오고야 말 겁니다. 내일 새로운 태양이 떠오르듯 이 일은 반드시 실현되고 말 겁니다."

그녀가 가느다란 손을 굳게 쥐었다. 격렬한 증오심 때문에 여윈 얼굴이 창백하게 변해 있었다.

"그런데 당신은 이번에 사건에 왜 관여하게 된 거죠? 영국인 여자가 이런 피비린내 나는 사건에 관여할 줄이야."

홈즈가 물었다.

"이것 말고는 달리 정의를 실현할 방법이 없었기 때문이에요. 몇년 전에 산 페드로에서 흘렸던 많은 피와 그 사람이 배에 가득 훔쳐 달아난 재산에 대해서 영국의 법률이 뭘 어떻게 해줄 수 있단 말입니까? 당신들에게는 아무런 관계도 없는 사건으로만 여겨지겠지요. 하지만 우리는 알고 있어요. 슬픔과 고통을 통해서 진실을 배웠거든요. 돈 무릴로 같은 악마는 지옥에도 없을 거예요. 희생자들이 복수를 부르짖고 있는 한, 우리에게 평화란 있을 수 없어요."

"그는 틀림없이 난폭한 사람입니다. 그가 얼마나 난폭한지 나도 들은 적이 있어요. 그가 당신에게 어떤 짓을 했나요?"

"전부 말씀드리도록 하지요. 그 악당은 언젠가 자신의 지위를 위협할 만한 우수한 인물이 나타나면 적당한 구실을 만들어 그들을 죽였어요.

제 본명은 빅토리아 두란도에요. 남편은 런던에 주재하고 있던 산 페드로의 공사였죠. 우린 런던에서 만나 결혼했어요. 남편처럼 훌륭한 사람은 이 세상에 없을 거예요. 불행하게도 남편에 대한 평판을 들은 돈 무릴로가 적당한 구실로 남편을 본국으로 불러들여 살해했어요. 운명을 예감했던 것인지 남편은 저를 절대로 데려가려 하지 않았어요. 그의 재산은 전부 몰수당했고, 남은 것이라고는 약간의 돈과 찢어진 마음뿐이었어요.

그 후, 폭군 돈 무릴로 실각했어요. 그리고 조금 전에 말씀드렸던 것처럼 외국으로 도망쳤어요. 하지만 그 사람 때문에 인생을 망치거나, 가족과 사랑하는 사람을 잃은 수많은 사람들은 그런 결말을 원하지 않았어요. 그들은 결사를 만들어 목적을 달성할 때까지 결코 해산하지 않겠다고 굳게 다짐했죠.

권력을 잃은 그 폭군이 이름을 헨더슨으로 바꿨다는 사실을 알아냈어요. 저는 그들 가족에게 접근하여 그들의 동정을 살피고 그것을 동료들에게 알려주는 역할을 맡게 되었죠. 그래서 가정교사로 가장해 그 집에 잠입했어요. 식사를 할 때마다 마주치는 여자가, 예고 1시간 만에 죽여버린 남자의 미망인일 거라고는 생각지도 못했을 거예요. 저는 그 남자에게 상냥하게 대했고, 아이들에 대한 제 의무도 충실히 수행하면서 기회를 엿봤습니다. 파리에서의 계획은 실패로 돌아가고 말았어요. 그들은 유럽 여기저기를 돌아다니며 도망다니다 드디어 추적자들을 따돌리고 하이 게이블 저택으로 돌아왔죠. 이 집은 그가 영국에 처음 왔을 때 산 집이에요.

하지만 여기에서도 정의의 사자가 그를 기다리고 있었어요. 산 페드로 고관의 아들인 가르시아가요. 가르시아는 그 사람이 언젠가 이곳으로 돌아올 것이라 믿고 신분은 낮지만 신뢰할 수 있는 동료 두 사람과 함께 여기서 기다리고 있었던 거예요. 세 사람 모두 복수심을 불태우고 있었어요. 돈 무릴로는 한시도 경계를 늦추지 않고 어딜 가든 심복인 루카스를 데리고 다녔어요. 그래서 낮에는 도저히 손을 쓸 수가 없었죠. 하지만 밤에는 혼자 자기 때문에 그를 덮칠 기회가 있었어요.

드디어 거사를 치르기로 한 날 밤, 저는 미리 약속한 대로 가르시아에게 마지막 지시를 보냈어요. 왜냐하면 돈 무릴로는 끊임없이 경계를 늦추지 않고 침실을 자주 바꿨거든요. 저는 문을 미리 열어놓고 마차 길에 면한 창으로 가서 녹색이나 흰색 등불로 일을 실행에 옮길 것인지 연기할 것인지를 그들에게 알리려 했어요. 하지만 그 모든 일이 수포로 돌아가고 말았어요. 비서 루카스가 저를 전부터 의심하고 있었던 거예요. 가르시아에게 보낼 편지를 완성시킨 순간, 뒤에 숨어 있던 그가 저를 덮쳤어요.

저를 방으로 끌고 간 그와 돈 무릴로는 반역자라며 저를 몰아세웠어요. 물론 그 자리에서 찔러 죽이고 싶었겠지만 그러면 뒤처리가 힘들어지기 때문에 그러지는 않았어요. 둘이 오랜 얘기를 나눈 끝에 저를 죽이는 건 너무 위험하다는 결론을 내리더군요. 하지만 그들은 가르시아는 영원히 없애주겠다고 결심했어요. 제게 재갈을 물린 뒤 팔을 비틀어 가르시아의 주소를 자백하도록 했어요. 가르시아를 죽일 생각이었다는 사실을 알고 있었다면 비록 팔이 찢겨져 나간다 할지라도 결코 자백하지 않았을 텐데....... 로페스는 내가 쓴 편지에 수신인을 적고 커프스단추로 봉인한 다음, 하인 호세에게 그것을 전달하도록 했어요.

그들이 어떻게 가르시아를 죽였는지는 모르겠어요. 어쨌든 실제로 그를 죽인 건 돈 무릴로예요. 루카스는 집에 남아서 저를 감시했거든요. 구불구불한 오솔길 옆에 있는 가시금작화 수풀 속에서 기다리고 있다가 이곳으로 오던 가르시아를 습격했을 거예요. 처음에는 가르시아를 집 안까지 끌어들인 다음, 도둑을 발견하여 죽인 것처럼 꾸밀 생각이었어요. 하지만 이 집에 경찰을 불러들이면 곧 그들의 정체가 알려져 앞으로도 계속해서 공격을 받게 될 것이라고 얘기하는 것을 들었어요. 가르시아의 사망 소식에 다른 사람들이 겁을 먹고 복수를 포기할지도 모른다고도 말했어요.

모든 일이 그들의 뜻대로 진행됐어요. 한 가지 문제는 제가 범행 사실을 알고 있다는 것이었죠. 그러니 하루에도 몇 번씩 저를 죽이고 싶었을 거예요. 그들은 제가 전에 쓰던 방에 저를 가둬놓고 무시무시한 말로 협박하기도 하고, 정신이 나가버릴 정도로 학대를 하기도 했어요. 이 어깨에 찔린 자국과 두 팔의 멍을 보세요. 그때 창밖으로 커다란 소리를 질렀더니 재갈을 물리더군요.

그런 끔찍한 날들이 5일이나 계속됐어요. 그동안 그들은 먹을 것도 제대로 주지 않았어요. 오늘 오후가 돼서야 드디어 제대로 된 식사를 가져왔는데 먹고 난 후에 마약을 먹었다는 사실을 알게 됐어요. 마약 때문에 정신이 몽롱해진 저는 반은 끌려가다시피 해서, 반은 업혀가다시피 해서 마차에 올랐어요. 그러고는 그대로 기차에 끌려올라갔어요. 기차가 움직이려는 순간, 지금이 아니면 도망칠 기회가 없을 것이라는 사실을 깨달았어요.

기차에서 뛰어내렸지만 그들이 금방 쫓아와서 다시 끌고 가려 했어요. 만일 저를 마차에 태워주지 않았다면 저는 억지로 끌려가고 말았을 거예요. 덕분에 그 사람들의 손길이 미치지 않는 곳으로 도망칠 수 있었어요."

우리는 모두 이 놀라운 얘기에 도취해 있었다. 처음으로 입을 연 것은 홈즈였다.

"이것으로 모든 문제가 끝났다고 볼 수는 없겠는걸. 경찰의 조사는 끝났지만 지금부터는 법률이 제 역할을 해줘야 하니말이야."

홈즈가 고개를 옆으로 흔들며 말했다.

"맞는 말이야. 언변이 뛰어난 변호사에게 걸리면 정당방위로 풀려날지도 모르겠어. 실제로는 수많은 범죄를 저질렀겠지만 재판에 걸 수 있는 건 이번 사건뿐이니."

내가 말했다.

"글쎄요, 제 생각에는 법률이라는 것도 꽤 쓸만한 녀석 같습니다만. 틀림없이 정당방위라는 것이 있기는 합니다. 하지만 살인을 목적으로 냉혹하게 타인을 불러들였다면 그건 도저히 정당방위가 될 수 없습니다. 설사 상대방에게서 위협을 느끼고 있다 하더라도요. 하이 게이블 저택 사람들을 다음에 열리는 길포드 순회 재판에 회부하면 틀림없이 우리의 주장이 받아들여질 겁니다."

지금은 옛날이야기가 되어버렸지만 '산 페드로의 호랑이'가 죗값을 치른 것은 그로부터 좀 더 시간이 흐른 후였다. 교활하고 대담한 폭군과 그의 동행은 에드몬튼 가에 있는 하숙집에서 묵는 척하고는 뒷문을 통해 커즌 광장으로 빠져나가 그대로 추격을 따돌리고 달아났다. 이후 영국 내에서는 두 사람의 모습을 찾아볼 수 없었다. 그로부터 약 6개월 후, 마드리드에 있는 에스큐리얼 호텔에서 몬탈바 후작과 그의 비서인 룰 리가 살해되었다. 허무주의자의 소행이라고 여겨졌지만 결국 범인은 잡아들이지 못했다.

베인스 경감이 베이커 가에 있는 우리의 하숙으로 찾아와 살해당한 두 사람의 사진을 보여주었다. 검은 피부의 비서와 난폭한 얼굴에 사람들 끌어당기는 검은 눈에 두꺼운 눈썹을 가진 주인. 조금 늦어지기는 했지만 드디어 정의의 심판이 가해진 것이다.

그날 밤, 홈즈가 파이프로 담배를 피우며 말했다.

"여러 가지 일들이 복잡하게 얽힌 사건이었어, 왓슨. 자네가 좋아하는 아담한 얘기로 정리하기는 힘들 것 같은데. 얘기가 두 대륙에 걸쳐서 진행되고, 베일에 싸인 두 개의 그룹이 등장하니 말일세. 거기다 우리의 존경할 만한 친구 에클스까지 가세해서 사건이 더욱 복잡해지지 않았나. 에클스를 끌어들이다니 죽은 가르시아의 치밀한 계획과 방어 본능에 놀라지 않을 수 없네.

여러 가지 해석이 가능했기 때문에 처음에는 갈피를 잡기가 쉽지 않았지만 우리는 훌륭한 경감과 협력해서 중요한 부분만을 확실하게 파헤쳤어. 그 덕분에 험한 길을 더듬어 가기는 했지만 결국에는 진상을 밝혀낼 수가 있었지. 이런 점들이 이번 사건의 특징이라고 할 수 있을 거야. 아직도 명확하지 않은 부분이 있나?"

"요리사가 위스테리아 저택을 다시 찾은 이유는?"

"부엌에 있던 기묘한 미라 때문이었어. 그는 산 페드로의 오지에서 살던 사람으로 그것을 숭배하고 있어. 동료와 함께 미리 준비해둔 은신처로 도망칠 때 그런 눈에 띄는 물건은 그냥 두고 가자고 동료가 그를 설득했을 거야. 하지만 그는 그것을 끝내 포기하지 못했지. 그래서 이튿날 위스테이아 저택을 다시 찾은 거야. 창문을 통해서 들여다보니 월터스 경찰이 감시를 하고 있었어. 그는 사흘 동안 참았지만 신앙이라는 미신의 힘을 이기지 못하고 다시 한 번 저택을 찾은 거야.

베인스 경감은 영리한 사람이었기 때문에 내 앞에서는 그 문제를 특별히 문제 삼지 않았어. 하지만 실제로는 그것이 매우 중요한 일이라는 사실을 알고 있었어. 그래서 덫을 놓아 요리사를 잡은 거지. 더 알고 싶은 게 있나, 왓슨."

"갈가리 찢긴 새, 피가 담긴 양동이, 검게 타버린 뼈 등 부엌에 있던 기분 나쁜 물건들은 뭐지?"

홈즈가 빙그레 웃으며 수첩을 넘겼다.

"오전 시간에 그 마을에서 대영 박물관으로 외출했던 날, 그것에 대해서도 조사를 해봤네. 지금부터 읽는 내용은 에커만의 『부두 교와 흑인의 종교』에서 발췌한 내용일세.

「참된 부두 교도들은 중대한 일을 치르기에 앞서 사악한 신을 달래기 위해 반드시 산 제물을 바친다. 극단적인 경우에는 인간을 산 제물로 바친 뒤 인육을 먹기도 한다. 보통은 하얀 수탉이나 검은 염소를 제물로 바친다. 수탉은 산 채로 찢으며, 염소는 목을 베어 몸통을 태운다.」

그러니까 그 요리사는 정확하게 의식을 거행한 거야. 이상한 얘기 아닌가? 전에도 얘기했지만 이상한 것은 아주 사소한 일을 계기로 재미있는 것이 되어버리기도 하지."

홈즈는 이렇게 말하며 천천히 수첩을 접었다.

소포상자
The Adventure
the Cardboard Box

내 친구 셜록 홈즈의 뛰어난 지적능력을 보여준 사건은 많지만 그 대표적인 사건을 고르는데 있어 파격적인 요소가 적으면서도 그의 재능을 공정하게 보여준 것만을 발표하려 노력을 했다.

　단지 범죄의 불가결한 센세이셔널리즘을 완전히 배제하는 것은 불가능하고 전기 작가의 입장에서 이야기의 본질에 관한 상세한 부분을 희생하고 사건의 느낌이 바뀔지라도 어쩔 수 없이 가감할 것인가, 혹은 선택하지 않고 그냥 주어진 소재를 있는 그대로 표현해야 할지 딜레마에 빠지게 된다. 이런 전제 하에 내 메모장에 있는 진기하고 독특한 일련의 사건으로 발전한 것에 대해 적기로 한다.

　8월의 타는 듯이 더운 어느 날이었다. 베이커가의 방은 마치 오븐 속과 같았고 길 건너 노란 색 벽돌에 반사된 햇빛 때문에 눈이 따가울 정도였다. 겨울동안 안개에 쌓여 음침함을 자아내던 바로 그 벽이라고는 믿기지 않을 정도다.

방 안의 블라인드를 반쯤 내려둔 채 소파에 몸을 뉘인 홈즈는 아침에 배달된 편지를 몇 번이고 반복해 읽었다. 나는 군의관으로 인도에서 복무한 경험이 있어 추위보다 더운 편이 한결 견디기 쉽고 기온이 90도(섭씨 32.2도)까지 올라가더라도 그리 힘들지 않다.

하지만 조간신문에 재밌는 기사가 없었다. 의회는 이미 폐회했고 런던사람도 대부분 빠져나가고 없었다. 나는 뉴 포레스트 주변 숲이나 사우스씨 해변에 가고 싶은 마음이 굴뚝같았지만 은행잔고가 바닥나기 일보직전이라 당분간 휴가는 엄두도 못 내는 상황이었다. 한편 홈즈는 산이건 바다건 전혀 관심이 없는 남자다. 미해결 사건의 소문이나 그림자가 조금이라도 흘러나오면 바로 달려가려고 정보망을 펼쳐 두고 런던 500만 시민 속에 진을 치고 있고 싶어 하는 것이다. 여러 가지 뛰어난 재능을 가진 홈즈가 자연을 즐기는 능력은 부족하다. 가끔 시골 마을로 발길을 옮길 때는 런던의 악당에서 벗어나 시골에 있는 악당을 잡으러 갈뿐이다.

홈즈는 편지에 빠져 말상대를 해주지 않아 나는 재미없는 신문을 집어던지고 의자에 깊숙이 파고들어 몽상에 잠겼다. 그러다 갑작스런 홈즈의 목소리로 몽상은 끝이 났다.

"왓슨, 자네 말이 맞네. 국제문제 해결책으로 전쟁은 최악이야."

"맞아, 최악이지!" 반사적으로 대답하고 나는 섬뜩했다. 내가 마음속으로 생각하고 있던 게 홈즈의 입을 통해 나온 것이다. 자세를 고쳐 앉아 어리둥절한 눈으로 그의 얼굴을 바라봤다."

"홈즈, 대체 어떻게 된 거지? 무슨 짓을 한 건가?"

어리둥절한 나를 보고 재미있는 듯 웃으며 말했다.

"언젠가 앨런 포우의 단편 한 구절 들려준 적이 있지? 주의 깊은 추리가가 동료가 생각하고 있는 것을 말하지 않아도 맞추는 이야기 말이네. 그때 자네는 작가들에게만 있는 특별한 능력이라고 했지. 하지만 그 정도 일이라면 내가 실제로 자주하고 있다고 하니까 믿지 않았잖아."

"아니, 그런 말한 적 없네."

"아니, 말을 하지 않아도 얼굴에 그렇게 쓰여 있었네. 그래서 자네가 신문을 던져버리고 몽상에 빠진 걸 보고 생각을 읽어낼 좋은 기회라고 여겨져 기뻤네. 그리고 마음속에 들어가 자네 생각과 통하고 있다는 것을 증명해 보인 걸세"

나는 아직 이해가 가지 않았다. "자네가 읽어준 포우의 이야기에서는 상대의 움직임으로 여러 가지 추리를 통해 결론을 끌어냈네. 아마 돌부리에 걸려 넘어지거나 별을 바라보는것 따위로 기억하고 있네. 헌데 나는 아까부터 이 의자에 조용히 앉아만 있었네. 자네의 단서가 될 만한 행동은 전혀 한 적이 없었을 텐데."

"자네는 자신에 대해 너무 모르는군. 얼굴 표정은 그 사람의 감정을 나타내 주는 것일세. 자네의 얼굴표정은 정직 그 자체지."

"얼굴 표정으로 내 생각을 읽어냈다고?"

"그래, 특히 눈에서. 자네 스스로는 어떤 식으로 몽상에 빠지기 시작했는지 기억이 안 나지?"

"으응, 생각 안 나네."

"그렇다면 내가 가르쳐 주지. 자네가 신문을 집어던졌을 때부터 주의 깊게 봤는데 그 뒤로 자네는 30초 정도 멍한 상태였네. 그리고 최근 액자에 넣은 고든 장군(1833년~1885년. 영국 군인, 식민지 행정관)의 초상화를 쳐다봤네. 얼굴 표정이 바뀌어서 몽상에 빠졌다는 걸 알게 됐지.

하지만 그것도 그리 오래가지 않았네. 자네 눈은 아직 액자에 넣지 않은 헨리 워드 비쳐(1813년~1887년. 미국인 목사)의 초상화로 옮겨졌지. 그리고 살짝 벽을 올려다봤는데 그게 무슨 의민지도 알고 있네. 다시 말해 비쳐의 초상화를 액자에 넣어 빈 벽에 걸면 반대편에 있는 고든 장군 초상화와 잘 어울릴 거라고 생각했을 걸?"

"으응, 아주 정확해!"

"여기까지는 고민할 게 없었지. 헌데 자네는 다시 비쳐에 대해 생각하기 시작했지. 마치 관상을 보는 듯 초상화 속 얼굴을 뚫어져라 바라봤네. 잠시 후 눈을 가늘 게 뜨는 행동은 멈췄지만 여전히 눈을 떼지 않고 뭔가 생각에 잠긴 표정이었네. 비쳐의 생애에 일어났던 여러 가지 일들에 대해 회상에 잠겼었지. 그가 남북전쟁에서 북부를 위해 맡은 역할에 대해 자네가 생각하고 있을 거라 생각했네. 비쳐가 연설을 위해 영국에 왔을 때 영국의 난폭한 무리가 무례한 행동을 한 것에 대해 자네가 상당히 분개했던 걸 기억하고 있으니까. 자네는 꽤나 열성적이었으니까 비쳐하면 틀림없이 그때 일을 생각한 게 당연하지.

얼마 후 자네 눈은 초상화에서 벗어나 배회하기 시작했고 이번에는 남북전쟁에 대해 생각하는 듯 했네. 입을 꾹 다물고 눈을 부릅뜬 채, 두 주먹을 불끈 쥔 걸 보면 남북전쟁으로 양군이 결사의 항전으로 보여준 용맹함을 떠올렸을 게 분명하네.

잠시 후, 자네는 갑자기 슬픈 표정을 지었네. 고개까지 흔들며. 전쟁의 비참함, 공포, 안타깝게 빼앗긴 수많은 사람들의 목숨을 떠올렸겠지. 손이 자네의 옛 상처를 만지더니 입가에 옅은 미소가 비쳤네. 그래서 국제문제를 전쟁으로 해결하려는 게 어리석다는 생각이 자네 머릿속을 가득 채우고 있을 거라 생각했네. 그래서 나도 자네 생각에 찬성해 어리석음의 절정이라고 말했는데 다행히 내 추리가 맞았던 것 같군.”

“그야말로 딱 이야! 설명을 듣고 나니 더 놀라워.”

“왓슨, 이 정도는 아직 약과야. 예전에 자네가 내 말을 의심하지만 않았더라도 자네 몽상을 방해하지는 않았을 텐데. 헌데 지금 문제가 생겼는데 이건 독심술 실험처럼 간단히 해결되지 않을 것 같군. 크로이던의 크로스 가에 살고 있는 미스 쿠싱 씨 앞으로 소포가 도착했는데 아주 엄청난 거란 걸 조간신문에서 봤겠지?”

“아니, 못 봤는데.”

“뭐! 그래, 그냥 흘려버렸군. 그 신문 좀 던져주게. 자, 여기. 경제난 밑에 나왔잖아. 읽어봐 주겠나?”

홈즈가 되던진 신문을 주워들고 신문을 읽어나갔다. ‘섬뜩한 소포’ 라는 제목이었다.

「크로이던의 크로스 가에 살고 있는 미스 수잔 쿠싱이 아주 못된 장난으로 피해를 입었다. 장난이 아니라면 더욱 불길한 의미가 감춰져 있을 가능성도 있다. 어제 오후 2시, 갈색 포장지의 소포가 미스 쿠싱에게 배달됐다. 소포의 내용물은 굵은 소금으로 가득 채워진 종이 상자로 소금 속에서 놀랍게도 잘린 지 얼만 안 된 사람의 귀 두 개가 발견됐다. 소포는 전날 오전에 벨파스트에서 발송된 것으로 발송인의 이름은 없다. 미스 쿠싱은 50세의 미혼여성. 독신 생활에 사람들과의 왕래는 물론 편지를 주고받는 사람도 거의 없다. 따라서 우편물을 받는 것 자체가 드물다는 점에서 더욱 더 불가사의한 일이다.

단지 몇 년 전, 펜지(켄트 서북부의 도시지구)에 살았을 때 젊은 의학생 세 명에게 방을 임대했으나 그들의 생활이 불규칙하고 너무 시끄러워 결국 내보낸 적이 있다고 한다. 이번 사건은 당시 세 명의 청년 중 누군가가 원한을 품고 미스 쿠싱을 겁주기 위해 해부실 시체에서 귀를 잘라 보낸 것으로 경찰은 추측하고 있다. 미스 쿠싱에 의하면 학생 중 한명이 아일랜드 북부 벨파스트 출신이라고 증언해 이 설이 유력시 되고 있다. 한편 이 사건은 스코틀랜드 야드에서 가장 유능한 레스트레이드 형사가 맡아 적극적으로 수사에 임하고 있다.」

"데일리 크로니클의 기사는 그게 전부 일세." 내가 다 읽자 홈즈가 입을 열었다. "다음은 우리 친구 레스트레이드에게 온 편지네.

내용은 이래."

「본 건은 당신의 전문분야라고 생각합니다. 우리 경찰도 충분히
해결할 수 있지만 수사 실마리를 잡는데 약간의 어려움을 겪고 있
습니다. 벨파스트 우체국에는 전보로 확인한 결과 당일 소포 접수
량이 너무 많아 해당 소포는 물론 발송자도 기억하지 못 한다고 합
니다. 종이 상자는 하니듀 담배(당밀로 단 맛을 첨가한 담배)의 반 파운
드 상자지만 이것만으로는 단서가 충분하지 않습니다. 저로서는
여전히 의학생들이 유력한 용의자로 보이지만 혹시 시간이 가능하
시다면 이쪽으로 방문해 주시면 감사하겠습니다. 크로이던의 쿠싱
씨 집, 혹은 경찰서에 대기 중입니다.」

"어떤가, 왓슨. 이 더위에 크로이던까지 함께 갈 기운이 있는가?
어쩌면 자네 사건부에 걸 맞는 사건일지도 몰라."

"뭐 할 일이 없나 근질근질하던 찰나였네."

"그거 마침 잘 됐군. 벨을 울려 외출용 신발을 가져오라고 하지.
그리고 마차도 부르라고 해주게. 나는 가운을 갈아입고 담배갑을
가득 채워 오겠네."

기차를 타고 있는 동안 한 줄기 비가 쏟아졌고 크로이던에 도착
해보니 런던보다 훨씬 쾌적했다. 홈즈가 미리 전보를 쳐둬 작고 마
른 마치 페럿(족제비과)을 닮은 레스트레이드 형사가 역으로 마중을
나와 있었다. 역에서 걸어서 5분 거리에 미스 쿠싱이 사는 크로스

가에 도착했다.

양 옆으로 2층 벽돌집이 아주 길게 늘어선 거리였다. 모든 집들이 아담하고 현관에 흰 돌계단이 있다. 여기저기 문 앞에 앞치마를 두른 여성들이 모여 수다를 떠는 모습을 볼 수 있는 흔한 마을이었다.

레스트레이드가 거리 중간쯤에서 발길을 멈추고 어느 집 문을 두드렸다. 안에서 작은 몸집의 하녀가 나타나 우리들을 미스 쿠싱이 있는 현관 옆방으로 안내했다. 미스 쿠싱은 온화한 표정에 커다랗고 부드러운 눈을 한 여성으로 흰머리가 섞인 머리카락이 관자놀이 양 옆으로 곡선을 그리며 내려와 있었다. 무릎 위에는 짜고 있던 의자 커버가 놓여 있고 다른 의자 위에는 형형색색의 비단실이 바구니에 걸쳐 있었다.

"그 끔찍한 물건은 헛간에 있어요. 한꺼번에 다 가져가 주시면 좋을 걸." 레스트레이드의 얼굴을 보자마자 미스 쿠싱이 입을 열었다.

"그렇게 하겠습니다. 쿠싱 씨. 단지 홈즈 씨가 당신이 계신 곳에서 보는 게 좋을 것 같아서 잠시 댁에 보관해둔 것뿐입니다."

"어째서 내가 함께 봐야하죠?"

"홈즈 씨가 혹시 물어볼게 있을 수도 있으니까요."

"제게 물어도 소용없어요. 아는 게 아무것도 없다고 몇 번을 말씀드려야 하나요."

"맞는 말씀입니다." 홈즈가 달래듯 말했다. "이번 일로 많이 놀라셨겠습니다."

"당연하죠. 저는 혼자 숨어살 듯 지내고 있어요. 신문에 이름이 실리고, 경찰이 찾아온 건 생전 처음 겪는 일이에요. 레스트레이드 씨 그런 흉측한 걸 집안에 들이도록 허락할 수 없어요. 보고 싶으면 헛간으로 가세요."

헛간은 집 뒷마당에 있었다. 레스트레이드는 헛간에 들어가 노란색 종이상자를 갈색 포장지와 끈과 함께 가져나왔다. 우리는 정원 통로 끝에 있는 벤치에 앉았다. 홈즈가 레스트레이드가 준 물건을 하나하나 유심히 살폈다.

"이 끈은 꽤 흥미롭군." 홈즈가 끈을 빛에 비춰보고 냄새를 맡아보기도 했다.

"레스트레이드 형사 이 끈을 어떻게 생각하나?"

"타르가 발라져 있군요."

"맞아, 타르가 발라진 마(馬) 끈이네. 분명히 미스 쿠싱이 가위로 잘랐다고 했지. 단면이 2단으로 층져 있으니 틀림없군. 이건 중요한 단서군."

"뭐가 중요한지 전혀 모르겠네요."

"매듭에 전혀 손을 대지 않은데다 아주 독특한 매듭방법이라 중요하지."

"꽤 튼튼한 매듭이네요. 기록해 두겠습니다" 레스트레이드가 의기양양하게 말했다.

"끈은 됐고" 홈즈가 살며시 미소를 지으며 말했다.

"다음은 포장지. 갈색 종이로 커피냄새가 나는군. 뭐, 몰랐다고? 틀림없는데.

수신인 이름은 어설픈 느낌의 활자체군. '크로이던 시 크로스 가, 미스 S 쿠싱' J펜 같군. 펜 끝이 굵고 싸구려 잉크를 사용했군. 크로이던(Croydon)의 'y'를 처음에 'I'로 썼다 'y'로 고쳤군. 발송인은 학식이 거의 없고 크로이던을 잘 모르는 남자라는 결론이 나오는군.

이건 누가 봐도 남자 글씨야.

여기까지는 간단한데 상자에 대해서는 노랗고, 허니듀 담배의 반 파운드용 상자란 것과 바닥 구석에 엄지손가락 지문이 두 개 있다는 것밖에 별다른 특징이 없군. 채워진 소금은 짐승 가죽 보존이나 상업용으로 쓰는 굵고 질이 나쁜 것이군. 그 속에 이런 흉측한 게 들어있었다는 말이군."

홈즈는 소금 안에서 두 개의 귀를 꺼내 무릎위에 깐 널빤지 위에 놓고 신중하게 조사를 시작했다. 레스트레이드와 나는 양 옆에 쭈그리고 그 흉측하게 잘려진 귀와 진지하게 조사하는 홈즈의 얼굴을 번갈아봤다. 조사를 끝내고 홈즈는 귀를 상자에 돌려놓고 한동안 생각에 잠겼다가 입을 열었다.

"자네도 이미 깨달았겠지만 이 귀는 동일인물의 것이 아니네."

"네, 알고 있었습니다. 하지만 의학생들의 장난이라면 해부실에서 각각 다른 사람의 귀를 잘라내는 건 간단하잖아요."

"그건 그렇지만 절대로 장난이 아냐."

"자신 있으십니까?"

"내 추리로는 장난이란 설은 완전히 배제네. 해부실 시체는 통상적으로 방부제를 주입하지만 이 귀에는 전혀 그런 흔적이 없네. 게다가 막 잘라낸 것으로 보이네. 거친 칼날로 자른 것도 의학생답지 않네. 만약 의학 관계자라면 이런 소금에 집어넣지 않고 페놀이나 증류 알코올을 방부제로 썼을 것이네. 다시 말하지만 이건 단순한 장난이 아냐. 우리가 수사하고 있는 건 중대한 범죄 일세."

홈즈의 말을 듣고, 그 엄숙하리만큼 진지한 태도에 나는 왠지 섬뜩한 느낌이 들었다. 갑자기 이런 참혹한 것을 접하게 됐으니 앞으로 얼마나 기괴하고, 불가사의하고, 무서운 일이 벌어질지 알 수 없었다. 하지만 레스트레이드는 아직 반신반의로 고개를 좌우로 저었다.

"분명 장난이란 설에 무리한 점도 있지만 범죄 설은 더욱 무리가 있습니다. 쿠싱 씨는 지금까지 20여 년간 팬지와 함께 이 마을에서 평온하고 조용히 생활한 사람입니다. 하루 종일 집을 비우는 일이 거의 없었다고 합니다. 대체 그런 사람에게 왜 범죄 증거품을 보내겠습니까. 아주 유명한 여배우의 연극이라면 모를까 심증이 가는 곳이 전혀 없다고 하지 않습니까."

"그걸 지금부터 해결해야지. 나는 내 추리가 맞단 전제 하에 어디선가 두 사람이 살해됐을 거라고 생각하고 수사를 진행할 생각이네. 하나는 여성의 귀야. 작은 귀에 귀고리 구멍이 뚫려있네. 또 하나는 남자로 햇볕에 그을렸고 이 귀도 귀고리 구멍이 있네.

귀 주인 두 사람 다 살해당했을 가능성이 크네. 살아있었다면 벌써 귀 없는 두 사람의 소문이 우리 귀에 들어왔을 걸세. 오늘이 금요일이니 소포를 발송한 날은 목요일 오전 중이네. 그렇다면 살인이 저질러진 건 수요일이나 화요일, 어쩌면 그 전일 수도 있지. 두 사람이 살해당했다고 치면 이 증거품을 쿠싱 씨에게 보낸 건 범인 말고 다른 사람을 생각할 수 있을까? 소포를 발송한 인물이 우리가 찾아내야할 상대라고 생각해도 괜찮네.

그건 그렇고 범인이 이런 것을 쿠싱 씨에게 보낼 때는 그만한 이유가 있을 걸세. 대체 이유가 뭘까? 죽인 걸 알리기 위한 걸까, 아니면 쿠싱 씨를 괴롭히기 위한 걸까? 만약 그렇다면 쿠싱 씨는 발송인이 누군지 알고 있을 걸세. 과연 그녀가 알고 있을까? 그게 좀 수상하단 말이야. 알고 있다면 경찰을 부르지 않았을 텐데. 몰래 귀를 어딘가에 묻어버리면 아무도 모르게 끝날 일인데. 범인을 감싸려고 했다면 당연히 그렇게 했겠지. 역으로 감쌀 마음이 없다면 범인의 이름을 말했을 거고. 이 점이 이해가 안 되지만 앞으로 해명해야 겠지."

홈즈는 정원 담장 위를 바라보며 빠르고 큰소리로 말하다가 갑자기 일어나 집을 향해 발길을 옮겼다.

"쿠싱 씨에게 묻고 싶은 게 몇 가지 있네."

"그럼, 저는 이만 실례하겠습니다." 레스트레이드가 말했다. "다른 볼일이 있어서요. 저는 더 이상 물을 게 없습니다. 그럼 서로 돌아가 있겠습니다."

"이쪽 일이 끝나면 그리로 가지."

잠시 후 홈즈와 내가 현관 옆방에 돌아가자 미스 쿠싱은 여전히 조용히 의자 커버를 짜고 있었다. 뜨개질거리를 무릎 위에 올려놓고 파랗고 큰 눈으로 우리를 살펴보듯 바라봤다.

"아마 이번 일은 뭔가 잘못돼 소포가 제 앞으로 온 게 아닌가 싶어요. 경찰에도 같은 얘길 몇 번이나 했지만 전혀 상대를 해주지 않아요. 누가 제게 이런 장난을 치겠어요."

"저도 그렇게 생각합니다, 쿠싱 씨" 홈즈가 곁에 앉으면서 말했다. "아무래도 그렇게밖에..."

홈즈가 입을 열어 나도 모르게 얼굴을 쳐다보니 놀랍게도 그는 미스 쿠싱의 옆모습을 뚫어져라 바라보고 있는 게 아닌가. 신중한 얼굴에 의외로 뭔가 찾아낸 듯한 표정이 잠시 비치더니 갑자기 입을 다문 홈즈가 신경에 거슬린 듯 미스 쿠싱이 돌아봤을 때는 이미 평정을 되찾은 후였다. 나도 미스 쿠싱을 찬찬히 들여다봤다. 윤기 없고 백발이 섞인 머리카락, 깔끔한 모자, 작은 금도금 귀고리, 평온한 표정. 하지만 홈즈를 그렇게 흥분시킨 게 뭔지 전혀 알 수 없었다.

"한두 가지 물어볼게 있습니다."

"이제, 지쳤어요!" 미스 쿠싱은 억눌렸던 화가 폭발했다.

"자매분이 두 분 계시죠?"

"어떻게 그걸?"

"이 방에 들어왔을 때 벽난로 선반 위에 여성 세 명의 사진이 있는 걸 봤습니다. 한 분은 물론 당신이고 나머지 두 분은 당신과 닮았으니 틀림없이 자매라고 생각했습니다."

"네, 그렇습니다. 동생 세라와 메리입니다."

"그리고 여기 사진이 하나 더 있는데 동생분이 리버풀에서 남성과 함께 있네요. 남성은 제복으로 봐서 여객선 객실담당 같군요. 결혼 전 사진이군요."

"어쩜, 그렇게 잘 알까요."

"그야, 이게 제 일이니까요."

"말씀하신 대로, 동생은 이 사진을 찍고 이삼 일 후에 부라우너 씨와 결혼했어요. 사진을 찍었을 때는 남미항로의 배를 탔지만 동생이 오래 떨어져 있을 수 없다고 해서 제부가 리버풀과 런던을 오가는 정기선 승무원으로 옮겼어요."

"아아, 콘커러 호 말이군요."

"아니오, 에이디 호라고 했어요. 짐은 저희 집에 한 번 온 적이 있어요. 금주 선언을 깨기 전이었죠. 하지만 그 뒤로 뭍에 오르면 매일 술을 마셨고 술이 조금이라도 들어가면 걷잡을 수 없게 됐어요. 약속을 어기고 술을 댄 게 잘못이죠. 그 사람은 먼저 저와 인연을 끊고 다음에 세라와도 말다툼을 한 후 지금은 메리와도 연락이 끊겨 동생 부부가 지금 어디서 무얼 하는지 전혀 모르고 있어요."

미스 쿠싱은 마음의 상처를 다 털어놓은 듯 했다.

혼자 사는 사람에게 흔한 일로 닫혀 있던 마음의 문이 조금씩 열리더니 결국 모든 걸 이야기하게 됐다. 여객선 객실담당을 하고 있는 제부에 대해 상세히 말한 다음, 자연스럽게 방을 빌렸던 의학생들로 화제가 옮겨지더니 그들의 좋지 못한 품성을 지적하고 결국 이름과 소속병원까지 다 말해주었다. 홈즈는 가끔 질문을 할 뿐 모든 이야기에 열심히 귀를 기울였다.

"큰 동생 세라 씨 말인데요, 두 분 다 미혼인 것 같은데 함께 사시지 않는 게 이상하네요."

"그야 세라의 성격을 모르시니까 하는 말씀이죠. 아셨다면 당연하다고 여길 거예요. 크로이던으로 이사 와서 함께 살았고, 두 달 전까지 여기 있었는데 정말 함께 살기 힘든 성격이에요. 친동생 흉을 보는 건 아니지만 세라는 참견이 심하고 까칠한 성격이에요."

"세라 씨는 리버풀의 여동생 부부와도 싸움을 했다고 하셨죠?"

"네, 사이가 아주 좋았을 때도 있었지만요. 동생부부 근처에 살고 싶다며 리버풀에 이사를 했을 정도였죠. 그런데 지금은 짐 브라우너의 흉을 질리지도 않는지 끝이 없어요. 세라가 여기에 있던 반 년 동안은 술버릇이 나쁘다는 둥, 칠칠치 못 하다는 둥 입만 열면 짐을 흉보기 일 수였죠. 틀림없이 세라가 이것저것 참견이 심해서 짐이 한 소리 했겠죠."

"정말 감사합니다. 쿠싱 씨." 홈즈가 일어서서 머리를 숙였다.

"세라 씨는 월링턴 뉴 가에 산다고 하셨죠? 그럼 실례하겠습니다. 말씀하신대로 전혀 상관없는 일로 불편을 드려 죄송합니다."

"월링턴까지 어느 정도일까?"

"1마일 정도야."

"좋아. 왓슨, 타세! 쇠뿔도 단김에 빼라고 했네. 단순한 사건이지만 교훈이 될 만한 것이 한두 가지 있겠네. 마부, 도중에 전보국이 있으면 잠시 들려주게."

홈즈는 도중에 짧은 전보를 친 후 코까지 덮을 정도로 모자를 눌러써 햇빛을 가린 채 의자에 등을 기대고 앉았다. 드디어 아까와 비슷한 집 앞에 마차가 멈췄다. 홈즈가 마차를 대기시키고 현관문을 두드렸다. 검은 옷에 번쩍이는 모자를 쓴 위엄 있는 신사가 모습을 드러냈다.

"쿠싱 씨 계시나요?" 홈즈가 물었다.

"세라 쿠싱 씨는 지금 중태입니다. 어제부터 심한 뇌장애로 고통스러워하고 있습니다. 주치의로서 절대 면회를 허락할 수 없습니다. 열흘 정도 뒤에 다시 와 주십시오." 이렇게 말하고 의사는 장갑을 낀 후 문을 잠그고 도로 위를 걸어갔다.

"음, 만날 수 없다니 할 수 없지." 홈즈는 쾌활한 말투로 말했다.

"말을 못 할 정도는 아니겠지. 그게 아니면 말하고 싶지 않거나."

"됐네, 뭘 물어보고 싶었던 게 아니니까. 얼굴을 한 번 보고 싶었을 뿐이야. 하지만 확인하려고 했던 게 이걸로 다 해결됐네. 마부, 어디 점심을 먹을 수 있는 적당한 호텔로 가주게. 식사를 하고 경찰서에 들러 레스트레이드를 만나기로 하세."

여유롭게 가벼운 점심을 먹는 동안 홈즈의 화제는 온통 바이올린뿐으로 지금 가지고 있는 스트라디발리우스는 아무리 싸도 500기니를 넘는데 토트넘 코드 가의 유태인 전당포에서 단돈 55실링에 손에 넣었다고 우쭐거렸다.

이야기는 다시 패커니(1782년~1840년. 바이올린 장인)로 옮겨가 클라레트(와인) 한 병을 마시는 한 시간 동안 이 범상치 않은 친구의 일화를 끝없이 듣고 있어야 했다. 경찰서로 향할 때는 이미 늦은 오후로 타들어가던 햇빛도 그 위세가 다하고 있었다. 레스트레이드는 경찰서 입구에서 기다리고 있었다.

"홈즈 씨, 전보가 와 있습니다."

"오오, 답변이!" 홈즈는 봉투를 열어 쓱 훑어 본 후 주머니에 쑤셔 넣었다. "이제 됐어."

"뭔가 알아냈습니까?"

"전부 다 알아냈네!"

레스트레이드는 깜짝 놀라 홈즈를 바라봤다. "뭐라고요! 농담이죠!"

"아니, 이렇게 진지한 적은 태어나서 처음일세. 엄청난 범죄가 있고 나는 사소한 것까지 그 범죄에 대해 해명할 수 있네."

"범인은?"

홈즈는 명함 뒷면에 뭔가 빠르게 써내려간 후 레스트레이드에게 주었다.

"범인의 이름이네. 하지만 체포는 빨라야 내일 밤일세. 이 사건에서 절대로 내 이름을 말하지 말게. 어려운 사건을 해결했을 때만 이름을 남기고 싶네. 왓슨, 이제 가지."

홈즈가 준 명함을 기쁜 마음으로 바라보고 있는 레스트레이드를 남기고 우리는 서둘러 역으로 갔다.

"이 사건은 말일세."

그날 밤 베이커가의 방에서 궐련을 피우고 있을 때 홈즈가 말을 꺼냈다.

"지난번 '진홍빛 연구' 나 '네 개의 서명' 이란 제목으로 자네가 기록해 준 사건과 마찬가지네. 결과에서 원인으로 추리를 역방향에서 진행하지 않으면 안 되는 케이스네. 레스트레이드에게 자세하게 알려주도록 편지로 부탁해 뒀으니 아직 모르는 상세한 내용도 범인이 체포되면 분명해 질 걸세. 체포는 그 친구에게 안심하고 맡길 수 있네. 추리는 전혀 꽝이지만 일단 자신이 해야 할 일을 알면 마치 푸들처럼 야무지게 처리하니까. 야드에서 승진할 수 있던 것도 야무진 면이 있기 때문이겠지."

"그럼, 사건이 다 해결된 건가?"

"중요한 부분은 거의 처리됐네. 이런 지저분한 짓을 한 장본인이 누군지는 알고 있네. 피해자 중 한 명이 누군지 알 수 없지만, 당연히 자네는 나름대로 결론을 냈겠지?"

"내 생각으로 자네가 의심하고 있는 건 리버풀 여객선 선실담당 짐 브라우너 아닌가?"

"으응, 의심 정도가 아닐세."

"나는 아직 막연히 그럴 거라고 생각하는 정도 인데."

"막연하긴, 내게는 불 보듯 훤하네. 요점을 정리해 보지. 먼저 우리는 백지 상태에서 이 사건에 뛰어들었네. 이건 반드시 유리하게 작용하네. 선입관이 없으니까. 현장에 가서 관찰하고 나서 결론을 이끌어 냈지.

여기서 일단 뭘 봤는지. 전혀 비밀이 없어 보이는 조용하고 품위 있는 여성과 그녀에게 여동생이 둘 있다는 것을 가르쳐 준 한 장의 사진. 그때 문득 떠 오른 게 그 상자가 실은 두 여동생 중 누군가에게 보내진 것이 아닌가 하는 거였네. 이건 나중에 천천히 생각하기로 하세. 그리고 정원에 나가 작고 노란 상자의 흉측한 내용물을 확인했네.

소포를 묶은 끈이 배 돛을 꿰맬 때 사용하는 끈이었고 바다 냄새가 난다는 걸 알았네. 끈의 매듭을 보니 뱃사람들이 자주 쓰는 매듭 방법이었고 소포가 발송된 것도 항구도시였네. 남자가 귀고리를 하는 건 육지 사람보다 뱃사람들이 더 많네. 따라서 이 사건의 등장인물은 모두 배에 관련된 사람이라는 확신이 섰지.

소포의 착신인 란을 확인해 보니 '미스 S 쿠싱'이라고 돼 있었네. 세 명 중 큰 언니, 우리가 만난 수잔 쿠싱의 이름 이니셜도 S지만 이니셜이 같은 사람이 있을지도 모르지. 그럴 경우 수사의 방향을 원점으로 돌려야 하지. 그래서 이 점을 확실히 하기 위해 방으로 다시 간 걸세. 역시 내가 생각을 잘못한 것 같다고 쿠싱 씨에게 말하려다 갑자기 입을 다물었잖아? 실은 그때 아주 중요한 걸 발견했기 때문인데 덕분에 수사 범위가 확 줄어들게 됐네.

왓슨, 의사니까 자네도 잘 알겠지만 인간의 신체 중 귀만큼 모양이 제각각인 건 없네. 사람들의 귀는 제각각 분명한 특징이 있고 제각각 다르지. 이 문제에 대해서 작년에 '인류학회지'에 내가 쓴

소논문이 두 개가 게재돼 있네. 따라서 나는 상자 속의 귀를 전문가의 눈으로 관찰하고 해부학 상의 특징을 확실하게 기억해 두었네. 그래서 쿠싱 씨의 귀를 보고 막 조사를 끝낸 여성의 귀와 흡사한 걸 본 순간 내가 얼마나 놀랐을지 생각해 보게. 결코 우연의 일치로 끝날 일이 아니지. 귀 폭이 짧은 것도 그렇고, 귓불 위쪽이 꺾여 있는 것도 그렇고, 귓속에 감긴 상태도 그렇고, 거의 똑 같았네. 모든 특징이 일치하는 귀였네.

물론 그게 무얼 의미하는지 바로 알 수 있었네. 피해자는 쿠싱 양의 혈연, 그것도 아주 가까운 가족이라고 생각해도 틀림없었지. 그래서 가족관계로 이야기의 방향을 틀었지. 헌데 자네도 들은 것처럼 아주 소중한 정보를 얻을 수 있었지.

첫째, 동생의 이름이 세라고 최근까지 같은 주소에 살았네. 이걸로 왜 착각이 일어났는지, 그 소포가 누구 앞으로 보내진 건지, 다 알 수 있었지. 다음으로 막내 여동생과 결혼한 여객선 객실담당이 한때는 세라와 가까웠다는 것이네. 그리고 세라가 브라우너 부부와 가까이 살고 싶다며 이사했다는 것과 나중에 싸우고 헤어졌다는 것까지 알게 됐네. 그 후 몇 달 동안 연락불통이었으니 만약 브라우너가 세라에게 소포를 보냈다면 아마 바로 그 집으로 보냈을 걸세.

이로서 문제는 놀랄 만큼 확실해 졌네. 이 객실담당은 충동적이고 과격한 정열가로 보이네. 아내와 헤어지기 싫어서 좋은 근무처를 버릴 정도니까. 게다가 가끔 술을 과하게 마시는 습관도 있네.

범행 동기는 아마 아내에 대한 질투겠지.

그럼, 왜 살해 증거물을 세라 쿠싱 앞으로 보낼 필요가 있었을까? 아마도 세라가 리버풀에 있었을 때 이번 비극의 원인이 될 만한 일에 연관됐을 걸세. 자네도 알고 있지? 그 항로를 지나는 배는 벨파스트 더블린 워터포드에 기항한다는 걸. 따라서 만약 브라우너가 두 사람을 살해한 후 바로 메이데이 호에 탔다고 한다면 그 흉측한 소포를 발송할 수 있는 첫 기항지가 벨파스트가 되는 거지.

하지만 이 단계에서는 다른 해석도 가능하니까 확실히 해두고 다음으로 진행하기로 했네. 이룰 수 없는 사랑 때문에 누군가 브라우너 부부를 죽였을지도 모르고, 귀 하나가 브라우너의 것일지도 모르지. 이 설은 중대한 결함이 많지만 있을 수 있는 일이네. 그래서 리버풀 경찰에 있는 친구 아르거에게 전보를 쳐 브라우너 부인이 집에 있는지, 브라우너는 메이데이 호에 타고 있는지 조사를 부탁했네. 그리고 미스 세라를 만나러 월링턴으로 간 걸세.

무엇보다 먼저 그녀의 귀에 자매들의 특징이 어느 정도 있는지 확인해 보고 싶었네. 그리고 당연히 유력한 단서를 얻을 수 있을지도 모른다고 생각했지만 이건 별로 기대하지 않았네. 왜냐하면 그 소포 때문에 크로이던 전체가 큰 소동이 일어났었으니 이미 알고 있었을 거고 세라만큼은 그 소포가 누구 앞으로 보낸 건지 알고 있었을 테니까. 만약 경찰에 협력할 생각이 있었다면 벌써 알렸겠지.

어쨌거나 한 번 만나보려고 갔던 걸세. 가보니 소포 뉴스 때문에 쇼크를 받은 세라의 몸 상태가 안 좋아진 건 뉴스를 본 당일이었고. 뇌염을 일으켰지. 사정을 충분히 알고 있다는 것이 더욱 확실해졌네. 하지만 당분간 자세한 이야기를 듣는 것도 무리라는 게 확실해졌네.

헌데 더 이상 세라의 도움이 필요 없게 됐네. 아르거의 답변이 크로이던 경찰서에 와 있었으니까. 더 이상 움직일 수 없을 정도의 결정적인 답변이네. 브라우너의 집은 사흘 전부터 굳게 닫힌 상태고, 주변 사람들의 말로는 남부의 친척집에 간 것 같다고 하더군. 여객선 회사에 연락해 보니 브라우너는 메이데이 호에 타고 있다고 하니 내일 밤 템스 강에 도착하게 될 걸세. 배가 도착하면 머리는 둔해도 행동은 민첩한 레스트레이드가 대기하고 있을 거야. 아마 얼마 후 상세한 부분까지 다 확실해 지겠지."

역시 홈즈의 기대를 저버리지 않았다. 이틀 후, 홈즈가 받은 두터운 봉투에 레스트레이드 형사로부터 짧은 편지와 타이프로 친 여러 장의 서류가 들어있었다.

"레스트레이드가 깔끔하게 체포했군." 홈즈는 나를 슬쩍 봤다. "관심 있겠지, 읽어주겠네."

「홈즈 선생님.

우리의 계획에 따라 어제 오후 6시, 나는 알버트 도크로 달려가 리버풀 더블린 런던 선박회사 소속의 기선 메이데이 호에 올라탔습니다. 조사결과 메이데이 호에는 제임스 브라우너라는 객실담당이 있고 항해 중 행동이 이상해 선장의 권한으로 휴식을 취하게 했다고 합니다. 선실로 내려가 보니 그 남자는 옷상자 위에 앉아 두 팔로 머리를 감싼 채 몸을 앞뒤로 흔들고 있었습니다.

큰 키에 건장한 체격, 수염을 깔끔하게 깎고 약간 검은 얼굴, 일전의 가짜 세탁소 사건에서 협력한 올드리치와 닮았습니다. 용건을 말하자 내게 달려들었지만 호루라기로 주변 수상경찰을 부르자 포기하고 얌전히 두 손을 뻗어 수갑을 채웠습니다.

구치소에 연행하기 전에 증거를 찾기 위해 앉아 있던 옷상자를 압수했지만 대부분의 선원들이 가지고 있는 예리하고 큰 칼이 나왔을 뿐이고 고생만 했습니다. 하지만 더 이상 증거는 필요 없게 됐습니다. 경찰서에서 조사담당 형사 앞에 서자 스스로 모든 것을 자백하기 시작했습니다. 물론 진술을 그대로 담당자가 속기하여 타이핑한 서류를 세 장 작성했으므로 그 중 한 통을 동봉하겠습니다. 제가 처음에 생각했던 대로 아주 단순한 사건이었지만 수사에 도움을 주신 점 다시 한 번 감사드립니다.

― G레스트레이드」

"뭐! 아주 단순한 사건이었다고. 처음에 부탁했을 때는 그렇게 생각하지 않았으면서. 어쨌거나 짐 브라우너가 스스로 자백했다는 내용을 읽어보기로 하지. 샤드웰 경찰서의 몽고메리 경감 앞에서 작성된 진술서네. 브라우너가 말한 그대로를 기록했다는 점이 맘에 드는군."

"말하고 싶은 거? 있는 정도가 아니야. 있는 대로 다 말하지 않으면 내 맘이 풀리지 않아. 유치장에 쳐 박든, 사형을 시키든 상관없어. 더 이상 어떻게 되든 상관없어.

실은, 일을 저지르고 나서 밤에 잠도 못 자고 있으니까. 잠이 든다면 영원히 잠들겠지.

머릿속에 계속 떠돌고 있어요. 때론 남자 얼굴일 때도 있지만 대부분 여자 얼굴이. 항상 둘 중 하나의 얼굴이 늘 따라다녀 머릿속을 떠나지 않아. 어둡고 찡그린 남자 얼굴, 깜짝 놀란 얼굴의 여자.... 놀라는 것도 당연하지. 하얀 어린 양 같은 그녀에게 완전히 홀딱 반한 얼굴만 보여줬던 내가 갑자기 살기에 차 있었으니까.

하지만 모든 게 세라 탓이야. 그런 여자는 배신당한 남자의 저주로 파멸해 버리고 몸속의 피가 전부 썩어버렸으면 좋겠어! 내게 죄가 없다는 말은 하지 않겠어. 한 번 끊은 술에 다시 빠져 짐승처럼 돼 버린 것도 다 알고 있어. 하지만 아내는 나를 용서해 줬을 거야. 세라가 우리에게 촉수만 내밀지 않았다면 톱니바퀴 체인처럼 아내는 내게서 떨어지지 않았을 거야.

세라가 내게 반해서(그게 모든 악의 근원이야) 반하기만 했으면 상관없지만 몸과 마음을 다 받친 세라보다 진흙탕에 남은 아내의 발자국을 훨씬 더 소중하게 여긴다는 걸 안 그녀는 내게 증오로 악에 받쳐 있었지.

세 명의 자매가 있는데 큰 언니는 그저 착한 사람, 둘째는 악마, 셋째는 천사였어. 우리가 결혼했을 때 세라가 33세, 아내 메리는

29세였지. 둘이 가정을 꾸렸을 때는 더 없이 행복했었고 리버풀 어디를 찾아도 메리 같은 착한 여자는 없다고 여겼지. 그러던 중 세라가 일주일 예정으로 놀러 왔소. 헌데 일주일이 한 달이 되고 이러저러하더니 결국 눌러 앉고 말았어.

그때 나는 술과 인연을 끊고(블루리본), 둘이 지금도 좀 했고, 새로 만든 은화처럼 모든 게 반짝거리는 나날들이었지. 아아, 그런데 이런 일이 벌어지다니 왜야 왜! 꿈에도 생각지 못 했어.

나는 주말에는 대부분 집에 있었는데 화물 적재가 늦어지면 일주일 내내 집에 있는 경우도 있었지. 그러다 자연히 처형인 세라와 마주칠 시간도 많아졌어. 늘씬한 키에 검정 머리, 성격이 급하고 변덕이 심한 여자였고. 항상 단정히 앉아 부싯돌에서 튕겨지는 불꽃처럼 빛나는 눈을 하고 있었지. 하지만 내겐 귀여운 메리가 있어. 세라에게는 절대 눈길도 주지 않았어, 맹세코.

가끔 세라가 나와 둘이 있기를 원하거나 산책을 가자고 유혹했지만 나는 전혀 그럴 생각이 없었어. 헌데 어느 날 밤 모든 고민이 다 날아갔어. 배에서 돌아와 보니 아내는 외출중이고 세라만 있었지. '메리는 어딨죠?' 하고 묻자, '아, 돈을 낼게 있다고 해서 나갔어요'라고 대답했지.

나는 안절부절 못하며 방안을 오락가락했지. 그러자 세라가 '짐은 메리가 없으면 5분도 못 참아요?'라고. '아주 잠시라도 나랑 둘이 있는 게 그렇게 싫어요?'라고 하잖소. '처형, 그럴 리가 있나요.' 하고 손을 뻗자 세라는 두 손으로 덥석 내 손을 잡았는데 열이라도 있는 듯 뜨거웠소. 눈을 들여다보니 그녀의 마음이 다 드러나 있었소. 두말할 필요도 없었지. 인상을 쓰며 손을 뺐소. 한동안 옆에서 묵묵히 서 있던 그 여자는 내 어깨를 툭 치며 '형편없군, 짐!' 하며 경멸에 찬 웃음을 뒤로하고 방을 뛰쳐나갔소.

그날 이후 세라는 나를 마음속으로 증오하기 시작했지. 증오의 화신처럼, 그녀를 집에 있게 한 내 실수야... 형편없는 바보. 하지만 메리가 힘들어 할까봐 아무 말도 하지 않았소. 그리고 한동안 특별한 일 없이 지냈지만 메리의 행동이 이상해지기 시작했소. 그렇게도 나를 철석같이 믿어주던 아내가 갑자기 의심을 하기 시작했지. 어디 갔다 왔느냐, 뭘 했냐, 누구에게서 온 편지냐, 주머니에 뭐가 들어 있냐며 사소한 것들을 귀가 따갑도록 묻기 시작했지. 날이 갈수록 점점 심해지고, 예민해져 별거 아닌 일에도 자주 말다툼을 하게 됐고 나는 완전히 지쳐버렸소.

나를 멀리하던 세라가 메리 곁에 딱 달라붙어 다녔소. 지금 생각해보면 그녀가 아내의 마음속에서 나를 떼어내게 하려고 온갖 술수를 꾸몄다는 걸 그때는 생각지도 못 했던 내가 어리석었지. 나는 금주 약속을 어기고 다시 술을 마시기 시작했소. 하지만 메리가 그렇게 변하지만 않았더라도 술로 도망치지 않았을 거요.

그러자 메리는 나를 멀리 할 구실이 생겼고 부부사이의 골은 더욱 넓어지기만 했고. 그때 알렉 페어베어란 놈이 나타나 사태를 더욱 악화시켰소.

놈은 처음에 세라를 만나러 왔지만 우리 부부와도 친하게 됐소.

그는 반죽이 좋아 누구와도 금방 친해졌고. 스마트한 얼굴에 곱슬 곱슬 한 머리카락을 날리며 어깨를 딱 펴고 바람을 가르듯 걸으며 지구의 반을 돌아다녔다는 이야기를 아주 재밌게 들려주었소. 분명 함께 있으면 즐거웠고, 뱃사람치고는 놀랄 만큼 예의 바른 걸 보면 아마 과거에는 갑판원이 아니라 고급 선원이었을 때가 있었겠지. 한 달 정도 우리 집에 들락거렸는데, 설마 그런 말재주 때문에 일이 터질 줄은 꿈에도 생각하지 못 했소. 뭔가 미심적은 구석이 느껴져 그날 이후 하루도 마음 편할 날이 없었소.

아주 사소한 일이 계기가 됐소. 어느 날 거실에 들어가자 문을 여는 게 나라는 걸 알고 순간적으로 환하게 빛나던 메리의 얼굴이 갑자기 먹구름이 낀 듯 어두워졌고. 그걸로 모든 걸 눈치 챘소. 나를 알렉 페어베언으로 착각한 거였소. 만약 놈이 그 자리에 있었다면 당장 죽여 버렸을 거요. 나는 일단 화가 나면 멈추지 못하는 성격이라.

화가 난 내 얼굴을 보고 메리가 다가와 옷자락을 잡았소. '짐, 안 돼요!'라고 했소. '세라는 어딨어?' 하고 묻자 '부엌에 있어요.' 라고 세라가 대답했소. '처형, 페어베언을 두 번 다시 내 집에 들이지 마시오!' 라고 말하며 부엌으로 들어갔소. '왜요?' '명령이오.' '친구가 이 집에 오지 못 한다면 나도 더 이상 이 집에 있을 수 없겠네.' '맘대로 하시오, 또 다시 놈의 얼굴을 본다면 놈의 귀를 잘라 당신에게 기념품으로 보내주겠어!' 세라는 나의 화난 모습에 겁이 났는지 말 한 마디 하지 않고 그날 밤 집을 나갔소.

지금도 여전히 모르겠소. 그녀가 원래부터 악마의 성격이었는지 아니면 메리에게 바람을 피게 해 우리 둘 사이를 벌려놓으려고 했는지를. 어쨌거나 세라는 두 블록 떨어진 곳에 집을 빌려 뱃사람 상대로 하숙을 시작했고 페어베언이 그곳에 방을 빌려 메리는 시간 날 때마다 그리로 달려가 놈과 차를 마셨소. 아내가 얼마나 자주 그곳에 갔는지 알 수 없지만 어느 날 뒤를 밟아 갑자기 현관문을 박차고 들어가자 페어베언이 걸음아 나살려라 뒤 담장을 뛰어넘어 도망쳐 버렸고 나는 또 다시 그놈과 함께 있는 걸 보면 살려두지 않겠다고 말하고 퍼렇게 질린 채 울면서 떨고 있는 아내를 끌고 집으로 돌아왔소. 이미 부부간의 애정 따위는 없었소. 아내는 나를 두려워하고 증오했소. 그게 너무 가슴이 아파 술을 마시지 않고는 견딜 수가 없었소. 술을 마시면 마실수록 아내는 더욱 싫어했소.

세라는 리버풀에서 생계가 해결되지 않자 큰 처형 집으로 돌아간 듯싶었지만 우리 부부간의 갈등이 끝난 건 아니었소. 결국 저번 주에 고통과 파멸의 순간이 찾아왔소.

사건은 이렇게 일어났소. 메이데이 호가 1주일 동안 항해 예정이었지만 큰 화물상자가 떨어지는 바람에 갑판이 찌그러져 항구로 돌아가 반나절 정도 수리를 해야 했소. 배에서 내린 나는 아내가 깜짝 놀랄까, 혹시 생각지도 못 하게 밝은 얼굴로 맞이해 주지는 않을까 생각하며 집으로 가고 있었소. 그런 생각을 하면서 집 앞 거리에 다다랐을 때 스쳐 지나가는 마차에서 아내의 모습이 보였소. 페어베언과 함께 앉아 서로 얘기를 하다 웃는데 정신이 팔려 건너편에 서서 보고 있는 나를 전혀 눈치 채지 못할 정도였소.

믿을지 모르겠지만, 그 때 이미 나는 제정신이 아니었소. 아무리 기억해 내려 해도 꿈속처럼 기억이 흐릿하기만 했소. 최근 술에 빠져 살았기 때문에 더욱 머리가 이상해져 버렸소. 지금도 머릿속에서 조선소에서 작업용 망치를 두드리는 소리가 쿵쾅쿵쾅 울리고 있었지만 그 날은 귓속에서 나이아가라 폭포에서 쏟아져 내리는 굉음이 울리고 있었소.

그리고 바로 마차 뒤를 쫓았소. 굵은 참나무 단장을 꼭 쥐고, 처음에는 보이는 게 없었지. 하지만 마차가 달리는 동안 정신을 가다듬고 눈치 채지 못 하게 적당한 거리를 유지했소. 마차는 얼마 후 역에 도착했고. 매표소가 사람들로 혼잡해 가까이 다가가도 알아채지 못 했지. 두 사람은 뉴 브라이턴까지의 표를 샀고. 나도 같은 표를 사서 세 칸 뒤 차량에 올라탔소. 목적지에 내린 두 사람이 산책길을 걸어갔고 나는 100야드도 채 떨어지지 않은 거리를 두고 따라갔소. 두 사람은 강가에서 보트를 빌려 탔지. 아주 더운 날이라 물 위가 좀 덜 더우리라 생각했겠지.

이제 두 사람은 내 손아귀에 들어간 거나 마찬가지였소. 해변에는 옅은 안개가 껴 있어 이삼백 야드 앞도 보이지 않았소. 나도 보트를 빌려 뒤를 쫓았소. 두 사람이 탄 보트가 멀리 흐릿해질 정도로 빨리 저어 가서 나도 지지 않고 뒤를 쫓다보니 어느 새 해안에서 1마일 이상 멀어져 있었소. 마치 커튼을 쳐 놓은 듯 안개가 주변을 가득 메운 그 안에 우리 세 명만이 있었소. 으으, 절대 잊을 수 없어! 다가오는 보트에 내가 탄 것을 본 순간 그것들의 얼굴을!

아내의 비명. 미친 듯 소리를 지르며 노를 집어던지는 남자. 내 눈에서 살기를 읽은 듯 했소. 내가 노를 피하고 단장으로 녀석의 머리를 내리치자 놈의 머리가 달걀이 터지듯 퍽 하고 터져버렸소. 이미 판단력을 잃었지만 메리만은 살려주려고 했소. 헌데 남자에게 매달려 울부짖으면서 '알렉' 하고 소리를 치는 거였소.

나는 한 번 더 단장을 휘둘렀소. 메리도 남자 옆에 뻗어버렸소. 그때 나는 피 맛을 본 맹수와 같았소. 만약 거기 세라가 있었다면 당연히 함께 죽여 버렸을 거요. 나는 칼을 꺼내 들고, 그렇소! 아는 대로요. 자신의 쓸데없는 참견이 어떤 결과를 불러왔는지, 세라가 소포를 받아보고 어떤 얼굴을 할지. 그런 걸 생각하니 잔혹한 긴장감이 묘한 스릴을 느끼게 했소.

그런 다음 시체를 보트에 묶고 바닥 널빤지 한 장을 떼어내고 바닥에 잠겨가는 걸 바라보았소. 보트 주인은 두 사람이 안개로 길을 잃어 멀리 떠내려갔을 거라고 생각했을 거요. 몸을 추스르고 해안으로 올라간 나는 아무런 의심도 받지 않고 메이데이 호에 탑승했소. 그날 밤 세라 쿠싱에게 보낼 소포 준비를 마치고 다음 날 벨파스트에서 보낸 거였소.

이게 모두 다요. 죽이던 살리던 맘대로 하시오. 하지만 이미 벌은 충분히 받고 있는 나를 더 이상 벌할 수는 없을 거요. 눈만 감으면 반드시 두 사람의 얼굴이 나를 뚫어져라 바라보는것 같소. 안개 속에서 내가 탄 보트가 나타난 걸 발견했을 때와 똑 같은 얼굴로 바라보는 거요. 나는 단숨에 죽여줬지만 그것들은 나를 조금씩 피를 말려 죽이고 있소. 이 상태로는 하룻밤 지나고 나면 나는 완전히 미쳐 버릴 거요. 독방은 싫어요. 제발 부탁이니 혼자 있게 하지 말아주시오. 오늘은 남의 일이지만 내일은 내 차례라고 하지 않습니까."

홈즈는 서류를 놓으면서 무거운 말투로 말했다. "이 사건은 대체 어떤 의미가 있는 걸까, 왓슨? 이런 고뇌와 폭력, 공포의 연쇄가 뭐란 말인가. 어딘가에 안착하지 않으면 곤란해. 이 세상이 단지 우연에 의해 움직여지고 있지 않은가. 그건 상상도 하고 싶지 않네. 하지만 대체 어디로 안착해야 한단 말인가? 이건 영원히 지속될 풀리지 않는 숙제로 인간의 이성으로 그 대답을 찾을 수는 없을 걸세."

레드서클
The Red Circle

"그러니까, 워렌 부인. 특별히 걱정할 만한 이유가 있는 것도 아니고, 귀중한 시간을 쪼개서 내가 직접 관여해야만 할 일도 아닌 것 같아요. 나도 아주 바쁘거든요."

이렇게 말한 셜록 홈즈는 다시 커다란 스크랩북을 들여다보기 시작했다. 홈즈는 최근의 신문 기사 등 자료를 정리하여 색인을 만들고 있는 중이었다.

하지만 그 여자 집주인은 여자에게서 흔히 볼 수 있는 끈질김과 약삭빠름 모두를 갖추고 있었다. 무슨 일이 있어도 물러서지 않겠다는 듯한 태도였다.

"작년에는 우리 집에서 하숙하고 있는 사람의 사건을 해결해주셨잖아요. 그 왜, 페어데일 홉스 씨의."

"네, 맞아요. 아주 단순한 사건이었죠."

"하지만 그 사람은 아직도 그 일에 대해서 이야기해요. 당신이 얼마나 친절한 사람이며, 수수께끼 같은 사건을 어떻게 멋지게 해결했는지도요. 이번 일로 제가 곤경에 처하게 되었을 때 가장 먼저 떠오른 게 그 사람의 말이었어요. 마음만 먹는다면 홈즈 씨는 틀림없이 이번 문제를 해결해주실 수 있을 거예요."

홈즈는 칭찬에 매우 약했으며 다정함에도 매우 약한 사람이었다. 이 두 가지 힘으로 공략하면 천하의 홈즈도 곧 손을 들어버리고 만다. 홈즈는 포기한 듯 한숨을 쉬며 풀을 묻혔던 붓을 내던지고 의자를 뒤로 밀었다.

"네, 네. 알겠습니다, 워렌 부인. 그럼 자세한 얘기를 들어보도록 하죠. 담배를 피워도 괜찮겠죠? 고마워요. 왓슨, 성냥 좀 주지 않겠나?"

담배에 불을 붙인 홈즈가 다시 말을 이었다.

"그러니까 부인은 댁에 새로 들어온 하숙인이 방에 틀어박혀서 밖으로 나오지 않는 게 걱정이란 말이죠? 하지만 워렌 부인, 만일 제가 댁에서 하숙을 했다 하더라도 몇 주일이나 방에서 나오지 않는 일이 아주 흔히 있었을 거예요."

"네, 틀림없이 그럴지도 모르죠. 하지만 그 사람은 여느 사람과는 느낌이 달라요. 홈즈 씨, 너무 무서워서 잠도 제대로 못 잔다니까요. 아침 일찍부터 밤늦게까지 방 안을 서성이는 소리가 들리는데 얼굴을 한 번도 볼 수가 없다니. 저는 도저히 견딜 수가 없어요. 남편도 저처럼 마음에 두고 있기는 하지만 그 양반은 하루 종일 밖에서 일하기 때문에 저만 불안에 떨고 있어요. 그 사람은 왜 남몰래 숨어 있는 걸까요? 대체 무슨 일을 저지른 걸까요?

집에 일하는 여자 아이가 한 명 있기는 하지만 그 아이 말고는 집에는 나와 그 하숙인 단둘이 있는 거예요. 불안해서 견딜 수가 없어요. 온 신경이 다 곤두섰다니까요."

홈즈가 몸을 앞으로 내밀어 길고 여윈 손가락을 워렌 부인의 어깨 위에 얹었다. 그는 최면술을 걸 듯 상대방의 마음을 안정시키는 힘을 가지고 있다. 이번에도 홈즈가 그렇게 어깨에 손을 얹고 있는 동안 워렌 부인의 눈에서 두려움이 사라지고, 흥분했던 얼굴도 점점 평온해져 평소의 표정으로 되돌아가는 것을 볼 수가 있었다. 그리고 홈즈가 가리킨 의자에 부인이 앉자 그는 다시 얘기를 하기 시작했다.

"제가 일에 시작하려면 아주 사소한 점까지도 다 알아두어야만 해요. 그러니까 침착하게 생각해보세요. 아주 사소한 일이 가장 중요한 일이 될 수도 있으니까요. 그 사람은 열흘 전부터 하숙을 시작했는데 그때 식사대를 포함한 2주일 치 하숙비를 선불로 냈단 말이죠?"

"네, 하숙비가 얼마냐고 묻기에 저는 일주일에 50실링이라고 했어요. 집 가장 위층에 있는 거실과 침실이 딸린 조그만 방에 묵고 있는데 필요한 물건들이 전부 갖춰져 있어요."

"그래서요?"

"그 사람은 '원하는 조건대로 빌릴 수 있다면 일주일에 5파운드씩 내겠습니다.' 하고 말했어요. 집에 그렇게 돈이 많은 것도 아니고 남편의 벌이도 시원찮았기 때문에 일주일에 5파운드가 솔깃하더군요. 그는 바로 10파운드 지폐 한 장을 꺼내더니 그 자리에서 제게 내밀었어요. 그리고 '조건만 지켜주신다면 앞으로도 계속해서 2주일 간격으로 같은 금액을 지불하겠습니다. 못 지키시겠다면 더 이상 얘기할 필요도 없겠지요.' 하는 거예요."

"그 조건이란 어떤 것이었나요?"

"우선 자기에게 집 열쇠를 하나 달라는 것이었는데 그건 전혀 문제될 게 없었어요. 하숙인에게 집 열쇠를 주는 건 아주 흔한 일이니까요. 그리고 한 가지 더. 자기 혼자서만 있고 싶으니 무슨 일이 있어도 다른 사람이 방 안에 들어와서는 안 된다는 것이었어요."

"특별히 놀랄 만한 주문은 아니었군요."

홈즈가 말했다.

"그게 보통 이해할 수 있는 수준이었다면 저도 놀라지는 않았을 거예요. 하지만 그는 전혀 달랐어요. 열흘 동안 계속 방 안에 틀어박혀서 남편도 저도 그리고 일하는 아이도 그 사람의 모습을 본 적이 한 번도 없었으니까요. 아침, 저녁으로 그리고 낮에도 어쨌든 하루 종일 분주하게 방 안을 오가는 발소리가 들려요. 그런데도 첫날밤을 제외하면 집 밖으로 나간 적이 한 번도 없었어요."

"오, 첫 번째 밤에는 외출을 했단 말인가요?"

"네. 우리가 모두 잠든 늦은 밤에 돌아왔어요. 방을 빌리기로 한 다음 그날 밤에는 늦게야 돌아올 것 같으니 현관문의 빗장은 걸지 말아달라고 제게 부탁했어요. 저는 그날 밤, 늦게 계단을 올라가는 발소리를 들었어요."

"그럼 식사는 어떻게 하고 있나요?"

"그 사람이 만든 특별한 규칙이 있어요. 자기가 벨을 울리면 식사가 담긴 쟁반을 들고 와서 문 밖에 있는 의자 위에 그것을 올려놓으라는 거예요. 식사를 마치고 나면 다시 한 번 벨을 울리는데 그러면 우리가 가서 그 의자 위에 올려놓은 쟁반을 들고 내려와요. 그리고 식사 외에 필요한 것이 있으면 종이에 적어 의자 위에 올려놓는데 그는 활자체 글자를 사용해요."

"활자체?"

"네. 흔히 쓰는 필기체가 아니라 연필로 또박또박 쓴 활자체를 사용해요. 그것도 단어 하나만 달랑 적혀 있을 뿐, 다른 말은 전혀 쓰여 있지 않아요. 여기요. 보여드리려고 가져왔어요. 우선, 여기에는 '비누'라고 적혀 있죠? 그리고 여기에는 '성냥', 이건 처음 맞은 아침에 적어놓은 것인데 '데일리 가제트'라고 적혀 있어요. 저는 매일 아침 이 신문을 아침 식사와 함께 의자에 올려놓아야 해요."

"흠......, 왓슨."

홈즈는 커다란 흥미를 느꼈는지 워렌 부인이 건네준 풀스캡 종이를 유심히 바라보며 말을 이었다.

"확실히 이건 좀 이상하군. 방 안에만 틀어박혀 있다는 것 자체는 그리 이상할 것도 없는 일이야. 하지만 왜 일부러 활자체를 쓰는 것일까? 활자체로 한 글자 한 글자 쓴다는 건 아주 귀찮은 일일 텐데. 어째서 필기체를 쓰지 않는 걸까? 대체 왜 그러는 것 같나?"

"필체를 숨기고 싶은 거겠지."

"하지만 왜? 워렌 부인이 필체를 안다고 해도 문제될 건 아무것도 없지 않나? 어쨌든 그건 자네 말이 맞을지도 몰라. 그래도 한 단어만으로 뜻을 전하다니, 왜 이런 식으로 메모를 남긴 걸까?"

"그건 나도 잘 모르겠는걸."

"이거 이리저리 생각을 해봐야 할 문제인 걸. 단어는 전부 어디서나 흔히 볼 수 있는, 심이 두꺼운 보라색 연필로 썼어. 보게, 다 쓴 다음에 이쪽을 찢어낸 것 같아. SOAP의 S자가 조금 잘려나갔잖아. 여기에는 무슨 이유가 있을 것 같은데."

"일부러 이렇게 찢었다는 말인가?"

"맞아, 아마 지문이나 그 사람의 정체를 밝혀낼 만한 어떤 흔적이 묻어 있었기 때문에 그랬을 거야. 워렌 부인, 이 사람은 키가 중간 정도에 피부가 가무잡잡하고 콧수염을 기르고 있다고 말씀하셨죠? 나이는 얼마나 돼 보였나요?"

"젊어요. 서른 살도 되지 않았을 거예요."

"그래요? 다른 사람과 구별될 이 사람만의 특징이 있나요?"

"영어를 유창하게 구사하기는 했지만, 억양으로 봐서 외국 사람 같았어요."

"옷차림은 좋은 편이었나요?"

"네, 아주 멋진 옷차림을 한 훌륭한 신사였어요. 검은 색 옷에……, 그것 말고는 특별히 눈에 띄는 점은 없었어요."

"이름은 밝히지 않았나요?"

"네."

"그 사람에게 온 편지나 손님도 없었나요?"

"없었어요."

"그래도 아침에는 부인이나 일하는 아이가 들어가서 방을 정리하겠죠?"

"아니요. 그 사람은 모든 일을 스스로 알아서 해요."

"그래요? 정말 이상하군요. 그렇다면 그 사람의 짐은?"

"커다란 갈색 가방 하나만 들고 있었고 그 외에는 아무 것도 없었어요."

"흠. 그렇다면 특별히 단서가 될 만한 게 없을 것 같네요. 그 방에서 밖으로 나온 물건은 거의 없다는 말씀이네요?"

홈즈가 이렇게 말하자 부인이 가방 속에서 봉투 하나를 꺼냈다. 봉투를 열어보니 타다 남은 성냥 두 개와 궐련 꽁초 하나가 나왔다.

"오늘 아침에 나온 쟁반 위에 이게 있었어요. 홈즈 씨는 아주 사소한 것들 속에서 중요한 사실을 밝혀낸다는 말을 들은 적이 있기에 이걸 들고 왔어요."

홈즈가 난처하다는 듯 어깨를 들썩였다.

"이것으로는 아무것도 알아낼 수 없겠는데요. 이 성냥들은, 궐련에 불을 붙이기 위해서 사용한 거예요. 성냥의 타들어간 부분이 짧은 걸 보면 알 수 있죠. 파이프나 잎담배에 불을 붙이려면 좀처럼 불이 붙질 않아서 성냥의 반 정도는 타들어가는 법이니까요. 아니, 이게 어떻게 된 일이지? 이 담배꽁초 조금 이상한 걸. 그 사람 수염을 길렀다고 말씀하셨죠?"

"맞아요."

"그렇다면 정말 이상한데. 수염을 길렀다면 담배를 이렇게 끝까지 피우지는 못할 텐데. 왓슨, 수염이 그리 길지 않은 편인 자네라도 담배를 여기까지 피우면 수염이 타버리겠지?"

"파이프에 끼워서 피운 게 아닐까?"

내가 말했다.

"아니, 그건 아닐세. 끝부분에 입에 문 흔적이 남아 있어. 설마 그 방에 두 사람이 있는 건 아니겠지요? 워렌 부인."

"그럴 리가 없어요. 식사도 아주 조금밖에 하지 않기 때문에 그렇게 먹고 잘도 버틴다는 생각이 들 정도니까요."

"그렇다면 단서가 될 만한 것이 모일 때까지 조금 더 기다릴 수밖에 없겠네요. 어쨌든 지금으로서는 부인이 불평을 할 만한 이유는 없을 것 같아요. 하숙비는 전부 냈고, 조금 이상한 행동을 하기는 하지만 다른 사람에게 피해를 주는 그런 하숙인은 아니니까요. 돈을 듬뿍 주며 자신의 정체를 숨기려는 사람이 있다 해도 부인이 왈가왈부할 입장은 아닌 것 같네요. 범죄와 관련된 사람이라고 여겨질 만한 어떤 이유가 없는 한, 그 사람의 사생활에 간섭할 권리는 없으니까요.

어쨌든 이번 건은 제가 맡기로 하겠어요. 잊지 않고 꼭 기억하고 있을 테니 새로운 변화가 있으면 언제든지 알려주세요. 제 힘이 필요할 때면 언제든지 달려가도록 하지요."

워렌 부인이 조금은 편안해진 모습으로 돌아가자 홈즈가 말했다.

"왓슨, 이번 사건에는 틀림없이 재미있는 부분이 몇 군데 있어. 물론, 단지 그 사람의 성격이 조금 이상한 것일 뿐 사건이라고 할 수도 없는 사건일 수도 있어. 하지만 겉으로 보이는 것보다 훨씬 더 복잡한 사정이 있는 사건이라고 생각할 수도 있어. 우선 첫 번째로 생각할 수 있는 가능성은, 지금 그 방에 있는 인물이 방을 실제로 빌리러 온 사람과 전혀 다른 인물일지도 모른다는 사실이야. 이건 흔히 있을 법한 얘기야."

"왜 그렇게 생각하지?"

"이 담배꽁초도 담배꽁초지만 그보다는 하숙인이 딱 한 번 외출을 했는데 그게 방을 빌린 직후였다는 사실에는 뭔가 의미가 있을 거야. 그 남자, 라고 해야 하나, 어쨌든 그 사람은 집안사람 모두가 잠들어 아무도 자신을 볼 수 없는 시각에 집으로 돌아왔어. 그러니 돌아온 사람이 나갔던 사람과 동일 인물이라는 증거는 어디에도 없는 셈이지.

그리고 방을 빌리러 온 사람은 유창하게 영어를 구사한다고 했어. 그런데 이 하숙인은 성냥을 쓸 때 MATCHES라고 복수로 써야 하는데도 단수인 MATCH라고만 썼어. 아마 사전을 찾아서 쓴 것 같아. 명사의 경우 사전에는 단수밖에 실려 있지 않으니까. 단어 하나로만 된 메모를 남긴 것도 영어를 모른다는 사실을 숨기기 위해서겠지. 맞아, 왓슨. 하숙인이 바뀌었다고 생각할 만한 충분한 이유가 여러 가지 있어."

"그렇다면 무엇 때문에 그런 행동을 하는 걸까?"

"바로 그거야! 바로 그 것이 우리가 풀어야 할 문제야. 문제를 풀 좋은 방법이 한 가지 있지."

이렇게 말한 홈즈가 선반에서 커다란 파일을 꺼냈다. 런던의 여러 신문에 실렸던 통신 광고를 매일 모아놓은 파일이었다.

홈즈가 파일을 넘기며 말했다.

"이야, 이렇게 보니 신음 소리와 절규, 울부짖음으로 이루어진 합창을 듣고 있는 기분이군. 마치 이상한 일들로 가득 찬 자루를 보고 있는 것 같아! 하지만 이상한 사건을 연구하고 있는 사람에게는 더할 나위 없이 좋은 사냥터야.

어쨌든 그 문제의 하숙인은 방에 혼자서 지내고 있어. 다른 곳에서 편지로 연락하면 그렇게도 숨기고 싶어 하는 정체가 탄로 나버리게 되지. 그렇다면 바깥소식이나 연락은 어떤 방법으로 알리고 있을까? 틀림없이 신문 광고를 통해서 하고 있을 거야. 그 외에 다른 방법이 있을 것 같지는 않아. 다행스럽게도 내가 조사해봐야 할 신문은 딱 한 가지야. 조금 전의 메모에 있었던 『데일리 가제트』지. 여기에 지난 2주일 동안 모아놓은 광고가 있네. 읽어보도록 하지.

「검은 모피로 된 목도리를 두르고 프린스 스케이트 클럽에 있던 여자」

이런 건 아무래도 상관없어.

「지미야, 더 이상 어머니를 슬프게 하지 말아라.」

이것도 관계없을 거야.

「만일, 브릭스턴 승합마차 안에서 실신했던 여자가」

이런 여자에게는 볼일 없어.

「하루하루, 내 마음은 사랑의 불꽃에 타 들어가」

가슴 아프군, 왓슨. 정말 가슴 아픈 사연들뿐이야! 아, 이건 조금 그럴듯한데. 들어보게.

「조금만 더 참고 기다릴 것. 좀 더 확실한 연락 방법을 찾아보겠음. 그때까지는 이 광고로 – G」

이건 워렌 부인 집에 하숙인이 든 날로부터 이틀 후에 발행된 신문이야. 가능성이 있어 보여. 베일에 싸인 하숙인은 단어 하나도 제대로 못 쓰지만, 영어를 읽을 줄은 아는 모양이군.

이 광고에 이은 광고가 있는지 찾아보기로 하세. 아, 여기 있네. 사흘 뒤야.

「만사형통. 주의 깊게 조금 더 참고 기다릴 것. 구름은 걷힐 것이다 – G」

그 뒤로 일주일 동안은 아무것도 없어. 좀 더 확실한 것이 나왔군.

「길이 열렸다. 기회를 봐서 신호 보내겠다. 약속해둔 신호를 잊지 말 것. 1은 A, 2는 B이다. 곧 보내겠음 – G」

이건 어제 신문이고 오늘 신문에는 아무것도 실리지 않았어. 워렌 부인 집의 하숙인에게 꼭 어울리는 내용 아닌가?

왓슨, 시간이 조금만 더 흐르면 이 사건에 대해서 좀 더 확실한 것을 알아낼 수 있을 것 같아.”

일이 홈즈의 말대로 진행된 듯했다. 다음 날 아침, 내가 그를 보앉을 때 그는 등을 난로 쪽으로 향한 채 아주 만족스러운 미소를 짓고 있었다.

"왓슨, 이것에 대해서 어떻게 생각하나?"

큰 소리로 이렇게 말한 홈즈가 테이블 위에 있던 신문을 집어 읽기 시작했다.

"「하얀 돌로 장식한 높고 붉은 집. 4층. 왼쪽에서 두 번째 창. 해가 진 후 – G」

틀림없어. 아침을 먹고 나서 워렌 부인 집 근처를 조금 둘러보기로 하세. 어? 워렌 부인 아닙니까? 뭔가 새로운 일이라도 있었나요?"

갑자기 부인이 방 안으로 뛰어들었다. 그녀의 태도로 봐서 뭔가 중요한 새로운 사실이 일어난 것이 틀림없었다.

부인이 외치듯 말했다.

"홈즈 씨! 더 이상 참을 수가 없어요. 이젠 경찰에 알려야겠어요. 그 사람에게 당장 짐을 챙겨서 나가라고 하겠어요. 바로 위층으로 달려 올라가서 그 사람에게 그렇게 말하려 했지만, 우선은 홈즈 씨에게 사정을 설명하고 의견을 듣는 게 예의인 것 같아 이리로 먼저 달려온 거예요. 어쨌든 더 이상은 참을 수가 없어요. 우리 남편까지 폭행을 당했으니......."

"워렌 씨가 폭행을 당했나요?"

"아주 고약한 일을 당했어요."

"대체 누가 그런 거죠?"

"바로 그거예요. 제가 알고 싶은 게 바로 그거라고요! 오늘 아침이었어요. 남편은 토트남 커트 거리에 있는 모턴 앤 웨이라이트 상회에서 작업 시간을 관리하는 일을 하고 있어요. 매일 아침 7시 전에 집에서 나가죠. 그런데 오늘 아침, 집을 나서서 채 열 발짝도 떼기 전에 뒤에서 따라온 두 남자가 얼굴에 외투를 뒤집어씌우고 길옆에 서 있던 영업용 마차로 남편을 밀어 넣었대요. 그들은 한 시간 정도 마차를 몰고 가다 문을 열어 남편을 밖으로 밀쳐냈어요. 남편은 그대로 도로에 떨어져 정신을 잃었기 때문에 마차가 어디로 갔는지는 모르겠대요. 간신히 정신을 차리고 보니 거기는 햄스테드 히스였다고 해요.

그 후, 남편은 영업용 마차를 타고 집으로 돌아왔어요. 지금 소파 위에 누워 있는데 제가 이야기를 듣고 바로 이리로 달려왔어요."

"아주 흥미로운 얘기로군요. 남편 분이 그 사람들의 얼굴을 보지 못했나요? 혹시 목소리라도?"

홈즈가 말했다.

"아니요. 남편은 완전히 제정신이 아니었어요. 알고 있는 것이라고는 마법처럼 마차에 실렸다가 마법처럼 마차에서 떨어졌다는 것뿐이에요. 적어도 두 명은 있었고 어쩌면 세 명이었을지도 모른다고 했어요."

"그러니까 남편이 습격을 받은 것이 그 하숙인과 관계가 있다고 생각하신다는 거죠?"

"네. 지금까지 거기서 15년 동안 살아왔지만 그런 일은 단 한 번도 없었어요. 그런 사람 이제 넌덜머리가 나요. 돈도 필요 없어요. 오늘 당장 나가라고 그 사람에게 말하겠어요."

"워렌 부인, 잠깐만이요. 서두르지 마세요. 이번 사건은 처음 생각했던 것보다 훨씬 더 커다란 문제일지도 모른다는 생각이 들기 시작했어요.

부인 집에 있는 하숙인에게 어떤 위험이 닥친 것만은 틀림없어요. 또 한 가지 틀림없는 사실은 부인의 집 근처에 숨어 있던 사람들이 아침 안개 때문에 앞이 잘 보이지 않아서 하숙인인 줄 착각하고 남편을 덮쳤다는 거예요. 나중에서야 잘못 본 것을 확인하고 남편을 내팽개친 거예요. 만일 그들이 실수를 하지 않고 하숙인을 잡아갔다면 어떻게 했을지, 이 점에 대해서는 상상에 맡길 수밖에 없지만요."

"그렇다면, 홈즈 씨. 제가 어떻게 하면 좋겠어요?"

"어떻게 해서든 그 하숙인을 꼭 한 번 보고 싶은데요, 워렌 부인."

"저는 어떻게 해야 좋을지 모르겠어요. 문을 부수고 안으로 들어간다면 모르겠지만. 아, 그러고 보니 제가 식사가 담긴 쟁반을 놓고 계단을 내려갈 때쯤이면 언제나 방문을 여는 소리가 들려요."

"쟁반을 방 안으로 들이려면 당연히 그렇게 해야겠죠. 제가 어디에 숨어 있으면 그 남자의 모습을 볼 수 있을지도 않을까요."

워렌 부인이 잠시 생각에 잠겼다가 말했다.

"맞아요. 그 방 맞은편에 창고로 쓰는 방이 있어요. 거기에 거울을 걸어놓을 수 있으니 그 사람의 방문 뒤에 숨어 있으면......."

"정말 좋은 생각이에요. 몇 시에 점심을 먹죠?"

홈즈가 물었다.

"1시쯤이요."

"그럼 그때쯤 왔슨 박사와 함께 찾아가도록 하지요. 그때까지 조심하세요, 워렌 부인."

12시 30분경, 우리는 워렌 부인의 집 앞에 도착했다. 집은 대영박물관의 북동쪽에 위치한 그레이트 옴 가라는 좁은 도로에 면해 있었다. 높고 폭이 좁은 노란 건물이었다. 거리의 모퉁이에 서 있었기 때문에 하우 가가 한눈에 내려다보였다. 하우 가에는 세련된 집들이 나란히 늘어서 있었다. 그 집들을 바라보고 있던 홈즈가 킥킥 웃으며 한 곳을 가리켰다. 그곳에는 단번에 눈에 들어올 정도로 높다란 아파트가 우뚝 솟아 있었다.

"보게 왔슨! '하얀 돌로 장식한 높고 붉은 집'이야. 틀림없이 저기서 신호를 보내겠지. 장소도 알았고, 신호도 알고 있어. 일이 간단하게 풀릴 것 같은데. 저 창문에 '대여'라는 푯말이 붙어 있네. 그 하숙인의 친구가 들어가려는 방이 틀림없이 저 방일 거야. 안녕하세요, 워렌 부인. 준비는 다 됐나요?"

"전부다 준비해놨어요. 들어오셔서 계단 쪽에 구두를 벗어놓으시면 바로 안내해드리도록 할게요."

부인이 마련한 곳은 숨어 있기에 안성맞춤인 곳이었다. 거울이 놓인 장소도 아주 적합해서 어둠 속에 숨어서 바라보면 반대쪽 문이 아주 잘 보였다. 우리가 거기에 앉고 워렌 부인이 모습을 감추자 곧 따르릉따르릉 하는 소리가 들려왔다. 그 베일에 싸인 하숙인이 벨을 울린 것이었다.

워렌 부인이 바로 식사가 담긴 쟁반을 들고 나타났다. 그리고 문옆에 있는 의자 위에 쟁반을 올려놓고 커다란 발소리를 내며 밑으로 내려갔다. 우리는 문에서 보이지 않는 곳에 웅크리고 앉아서 거울을 뚫어져라 쳐다보았다. 여주인의 발소리가 사라지자 곧 빗장을 벗기는 소리가 들리고 손잡이가 돌아가고 야윈 두 손이 나타나더니 의자 위에 있던 쟁반을 들어올렸다. 그러다 쟁반을 의자 위에 다시 올려놓았다. 그 순간 피부가 가무잡잡하고 아름다운 얼굴이 겁먹은 표정으로 창고의 좁은 문을 바라보는 모습이 보였다.

문이 쿵 하고 닫히더니 빗장을 거는 소리가 들렸다. 그리고 주위는 정적 속으로 빠져들어다. 홈즈가 내 옷깃을 잡아끌었다. 우리는 발소리를 죽이고 조용히 계단을 내려왔다.

"저녁에 다시 한 번 와야겠어요."

기다리고 있던 부인에게 홈즈가 말했다. 그리고 내게 이렇게 말했다.

"왓슨, 우선은 우리 방으로 돌아가서 진지하게 얘기를 나눠보는 게 좋을 것 같아."

"자네도 봤지? 내 생각이 틀리지 않았어."

베이커 가의 방에서 안락의자에 몸을 깊이 묻으며 홈즈가 말했다.

"하숙인은 다른 사람이었어. 단, 내가 예상하지 못했던 것은 그 사람이 여자라는 점, 그것도 보통 여자가 아니라는 점이야."

"그 여자가 우리를 봤지?"

"맞아. 무엇인가를 보고 깜짝 놀랐어. 그것만은 틀림없어. 이것으로 사건의 대부분이 확실해지지 않았나? 남녀 한 쌍이 자신들에게 닥친 무시무시한 위험을 피해서 런던으로 도망쳤다. 그 위험이 얼마나 무시무시한 것인지는 그들의 엄중한 경계를 보면 알 수 있어.

남자에게는 꼭 해야만 할 어떤 일이 있기 때문에 그것을 끝낼 때까지는 여자를 절대 안전한 곳에 숨겨두려 했어. 그건 결코 쉬운 일이 아닌데 남자는 아주 좋은 방법을 생각해냈지. 식사를 가져다주는 워렌 부인조차도 그 방에 여자가 있다는 사실을 모를 정도로 좋은 방법이야. 이것으로 확실해졌는데 쪽지에 활자체를 사용하는 것은 필체 때문에 자신이 여자라는 사실을 들키지 않기 위해서지.

남자는 여자에게 접근할 수가 없어. 그러면 적들을 여자에게 안내하는 셈이 되니까. 편지를 보내거나 직접 연락을 할 수 없기 때문에 신문 광고란을 이용한 거야. 여기까지 모든 일이 분명해졌어."

"그렇다면 이 모든 일들의 원인은 무엇일까?"

"아, 원인 말인가? 자네는 언제나 현실적인 의미를 추구하는군. 이 모든 일들의 원인은 무엇일까? 처음에는 워렌 부인의 조금 특이한 이야기에 지나지 않았던 것이, 우리의 조사가 진행됨에 따라서 점점 커다란 문제로 변하더니 이제는 불길한 예감까지 느껴지기 시작했어.

이번 사건은 어디서나 흔히 볼 수 있는 사랑의 도피 행각은 아니야. 적어도 그것만은 확실하게 말할 수 있어. 여자의 겁먹은 얼굴을 자네도 봤겠지? 그리고 워렌 씨가 습격을 받았던 사건도 있었어. 그건 틀림없이 하숙인을 노리고 한 짓이야. 그렇게 겁을 먹고 떠는 모습이나 필사적으로 비밀을 지키려고 하는 점으로 봐서 이건 생사가 달린 문제라는 걸 확실하게 알 수가 있어. 그리고 집 주인인 워렌 씨가 습격을 당한 것으로 봐서, 그 녀석들이 어떤 녀석들인지는 모르겠지만 하숙인이 바뀌었다는 사실을 모르고 있는 것이 틀림없어. 정말 기묘하고 복잡한 사건이야, 왓슨."

"그런데 왜 그렇게까지 이번 사건에 깊이 관여하는 거지? 이 사건을 통해서 뭘 얻을 수 있단 말이야?"

"뭘 얻다니? 말하자면 예술을 위한 예술이라고 할 수 있지. 자네도 환자를 볼 때는 머릿속이 병에 대한 생각으로만 가득하지 후에 받을 돈에 대해서는 전혀 신경을 쓰지 않지 않나?"

"그건 나를 위한 공부가 되기 때문이야."

"맞아. 그리고 공부에는 끝이 없지. 끝없이 연구가 계속되고 끝에는 커다란 연구가 찾아오지. 이번 사건은 연구에 도움이 되는 사건이야. 돈이나 명예를 얻을 수는 없지만 꼭 한 번 해결해보고 싶은 사건이야. 해가 떨어지면 우리의 조사도 커다란 진전을 보일 거야."

우리가 워렌 부인의 하숙을 다시 찾았을 때는 잿빛 커튼과도 같은 짙은 어둠이 겨울 런던에 두껍게 드리우기 시작한 때였다. 색을 잃어버린 듯한 어두운 세계 속에서 집의 창을 통해 흘러나오는 사각형의 노란 불빛과 가스등의 희미한 불빛만이 뚜렷하게 도드라져 보였다. 우리는 하숙집 거실의 불을 끄고 밖을 가만히 바라봤다. 그러자 어둠 속 높은 곳에서 반짝반짝 빛나는 불빛이 보였다.

창문에 야윈 얼굴을 붙인 채 열심히 밖을 내다보고 있던 홈즈가 말했다.

"저 방에 누군가 있어. 저기 좀 봐, 사람의 모습이 보여. 또 나타났어! 손에 촛불을 들고 있는데. 지금 밖을 내다보고 있어. 여자가 보고 있는지 확인하는 것 같은데.

앗, 반짝이기 시작했어. 왓슨, 자네도 신호를 읽어주기 바래. 나중에 맞춰보기로 하자고. 한 번 반짝였어. 틀림없이 A일거야. 아, 또 반짝이기 시작했어. 이번에는 몇 번이었지? 스무 번? 나도 그렇게 봤어. 그러니까 T를 말하는 거군. 두 개를 합치면 AT. 그래 말이 되는데.

이번에도 T야. 여기부터 새로운 단어겠지. 그 다음은, TENTA야. 어? 멈췄는데. 이걸로 끝인가? ATTENTA라, 대체 뭘 뜻하는 거지? AT TEN TA(10시에 TA)라고 세 개의 단어로 나누어서 생각해봐도 TA가 인명을 나타내는 머리 글자가 아닌 한 아무런 뜻도 없는 것 같은데. 앗, 다시 시작했다! ATTE? 뭐야, 아까랑 똑같잖아. 이상한데, 왓슨. 정말 이상해. 또 시작했어! AT....... 또 똑같아. 똑같은 걸 세 번이나 반복했어. ATTENTA를 세 번! 대체 몇 번을 반복할 셈이지? 이제 끝난 것 같은데. 사람이 사라졌어. 어떻게 생각하나, 왓슨?"

"암호를 이용한 통신이야."

순간 무엇을 알아낸 것인지 홈즈가 웃기 시작했다.

"암호는 암호인데 그다지 어렵지 않은 암호로군. 이건 이탈리아어야. 단어 끝에 A가 온 것은 상대방이 여자라는 사실을 말해주고 있는 거야. 그러니까 '조심해, 조심해.' 하는 뜻이지. 어떤가?"

"자네 말이 맞는 것 같아."

"틀림없어. 세 번이나 반복한 걸 보면 아주 급한 모양이군. 그런데 뭘 조심하라는 거지? 잠깐. 창가에 사람이 나타났어."

몸을 웅크린 남자의 희미한 모습이 나타더니 창문 너머로 가느다란 빛이 나타났다 사라졌다 하며 다시 신호가 시작됐다. 이번에는 신호를 바꾸는 속도가 전보다 훨씬 더 빨라져서 의미를 생각할 틈도 없이 신호를 읽어가기에 바빴다.

"PERICOLO. 이탈리아 어로 이게 무슨 뜻이었더라? 위험이라는 단어 아니었나? 맞아, 위험 신호를 보내고 있는 것이로군. 아, 다시 시작했어. PERI....... 어? 어떻게 된 거지?"

갑자기 신호가 끊기더니 창 너머로 흘러나오던 사각형의 노란 불빛도 사라져버리고 말았다. 다른 층의 창들은 밝게 빛나고 있는데, 4층만이 어두운 띠를 두르고 있는 모습이었다. 마지막 경고가 갑자기 사라진 것이다. 도대체 왜? 누구에 의해서? 홈즈도 나와 같은 생각을 한 듯, 웅크리고 앉았던 창가에서 벌떡 몸을 일으켰다.

"큰일 났어, 왓슨. 뭔가 좋지 않은 일이 일어난 거야! 아니면 신호가 저런 식으로 끊길 리가 없지. 이번 사건을 런던 경시청에 알려야겠네. 그런데 문제가 너무 긴박해서 우리가 이곳을 떠날 수 없는 상황이란 말이야."

홈즈가 큰 소리로 말했다.

"내가 혼자 가서 경찰에게 알릴까?"

"아니, 상황을 더 확실하게 할 필요가 있어. 어쩌면 범죄가 아닌 아주 간단한 사건일지도 모르니까. 왓슨, 우선은 저쪽으로 가서 조사해보도록 하세."

하우 가를 서둘러 걸어가며 나는 지금 나온 건물을 되돌아보았다. 가장 위층 창문으로 희미하게 사람의 머리가 비쳤다. 그 여자 하숙인이 가만히 밤의 어둠 속을 내려다보고 있는 모습이었다. 끊어져버린 신호가 다시 나타나기를 초조한 마음으로 기다리고 있는 것이다.

목도리와 외투로 몸을 감싼 한 남자가 하우 가에 있는 아파트 입구의 난간에 기대 서 있었다. 우리의 얼굴이 현관의 불빛 속으로 들어서자 그 남자가 깜짝 놀라며 큰 소리로 말했다.

"홈즈 씨 아니십니까?"

"아니, 그렉슨 경감."

이렇게 말하며 홈즈는 런던 경시청의 경감과 악수를 나눴다.

"'여로의 끝에 연인들의 만남'이라는 셰익스피어 연극의 대사가 있죠? 무슨 일 때문에 여기 계신 건가요?"

"아마 당신이 여기에 온 것과 같은 이유일 겁니다. 당신이 어떤 경로를 통해서 여기까지 오셨는지는 모르겠지만."

그렉슨 경감이 말했다.

"서로 다른 실을 따라서 왔지만 결국 하나로 엉킨 실타래였군요. 나는 신호를 보고 따라왔어요."

"신호?"

"그래요. 저 창을 통해서 보낸 신호가 도중에 끊겼거든요. 하지만 당신이 이번 건을 맡고 있었다니 내가 더 이상 관여하지 않아도 되겠네요."

"잠깐만 기다려주세요! 홈즈 씨, 솔직히 말해서 당신이 옆에 계셔주시면 언제나 마음이 든든합니다. 이 아파트에는 입구가 하나밖에 없으니 그 녀석도 더 이상 도망가지는 못할 겁니다."

그렉슨 경감이 진심어린 목소리로 말했다.

"그 녀석이라니, 누굴 말하는 거죠?"

"이런, 이번만은 제가 한발 앞선 듯하군요. 드디어 제가 당신을 앞지른 듯합니다."

경감이 손에 들고 있던 지팡이로 지면을 날카롭게 두드리며 말했다. 그러자 길 건너편에 서 있던 사륜마차에서 손에 채찍을 든 마부가 내리더니 이쪽을 향해 성큼성큼 걸어왔다.

"셜록 홈즈 씨를 소개하겠네."

경감이 마부에게 말했다.

"홈즈 씨, 이 사람은 핀커튼 아메리카 탐정사의 레버튼 씨입니다."

"롱 아일랜드 동굴 사건의 영웅 아닙니까? 이렇게 뵙게 돼서 정말 반갑습니다."

홈즈가 말했다.

그 미국인은 조용하지만 날렵한 느낌을 주는 청년이었다. 홈즈가 칭찬을 하자 수염을 깨끗하게 깎은 갸름한 얼굴이 붉게 물들었다.

"홈즈 씨, 저는 지금 목숨을 건 추격을 벌이고 있습니다. 고르지아노를 잡을 수만 있다면……."

"뭐라고? 그 '레드서클'의 고르지아노를 말하는 건가요?"

"녀석의 이름이 유럽에까지 알려졌나요? 녀석이 미국에서 저지른 일에 대해서는 철저하게 조사를 해뒀습니다. 50건이나 되는 살인 사건의 배후에 녀석이 있다는 사실을 알아냈습니다. 하지만 결정적인 증거를 잡을 수가 없습니다. 저는 뉴욕에서부터 계속 녀석의 뒤를 밟아왔어요. 런던에서도 벌써 일주일 동안 따라다니며 체포할 구실이 생기기를 기다리고 있었어요.

오늘은 그렉슨 경감과 둘이서 녀석을 미행하다 이 커다란 아파트까지 오게 된 것입니다. 출입구는 하나밖에 없으니 독 안에 든 쥐나 다름없습니다. 녀석이 들어간 뒤에 세 명이 밖으로 나왔는데 그중에 녀석은 없었습니다."

"홈즈 씨, 아까 신호라고 말씀하셨는데 이번에도 역시 우리가 모르는 것들을 여러 가지로 조사하신 듯하네요."

그렉슨 경감이 말했다.

우리가 지금까지 조사해온 것들을 홈즈가 간단하게 설명했다. 레버튼이 안타깝다는 듯이 손뼉을 쳤다.

"그럼 녀석이 눈치 챘다는 말이군요."

레버튼이 큰 소리로 말했다.

"왜 그렇게 생각하죠?"

"그렇게 생각할 수밖에 없지 않겠습니까? 녀석이 여기서 동료에게 신호를 보낸 겁니다. 런던에도 일당들이 몇 명 있거든요. 그리고 말씀하신 대로 동료에게 위험 신호를 보내던 중에 갑자기 신호가 끊겼습니다.

그건 녀석이 창을 통해서 우리의 모습을 봤거나 위험이 코앞에 닥쳤다는 사실을 눈치 챘다는 얘깁니다. 그래서 도망치기 위해 바로 행동을 취했다고 보는 게 가장 타당할 겁니다. 어떻게 하면 좋겠습니까, 홈즈 씨."

"바로 올라가서 우리 눈으로 확인해보죠."

"하지만 영장이 없습니다."

"범죄의 혐의가 있는 녀석이 빈집에 들어갔어요. 우선은 그것만으로도 충분합니다. 먼저 체포한 다음 뉴욕에 연락해서 구류 기간을 연장 받도록 합시다. 지금 체포하는 것에 대한 책임은 제가 전부 지겠습니다."

그렉슨 경감이 말했다.

지성이라는 면에서 경찰은 그리 믿음직하지 못하지만, 용기에 있어서만큼은 참으로 놀라울 정도였다. 흉악무도한 살인범을 잡으러 가는데도 그렉슨 경감은 경시청의 계단을 오를 때와 마찬가지로 침착하고 재빠르게 계단을 오르기 시작했다. 레버튼이 어떻게든 경감을 따라잡아보려 했지만 경감이 팔꿈치로 그를 밀쳐냈다. 런던에서의 범죄는 런던의 경찰이 맡아야 한다고 말하기라도 하듯.

계단을 올라 세 번째 복도에 도착해보니 왼쪽에 있는 방의 문이 열려 있었다. 그렉슨 경감이 문을 열었다. 방 안은 캄캄했으며 쥐 죽은 듯이 고요했다. 내가 성냥을 그어 경감이 들고 있던 랜턴에 불을 붙였다. 처음에는 가물가물하던 불이 곧 활활 타오르기 시작했다. 그리고 방 안이 보이기 시작한 순간 우리는 깜짝 놀라 자신도 모르게 숨을 들이쉬었다. 카펫을 깔지 않은 소나무 바닥 위로 새빨간 선혈이 점점이 떨어져 있었다. 핏자국은 발자국 모양을 하고 있었는데 그 피 묻은 발자국은 안쪽에 있는 또 다른 방에서부터 우리를 향해 있었다.

그 방문을 힘차게 열어젖힌 그렉슨 경감이 랜턴을 앞으로 내밀었다. 우리는 일제히 경감의 어깨 너머로 방 안을 들여다보았다. 텅 빈 방 한가운데 거구의 사나이가 몸을 웅크린 채 천정을 보고 쓰러져 있었다. 수염이 없는 가무잡잡한 얼굴은 보기에도 끔찍한 표정으로 일그러져 있었다. 머리 주위에는 소름이 돋을 정도로 새빨갛고 끈적끈적한 피가 둥그렇게 고여 있었고, 하얀 바닥 위에서 두 무릎을 세운 채 고통스럽다는 듯이 두 팔을 벌리고 있었다.

위를 향한 갈색의 굵은 울대뼈 한가운데 나이프가 꽂혀 있었다. 있는 힘껏 찔러 넣은 듯 하얀 손잡이 부분만이 눈에 띄었다. 제 아무리 거구의 사내라 할지라도 이처럼 끔찍한 일격을 당했다면 도살장의 소처럼 꼼짝없이 당했을 것이다. 그리고 시체 오른쪽 옆 바닥에는 짐승의 뿔로 손잡이를 만든 섬뜩한 양날 단검이 나뒹굴고 있었으며 그 가까이에는 검은 장갑이 한쪽 떨어져 있었다.

"앗! 이건 검둥이 고르지아노잖아. 이번에는 누군가가 선수를 쳤군."

레버튼이 외쳤다.

"창가에 초가 있습니다, 홈즈 씨. 뭐 하시는 겁니까?"

그렉슨 경감이 말했다.

방을 가로질러 창가로 다가간 홈즈가 초에 불을 붙이더니 창문 높이에서 초를 앞으로 내밀기도 하고 뒤로 당기기도 하면서 한동안 촛불을 움직였다. 그런 다음 어둠 속을 한참 주시하다 촛불을 끄고 그것을 바닥에 내던졌다.

"이렇게 해두면 후에 도움이 될 거예요."

홈즈는 이렇게 말하며 우리 쪽으로 걸어왔다. 그리고 미국의 탐정 레버튼과 경감이 사체를 살펴보는 동안 그 옆에 서서 가만히 생각에 잠겼다가 다시 말을 꺼내기 시작했다.

"당신들이 밑에서 기다리고 있는 동안 이 집에서 세 사람이 나갔다고 했죠? 확실히 봤나요?"

"네."

"그중에 서른 살 정도에 검은 피부, 검은 수염을 기른 중간 정도 체구의 사내도 있었나요?"

"네, 마지막에 나온 사람이 그랬습니다."

"그 녀석이 범인입니다. 인상은 내가 알고 있고 여기에 뚜렷하게 발자국이 남아 있으니 충분히 잡을 수 있을 거예요."

"그렇게 간단하지 않을 겁니다. 런던에는 수백만 사람들이 살고 있어요."

"그렇죠. 바로 그렇기 때문에 저 여자의 협력을 얻는 것이 가장 좋을 듯싶어요."

그 말은 들은 우리는 일제히 뒤를 돌아보았다. 문 앞에 키가 크고 아름다운 여자가 액자 속 그림처럼 서 있었다. 워렌 부인 집에서 묵고 있는 베일에 싸인 하숙인이었다.

여자가 천천히 안으로 들어왔다. 두려움과 불안 때문에 파랗게 질린 얼굴이 딱딱하게 굳어 있었다. 눈을 동그랗게 뜨고 바닥에 쓰러진 사체를 가만히 내려다보고 있었다.

"당신들이 이 사람을 죽였나요? 아, 신이시여. 당신들이 이 사람을 죽였나요?"

그녀가 낮은 목소리로 말했다. 그리고 크게 숨을 들이쉬더니 기뻐서 참을 수 없다는 듯 자리에서 펄쩍 뛰었다. 박수를 치며 춤추듯 방 안을 맴돌았다. 검은 눈은 기쁨으로 반짝반짝 빛나고 있었으며, 입술에서는 아름다운 이탈리아 어가 끊임없이 쏟아져 나왔다. 이렇게 끔찍한 사체 앞에서 아름다운 여자가 춤을 추는 모습은 섬뜩한 전율을 느끼게 했다. 갑자기 자리에서 멈춰서더니 여자가 이상하다는 표정으로 우리를 둘러봤다.

"당신들, 당신들 경찰 아닌가요? 당신들이 주세페 고르지아노를 죽인 거죠? 아닌가요?"

"우린 경찰이 맞습니다."

그녀가 어두운 방 안을 한 바퀴 둘러보았다.

"그럼 제나로는 어디에 있나요? 제나로 루커는 제 남편이에요. 저는 에밀리아 루커예요. 우린 뉴욕에서 왔어요. 제나로는 어디 있죠? 그 사람이 조금 전에 이 창을 통해서 나를 불렀기에 서둘러 달려온 거예요."

"내가 부른 겁니다."

홈즈가 말했다.

"당신이 불렀다고요? 어떻게 그럴 수가 있죠?"

"당신들의 암호는 그리 어려운 게 아니니까요. 당신을 이곳으로 불러야만 할 이유가 있었어요. VIENI(와라)라는 신호를 보내기만 하면 틀림없이 올 것이라고 생각하고 있었어요."

아름다운 이탈리아 여자가 존경과 두려움이 섞인 눈빛으로 홈즈를 바라보았다.

"당신이 그 사실을 어떻게 알았는지는 모르겠지만, 저 주세페 고르지아노는 대체 어떻게······?"

여기서 말을 끊은 여자의 얼굴에 갑자기 기쁨과 자랑스러운 빛이 감돌기 시작했다.

"알았다! 나의 제나로야! 아, 멋지고 아름다운 제나로. 어떤 위험에서도 나를 지켜줬던 그이가 그 억센 팔로 이 괴물을 찌른 거야.

아, 제나로. 정말 멋있는 사람이야! 그렇게 멋진 사람에게 어떤 여자가 어울리겠어?"

"그런데, 루커 부인."

낭만적인 구석이라고는 눈을 씻고 찾아봐도 없는 그렉슨 경감이 감정이 섞이지 않은 동작으로 부인의 팔목을 잡았다. 그것은 노팅힐의 불량소녀들을 상대할 때의 모습이었다.

"당신이 누구이며 어떤 사람인지는 잘 모르겠지만 방금 한 말을 들어보니 경시청으로 함께 가는 것만은 피할 수 없을 것 같네요."

"잠깐, 그렉슨 경감. 우리가 알고 싶어 하는 것만큼 부인도 우리에게 사정을 들려주고 싶을 겁니다. 부인, 보셔서 아시겠지만 남편은 여기에 있는 남자를 죽인 일로 체포되어 재판을 받게 될 겁니다. 그러니 당신이 여기서 한 말은 증거로 사용될 수도 있어요. 하지만 만약 남편이 합당한 이유가 있어서 저지른 일로 그 이유를 다른 사람들에게도 설명하고 싶다면 우리에게 모든 이야기를 해주세요. 그러는 것이 남편을 위해서도 가장 좋을 거예요."

"고르지아노가 죽었으니 더 이상 무서울 게 없어요. 저 사람은 악마였어요. 그런 사람을 죽였다고 해서 남편을 벌할 재판관은 이 세상에 한 명도 없을 거예요."

"그렇다면 이렇게 하는 게 어떨까요? 이 방은 문을 잠가 현장을 그대로 보존하도록 하지요. 그리고 부인의 방으로 가서 이야기를 전부 들은 후에 의견을 종합하기로 하는 겁니다."홈즈가 말했다.

30분 후, 우리 네 사람은 루커 부인이 사용하고 있는 조그만 방에 앉아 있었다. 그리고 부인이 들려주는 이 끔찍한 사건에 관계된 이야기에 귀를 기울이고 있었다. 우리는 우연히 그 사건의 결말 부분만을 목격한 상태였다.

부인은 빠른 어조로 막힘없이 술술 이야기를 해나갔다. 하지만 문법적으로 틀린 부분이 많았기 때문에 지금부터 나오는 부인의 이야기는 내가 바로잡아 실은 것이다.

"저는 나폴리 근처에 있는 포실리포에서 태어났어요. 제 아버지는 그 지방의 수석 판사인 아우구스토 바렐리인데 예전에 국회의원을 지낸 적도 있었어요. 제나로는 아버지가 고용한 사람이었는데 저는 그 사람을 사랑하게 되었어요. 여자라면 누구라도 사랑하지 않을 수 없을 정도로 멋진 사람이에요.

돈도 지위도 없는 그가 가진 것이라고는 미모와 힘과 용기뿐이었어요. 그래서 아버지는 우리의 결혼을 승낙하지 않으셨죠. 하는 수 없이 우리는 남부 이탈리아의 바리 시로 도망가서 거기서 결혼했어요. 그런 다음 제가 가지고 있던 보석을 팔아 돈을 마련해 미국으로 건너갔어요. 그게 4년 전의 일이었어요. 이후로 우리는 뉴욕에서 생활했어요.

처음에는 아주 운이 좋았다고 해야 할까요? 한 이탈리아 신사가 제나로를 고용해줬어요. 바우어리라는 곳에서 불량배들에게 협박당하고 있던 그 신사를 남편이 구해줬고 이후로 아주 친한 친구가 됐거든요.

그 사람의 이름은 티토 카스탈로테예요. 뉴욕에서도 손가락 안에

드는 과일 수입 회사인 카스탈로테 앤 잠바 사의 사장이었어요. 또 다른 경영자인 잠바 씨가 병에 걸렸기 때문에 종업원이 300명이 넘는 회사를 카스탈로테 씨 혼자서 운영하고 있었어요. 카스탈로테 씨는 제나로를 한 부서의 책임자로 고용해주는 등 여러 가지로 친절을 베풀어주었어요. 혼자 사시던 카스탈로테 씨는 제나로를 자기 아들처럼 생각하고 있었던 것 같아요. 저희도 카스탈로테 씨를 아버지처럼 따랐어요.

브룩클린에 조그만 집을 마련한 우리는 가재도구도 갖춰놓고 생활을 할 수 있게 됐어요. 그렇게 행복한 나날을 보내던 우리들 위에 검은 구름이 몰려들기 시작하더니 순식간에 우리를 뒤덮고 말았어요. 어느 날 밤, 일을 마친 제나로가 한 이탈리아 인과 함께 집으로 왔어요. 고르지아노라는 사람이었는데 우리와 마찬가지로 포실리포 사람이었어요.

여러분도 보셔서 아시겠지만, 굉장히 큰 사람이에요. 그리고 몸만 거인처럼 큰 게 아니라 모든 것이 섬뜩한 느낌을 줄 정도로 이상하게 크고 무시무시했어요. 우리의 조그만 집 안에서 그의 목소리는 마치 천둥소리처럼 울렸어요. 말을 하면서 굵은 팔을 붕붕 휘둘렀기 때문에 우리는 어디에 있어야 할지도 모를 정도였어요. 그 사람의 생각하는 것이나 사물을 바라보는 눈도 전부 과장된 것이어서 마치 괴물 같았어요. 그 사람이 울부짖는 짐승처럼 말을 꺼내면 다른 사람들은 그 위세에 짓눌려서 말의 홍수에 휩쓸려버리게 돼요. 그리고 그 사람이 불똥이 튈 듯한 눈으로 노려보면 누구든 그 사람의 말대로 움직일 수밖에 없게 돼요. 어쨌든 그 어떤 무시무시한 말로 형용할 수 없는 사람이었어요. 그의 죽음을 신에게 감사드립니다.

그날 이후로, 그는 자주 우리 집을 찾아왔어요. 그런데 제나로도 나처럼 그 사람을 싫어하는 눈치였어요. 가엾은 남편은 언제나 창백한 얼굴로 고르지아노가 떠들어대는 정치나 사회 문제에 관한 얘기를 멍하니 듣고만 있었어요. 제나로는 아무런 말도 하지 않지만 남편을 잘 알고 있는 저는 그가 지금까지 느끼지 못했던 감정을 느끼고 있다는 사실을 확실히 알 수 있었어요. 처음에는 미워하는 거라고 생각했어요. 하지만 그 후에 그것이 미움을 넘어선 감정이라는 사실을 점점 알게 됐어요. 깊고 은밀하며 소름끼치는 두려움의 감정이었던 거예요.

그날 밤, 그러니까 제가 남편의 공포심을 느낀 그날 밤, 저는 모든 얘기를 들려달라고 남편에게 매달리며 사정했어요. '우리의 사랑에 걸고, 또 당신이 소중하게 여기는 모든 것에 걸고 제발 숨김없이 얘기해주세요. 그 거인이 왜 당신을 괴롭히는 건지 가르쳐주세요.' 하고 매달렸어요. 그러자 남편이 얘기를 들려줬어요. 그 얘기를 듣는 동안 제 마음은 얼음장처럼 차가워져 갔어요.

젊고 혈기왕성했던 시절, 일이 뜻대로 풀리지 않고 부당한 대우를 받았던 가엾은 제나로는 한때 온전한 생각을 하지 못했어요. 그때 그는 카르보나리 당(19세기 초, 이탈리아에서 조직된 정치적 비밀결사)과 연관이 있는 나폴리의 비밀 결사인 '레드서클'에 가입했어요.

이 결사에서는 맹세와 비밀을 아주 중히 여기기 때문에 일단 가입하면 절대로 빠져나올 수 없어요.

저와 둘이서 미국으로 도망쳤을 때, 제나로는 이것으로 '레드서클'과도 영원히 작별이라며 안심을 했어요. 그런데 그날 밤, 나폴리에서 남편을 결사에 넣은 거인 고르지아노와 길에서 우연히 마주친 거예요. 제나로가 얼마나 공포에 떨었을까요? 그는 거듭되는 살인으로 팔꿈치까지 새빨갛게 피로 물들어 남부 이탈리아에서는 '저승사자'라는 이름으로 불리던 사람이었으니까요. 이탈리아 경찰의 수사망을 피해 뉴욕으로 건너온 것인데 거기서도 그 무시무시한 결사의 지부를 만들 준비를 시작하고 있었어요.

이 모든 얘기를 들려준 제나로는 그날 받았다며 결사에서 보낸 호출장을 내게 보여줬어요. 위쪽에 붉은 원이 그려져 있고, 언제 지부의 회합이 있으니 반드시 참석할 것을 명한다는 내용이었어요. 그것만으로도 걱정이 태산 같았는데 상황은 더욱 좋지 않은 쪽으로 움직였어요.

고르지아노가 거의 매일 밤 집으로 찾아왔는데 그는 언제나 나를 붙들고 얘기를 했어요. 남편에게 말을 걸 때도 그의 짐승 같이 번뜩이는 눈빛은 나를 향하고 있다는 사실을 그 전부터 깨닫고 있었어요. 그러던 어느 날 밤, 그 남자가 무슨 생각을 하고 있는지 확실하게 알게 됐어요. 고르지아노는 나에 대한 '사랑'이라고 말했지만 그건 짐승의 사랑, 야만인의 사랑이었어요.

그가 왔을 때, 제나로는 아직 집에 돌아오지 않았어요. 성큼성큼

집 안으로 들어선 고르지아노는 그 굵은 팔로 갑자기 나를 잡아 곰처럼 끌어안고는 정신없이 키스를 해대며 함께 도망가자고 저를 설득했어요. 제가 필사적으로 저항하며 비명을 지를 때 제나로가 집 안으로 들어왔어요. 남편이 고르지아노에게 달려들었지만 그는 제나로에게 주먹을 휘둘러 남편을 기절시킨 뒤 집에서 뛰쳐나갔어요. 그날 이후로 두 번 다시 집으로 찾아오지는 않았어요. 하지만 우리는 무시무시한 적을 두게 된 셈이었어요.

그 일이 있은 지 2, 3일 뒤가 지부의 회합이 있는 날이었어요. 회합에서 돌아온 제나로의 얼굴을 보고 뭔가 끔찍한 일이 있었다는 사실을 저는 바로 알 수 있었어요. 얘기를 들어보니 사태는 제가 생각했던 것보다 훨씬 더 좋지 않았어요.

결사에서는 돈 많은 이탈리아 인들을 협박해서 자금을 끌어 모으고 있었어요. 우리의 친구이자 은인인 카스탈로테 씨도 그들의 표적이 된 듯했어요. 하지만 카스탈로테 씨는 그들의 협박에 지지 않고 협박장을 경찰에게 보여줬어요. 그래서 결사에서는 다른 사람들이 카스탈로테 씨처럼 하지 못하도록 본을 보이기 위해서 그를 혼내주기로 결정했다는 거예요. 카스탈로테 씨를 집과 함께 다이너마이트로 날려버리겠다는 거였어요.

누가 그 일을 할지 결정하기 위해 제비뽑기를 했어요. 제나로가 제비를 뽑기 위해 자루 안에 손을 넣었을 때, 고르지아노가 잔혹한 웃음을 짓고 있는 모습을 봤다고 했어요. 틀림없이 속임수였을 거예요. 제나로가 뽑은 제비가 붉은 원이 그려진 원판, 즉 살인을 명령하는 것이었으니까요.

제나로는 은인이자 친구인 카스탈로테 씨를 죽이느냐, 자신과 저를 녀석들의 손에 넘기느냐 하는 문제에 직면하게 됐어요. 그 일당은 무서워하거나 미워하는 사람을 벌할 때, 본인뿐만 아니라 그가 사랑하는 사람들에게까지 상처를 입히거든요. 그 끔찍한 규율을 잘 알고 있었기 때문에 가엾은 제나로는 잔뜩 겁에 질려 미쳐버릴 듯한 불안에 떨고 있었어요.

그날 밤, 우리는 꼭 끌어안고 서로를 격려했어요. 다음 날 저녁에 계획을 실행해야만 했기에 우리는 그날 정오에 런던행 배에 올랐어요. 물론 출발하기 전에 카스탈로테 씨에게 사정을 설명하고 주의하라고 알린 뒤, 경찰에도 신고를 해서 그의 안전을 지켜달라고 부탁했죠.

그 후의 일에 대해서는 당신들도 잘 알고 계실 거예요. 적들이 우리 뒤를 그림자처럼 따라왔다는 사실을 알게 됐어요. 고르지아노에게는 개인적인 원한도 사고 있었는데, 그가 얼마나 잔혹하고 집념이 강한 사람인지는 우리도 잘 알고 있었어요. 이탈리아와 미국에는 그가 얼마나 무서운 사람인지 잘 알려져 있어요. 그가 있는 힘껏 힘을 짜내면 모든 게 끝장이에요.

서둘러 출발한 덕분에 2, 3일 정도는 안전하게 지낼 수 있었어요. 남편은 그 시간을 이용해서 내가 위험에 처하지 않도록 이렇게 은신처를 마련해줬어요. 그는 미국이나 이탈리아의 경찰과 바로 연락을 취할 수 있도록 자유롭게 있고 싶다고 했어요. 저도 남편이 어디서 무엇을 하고 있는 전혀 알지 못했어요. 제가 알고 있는 건 신문 광고를 통해서 얻은 정보뿐이에요. 그런데 한 번은 창밖을 내다보니 두 이탈리아 사람이 이 집을 바라보고 있는 모습이 보였어요. 어떤 수를 썼는지는 모르겠지만 고르지아노가 이 집을 찾아낸 거예요.

그러자 제나르가 신문 광고를 통해서 저 집 창에서 신호를 보내겠다고 알려왔어요. 그런데 저쪽에서 온 신호는 '조심해,' 하는 말의 반복이었어요. 그것도 중간에서 끊겨버렸고. 지금 생각해보고 안 일인데, 남편은 고르지아노가 가까이 있다는 사실을 깨닫고 그와 마주칠 때를 대비해서 미리 준비를 해뒀던 거예요.

여러분 한 가지 묻겠는데 우리는 법률의 심판을 두려워해야 하나요? 제나르가 한 행동을 유죄라고 판결할 재판관이 과연 이 세상에 존재할까요?"

"어떻습니까? 그렉슨 경감. 이곳 영국인들은 어떻게 생각할지 모르겠지만, 뉴욕에서라면 사람들은 이 부인의 남편에게 감사할 겁니다."

레버튼이 그렉슨 경감의 얼굴을 바라보며 말했다.

"어쨌든 이 분을 모시고 경찰청으로 가서 윗사람을 만나도록 해야겠습니다. 이 분의 말이 사실이라면 부인과 남편은 아무것도 두려워하지 않아도 될 겁니다. 그건 그렇고, 홈즈 씨. 당신이 왜 이번 사건에 손을 댔는지 저는 도저히 알 수가 없군요."

그렉슨 경감이 말했다.

"공부요, 공부를 위해서죠. 대학이라고 말할 수 있는 이 세상에서 나는 아직도 지식을 찾아 헤매고 있으니까요.

왓슨, 이번 사건으로 자네의 수집품 목록에 비극에 넘친 기괴한 표본을 하나 더 추가 할 수 있게 됐어. 이런, 아직 8시도 되지 않았군. 지금 코벤트 가든에서 바그너의 오페라를 상연하고 있을 거야. 서둘러 가면 2막부터는 볼 수 있겠는데."

브루스 파팅턴 호 설계도

The Adventure of
the Bruce-Partington Plans

1895년 11월의 3주째 접어들어 런던 거리에 누르스름한 연무가 쫙 깔렸다. 월요일부터 목요일사이 베이커가의 우리 하숙집 창 건너편의 집이 희미하게나마 보인 게 단 한 번뿐이었다.

　안개가 시작된 첫날 홈즈는 두꺼운 자료 파일에 참조 색인을 붙이며 지냈다. 이틀, 사흘째는 최근 몰두하고 있는 중세 음악을 여유롭게 연구했다. 나흘 째 되던 날 아침 식사를 하다 창밖을 바라보니 여전히 갈색 안개가 무겁게 세상을 짓누르며 유리창에 물방울을 맺히게 하고 있었다. 원래 활동적인 홈즈는 단조로운 매일이 참기 힘들어진 듯 보였다. 축적된 에너지를 배출하려는 듯 거실을 서성이거나 손톱을 깨물고, 가구를 두드려 보는 등, 불안정해 보였다.

　"뭐 재밌는 기사라도 없나, 왓슨?"

　홈즈가 말하는 재밌는 기사란 두말할 나위 없이 범죄사건이다. 혁명, 전쟁의 징조, 다가오는 정권교체 등의 뉴스로 가득하지만 그런 기사에 홈즈는 눈길도 주지 않는다. 범죄사건은 모두 진부하고 재미없는 것뿐이었다.

"런던 범죄자들이 전부 형편없군."

홈즈가 신음하듯 내뱉고 다시 서성대기 시작했다. 사냥꾼이 사냥감을 찾지 못해 내뱉는 불만과 흡사했다.

"창밖을 보게 왔슨. 사람 그림자가 쑥 나타나 흐릿하게 보이다 순식간에 안개 속으로 빨려 들어가네. 강도든, 살해범이든 이런 날이야말로 몰래 일을 저지르게 돼 있지. 희생자에게만 모습을 드러내는 정글의 호랑이처럼 런던을 어슬렁대고 있을 걸세."

"좀도둑이라면 얼마든지 있네."

내 말에 홈즈는 경멸하는 듯 콧방귀를 꼈다.

"이 엄청나게 음울한 무대는 더 큰 사건을 위해 준비된 걸세. 내가 범죄자가 아닌 게 영국 사람들은 다행인줄 알아야해."

"그건 맞는 소리네." 나는 진심으로 동감했다.

"내가 만약 브룩스나, 우드하우스든 상관없이 내 목숨을 노릴 이유가 있는 50명 정도의 사람 중 한 명이라고 치세. 그렇다면 암살자인 나 자신의 손아귀에서 영원히 도망칠 수 있겠지? 거짓말로 꾀어내기만 하면 그만이지. 암살로 악명 높은 라틴계 나라에 안개가 없어 천만 다행이지. 오라! 드디어 이 죽음보다 참기 어려운 지루함에서 구해줄 사람이 나타났군."

하숙집 하녀가 전보를 가지고 온 것이다. 봉투를 열어본 홈즈가 갑자기 웃었다.

"이게 뭐야! 마이클로프트 형이 온다네."

"그게 어쨌단 건가?"

"어쨌냐고? 시골 논두렁을 달리는 기차를 만난 격이네. 마이클로프트는 스스로 레일을 깔고 그 레일 위만 달리는 사람일세. 펠멜가 자택, 디오케네스 클럽, 화이트홀 관청– 이 세 곳밖에 가지 않네. 이전에 단 한 번 여기에 온 적이 있긴 하지만. 도대체 무슨 큰일이 터져 레일을 벗어났을까?"

"설명은 없나?"

홈즈는 형의 전보를 내밀었다.

「카드건 웨스트 건으로 만나고 싶다. 바로 가겠다.

– 마이클로프트」

"카드건 웨스트? 들은 적이 있는 이름인데."

"나는 처음 듣는 이름일세. 하지만 마이클로프트가 이렇게 레일을 벗어나다니 놀랍군! 행성이 궤도를 이탈했다고 해도 이보다 놀랍지 않을 걸세. 헌데 마이클로프트를 알고 있나?"

나는 그리스어 통역사건 때 이름을 들은 게 생각났다.

"영국정부의 모 부서에서 일하고 있다는 걸 들었는데."

홈즈는 빙긋 웃었다.

"그때만 해도 자네를 잘 몰랐었어. 그래서 정부의 기밀을 말하기가 곤란했지. 형이 영국정부에서 일하고 있는 건 사실이네. 아니, 오히려 형이 영국정부 그 자체라고 하는 게 어떤 의미에선 맞을 걸세."

"설마!"

"놀랄 줄 알았네. 마이클로프트는 연봉 450파운드로 공무원으로서는 여전히 낮은 편이지. 출세를 바라지도 않고, 명예나 지위 따위에 욕심이 없으니까. 하지만 영국에 없어서는 안 될 인물이지."

"대체 무슨 말인가?"

"응, 아주 파격적인 지위야. 형을 위해 특별히 만들어진 자리라고 해두지. 전대미문의 자리이며 후대에도 없을 걸세. 형의 두뇌는 일반 사람들의 상상을 초월한 수많은 정보를 축적, 질서 있게 정리하는 능력을 가졌네. 내가 범죄 수사에 힘을 기울이는 것과 마찬가지로 형은 뛰어난 능력을 정부의 특별한 임무에서 발휘하고 있네.

정부 각 부서에서 나온 결론이 형에게 보내져 중앙 거래소나 증권거래소처럼 형이 조정역할을 담당하지. 모두 제 분야의 전문가들이지만 형은 그 모든 전문지식을 통합하는 전문가라고 할 수 있지. 예를 들어 해군과 인도, 캐나다, 거기에 금융문제까지 얽히고 설킨 특정 문제에 관한 정보를 해당 장관이 필요로 하고 있다고 치세. 그 장관은 당연히 각각의 부서에서 각각의 보고를 받겠지. 하지만 그 모든 것을 총괄하여 개개인의 요소가 서로 어떤 영향을 끼치는지 지적할 수 있는 건 마이클로프트뿐일세.

그렇게 형에게 부탁하면 빠르고 편리하게 되는 거지. 영국 정부로서는 없어서는 안 될 인물이지. 그의 대단한 머릿속에는 수많은 정보가 명확히 분류, 정리돼 있어 어떤 정보든 바로 끄집어 낼 수 있지. 이 나라의 정책이 형의 한 마디로 결정된 게 한두 번이 아니네. 형은 그 일을 천직으로 여기고 있네. 다른 생각은 전혀 하지 않네. 하지만 내가 가끔 문제해결을 위해 조언을 구하면 기분전환삼아 두뇌 체조를 하네.

하늘의 지배자 주피터와 필적할 인물이 인간 세상에 있을 줄 누가 알겠나. 대체 무슨 일이 벌어진 걸까? 카드건 웨스트는 누구고, 형과는 어떤 관계일까?"

"그거야!" 나는 소리치며 소파에 뒹굴고 있는 신문 더미를 뒤졌다. "여기 있다! 이거야! 카드건 웨스트는 화요일 아침 지하철에서 죽은 채 발견된 젊은이야."

홈즈는 파이프를 집으려던 손을 멈추고 자세를 고쳤다.

"왓슨, 중대한 사건임에 틀림없네. 형을 정해진 틀에서 벗어나게 할 정도라면 보통일은 아닐 걸세. 대체 형과 무슨 관계가 있는 걸까? 특별한 게 없어 보였는데. 그 청년은 그저 열차에서 추락해 사망한 것 같았는데. 도난당한 것도 없고 특별히 뒤진 흔적도 없었지. 그렇지 않았나?"

"검시 결과 새로운 사실이 여러 가지 드러났네. 좀 더 자세히 살펴보면 이상한 점이 발견 될 걸세."

"형이 이렇게까지 영향을 받았다면 단순사건이 아니겠군." 홈즈는 이렇게 말하면서 팔걸이의자에 깊숙이 앉았다. "이보게 왓슨, 다시 한 번 되 짚어 보세."

"그 남자 이름은 아서 카드건 웨스트. 27세, 독신, 울위치 국영 병기공장의 직원이네"

"정부에 고용돼 있었군. 마이클로프트와 연결은 되겠군!"

"월요일 밤 울위치에서 갑자기 사라졌다. 그를 마지막으로 본 건 약혼자 미스 바이올렛 웨스트베리로 아무 징조도 없이 안개에 휩싸여 사라진 게 그날 밤 7시 반이네. 둘 사이에 말다툼이 있던 것도 아니고 약혼자는 사라진 이유를 전혀 모르고 있네. 그리고 그의 소식을 접하게 된 건 런던 지하철 올드게이트 역 근처에서 에이슨이란 선로공이 그의 시체를 발견했다는 거였네."

"그게 언제지?"

"시체가 발견된 건 화요일 아침 6시. 역 바로 옆 지하철이 터널을 빠져나오는 곳에 동쪽을 향하는 선로의 좌측 선로에서 벗어난 곳에 쓰러져 있었네. 머리는 완전히 박살이 나 있었지-열차에서 떨어졌겠지. 시체가 지하철 선로에 떨어져 있었으니 그렇게밖에 생각할 수 없네. 다른 곳에서 옮겨왔다면 역무원이 지키고 있는 개찰구를 지나야 하네. 이건 움직일 수 없는 사실이네."

"그럼, 사건의 윤곽이 확실하군. 살아 있었건 죽었건 간에 열차에서 떨어진 건 사실이군. 여기까진 됐고. 그 다음엔?"

"시체가 발견된 곳 옆 선로의 열차는 서쪽에서 동쪽으로 향하는데 지하철 메트로폴리탄 선을 반복 운행하는 열차와 윌즈던 등의 교외에서 들어오는 열차도 있네. 이 젊은이가 그날 밤 늦게 동쪽을 향한 건 분명하지만 어디서 탔는지는 알 수 없네."

"그건 승차권을 확인하면 알 수 있잖나."

"주머니에 승차권이 없었네."

"승차권이 없어! 왓슨, 그거 참 괴상한 이야기군. 내 경험으론 승차권을 확인하지 않고는 메트로폴리탄 선 홈에 들어갈 수 없어. 그러니 그 젊은이는 승차권을 가지고 있었을 걸세. 어느 역에서 탔는지 모르게 하기 위해 빼냈나? 있을 수 있지. 그 친구가 열차 안에서 분실했나? 그것도 가능하지. 어쨌거나 중요한 부분이군. 강도를 당한 흔적은 없다고 했지?"

"보기에는. 여기 그의 소지품 리스트가 있네. 지갑에는 2파운드 15실링이 들어 있었군. 캐피탈 앤드 카운티 은행 울위치 지점의 수표책도 있었네. 그걸로 신원을 확인했네. 그리고 울위치 극장의 당일 밤 특등석표 두 장. 그리고 기술관계 서류다발."

홈즈가 만족스럽게 말했다.

"그거야, 왓슨! 영국정부―울위치. 국영 병기공장의 기술관계 서류―마이클로프트. 고리가 이어졌어. 어어, 드디어 오셨군. 내 느낌이 틀리지 않았다면 본인이 직접 설명하러 온 것 같군."

잠시 후 마이클로프트 홈즈가 큰 키에 풍채 좋은 모습을 드러냈다. 건장하고 당당한 체격이지만 왠지 운동신경은 둔할 것 같은 느낌이 들었다. 하지만 그 거추장스런 몸 위에 올라 앉은 얼굴이, 이마는 자신감으로 넘치고 깊고 약간 푸르스름한 회색 눈동자는 전혀 빈틈없어 보이는 예리함과 꾹 다문 입의 표정이 입체적으로 보였다. 얼굴을 본 다음 거구라는 인상은 확 날아가 버리고 지성으로 번뜩이는 두뇌만 각인됐다.

마이클로프트 바로 뒤에 스코틀랜드 야드의 레스트레이드 형사의 점잖 뺀 모습이 보였다. 두 사람의 심각한 표정만 봐도 사건의 심각성을 알 수 있었다. 형사는 한 마디도 하지 않은 채 악수를 했다. 마이클로프트는 코드를 벗는 시간도 아깝다는 듯 팔걸이의자에 앉았다.

"아주 곤란한 상황이야 셜록. 나는 일상의 틀을 벗어나는 걸 참을 수 없지만 가만히 있을 수가 없었다. 샴 국(지금의 태국)이 현재 처해 있는 상황을 생각하면 사무실을 벗어날 수 없지만 화급을 다투는 일이야. 총리가 그렇게 허둥대는 건 처음 봤어. 해군본부는 완전히 벌집을 쑤셔놓은 것 같아. 사건은 들어서 알겠지?"

"지금 막 둘이서. 기술관계 서류란 게 뭐지?"

"아아, 바로 그게 문제야! 다행이 아직 밖으로 새나가지는 않았지. 그게 새나가면 신문이 가만있질 않을 거야. 죽은 그 젊은이 주머니에는 브루스 파팅턴 호 잠수함 설계도가 있었으니까."

마이클로프트 홈즈가 이 문제가 얼마나 중요하게 여기는지 알 수 있는 엄숙한 말투였다. 홈즈와 나는 마른 침을 삼켰다.

"아마 들은 적이 있겠지? 모르는 사람이 없을 걸."

"이름만."

"말로 표현할 수 없을 만큼 중요해. 정부의 그 어떤 기밀보다도 엄중히 보안이 유지 됐었지. 브루스 파팅턴 호 잠수함의 행동반경 안에서는 적함의 군사행동은 거의 무력에 가깝다고 생각해도 좋을 정도지. 2년 전, 국가 예산에서 두 눈이 튀어나올 정도의 금액을 몰래 투자해 이 발명을 독점하게 됐지. 모든 방법을 동원해서 기밀을 유지해 왔어. 설계도는 아주 복잡해서 각각 30개가 넘는 특허를 가지고 있네. 어느 것 하나라도 빠지면 제 기능을 할 수 없지.

병기 공장 옆 은밀한 사무실의 정교한 금고 안에 보관하고 있었지. 사무실 문과 창문 모두 도난방지 장치가 달려 있어. 그 어떤 상황에서도 설계도를 외부로 가져갈 수 없게 돼 있어. 제아무리 해군 조선 본부장이라고 할지라도 설계도가 보고 싶으면 울위치 사무실까지 가지 않으면 안 되게 돼 있지. 헌데 런던 한 복판에서 죽은 일개 직원의 주머니에 그게 들어가 있었어! 공적인 견해로 본다면 절대 있을 수 없는 일이야."

"하지만 회수했잖아?"

"셜록 그게 아냐! 그래서 문제라고. 회수되지 않았어. 울위치에서 사라진 서류는 10장이야. 카드건 웨스트 주머니에서 발견 된 게 7장. 가장 중요한 세 장이 보이질 않아...도난당했거나 분실됐겠지. 다른 일은 전부 뒤로 미뤄라 셜록. 사소한 범죄의 수수께끼나 풀고 있을 때가 아냐. 네가 문제를 해결해야 하는 건 엄청나게 중요하고 국제적인 문제야. 카드건 웨슬리가 왜 설계도를 빼냈는지. 없어진 설계도는 어디 있는지. 그는 왜 죽었는지. 왜 시체가 거기 있었는지. 이 엄청난 사태를 어떻게 수습해야 할지. 문제의 해답을 다 찾아줘. 그게 다 이 나라를 위한 거야."

"왜 형이 직접 해결하지 않는 거야? 내가 할 수 있다면 형은 당연히 할 수 있잖아."

"그럴지도 모르지, 셜록. 하지만 조사를 위해 돌아다녀야 해. 누군가 상세한 내용을 제공해 주고 나는 의자에 앉아 전문가로서 날카로운 반문과 의견을 제시한다면 상관없겠지. 하지만 여기저기 뒤지고 다니고, 지하철 차장을 조사하고, 돋보기를 들고 땅바닥을 기어야 하는 건 내 특기가 아니잖아. 이런 문제를 해결할 수 있는 건 너뿐이야. 네 이름이 수훈자 명단에 실릴 수도 있어."

홈즈는 볼을 부풀리며 고개를 좌우로 흔들었다.

"나는 즐기기 위해 게임을 하지. 그건 그렇고 이 사건에 몇 가지 흥미를 끄는 점이 있으니 기꺼이 조사에 응할 테니 좀 더 자세한 얘기를 해줘."

"중요한 내용과 네게 도움을 줄만한 사람의 주소를 함께 여기 메모해 뒀어. 그 설계도를 실제로 관리했던 책임자는 유명한 기술 장교 제임스 월터야. 훈장과 칭호를 늘어놓으면 두 줄 꽉 찰 정도의 인물이야. 백발이 될 때까지 한 길 인생의 신사로 저명인사들과의 만남도 잦고 무엇보다 애국심 하나는 의심할 여지가 없어. 금고 열쇠는 두 개인데 그 중 하나를 이 남자가 가지고 있어. 참고로 월요일 근무시간까지 서류는 분명히 사무실에 있었어. 제임스는 3시 경에 금고 열쇠를 가지고 런던에 외출을 했지. 그리고 이 사건이 일어난 날 밤, 제임스는 줄곧 버클리 스퀘어의 싱클레어 제독 집에 있었어."

"알리바이는 확실해?"

"제임스의 동생 밸런타인 월터 대령이 울위치를 출발했다고 증언했고, 싱클레어 제독이 런던에 도착한 걸 증언했어. 제임스는 사건에 직접적인 연관이 없다는 게 되지."

"나머지 열쇠를 가지고 있는 사람은?"

"주임 설계기사 시드니 존슨이야. 40세로 아내와 5명의 아이가 있어. 말수가 적고 까다로운 성격이지만 근무 평점은 전반적으로 아주 뛰어나지. 동료들과 친하진 않지만 열심히 일하지. 그의 알리바이를 증명해 줄 사람은 부인밖에 없지만 월요일, 퇴근하고 줄곧 집에 있었다고 해. 게다가 열쇠를 걸어놓은 회중시계는 줄곧 몸에 지니고 있었대."

"카드건 웨스트에 대해 말해줘."

"근속 10년에 많은 일을 했지. 욱하는 성질에 화를 잘 내지만 비뚤어진 곳 없이 성실한 남자야. 의심할 만한 게 없어. 업무 상 시드니 존슨 다음 위치에 있지. 업무 상 매일 설계도에 손을 대. 이밖에 설계도를 다루는 사람은 없어."

"그날 밤 설계도를 금고에 넣은 사람은?"

"주임인 시드니 존슨이야."

"그렇다면 누가 빼냈는지는 명백하잖아. 실제로 설계도는 카드건 웨스트의 시체에서 발견됐잖아. 결정적인 것 같은데, 아니야?"

"맞는 말이지만 셜록, 그걸로는 설명할 수 없는 게 많아. 그럼 왜 그가 설계도를 가져 나갔을까?"

"값이 꽤 나갈 텐데?"

"적어도 수 천 파운드는 되겠지."

"설계도를 런던으로 가져간 다른 이유는 없을까?"

"글쎄, 생각이 나지 않아."

"그렇다면 팔려고 했다는 가정 하에 조사를 시작해야겠군. 웨스트 청년이 서류를 빼냈으니까. 그건 복사키가 있어야 가능한 일이야."

"복사키 하나로는 안 돼. 건물 입구와 사무실 등 열쇠가 한두 개가 아니니까."

"그렇다면 웨스트가 복사키를 여러 개 만들었단 말이군. 그는 설계도를 런던에 가지고 가 기밀을 팔려고 한 거지. 다음 날 아침에 몰래 금고에 돌려놓을 생각으로. 헌데 런던에서 가당찮은 짓을 하다 죽은 거고."

"어떤 식으로?"

"울위치로 돌아가려다 살해당해 열차 밖으로 내던져 졌을 거야."

"시체가 발견된 올드게이트는 울위치 방면으로의 환승역 런던 브리지를 상당히 지난 곳인데."

"런던 브리지 역을 지나칠 상황은 얼마든지 상상할 수 있어. 예를 들어 차 안에서 누군가와 이야기에 몰입했을 수도 있지. 분위기가 험악해 져 목숨을 잃게 됐거나, 달리던 열차에서 뛰어내리려다 선로에 떨어져 죽었을지도 모르지. 그리고 남은 누군가가 문을 닫아버렸고. 안개가 짙어 아무도 눈치 채지 못 했을 거야."

"현재로서는 그게 제일 가능성이 큰 것 같군. 셜록, 그렇다고 해도 중간과정의 설명이 너무 빈약해. 어쨌거나 지금은 카드건 웨스트 청년이 설계도를 런던으로 가져간 걸로 치지. 외국 스파이와 미리 연락을 취해놓고 그날 밤 결행을 했다는 게 자연스럽겠군. 헌데 그는 극장표를 예매해 약혼자와 약속을 한 채 사라져 버렸어."

"속임수였겠죠." 이야기를 듣고 있던 레스트레이드가 답답했던지 끼어들었다.

"속임수치고는 좀 어색하지 않을까. 이게 이론의 하나고, 두 번째는. 웨스트가 런던에 도착해 스파이를 만났다고 치세. 설계도를 아침까지 가져가지 않으면 들통 나고 말지. 가져간 설계도는 10장. 그의 주머니에는 7장밖에 없었네. 나머지 3장은 어떻게 됐을까? 웨스트가 절대로 넘겨줬을 리 없어. 그랬다면 배신행위의 성과물은 어디 있지? 주머니가 돈으로 꽉 차있어야 할 게 아닌가?"

"그건 명백하다고 생각합니다." 레스트레이드가 반론을 제기했다. "불을 보듯 훤합니다. 웨스트는 서류를 빼내 팔려 했다. 스파이를 만났다. 금액 때문에 의견차가 생겼다. 그대로 돌아가려 하자 스파이가 따라왔다. 열차 안에서 스파이가 웨스트를 죽이고 가장 중요한 서류를 빼앗고 시체를 열차 밖으로 집어 던졌다. 이걸로 모든 게 설명되지 않나요?"

"승차권은 왜 없지?"

"승차권으로 스파이의 근거지 역이 발각 되잖아요. 그래서 피해자 주머니에서 빼낸 거죠."

"훌륭해, 레스트레이드 형사, 아주 훌륭해." 홈즈가 말했다. "자네 가설은 정리가 완벽해. 하지만 그게 사실이라면 사건은 종결됐네. 배신자 또한 죽었지. 게다가 브루스 파팅턴 호 잠수함 설계도는 벌써 대륙으로 보내졌다고 여겨지네. 우리가 할 일이 더 있을까?"

"할 일이 있지, 셜록! 움직여라!" 마이클로프트가 일어서며 말했다. "지금 설명한 건 본능적으로 받아들일 수가 없어. 네가 활약할 순간이야! 현장으로 달려가! 관계자들을 만나라! 철저하게 조사하라고! 조국을 위해 일을 할 둘도 없는 찬스다."

"알았어, 알았다고!" 홈즈는 어깨를 들썩했다. "왓슨, 가세! 그리고 레스트레이드 형사, 자네도 한두 시간 정도 시간을 내주게. 일단 올드게이트 역으로 가세. 그럼, 저녁에 보고할 생각이지만 너무 기대는 하지마."

1시간 후 나와 홈즈, 레스트레이드 세 명은 올드게이트 역 바로 앞 지하철 터널 앞 선로에 서 있었다. 철도회사를 대표해 불그스레한 얼굴에 겸손한 노신사가 입회했다.

"이곳이 그 청년의 시신이 있던 곳입니다." 노신사가 선로에서 3피트 정도 떨어진 곳을 가리켰다. "시체가 위에서 떨어졌을 리는 없습니다. 보시다시피 밋밋한 벽으로 완전히 가로막혀 있으니까요. 따라서 시체는 열차에서 떨어뜨린 게 분명합니다. 우리가 조사한 바로는 월요일 심야에 지나간 열차가 틀림없습니다."

"열차 안에서 싸운 흔적이 있는지는 조사하셨나요?"

"그런 흔적은 없었습니다. 승차권도 떨어져 있지 않았습니다."

"문이 열렸다는 기록은?"

"없습니다."

"오늘 아침 새로운 증언이 있었는데요." 레스트레이드가 말했다. "월요일 밤 11시 40분 경 메트로폴리탄 선 보통열차로 올드게이트 역을 지나갔다는 승객이 열차가 역에 들어가기 직전에 선로에 쿵 하고 뭔가 선로에 떨어지는 소릴 들었다고 합니다. 하지만 안개가 짙어 아무것도 보이지 않았다고 합니다. 그 시점에서는 아무 제보 도 없었지만요. 어, 홈즈 씨 왜 그러시죠?"

홈즈는 긴장된 얼굴로 서서 터널 밖에서 선로가 휘어지는 곳을 응시하고 있었다. 올드게이트는 환승역으로 포인트가 거미줄처럼 얽혀 있다. 그 포인트를 뚫어지라 바라보고 있었다. 예민하고 빈틈 없는 얼굴의 굳게 다문 입, 실룩거리는 콧날, 중앙으로 모인 짙고 두터운 눈썹. 그것이 무얼 말하는지 나는 잘 알고 있다.

드디어 홈즈가 중얼거리듯 말했다. "포인트. 포인트..."

"그게 뭘? 무슨 뜻이죠?"

"지하철에는 포인트가 그리 많지 않죠?"

"네, 아주 조금."

"게다가 커브도 있어. 많은 포인트, 그리고, 커브. 틀림없어! 단 순히 그거라고 한다면"

"뭡니까, 홈즈 씨? 단서 인가요?"

"아니, 문득 떠오른 게 있어서-아직 느낌 일 뿐일세. 하지만 이 사건은 틀림없이 흥미진진한 사건이야. 특별해. 정말 특별해, 그런 일도 있을 법 하겠지. 선로에 피 흘린 자국이 전혀 없군."

"피는 거의 묻어 있지 않았습니다."

"하지만, 상처가 심했을 텐데."

"뼈가 부러졌지만 특별히 외상은 없었습니다."

"그래도 조금은 출혈이 있었을 것 같은데. 안개 속에서 쿵하는 소리를 들었다는 승객이 타고 있던 차량을 조사할 수 있을 까요?"

"그건 좀 힘듭니다, 홈즈 씨. 각 차량이 따로따로 분리돼 흩어져 있습니다."

"그 점은 염려 마십시오, 홈즈 씨." 레스트레이드가 말했다. "모든 차량을 구석구석 조사했습니다. 제가 책임자였으니까요."

홈즈의 나쁜 습관 중 하나가 자신보다 머리 회전이 안 되는 사람은 무시한다는 것이다.

"그랬겠지."라고 무시해 버렸다. "아쉽지만 내가 조사하고 싶은 건 차량이 아닐세. 왓슨. 이제 됐네. 자네가 수고할 일이 없겠네, 레스트레이드 형사. 자아, 이번에는 울위치에 조사하러 가지."

런던 브리지 역에서 홈즈는 형 앞으로 전보를 써서 보내기 전에 내게 보여주었다. 전보에는 이렇게 써 있었다.

「어둠 속에서 빛을 보는 것도, 빛이 사그라져 꺼진다. 베이커가에 돌아갈 때까지 영국에 숨어 있는 타국, 또는 국제 스파이 리스트를 상세히 주소와 함께 보내주기 바람.

　　　　　　　　　　　　　　　　　　　　　　　　　－ 셜록」

"리스트가 있으면 도움이 될 걸세, 왓슨." 울위치로 향하는 열차 안에서 홈즈가 말했다. "형한테는 고맙다고 해야겠는 걸. 이렇게 대단한 사건에 끌어들여 줬으니까."

열변을 토하는 홈즈는 아직 긴장감과 힘이 넘치는 표정을 하고 있었다. 이 새롭고 뭔가 의미 있어 보이는 일에 자극받아 사고력이 팽창되고 있는 것이다. 두 귀를 축 늘어뜨리고 꼬리를 감아올린 채 들판을 서성대는 사냥개 폭스하운드, 마치 이 폭스하운드인양 눈빛이 반짝이며 전력질주로 사냥감을 쫓는다.

오늘 아침부터 홈즈는 이렇게 변해 있었다. 불과 몇 시간 전만해도 쥐색 가운을 걸치고 안개에 갇혀 방안에서만 오락가락하며 축쳐져 있던 모습과는 완전히 다른 사람으로 보인다.

"단서도 있고, 방향도 정리 됐어. 좀 더 일찍 깨닫지 못 한 게 아쉽군."

"나는 아직도 전혀 모르겠네."

"나도 결론까진 아직 모르겠네. 하지만 진행할 실마리를 잡았네. 남자는 다른 장소에서 죽었고, 시체는 열차 지붕 위에 있었네."

"지붕 위에?"

"생각지도 못 했지? 하지만 잘 생각해봐. 시체가 발견된 곳이 열차가 막 포인트에 도달했을 때 상하좌우로 흔들리는 장소였다는 게 우연일까? 그 장소는 그야말로 지붕 위에서 뭔가 떨어지기 쉽다고 생각하지 않나? 열차 안에서는 포인트 영향이 거의 없잖나. 시체가 열차 지붕에서 떨어졌거나, 아주 드문 우연이 일어났거나 둘

중 하날 걸세.

이제 혈흔에 대해 생각해보세. 어디 다른 곳에서 피를 다 쏟아 버렸다면 선로에 혈흔이 없는 게 당연하지. 하나하나의 사실만으로도 의미는 충분해. 그걸 정리해 보면 설득력이 있지."

"게다가 승차권도!" 나도 모르게 소릴 질렀다.

"맞아. 승차권이 없다는 건 이상하지. 하지만 이제 납득이가. 모든 게 이치에 맞아."

"하지만 그렇다고 해도 웨스트가 어떻게 죽었는지는 비밀은 전혀 풀리지 않네. 쉬워지기는 커녕 점점 복잡해져만 가는군."

"그럴지도." 이렇게 말하고 홈즈는 생각에 잠겼다. "그럴지도 모르지." 다시 한 번 더 말하고 그대로 입을 다문 채 느리게 달리는 열차가 울위치 역에 도착할 때까지 한 마디도 하지 않고 생각에 잠겼다. 역에서 홈즈는 마차를 부르고 형에게 받은 메모를 꺼냈다.

"저녁때까지 여기저기 방문해야 하네. 먼저 제임스 월터부터."

그 유명한 장교의 집은 녹색 잔디가 템즈 강가까지 넓게 펼쳐진 훌륭한 저택이었다. 우리가 도착하자 안개가 걷히고 습기를 조금 머금은 햇빛이 비추고 있었다. 종을 울리자 집사가 나왔다.

"제임스 씨를 만나러 오셨다고요!" 엄숙한 얼굴이었다. "제임스 씨는 오늘 아침 돌아가셨습니다."

"뭐라고요! 어떻게 된 거죠?" 너무 놀란 나머지 홈즈가 소리를 질렀다.

"괜찮으시면 동생 분인 발렌타인 대령을 만나보시는 게 어떨까요?"

"네, 부탁드립니다."

우리는 약간 어두운 응접실로 들어갔다. 얼마 후 키가 크고 단정한 얼굴에 옅게 턱수염을 기른 50세 정도의 남성이 들어왔다. 죽은 기술 장교의 동생이다. 충혈 된 눈, 눈물자국이 남은 볼, 산발된 머리. 이 모든 게 일가에 갑작스럽게 닥친 불행을 말해주고 있다. 사정을 말해주는 말투도 불안해 보였다.

"이번 불상사 때문입니다. 형 제임스는 누구보다도 명예를 중시하는 사람입니다. 그런 일을 당하고 견딜 수 없었겠죠. 가슴이 찢어지듯 괴로워했습니다. 자신의 부서사람들이 유능한 걸 자랑스럽게 여겼는데 이번 일로 돌이킬 수 없는 충격을 받았을 겁니다."

"저희는 그 문제를 해결하는데 있어 뭔가 도움이 될 만한 말씀을 하시지 않을까 해서 찾아뵙게 됐습니다."

"글쎄요. 형님도 다른 사람들과 마찬가지로 어떻게 된 영문인지 전혀 몰랐습니다. 형님이 알고 있던 모든 걸 이미 경찰이 조사했습니다. 형님은 당연히 카드건 웨스트가 한 짓이라고 여겼습니다. 하지만 그 밖의 일은 전혀 모른다고."

"이 사건에 대해 대령님이 아시는 건 없나요?"

"신문에서 읽고, 사람들에게 들은 것 밖에 전혀. 죄송하지만 오늘은 그만 가주시면 안 되겠습니까, 홈즈 씨. 지금은 너무 정신이 없으니 부탁드리겠습니다."

우리는 마차로 돌아왔다. "젠장, 일이 이렇게 돌아갈 줄 몰랐군."

홈즈가 말했다. "자연사일까? 아니면 불쌍하게도 스스로 목숨을 끊은 걸까? 만약 자살이라면 자신의 관리부실을 고통스러워했다는 건가? 이 문제는 뒤로 미뤄야겠군. 다음은 카드건 웨스트 차례네."

마을 끝자락에 작지만 꼼꼼히 손질된 집에 아들을 먼저 보낸 어머니가 조용히 살고 있었다. 나이든 노파는 슬픔에 빠져 말을 걸 수 있는 상태가 아니었다. 하지만 창백한 얼굴의 젊은 여성이 곁에 있었는데 약혼자 바이올렛 웨스트베리라며 이름을 밝혔다. 사건 당일 마지막으로 그의 모습을 본 인물이다.

"저는 이유를 모르겠어요, 홈즈 씨. 그런 비극이 벌어지고 자는 것도 잊고 생각에만 잠겨 있습니다. 밤낮으로 진실이 뭘까 생각에 잠겨 있어요. 아더는 용기 있고, 나라를 사랑하는 마음만큼은 누구에게도 지지 않아요. 보관을 맡고 있는 국가 기밀을 팔아먹느니 차라리 자신의 오른 손을 잘라버릴 사람이에요. 그를 아는 사람이라면 누구나 이런 말도 안 되는 이야기를 전혀 믿지 않을 거예요."

"하지만 실제로 사건이 일어났잖아요, 웨스트베리 씨."

"네, 알고 있어요. 그건 어쩔 수 없는 사실이라는 건 인정해요."

"그는 금전적 고통을 겪고 있었나요?"

"아니오. 아주 검소한 생활을 해서 월급만으로도 충분했어요. 저축도 2,3백 파운드 있었고 저희는 내년에 결혼할 예정이었어요"

"뭔가 고민하지는 않던가요? 웨스트베리 씨 숨김없이 말씀해 주세요"

눈치 빠른 홈즈는 상대의 심적 동요를 놓치지 않았다. 그녀는 얼굴이 붉어지면서 주저하고 있었다. 얼마 후 겨우 입을 열었다.

"있었습니다. 뭔가 고민이 있는 게 아닌가, 어렴풋이 느꼈습니다"

"오래 됐나요?"

"전주부터예요. 생각에 잠기거나, 초조해, 한 번은 제가 물어본 적이 있었어요. 그저 일 때문이라고만 대답 했죠. '중대한 일이니 말할 수 없어. 아무리 당신이라도.' 라고 했어요. 제게는 더 이상 말해주지 않았어요"

홈즈는 심각한 얼굴을 했다.

"계속해 주세요, 웨스트베리 씨. 그에게 불리할 것 같은 것이라도 말씀해 주십시오. 그게 꼭 불리한 것이라고 단정할 수 없으니까요"

"물론이죠, 하지만 정말 더 이상 드릴 말씀이 없어요. 한두 번 그가 뭔가 말하고 싶어 하는 듯이 보인 적이 있어요. 어느 날 밤, 문제의 그 기밀이 얼마나 중요한 지 말한 적이 있어요. 외국 스파이라면 그걸 손에 넣으려고 엄청난 돈을 낼 거라고 한 걸 들은 것 같아요."

홈즈의 얼굴이 더욱 더 심각해졌다.

"다른 건?"

"음... '그렇게 중요한 기밀인데 경비가 허술해 배신자의 손길이 닿기 쉬워.' 라고 말했어요."

"그런 이야기를 나눈 게 최근 인가요?"

"네, 바로 얼마 전이예요."

"이제 마지막 날 밤에 대해 말해주세요."

"저희는 극장으로 가고 있었어요. 안개가 짙어 마차를 이용하지 않고 걸어서 사무실 근처까지 갔어요. 그런데 그이가 갑자기 안개 속으로 사라져버렸어요."

"한 마디도 없이요?"

"놀란 듯한 소릴 냈어요. 그게 끝이에요. 아무리 기다려도 돌아오지 않았어요. 그래서 저는 집으로 돌아왔어요. 다음 날 아침 출근 시간이 지나 경찰에서 조사를 나왔어요. 10시 쯤에 너무나 무서운 소식을 듣게 됐어요. 홈즈 씨, 제발, 꼭 그이의 누명을 벗겨주세요! 죽음보다 명예를 더 소중히 여기던 사람이에요."

홈즈는 애처롭다는 듯 머리를 흔들었다.

"왓슨, 그만 가보세. 아직 조사할 게 많네. 이번에는 서류가 반출된 사무실에 가보세."

우리는 마차에 흔들리며 다음 장소로 향했다.

"그 젊은이는 원래부터 의심받아도 어쩔 수 없는 상황이었는데 조사하면 할수록 의심이 깊어지는군." 홈즈가 말했다. "결혼을 앞두고 있다는 것도 범죄의 동기가 돼. 돈이 필요했을 테니 당연하지. 실제로 돈 얘기를 했다는 건 생각을 했다는 거지. 참지 못하고 약혼녀에게 자신의 계획을 말하고 매국행위에 끌어들이려고 했을까? 모든 상황이 다 불리하군."

"하지만 홈즈, 사람 됨됨이도 생각해야지. 게다가 약혼녀를 거리에 혼자 둔 채 일을 저지르려 사라졌다는 건 무슨 의미일까?"

"자네 말이 맞아! 앞뒤가 안 맞지. 하지만 그 젊은이 입장에서 보면 곤란한 상황이야."

주임 설계기사 시드니 존슨 씨가 사무실에서 우리를 맞이했다. 어떤 상황에서도 위력을 발휘하는 홈즈의 명함 덕분에 그의 응대도 정중했다. 안경을 걸친 중년의 그 기사는 마르고 깐깐해 보였다. 볼이 홀쭉하고 최근 신경이 예민해진 탓인지 두 손이 부들부들 떨고 있었다. "큰 일 났습니다, 홈즈 씨. 너무 가혹해요! 부서장님이 돌아가신 건 알고 계십니까?"

"지금 막 댁에 들렀다 오는 길입니다."

"여기는 완전히 혼돈상태 입니다. 부서장님이 돌아가시고, 카드건 웨스트도 죽고, 기밀 서류는 도난당하고. 월요일 저녁에 이 문을 닫았을 때만해도 정부 일을 하는 그 어떤 부서에도 지지 않게 훌륭한 부서였습니다. 생각만 해도 끔찍해! 설마 웨스트가 그런 일을 할 줄이야!"

"그가 했다고 생각합니까?"

"상황이 그렇잖아요. 하지만 그 친구를 제 자신을 믿는 만큼 신용했었는데…"

"월요일 몇 시에 사무실을 닫았죠?"

"5시 입니다."

"문을 닫은 건 당신인가요?"

"제가 항상 맨 마지막에 사무실을 나갑니다."

"설계도는 어디 있었죠?"

"저 금고 안입니다. 제가 이 손으로 넣었습니다."

"이 건물에는 경비원이 없나요?"

"있기는 하지만 다른 부서도 순찰을 돕니다. 나이든 병사로 신뢰할만한 사람입니다. 그날 밤 이상한 점을 발견하지 못 했다고 합니다. 물론 안개가 짙기는 했지만요."

"카드건 웨스트가 근무시간 이후 이 건물에 들어와서 서류에 손을 대려면 열쇠가 세 개 필요하지요?"

"네, 세 개 필요합니다. 밖에 있는 문과 이 방 문, 그리고 금고 열쇠."

"제임스 월터와 당신 두 사람만이 열쇠를 가지고 있었죠?"

"저는 문 열쇠 두 개는 가지고 있지 않습니다. 금고 열쇠만."

"제임스는 규율이 엄한 분이셨나요?"

"네, 확실한 분이셨습니다. 열쇠는 세 개 모두 고리에 끼워서 가지고 계셨습니다. 매일 보니까요."

"열쇠고리는 그 분이 런던에 가져 가셨나요?"

"그렇게 말씀하셨습니다."

"주임님 열쇠는 계속 지니고 있었나요?"

"네."

"웨스트가 범인이라면 복사키를 가지고 있지 않으면 안 되죠. 하지만 시신에 열쇠는 없었습니다. 하나만 더 묻겠습니다. 여기서 근무하는 사람이 설계도를 빼내려 생각한다면 이번 사건처럼 원본을 가져가는 것보다 자신이 복사본을 만드는 게 간단하지 않을 까요?"

"제대로 된 설계도를 복사하기 위해서는 상당한 전문지식이 필요합니다."

"하지만 제임스나 당신, 웨스트는 모두 그 정도는 가능하지 않나요?"

"당연하지요. 하지만 저까지 이 사건에 끌어들이지 말아주십시오, 홈즈 씨. 이런 말이 무슨 소용 있나요? 설계도 원본은 아시다시피 웨스트가 가지고 있었습니다."

"으음, 아무리 생각해도 이상해요. 아무도 모르게 복사본을 만들 수 있고 복사본으로 충분한데 일부러 위험을 무릅쓴다는 게."

"틀림없이 이상합니다. 하지만 실제로 그렇게 했잖습니까."

"이 사건은 조사하면 할수록 수상한 점이 많군. 헌데 아직 세 장의 설계도가 행방불명이죠. 더구나 제일 중요한 설계도가."

"네, 그렇습니다."

"그 세 장만 있으면 나머지 일곱 장이 없어도 브루스 파팅터 호 잠수함을 만들 수 있을 정도로?"

"해군본부에는 그렇게 보고했습니다. 하지만 오늘 다시 한 번 자세히 살펴보니 꼭 그렇지만은 않은 것 같습니다. 자동조절 슬로트가 부착된 이중 밸브의 도면이 돌아온 서류에 들어 있었습니다. 세 장의 도면이 다른 나라에 넘어갔더라도 그 장치를 스스로 발명할 때까지 잠수함은 만들 수 없습니다. 물론 그걸 해결하는데 그리 긴 시간은 필요하지 않지만요."

"하지만 사라진 세 장의 도면이 가장 중요하다는 의견에는 변함이 없습니까?"

"분명합니다."

"괜찮다면 이곳을 한 번 둘러보고 싶은 데요. 더 이상 질문은 없습니다." 홈즈는 조사를 시작했다. 금고의 열쇠구멍, 방 문, 거기에 창문에 달린 철제 셔터까지. 바깥 잔디밭에 가서야 홈즈의 흥미를 강하게 자극하는 것이 있었다. 창밖에 있던 월계수 가지가 꺾이거나 부러져 있었다. 홈즈는 가지 상태를 조사하고 나서 나무 아래 지면에 남아 있는 희미한 흔적을 확대경으로 유심히 살피고 있었다. 그리고 셔터를 닫아봐 달라며 주임기사에게 부탁했다. 그걸 보고 나를 향해 가운데가 완전히 닫히지 않아 밖에서 안이 들여다보인다고 지적했다.

"삼 일이나 지나 흔적은 확실하지 않았다. 무슨 의미가 있는지, 아무 의미도 없는 것인지. 왓슨, 더 이상 이곳에 있을 필요가 없겠네. 별 수확이 없네. 런던으로 돌아가 고생 좀 해야겠군."

하지만 울위치 역을 떠나기 전에 또 하나의 수확이 있었다. 카드건 웨슬트의 얼굴을 기억하고 있던 매표소 직원이 월요일 밤 8시 50분 발 런던 브리지 행 열차에 타는 것을 분명히 봤다고 자신만만하게 말하는 것이었다. 혼자 3등 열차 승차권 한 장을 샀다. 안절부절 못하는 모습을 매표소 직원이 확실히 기억하고 있었다. 손이 떨려 잔돈도 제대로 받지 못 해 도와줬다고 한다. 시간표를 확인해 보니 8시 50분 열차는 7시 반 경 약혼자와 헤어져 웨스트가 가장 빨리 탈 수 있는 열차였다.

"처음부터 다시 시작해야겠네, 왓슨." 열차에 타서 30분 정도 아무 말도 없던 홈즈가 입을 열었다. "우리 둘이 조사했던 사건 중에 이 사건처럼 실마리가 잡히지 않았던 게 없네. 한 걸음 앞으로 나가면 조사해야 할 게 다시 생겨난다는 걸 깨달을 뿐이네. 반복적으로. 그래도 조금씩 앞으로 나아가고 있지만.

울위치에서 우리가 조사한 바로는 대부분이 카드건 웨스트 청년에게 불리했네. 단 하나 창문 옆 상황만 유리하게 작용할 수도 있겠어. 예를 들어 그가 외국 스파이에게 제안을 받았다고 가정해 보세. 아무에게도 발설하지 않는다는 약속이었겠지만 약혼자의 말을 들어보면 그가 이 일로 신경을 쓰고 있다는 게 드러나 있네.

여기까지는 그렇다 치고. 약혼자와 극장으로 향하던 중 안개 속에서 웨스트는 스파이가 사무실로 향하는 것을 목격했다고 가정해 보세. 그는 급한 성격이라 순식간에 마음을 결정했지. 그 상황에서 약혼자나 극장에 대한 생각은 머릿속에서 날아가 버렸지. 그는 스파이를 쫓아가 창가에서 설계도가 도난당하는 걸 보고 도둑을 쫓았네. 이렇게 생각해 보면 복사본을 만들 수 있었는데 일부러 원본을 빼낼 필요가 없다는 게 설명되지. 외부인이라면 원본을 훔치는 방법밖에 없을 테니까. 여기까지는 어느 정도 정리가 되네."

"그리고 어떻게 됐나?"

"그 다음이 정리가 안 돼. 이럴 경우 카드건 웨스트가 일단 도둑을 붙잡고 사람을 부르는 게 보통인데 왜 그렇게 하지 않았을까? 설계도를 훔쳐낸 게 혹시 상사들 중에 한 명일까? 그렇다면 웨스트가 사람을 부르지 않은 것도 이해가가지. 혹은 웨스트가 보는 앞에서 그 상사가 안개 속으로 사라져 런던에서 붙잡으려고 역으로 간 걸까? 그가 어디로 갈지 알고 있다는 전제하에. 분명히 이유가 있을 거야. 아무런 말도 없이 소중한 약혼자를 안개 속에 혼자 두고 갔으니까.

여기까지 생각하고 단서의 실마리가 뚝 끊겨져 버렸네. 이 가설은 모두 7장의 설계도를 주머니에 넣은 웨스트의 시체가 메트로폴리탄 선의 열차 지붕에 있었다는 사실과 이어지지 않아. 그래서 다른 한 쪽의 실마리를 찾아보려고 하네. 형이 부탁한 리스트를 보내주면 우리가찾는 스파이를 발견할 수 있을지도 모르지. 그렇게 되면 한 쪽이 아니라 양 쪽에서 거슬러 올라갈 수 있겠지."

생각한대로 한 통의 편지가 베이커가에서 우리가 돌아오길 기다리고 있었다. 정부의 배달꾼이 특급 편으로 전해준 것이다. 홈즈는 편지를 한 번 쓱 보고 내게 줬다.

「피라미는 수 없이 많지만 이런 중차대한 사건을 다룰만한 스파이는 그리 많지 않아. 염두할 건 다음 세 사람뿐일 거야.

아돌프 마이어, 웨스트민스터 그레이트 조지 가 13번지

루이라 로티엘, 노팅힐 캄덴 맨션

휴고 오버슈타인, 켄싱턴 콜필드 가든 13번지

마지막 오버슈타인은 월요일에 런던에 있었고 지금은 사라진 듯하다. 빛이 보인다니 반갑다. 너의 결과보고를 장관들이 초조히 기

다리고 있다. 더 윗분도 빠른 대응과 조치를 바라고 있다. 필요하다면 국가가 전력을 다해 너를 응원하겠다.

– 마이클로프트」

"여왕폐하의 말과 병사 전부를 내준들 풀릴 문제가 아니니."

쓴 웃음을 지으며 말하고 홈즈는 커다란 런던 지도를 펼치고 그 위에 올라가 천천히 들여다봤다. 드디어 만족스럽게 말을 꺼냈다. "음, 음, 드디어 우리에게 행운이 찾아왔군. 됐어, 왓슨. 반드시 해결할 수 있어." 얼굴이 확 밝아진 홈즈가 내 어깨를 툭툭 쳤다.

"나 좀 나갔다오겠네. 조사할 게 있어서. 든든한 동료이자 전기 작가인 자네가 곁에 없을 때는 중요한 일을 할 맘이 없네. 자네는 여기서 기다려주게. 한두 시간 안에 돌아오겠네. 심심하면 종이와 펜을 꺼내 우리가 어떻게 나라를 위기에서 구했는가 하는 이야기를 쓰기 시작하게."

홈즈의 들뜬 마음이 내게도 감염된 듯한 느낌이 들었다. 웬만해서는 그가 이렇게 기뻐하는 모습을 볼 수 없다. 11월 가을의 긴 밤, 나는 홈즈의 귀가를 목이 빠져라 기다렸다. 9시가 조금 지나 드디어 심부름꾼이 편지를 가져 왔다.

「켄싱턴 글로스터 가의 골드니 레스토랑에서 식사 중. 지금 와주지 않겠나? 접이식 지렛대, 램프, 끌, 그리고 권총을 가져와 주게.

– S.H」

선량한 시민이 안개 낀 거리에 가지고 나서기 좀 꺼림직한 주문이었다. 주문받은 물건들을 전부 조심스럽게 코트 안에 숨기고 마차로 지정한 장소로 달려갔다. 화려한 이탈리아 레스토랑 입구 가까운 둥근 테이블에 홈즈가 있었다.

"뭣 좀 먹었나? 그럼, 커피와 리큐르를 한 잔 하세. 이 레스토랑의 특제 퀼런도 한 번 피워보게. 의외로 나쁘지 않아. 도구는 가져왔나?"

"코트 안에 감췄네."

"좋았어. 조사 결과와 앞으로 할 일에 대해 간단히 설명하지. 자네가 이미 알다시피 그 청년의 시체는 열차 지붕 위에 있었네. 시체가 열차 안이 아니라 지붕 위에서 떨어졌다면 누군가 지붕에 올려놓은 게 분명하지."

"설마 육교에서 떨어뜨린 건 아니겠지?"

"그건 무리라고 생각하네. 지붕을 잘 살펴보면 살짝 둥글고 양끝에 손잡이가 없어. 따라서 틀림없이 카드건 웨스트 청년의 시체는 떨어뜨린 게 아니라 살짝 올려놓은 거야."

"지붕 위에 어떻게 올렸을까?"

"그게 문제였지. 한 가지 가능한 방법이 있네. 자네도 알다시피 웨스트엔드 몇 군데서 지하철이 터널에서 밖으로 나오는 데가 있네. 내 기억으로는 지하철이 그런 지역을 지날 때 위쪽에 가끔 건물의 창문이 보일 때가 있었네. 그런 곳의 창문 아래 열차가 멈췄다고 치면 시체를 지붕에 올리는 게 그리 어렵지 않을 것 같은데."

"불가능한 것 같은데."

"수학의 정리를 생각해봐. 다른 모든 방법이 없다면 남은 방법이 아무리 불가능해 보여도 진실이야. 이 사건에서도 다른 모든 방법이 불가능하다는 걸 알았네. 국제적 거물 스파이 한 놈이, 그것도 최근 런던을 벗어난 놈이 지하철 선로 주변의 집에서 살았다는 걸 알고 너무 기뻤네. 내가 너무 들떠있어서 자네도 황당해 했잖나."

"아아, 그게 이거였나?"

"맞아. 내가 점찍은 게 콜필드 가든 13번지의 휴고 오버스타인일세. 확인 차 글로스터 로드 역에 가 보니 아주 협력적인 역무원이 내게 선로를 안내해준 덕분에 만족할만한 결과를 얻었네. 콜필드 가든에 있는 늘어선 집들의 뒤편 창이 바로 선로에 접해 있었네. 더욱 중요한 사실은 간선 하나가 교차하는 지점이 있어 지하철이 마침 그 주변에서 몇 분간 정차하는 경우가 흔하다는 걸세."

"대단하군, 홈즈! 해냈어!"

"여기까지야, 왓슨. 조금 앞으로 나갔지만 골까지는 아직 머네. 그래서 콜필드 가든 뒤편을 보고 앞으로 가보니 역시 놈은 없었네. 상당히 큰 집으로 밖에서 보기엔 가구는 없는 것 같았네. 오버슈타인은 그곳에서 하인과 살고 있었는데 이 남자는 아마도 신뢰할 수 있는 동료였겠지. 중요한 건 오버슈타인이 대륙에 사냥감을 팔러 갔고 도망친 게 아니란 걸세. 체포당할 염려도 없을 거라 생각할 거고, 사립탐정이 가택수색을 할 거라고는 꿈에도 생각하지 못했겠지. 헌데 꿈도 꾸지 못 했던 걸 우리가 지금 하려고 하는 걸세."

"체포영장을 발부받고 정식으로 진행할 수는 없나?"

"증거가 전혀 없잖나"

"뭔가 찾을 것 같은가?"

"어떤 결과가 나올까"

"왠지 찜찜한데, 홈즈"

"그러지 말고 밖에서 망을 봐줘. 범죄행위는 내가 맡아서 할 테니. 사소한 것에 신경 쓸 때가 아닐세. 편지에 해군본부와 내각, 게다가 소식을 기다리고 있는 여왕폐하를 생각해봐. 하지 않으면 안 되네."

나는 대답대신 일어섰다.

"자네 말이 맞네, 홈즈. 해내야지."

홈즈도 일어서며 내 손을 잡았다.

"생각대로 자네는 꽁무니를 빼는 타입은 아냐" 홈즈의 눈에 아주 잠시 지금껏 본적이 없는 부드러움 같은 게 퍼졌다. 그리곤 순식간에 이전의 자신만만하고 일사천리의 홈즈로 돌아와 있었다.

"반 마일 정도 거리지만 급할 거 없으니 걸어가세. 도구를 조심하게, 부탁일세. 자네가 수상한자로 붙잡혀도 나는 모르네."

콜필드 가든에는 현관에 나무기둥으로 받쳐진 복도가 딸린 웨스트엔드에 흔한 빅토리아왕조 풍의 집들이 줄지어 서 있었다. 옆집에서는 아이들이 파티를 하는지 아이들의 웃는 소리와 피아노 소리가 밤공기를 흔들고 있었다. 아직 안개가 깔려있어 몸을 숨기기에 적당했다. 홈즈는 램프를 켜 묵직한 문을 비췄다.

"꽤 힘들겠군. 열쇠를 잠그고 빗장까지 채웠네. 지하실 문으로 들어가는 게 좋겠군. 고맙게도 저기 아치가 있어 귀찮은 경찰들의 방해도 받지 않겠군. 도와주게, 왓슨."

잠시 후 우리는 지하실로 들어갔다. 어둠 속에 들어가자마자 경찰 발소리가 안개 속으로 울려 퍼졌다. 조용한 그 리듬이 멀어지자 홈즈가 집안으로 들어가는 문에 손을 댔다. 몸을 웅크리고 조심조심 손을 움직이더니 끼이익 소리를 내며 문이 열렸다. 두 사람이 어두운 복도로 들어섰다. 작은 부채꼴 모양의 노란 빛이 낮은 창문을 비췄다.

"여기야, 왓슨! 이 창문이 틀림없어." 홈즈가 창문을 열었다. 그때 멀리서 슈우슈우하는 소리가 들렸다. 그 소리는 점점 굉음으로 바뀌더니 열차가 어둠 속에서 우리 앞을 지나갔다. 홈즈가 창틀을 따라 램프를 움직였다. 지나가던 기관차가 남긴 그을음이 잔뜩 쌓여 있었지만 거뭇거뭇한 표면 여기저기 쓸려나간 흔적이 있었다.

"여기, 시체를 여기 놓은 흔적이 있네. 어어, 왓슨! 이건 뭐지? 핏자국이 틀림없는 것 같아" 홈즈가 목제 창틀의 흐릿한 얼룩을 가리켰다. "이쪽 돌계단에도 있네. 완벽한 증거야. 열차가 멈출 때까지 기다려보세"

길게 기다릴 필요가 없었다. 바로 다음 열차가 좀 전과 마찬가지로 엄청난 소리를 내며 터널에서 빠져나와 속도를 줄이더니 브레이크를 걸며 우리 바로 밑에 멈춰 섰다. 창틀과 열차 지붕의 거리는 4피트도 떨어져 있지 않았다. 홈즈는 창문을 조용히 닫았다.

"여기까지는 딱 들어맞는군. 자네 생각은 어떤가, 왓슨?"

"대단한 추리야. 여태까지 사건 중에 최고의 걸작이야."

"그렇지 않아. 시체가 지붕 위에 있었다는 건 대단한 추측이 아냐. 일단 그걸 생각해내면 나머지는 저절로 풀리지. 사건이 국가적 대사만 아니면 여기까지는 별거 아냐. 어려운 건 이제부터야. 하지만 여기서 뭔가 단서를 찾을 수 있을지도 몰라."

우리는 부엌 계단을 올라 2층으로 들어갔다. 하나는 식당인데 가구는 거의 없고 흥미를 끌만한 것도 없었다. 다음은 침실인데 이곳도 텅 비어있었다. 이제 남은 방은 하나. 홈즈는 수사에 착수했다. 책과 서류로 가득한 게 서재로 사용하는 듯 했다.

빠르고 정확하게 모든 서랍, 책장을 철저히 조사하는 홈즈. 하지만 얼굴에서 빛을 발하는 순간은 찾아오지 않았다. 한 시간이 지나고도 전혀 진척이 없었다.

"빈틈없는 놈이군. 완전히 흔적을 없앴어. 범죄를 증명할 만 한 건 전혀 남기지 않았어. 위험성 있는 전문 따위는 버렸거나 가져간 것 같군. 이게 마지막 희망이네."

책상 위에 있는 작은 철제 금고였다. 홈즈가 끌로 열어 재꼈다. 둘둘 감긴 종이 다발 몇 개가 들어있었는데 숫자와 계산식으로 가득 했지만 무슨 계산인지 설명은 없었다. 계속해서 드러나는 '수압'과 '1평방 인치의 압력'이란 말은 잠수함과 관련이 있을지도 모른다. 홈즈는 짜증스럽다는 듯 그것들을 내팽개쳤다. 금고 안에 마지막으로 남은 건 신문 스크랩이 들어있는 봉투였다. 홈즈가 봉투를 거꾸로 들어 내용물을 다 털어내고 순간 눈에서 빛이 났다. 단서를 찾아낸 것이다.

"이게 뭘까, 왓슨? 뭐지? 신문광고로 접선을 하고 있었어. 인쇄와 종이 질로 봐서 '데일리 텔레그래프'의 사설광고란이군. 지면 오른쪽 상단 구석 난이야. 날짜는 없고...아, 내용으로 순서를 알수 있어. 이게 처음이군.

「바로 연락함. 조건 완료. 명함 주소로 자세한 보고 바람.–피에로」

다음은 이거.

「자세하게 쓸 수 없음. 상세보고 바람. 돈은 물건과 맞바꿈.–피에로」

「서두르시오. 연락이 없으면 거래취소. 일시는 편지로 통보. 광고로 확인. –피에로」

마지막이 이거야.

「월요일 밤 9시 이후. 노크 두 번. 우리끼리만. 문제없음. 물건 받고 현금 지불. –피에로」

모든 기록이 남아있어, 왓슨! 이 광고 상대만 찾으면 돼!"

홈즈는 테이블을 손가락으로 콕콕 두들기며 생각에 잠겼다. 순간, 벌떡 일어섰다.

"아마 대단한 건 아닐 것 같군. 여기 더 이상 있을 필요가 없겠군, 왓슨. '데일리 텔레그래프'에 들리고 바쁜 하루를 정리하세."

마이클로프트 홈즈와 레스트레이드가 약속대로 다음 날 아침 식사 후 찾아왔다. 홈즈는 전 날 수사의 진척상황을 말했다. 형사는 우리가 무단침입을 했다는 걸 듣고 고개를 저었다.

"그런 불법행위를 우리 경찰로서는 흉내도 낼 수 없습니다, 홈즈 씨. 그래서 당신을 항상 이길 수 없었던 거군요. 하지만 이런 일이 자주 반복되면 두 분 다 경찰신세를 질 수도 있습니다"

"아름다운 조국 잉글랜드를 위해-그렇지, 왓슨? 우리는 조국을 위해 몸을 받쳤거든. 헌데 형은 어떻게 생각해?"

"훌륭해, 셜록! 감동적이야! 하지만 그걸 어떻게 활용하지?"

홈즈는 테이블 위 '데일리 텔레그래프'를 펼쳤다.

"오늘 아침 피에로의 광고를 보셨나요?"

"뭐라고? 또 나왔어?"

"물론, 여기.

「오늘 밤. 같은 시간. 같은 장소. 노크 두 번. 대단히 중요한 건. 당신 안전의 문제. – 피에로」

레스트레이드가 흥분했다. "좋았어! 놈이 여기에 응한다면 잡을 수 있어!"

"그럴 생각으로 내가 광고를 냈네. 두 사람 다 오늘 밤 8시경에 시간을 내서 콜필드 가든까지 함께 가준다면 조금이라도 문제해결 에 다가갈 수 있을 것 같은데."

홈즈의 성격 중에 놀라움을 금치 못 하는 것 중 하나가 두뇌 전환 이 빠르다는 것이다. 어떤 상황에서도, 더 이상 손 쓸 방법이 없는 상황이라는 걸 깨닫는 순간 뇌의 활동을 멈추고 가장 쉬운 쪽으로 전환시킬 수 있다는 것이다. 절대로 잊을 수 없는 날이 된 이날도 홈즈는 전부터 작업 중이던 독일 작곡가 라수스의 폴리포닉 모테토(무반주 성가곡)에 대한 논문을 아침부터 저녁때까지 정신없이 써 내려갔다.

나는 홈즈처럼 완전히 머릿속을 비우는 재능이 전혀 없다. 당연히 그날 하루가 끝없이 길게 느껴졌다. 이 일대사건으로 최고위층에서 어떤 생각을 하고 있을지, 앞으로 우리가 하려는 대담한 실험─이런 것들을 나도 모르게 생각하게 돼 신경이 곤두서버린 것이다.

가볍게 저녁식사를 하고 드디어 출발을 하게 돼 나는 오히려 마음이 편해졌다. 레스트레이드와 마이클로프트와는 약속대로 글로스터 로드 역 앞에서 만났다. 오버슈타인 집 뒷문을 오늘을 위해 어젯밤 열쇠를 잠그지 않았다. 마이클로프트 홈즈가 절대 뒷문으로 들어갈 수 없다고 버텨 결국 우리가 집안으로 들어가 현관문을 열어줬다. 9시에는 모두 서재에 앉아 상대를 조용히 기다렸다.

한 시간이 지나고, 두 시간이 지났다. 11시가 되자 교회 종소리가 들리며 마치 우리들의 희망이 사라져 가는 것을 안타까워하듯 허무하게 울려 퍼졌다. 레스트레이드와 마이클로프트는 초조해하며 1분 동안 두 번이나 시계를 꺼내봤다. 홈즈는 눈을 반쯤 감고 모든 신경을 곤두세운 채 차분하고 조용히 앉아 있었다. 홈즈가 고개를 들었다.

"나타났군."

발소리가 조심스럽게 문 앞을 지나쳤다. 그리고 다시 되돌아왔다. 발소리가 멈추고 노커를 두드리는 날카로운 소리가 두 번. 홈즈가 일어서면서 우리에게 가만히 있으라는 손짓을 했다. 현관 앞에 있는 가스등만 외로이 불을 밝히고 있었다. 홈즈가 입구 문을 열고 어두운 그림자가 슬며시 들어오자 현관문을 닫고 열쇠를 잠갔다.

"이쪽으로 오시죠." 홈즈의 목소리와 동시에 상대가 우리 앞에 섰다. 홈즈는 그 뒤에 바짝 붙어 서 있었다. 남자가 깜짝 놀라며 뒤로 돌아서려 하자 홈즈는 재빨리 멱살을 잡아 제자리로 돌려 세웠다. 붙잡힌 남자가 몸을 추스르기도 전에 홈즈가 문을 쾅 닫고 문에 등을 기대고 막아섰다. 남자는 날카로운 눈매로 주위를 둘러봤지만 그대로 비틀거리다 바닥에 쓰러져버렸다. 순간 챙 넓은 모자가 벗겨지고 입가를 가렸던 스카프가 흘러내려 듬성듬성하고 긴 턱수염과 부드럽고 선이 가는 얼굴이 드러났다. 발렌타인 월터 대령이었다.

홈즈가 휘익 휘파람을 불었다.

"이번만큼은 나를 바보라고 써야겠네, 왓슨. 생각지도 못 했던 인물이군."

"누군가?" 마이클로프트가 앞으로 다가갔다.

"잠수함 부서의 최고 책임자였던 고 제임스 월터의 동생. 음, 그랬군. 이제 다 알겠어. 슬슬 정신을 차리는 것 같군. 취조는 내가 맡지."

축 늘어진 남자를 모두 함께 소파로 옮겼다. 겨우 상체를 일으킨 남자는 너무 놀라고 당황한 얼굴로 자신이 처해있는 상황이 믿겨지지 않는다는 듯한 손을 이마에 가져갔다.

"대체 어찌된 영문이지? 오버슈타인 씨를 만나려 왔는데."

홈즈가 입을 열었다. "모든 걸 다 알고 있소, 월터 대령. 영국 신사인 당신이 이런 일을 저지르다니 믿을 수 없군. 하지만 당신과 오버슈타인 사이의 거래와 관계를 모두 알고 있소. 다시 말해 카드건 웨스트 청년이 죽은 상황에 대해서도 다 알고 있단 말이오. 조금이라도 양심이 남아 있다면 죄를 인정하고 사건에 대해 자세히 말해주는 게 좋을 것이오."

남자는 신음소리를 내며 두 손에 얼굴을 파묻었다. 얼마를 기다려도 입을 열지 않았다.

"잘 들으시오." 홈즈가 다시 말했다. "요점은 전부 다 알고 있소. 당신은 돈이 필요했고 형님이 가지고 계시던 열쇠를 복사한 것과 오버슈타인과 연락을 취하고 있었다는 것, 오버슈타인이 '데일리 텔레그래프' 광고란으로 당신 편지에 답변을 하고 있었다는 것까지. 월요일 밤, 안개를 뚫고 사무실로 갔는데 카드건 웨스트가 발견하고 미행을 했다. 아무래도 이전부터 당신을 의심했던 것 같다. 웨스트는 당신이 설계도를 훔쳐 낸 것을 봤지만 형님의 심부름일 수도 있어 사람들을 부르지 않았다. 건실한 청년이었던 웨스트는 자신의 일은 전부 제쳐두고 안개 속에서 몰래 당신을 미행해 이 집까지 왔다. 그의 방해를 받자 월터 대령, 당신은 나라를 팔아먹는 범죄에 사람을 죽이는 엄청난 죄를 더하게 된 거지"

"내가 죽이지 않았어! 내가 하지 않았어! 신께 맹세코 나는 죽이지 않았어!" 참담한 외침이었다.

"그럼, 카드건 웨스트의 시신이 열차 지붕 위에 올려 지게 된 정황을 들어 봅시다."

"말 하죠. 다 말하겠습니다. 살인만 빼고 다 했습니다. 자백하겠습니다. 당신이 말 한 대로 입니다. 주식으로 빚을 갚지 못 하게 됐습니다. 나는 돈 때문에 고민했습니다. 오버슈타인이 5천 파운드를 준다고 했습니다. 그 돈만 있으면 다 해결됩니다. 하지만 제가 살인을 하지 않았습니다."

"대체 무슨 일이 있었소?"

"웨스트는 당신 말대로 이전부터 의심하던 나를 미행했습니다. 나는 이 집 앞에 올 때까지 알아채지 못했습니다. 안개가 짙어 3야드 앞도 보이지 않았습니다. 두 번 노크를 하자 오버슈타인이 나왔습니다. 그러자 그 친구가 갑자기 달려들어 설계도를 어쩔 거냐고 다그치기 시작했습니다. 오버슈타인은 호신용 짧은 곤봉을 가지고 있었습니다. 언제나 몸에 지니고 다니는 것입니다. 웨스트가 억지로 집안으로 들어가려하자 오버슈타인은 그의 머리를 곤봉으로 내리쳤습니다. 일격에 목숨이 끊어졌습니다. 거의 즉사 상태였습니다.

그가 현관 앞에 쓰러지자 우리는 당황했습니다. 그때 오버슈타인이 선로가 창문 바로 아래 열차가 선다는 것을 생각해 냈습니다.

하지만 오버슈타인은 먼저 내가 가져간 설계도를 살펴봤습니다. 세 장은 중요한 거니까 가져가겠다고 했습니다. 언쟁을 했습니다. '그걸 줄 수 없다. 돌려놓지 않으면 울위치에 대소동이 벌어진다.' '꼭 가져가야 한다. 이렇게 전문적인 설계도를 짧은 시간 안에 복사한다는 건 무리야.' '하지만 오늘 밤 안에 전부 돌려놓지 않으면' 이라고요.

오버슈타인은 잠시 생각하고 좋은 생각이 떠올랐다고 했습니다. '세 장은 내가 가져가고 나머지는 이 청년 주머니에 집어넣자! 발견됐을 때는 모든 게 저 친구 짓이 될 거야.' 라고 했습니다. 그밖에 달리 방법이 없어 오버슈타인 말을 따르기로 했습니다. 30분 정도 창가에서 기다리자 열차가 멈춰 섰습니다. 안개가 모든 걸 감춰줘 웨스트의 시체를 열차 지붕 위에 올려놓는 건 간단했습니다. 제가 아는 건 이게 전부입니다."

"형님은?"

"아무 이야기도 하지 않았지만 제가 형님 열쇠에 손을 댄 걸 보셨습니다. 아시다시피 형님은 사람들 앞에 두 번 다시 당당하게 나설 수 없게 됐습니다"

방안은 정적에 잠겼다. 그 정적을 깬 건 마이클로프트 홈즈였다.

"속죄할 생각은 없나? 그러면 조금이나마 마음도 편해질 거고 죄도 가벼워질 수도 있지."

"어떡하면 속죄할 수 있을가요?"

"오버슈타인은 설계도를 어디로 가져갔나?"

"잘 모릅니다."

"가는 곳을 알리지 않았나?"

"파리 루브르 호텔 앞으로 편지를 쓰면 연락이 된다고 했지만."

"그렇다면 자네는 아직 속죄할 기회가 있네." 홈즈가 말했다.

"가능한 일은 모든 하겠습니다. 그자를 보호할 이유도 없고. 저를 망가트린 자입니다."

"자, 종이와 펜이네. 여기 앉아 내가 부르는 대로 쓰게. 봉투에 호텔 주소를 쓰게. 이제 됐네."

「우리 거래 내역 중 이미 깨달았겠지만 중요한 부분이 하나 빠졌습니다. 내가 복사본을 가지고 있습니다. 하지만 이일로 인해 경비가 들어갔으니 500파운드를 선불로 받아야겠습니다. 우편으로는 불안하고 직접 금화나 지폐로 받길 원합니다. 내가 직접 가면 좋겠지만 영국을 떠나면 수상하게 여길 것입니다. 해서 이 설계도가 필요하다면 토요일 정오 찰링턴 크로스 호텔 흡연실에서 만나길 원합니다. 지불은 영국 지폐, 혹은 금화로. 잘 부탁드립니다.」

"그걸로 됐소. 이래도 걸려들지 않는다면 그야말로 의외의 결과가 되겠지."

정말로 홈즈의 생각이 맞아 떨어졌다! 지금은 역사적인 사실, 겉으로 전해지는 것보다 훨씬 밀접하고 재미있는 일이 많은, 한 나라의 숨겨진 역사다. 전대미문의 대박을 노리려 필사적인 오버슈타인은 덫에 제대로 걸려들어 영국 감옥에 50년간 갇힌 신세가 됐다. 오버슈타인의 트렁크에서 둘도 없이 소중한 브루스 파팅턴 호 잠수함 설계도가 발견됐다. 그는 유럽 각국의 해군시설에 그것을 경매에 붙였었다.

월터 대령은 형기 2년째에 옥사했다. 홈즈는 심기일전하고 라수스의 폴리포닉 모테토 논문에 다시 집중했다. 드디어 자비로 출판된 논문은 그 테마에 있어 결정판이라는 전문가들의 찬사를 받았다. 사건이 해결되고 몇 주 후 홈즈가 윈저 성에서 하루를 보낸 사실을 우연한 기회에 알게 됐다.

성에서 돌아온 뒤 홈즈는 훌륭한 에메랄드 넥타이핀을 하고 있었다. 샀냐고 묻자 어떤 숙녀 분에게 받은 선물이라고만 했다. 그분을 위해 사소한 일을 하나 처리해 드렸다고... 더 이상의 말은 하지 않았지만 그 숙녀분이 누군지는 나도 금방 알 수 있었다. 그리고 그 에메랄드 넥타이핀을 볼 때마다 홈즈가 브루스 파팅턴 호 설계도 사건을 떠올릴 거란 것도 거의 틀림없었다.

빈사의 탐정
The Dying Detective

셜록 홈즈가 하숙하고 있는 곳의 여주인인 허드슨 부인은 오랜 기간 동안 셜록 홈즈 때문에 시달리고 있었다. 집에 이상한 사람이나 그다지 호감을 주지 못하는 사람들이 수시로 드나들었고 홈즈라는 하숙인의 생활도 평범하지 않았기 때문이었다. 허드슨 부인의 고생이 이만저만이 아니었다.

　홈즈는 게으르기 짝이 없는 사람이었다. 엉뚱한 시간에 음악에 열중하고 때로는 방 안에서 사격 연습을 하기도 했으며, 이상한 과학 실험에 빠져서 종종 지독한 냄새를 풍기기도 했다. 또한 그의 주변에는 언제나 위험과 폭력의 가능성이 맴돌고 있었다. 그야말로 런던에서 제일가는 불량 하숙인이었다. 그래도 하숙비만큼은 지나치다 싶은 생각이 들 정도로 충분히 많이 냈다. 내가 홈즈와 함께 생활한 것이 불과 몇 년이었는데도 그동안의 하숙비는 그 집을 사고도 남았을 정도이다.

　허드슨 부인은 홈즈를 진심으로 존경하고 있었기 때문에 홈즈가 제 아무리 엉뚱한 짓을 해도 결코 불평을 하는 적이 없었다. 부인은 홈즈에게 호감을 느끼고 있었다. 홈즈가 여자에게 다정하고 친절하기 때문이었다. 홈즈는 여자를 좋아하지 않았으며 여자를 믿지도 않았지만 언제나 다정한 적대자로서 행동했다.

내가 결혼 한 지 2년 후의 일이었다. 허드슨 부인이 찾아와서 홈즈의 상태가 아주 좋지 않다는 얘기를 했을 때, 나는 진지하게 귀를 기울였다. 왜냐하면 홈즈를 향한 부인의 마음이 얼마나 순수한 것인지를 잘 알고 있었기 때문이었다.

"당장이라도 죽을 것 같아요. 지난 사흘 동안 몸이 점점 더 약해졌어요. 앞으로 하루도 더 버틸 수 없을 것 같다는 생각이 들 정도에요. 그런데도 의사를 부르려하지 않아요. 오늘 아침에 들여다봤더니 수척한 얼굴로 커다란 눈을 번쩍이며 저를 쳐다보는 거예요. 정말 안쓰러워요.

'홈즈 씨가 허락하지 않는다 해도 지금 당장 가서 의사를 불러오도록 하겠어요.'

제가 이렇게 말했더니 홈즈 씨가 대답했어요.

'그럼 왓슨을 불러주세요.'

부탁이에요, 선생님. 지금 저와 함께 가주세요. 우물쭈물하다가는 홈즈 씨가 죽어버릴지도 몰라요."

홈즈가 무슨 병에 걸린 것인지 전혀 몰랐기 때문에 당황하지 않을 수 없었다. 나는 서둘러 모자를 쓰고 외투를 입었다. 마차 안에서 부인이 자세한 얘기를 들려주었다.

"저는 아무것도 몰라요, 선생님. 홈즈 씨가 어떤 사건 때문에 로 저 하이즈 강변에 있는 골목을 조사했어요. 거기서 병을 얻어온 것 같아요. 수요일 오후부터 몸져누웠는데 지난 사흘간 먹을 것은커녕 물도 제대로 마시지 못했어요."

"어떻게 된 거죠? 왜 의사를 부르지 않았어요?"

"의사는 부르지 말라고 하셨어요. 원래 남의 말을 잘 안 듣는 성격이잖아요. 어쩔 수가 없었어요. 하지만 아주 위독해요. 만나보시면 바로 알 수 있을 거예요."

정말 심각한 상태였다. 안개가 짙은 11월이었기 때문에 홈즈의 방은 더욱 음산해 보였다. 침대에 누워 나를 올려다보는 홈즈의 쇠약하고 야윈 모습을 보고 섬뜩함을 느꼈다. 열에 들떠 두 뺨이 붉게 물들어 있었으며, 눈은 번쩍번쩍 빛을 발하고 있었고 입술에는 검은 딱지가 앉아 있었다. 침대 위의 여윈 팔은 끊임없이 경련을 일으키고 있었다. 목소리는 잠겨서 제대로 들리지 않았다.

방에 들어섰을 때 홈즈는 힘없이 누워 있었지만 그래도 눈이 반짝이는 것을 보니 내가 왔다는 사실은 깨달은 모양이었다.

"왓슨, 아무래도 된통 걸린 것 같은데."

힘없는 목소리로 말했지만 그래도 상황에 구애받지 않는 홈즈의 모습은 그대로였다.

"대체 어떻게 된 거야?"

이렇게 말하며 옆으로 다가서려 했다.

"거기 가만히 있게! 내 옆에 오면 안 돼. 아니면 돌아가 주게나."

그 목소리에는 위험한 순간에만 나타나는 날카로운 긴박감이 서려 있었다.

"하지만, 어떻게......."

"내가 그러고 싶어서야. 그거면 충분하지 않은가?"

역시 허드슨 부인이 말한 대로였다. 어쨌든 쇠약해진 홈즈를 보는 것은 슬픈 일이었다.

"자네를 도와주고 싶어서 그래."

내가 설명했다.

"아니야, 그럴 필요 없어. 내 말대로 해주게나. 그러는 게 나는 편해."

"알았네."

홈즈의 엄격하던 태도가 조금 수그러들었다.

"화난 건 아니겠지?"

숨을 헐떡이며 홈즈가 물었다.

이처럼 비참한 모습으로 누워 있는 홈즈를 보고 어찌 내가 화를 낼 수 있겠는가?

"자네를 위해서야, 왓슨."

그가 갈라지는 목소리로 말했다.

"나를 위해서라고?"

"왜 이런 병에 걸린 건지 나는 잘 알고 있어. 수마트라의 풍토병인 쿨리 병이야. 이 병에 대해서는 영국 사람들보다 네덜란드 사람들이 훨씬 더 잘 알고 있지. 그렇다고 지금까지 확실하게 연구된 것은 없어. 단, 하나 확실한 것은 이 병에 걸리면 틀림없이 죽으며 엄청난 전염력을 가지고 있다는 거야."

홈즈가 열에 들뜬 목소리로 말했다. 끊임없이 떨리는 손으로 내게 멀리 떨어지라고 손짓했다.

"접촉 전염이야, 왓슨. 날 만지면 자네에게도 전염돼. 떨어져 있으면 옮길 염려는 없지."

"잘 듣게, 홈즈. 나를 생각해주는 건 고맙지만 나는 전혀 신경 쓰지 않아. 난생 처음 보는 사람이어도 나는 상관하지 않을 걸세. 그런데 친구인 자네를 돕지 말라고? 그 정도로는 물러서지 않을 걸세."

내가 다시 다가서려 하자 홈즈가 격렬하게 화를 내며 접근을 막았다.

"자네가 더 이상 다가오지 않는다면 얘기를 해주지. 하지만 내 곁에 올 생각이라면 그냥 나가주게."

홈즈의 범상치 않은 성격은 늘 존경하는 점이었다. 지금까지는 내가 이해할 수 없는 일에 대해서도 언제나 그의 말대로 행동해왔다. 그러나 이번만은 의사로서의 직관이 더욱 강하게 작용했다. 다른 일이었다면 그의 말에 따랐을 것이다. 하지만 병실에서는 그가 내 말을 따라야 할 것이다.

"홈즈, 자네는 병에 걸린 거야. 환자는 어린아이와 다를 바 없지. 그러니 나는 자네를 어린아이처럼 취급하겠어. 자네가 무슨 생각을 하고 있든 나는 자네의 상태를 진찰하고 치료를 해야겠네."

홈즈가 독기 가득한 눈으로 나를 노려봤다.

"무슨 일이 있어도 치료를 받게 하고 싶다면 좀 더 믿을 만한 의사를 데려오게."

"그러니까 나를 못 믿겠다는 말인가?"

"자네의 우정을 두고 하는 말은 아니야. 하지만 사실은 사실 아닌가? 누가 뭐래도 자네는 한낱 마을 의사에 지나지 않아. 게다가 의학적 지식이나 경험도 부족하고. 이런 말하고 싶지는 않았지만 이건 자네가 시킨 거나 다름없어."

나는 심한 충격을 받았다.

"자네답지 않은 말이군, 홈즈. 지금 그 말만으로도 자네의 정신 상태를 잘 알 수 있겠어. 내가 그렇게 못 미덥다면 더는 강요하지는 않겠네. 깨끗이 물러나지. 재퍼슨 믹 경이나 펜노즈 피셔 같은 런던 최고의 의사를 불러오면 되겠지? 누가 됐든 자네는 절대로 진찰을 받아볼 필요가 있어. 내가 자네를 이대로 죽게 내버려둘 것 같나? 다른 의사에게라도 보여서 치료하도록 하지 않을 거라고 생각했나? 그렇다면 자네가 나를 잘못 본 거야."

"자네 마음은 잘 알고 있네, 왓슨. 자네가 얼마나 무지한지 증명해 보일까? 터퍼눌리 열병에 대해서 들어본 적 있어? 대만의 흑부패병에 대해서는?"

홈즈는 홀쩍이는 것 같기도 하고 신음 같기도 한 목소리로 말했다.

"전부 들어본 적 없네."

"동양에는 치명적인 병들이 헤아릴 수도 없이 많아. 앞으로도 이상한 증상을 보이는 병들이 더욱 많이 발견될 거야."

홈즈는 있는 힘을 쥐어짜내느라 여기서 우선 말을 멈췄다.

"범죄 의학의 최신 연구를 살펴보고 아주 많은 것들을 배웠네. 이 병에 걸린 것도 그런 병을 연구하다 그런 거야. 이 병을 치료할 방법은 아직 없어."

"자네 말이 맞을지도 모르지. 하지만 지금 열대병에 관한 한 최고의 권위자로 알려진 에인스트리 박사가 마침 런던에 머물고 있네. 자네가 아무리 그래도 소용없어. 내가 바로 가서 불러오도록 하지."

나는 문 쪽으로 방향을 돌려 밖으로 나가려 했다.

지금까지 그렇게 놀란 적은 한 번도 없었다. 빈사의 중환자 홈즈가 순식간에 자리에서 벌떡 일어나 내 앞을 가로막은 것이었다. 마치 호랑이가 뛰어드는 것 같았다. 방문을 잠그는 날카로운 소리가 들렸다. 그런 다음 홈즈는 비틀거리며 침대로 돌아갔다. 한 번에 너무 많은 힘을 썼기 때문에 완전히 늘어져서 숨을 헐떡이고 있었다.

"이 열쇠를 빼앗아갈 생각은 아예 말게. 어때? 자네가 졌지? 이제 내 허락 없이는 이 방에서 나갈 수 없을 거야. 자네 말은 얼마든지 들어주지. 자네가 진심으로 걱정하고 있다는 사실은 나도 잘 알고 있어. 뭐든 자네 맘대로 할 수 있도록 해줄 테니 기운을 회복할 때까지 조금 기다려주게나. 하지만 지금은 안 돼, 왓슨. 지금은 안 돼. 지금 4시지? 6시가 되면 이 방에서 나가도 좋아."

여기까지 말하는 데 홈즈는 몇 번이고 숨을 헐떡였으며, 숨을 쉬기조차도 힘든 모양이었다.

"자네 지금 제정신인가?"

"왓슨, 겨우 두 시간 아닌가? 약속하겠네. 6시가 되면 가도 좋아."

"자네 말대로 하는 수밖에 없을 것 같군."

"고마워, 왓슨. 아니, 침대 시트는 내가 정리하겠네. 그대로 거기 있어주게나. 참, 왓슨. 조건이 한 가지 더 있어. 자네가 선택한 사람이 아니라 내가 선택한 사람을 불러줬으면 하네."

"알았어."

"자네, 오늘 처음으로 한 번에 내 말을 들어주는군. 저기 책이 있어. 나는 조금 피곤해. 건전지가 불량 도체에 전류를 흘려보내려고 할 때 기분은 어떤 걸까? 6시가 되면 다시 얘기하기로 하세."

하지만 6시 훨씬 이전부터 다시 이야기를 나누게 됐다. 조금 전 방문 앞에서 놀랐는데 이번에도 그에 못지않게 놀라지 않을 수 없었다.

나는 한동안 침대에 가만히 누워 있는 홈즈를 지켜보았다. 이불로 얼굴을 덮고 있었는데 아무래도 잠이 든 듯했다. 가만히 앉아서 책을 읽을 기분이 아니었기 때문에 나는 발소리가 나지 않도록 조심조심 방 안을 돌아다니며 벽 여기저기에 걸려 있는 유명한 범죄자들의 사진을 바라보았다.

방 안을 돌아다니는 동안 벽난로 위 장식장 앞에 서게 되었다. 파이프, 담배 상자, 피하 주사기, 봉투를 뜯는 칼, 회전식 권총의 총

알 등 여러 가지 물건들이 위에 놓여 있었다. 그중에 조그만 상자가 하나 있었다. 흑백 상아로 만든 상자였는데 위로 밀어올리는 뚜껑이 달려 있었다. 조그맣기는 했지만 아기자기하게 잘 만들어진 것이었기에 자세히 보려고 손을 뻗었다. 바로 그 순간…….

무시무시한 외침이었다! 홈즈가 길거리까지 들릴 만큼 커다란 소리를 내지른 것이었다. 오싹한 그 소리에 소름이 돋고 털끝이 곤두섰다. 뒤돌아보니 경련을 일으키고 있는 얼굴과 광기에 넘친 눈이 언뜻 보였다. 영문을 알 수 없었던 나는 작은 상자를 든 채 그 자리에 서 있었었다.

"그걸 내려놔! 어서 내려놔. 왓슨, 당장 내려놓으라고!"

내가 장식장 위에 상자를 올려놓자 홈즈는 베개 위로 머리를 힘없이 떨어뜨리고 안심한 듯 깊은 한숨을 내쉬었다.

"누가 내 물건을 만지는 걸 아주 싫어한다는 걸 자네도 잘 알고 있지 않나? 내 신경을 거스르지 말게나. 견딜 수가 없어. 자네는 의사 아닌가? 그런 자네가 환자를 정신 병원으로 보내려 하다니. 앉아 있게나. 제발 나를 편히 좀 쉬게 해줘."

이 일로 나는 매우 마음이 상했다. 원인을 알 수 없는 격렬한 흥분, 평소의 홈즈에게서는 전혀 찾아볼 수 없었던 거친 말투. 이 모든 것이 그의 정신 상태가 커다란 혼란 상태에 빠져 있음을 나타내는 것들이었다. 고귀한 정신이 파멸해가는 것처럼 비참한 모습은 없다. 나는 시무룩하게 앉아서 시간이 흐르기를 기다렸다.

홈즈도 나와 마찬가지로 시계를 보고 있었던 듯했다. 6시가 되기 조금 전, 변함없이 열에 들뜬 목소리로 홈즈가 말을 하기 시작했다.

"왓슨, 자네 동전 가지고 있나?"

"있어."

"은화는?"

"많이 있네."

"반 크라운짜리 은화는 몇 개 있나?"

"다섯 개."

"아, 너무 적어! 자네는 정말 운이 없군! 어쨌든 그 반 크라운짜리 은화를 시계 넣는 주머니에 넣어주게. 다 들어가지 않으면 왼쪽 주머니에 넣고. 고마워. 그러면 자네도 균형을 잡을 수 있을 거야."

정신이 이상해져서 홈즈는 헛소리까지 하게 됐다. 홈즈는 몸을 떨며 기침인지 흐느낌인지 모를 소리를 냈다.

"왓슨, 가스등을 켜주게나. 하지만 아주 조심해야 해. 불이 반 이상 피어오르지 않도록. 천천히 조심해서. 고맙네. 그러면 됐어. 아니, 블라인드는 내리지 않아도 돼. 그리고 미안하지만 이 테이블 위 내 손이 닿는 곳에 편지와 서류를 가져다주게. 고마워. 마지막으로 난로 위 장식장에 있는 물건들도 부탁하네. 이제 됐어, 왓슨. 거기 각설탕을 자르는 가위가 있지? 그걸로 작은 상아 상자를 집어주게. 그건 서류들 사이에 놔줘. 그래. 정말 됐어. 이제 사람을 부르러 가도 되네, 왓슨. 내가 찾고 있는 사람은 로워 버크 가 13번지에 살고 있는 컬버튼 스미스 씨야."

솔직히 말하자면 의사를 부르러 갈 마음이 점점 사라지고 있었다. 홈즈의 정신 이상 상태가 너무 심해서 혼자 놓아두면 위험할 것 같다는 생각이 들었기 때문이다. 그런데 조금 전까지만 해도 진찰을 그렇게 거부한 주제에 이번에는 진찰해줄 인물에 이상할 정도로 집착을 했다.

"그런 이름은 들어본 적이 없는데."

"그럴 거야. 이 병에 대해서 세상 누구보다 잘 알고 있지만 의사는 아니고 농장 주인이거든. 놀랐나? 컬버튼 스미스 씨는 수마트라에서 꽤 유명한 인물인데 지금은 런던에 와 있어.

그의 농장에서 이 병이 발병했을 때, 너무 외진 곳이라 의사를 부를 수 없어 스스로 이 병에 대해서 연구하기 시작했는데 상당한 성과를 거둔 모양이야. 6시까지 기다려달라고 한 건 그가 아주 꼼꼼한 성격이라서 그 전에는 서재가 아닌 다른 곳에 있기 때문이었지. 만일 자네가 스미스 씨를 설득해서 이곳을 데리고 와서 그의 치료를 받게 해준다면 난 틀림없이 회복될 거야. 이 병에 대한 연구를 최고의 취미로 여기고 있는 사람이니까."

나는 홈즈의 말만을 순서대로 적고 있는 것이다. 숨쉬기조차 곤란해 숨을 헐떡이고, 고통을 견디지 못해 두 손을 접었다 폈다 하는 모습을 다 적을 생각은 없다.

내가 방에 있던 두어 시간 동안 홈즈의 상태는 더욱 나빠졌다. 반점은 점점 눈에 띄었으며, 움푹 들어간 눈은 한층 더 빛을 더해갔고, 이마에서는 식은땀이 흐르고 있었다. 그러면서도 홈즈는 여전히 오만한 말투로 이야기했다. 마지막 숨을 거둘 때까지 절대로 병에 지지 않겠다는 태도였다.

"자네가 본 그대로 얘기하게. 자네가 받은 인상……. 죽기 직전에 정신 착란을 일으킨 사람의 모습을 있는 그대로 전해주게. 그렇게 번식력이 강한데 왜 바다 밑은 온통 굴로 뒤덮이지 않는 걸까? 아, 내가 왜 이러지? 두뇌가 두뇌를 어떻게 조절하는 건지 궁금해서 견딜 수가 없어. 왓슨, 내가 조금 전에 뭐라고 했지?"

"컬버튼 스미스 씨에게 뭐라고 얘기해야 하는 지에 대해서 말하고 있었네."

"그래, 맞아. 이제 생각났어. 내 목숨은 자네가 그를 설득하느냐 못하느냐에 달려 있어. 잘 좀 부탁하네. 그와 사이가 별로 좋지 않아. 그는 자기 조카에게 몹쓸 짓을 했어. 그래서 내가 그에게 혐의를 두고 있었지. 그의 조카가 끔찍한 죽음을 당했거든. 그가 내게 적의를 품고 있으니 잘 좀 달래보게나. 빌어서라도 제발 꼭 좀 데리고 오게나. 그 사람이라면 나를 살릴 수 있어. 아니, 나를 살릴 사람은 그 사람밖에 없어."

"싫다고 하면 마차에 억지로 실어서라도 데려오지."

"그러면 안 돼. 설득해서 데려오도록 하게 그리고 자네가 먼저 돌아오도록 하게. 무슨 구실을 만들어서라도 함께 와서는 안 돼. 꼭 그렇게 해주게, 왓슨. 잘 좀 부탁하겠네. 지금까지 내 부탁을 다 들어주지 않았나? 생물의 증식을 방해하는 천적이 있는 게 틀림없어. 자네와 나는 지금까지 맡은 바 역할을 훌륭하게 수행해왔지.

그렇다고 해서 세계가 굴로 뒤덮이는 걸 보고 있을 수만은 없지 않은가? 정말 끔찍하기 짝이 없는 얘기야! 자네가 느낀 대로 그 사람에게 전해주게."

뛰어난 머리를 가진 사람이 어린아이처럼 뭐가 뭔지 모를 말들을 해대고 있다. 그런 모습을 머릿속에 잘 새겨 넣은 다음 나는 밖으로 나왔다. 홈즈는 내게 열쇠를 건네주었다. 홈즈가 안에서 방문을 잠가버리는 게 아닐까 걱정을 했던 나는 옳다구나 하고 열쇠를 그대로 챙겨가지고 나왔다. 허드슨 부인이 복도에서 몸을 떨며 울고 있었다.

계단을 내려오려 할 때, 높고 가느다란 목소리로 헛소리 하는 것이 들려왔다. 밖으로 나와 마차를 부르러 휘파람을 불고 있자니 한 남자가 안개 속에서 나타났다.

"홈즈 씨는 좀 어떻습니까?"

남자가 물었다.

전부터 알고 지내던 런던 경찰청의 모턴 경감이었다. 트위드로 만든 사복을 입고 있었다.

"아주 안 좋습니다."

내가 대답했다.

경감은 아주 묘한 표정을 지으며 나를 바라보았다. 현관 위에 달려 있는 반원형 창을 통해 새어나오는 불빛을 받은 그의 얼굴에 잔인하다고까지는 말할 수 없지만, 기뻐하는 기색이 감돌았다.

"그런 소문은 듣고 있었습니다만."

모턴 경감이 말했다.

그때 마침 마차가 와 나는 경감과 헤어졌다.

노팅힐과 켄싱턴의 한가운데 있는 로워 버크 가에는 훌륭한 집들이 늘어서 있었다. 마부가 한 집 앞에 마차를 세웠다. 고풍스러운 철책과 양쪽으로 열게 돼 있는 육중해 보이는 현관문, 거기에 깨끗이 손질된 놋쇠 장식 등에 이 집의 고급스러움이 잘 드러나 있었다. 근엄한 표정의 집사가 나타났는데 뒤쪽에서 쏟아지는 분홍색 전등의 불빛을 받으며 서 있는 그 모습은 이 집의 분위기와 아주 잘 어울렸다.

"네. 컬버튼 스미스 씨 계십니다. 왓슨 박사님이시라고요. 네, 알겠습니다. 명함을 주십시오."

그러나 나 같은 사람의 이름이나 직함으로는 컬버튼 스미스의 마음을 움직일 수 없는 것 같았다. 반쯤 열린 문틈으로 깐깐하게 들리는 크고 높다란 목소리가 들려왔다.

"누구라고? 무슨 일로 왔다나? 이보게 스태플스, 연구 중에는 누구에게도 방해받고 싶지 않다고 그렇게 말하지 않았나?"

집사가 조용한 목소리로 심기를 건드리지 않으려 노력하며 그를 설득했다.

"아니, 만나고 싶지 않아. 그런 일로 연구를 방해받는 건 질색일세. 없다고 해. 무슨 일이 있어도 꼭 만나고 싶다면 내일 아침 다시 찾아오라고 해."

조용한 목소리가 다시 들려왔다.

"알았네. 이렇게 전해주게. 오전 중이 아니면 만나지 않겠다고. 그 누구도 나의 연구를 방해해서는 안 돼."

침대에 누워 괴로워하며 내가 그를 데리고 돌아오기를 기다리고 있을 홈즈의 모습이 마음속에 떠올랐다. 예의 같은 것을 따질 때가 아니었다. 그의 생명은 내가 얼마나 빨리 행동하느냐에 달려 있다. 집사가 미안하다는 모습으로 주인의 말을 전하기 전에 나는 그를 밀쳐내고 방으로 들어갔다.

난로 옆에 있는 등받이가 달린 움직이는 의자에서 한 남자가 일어나더니 날카로운 목소리로 외쳤다.

크고 노란 얼굴의 피부가 매우 거칠었으며 기름으로 번들거리고 있었다. 두툼한 이중 턱에다 덥수룩하게 자란 흙빛 눈썹. 기분 나쁘게 위협하는 듯한 회색 눈이 나를 노려보고 있었다. 벗겨진 머리 위에는 비로드로 만든 조그만 모자가 비스듬하게 얹혀져 있었고 분홍색 피부가 드러나 있었다. 머리는 아주 컸지만 놀랍게도 몸은 작고 약해보였으며, 어깨와 등이 구부정했다. 어린 시절에 어떤 병에 걸렸던 사람 같았다.

"당신 뭐야? 왜 남의 집에 함부로 들어오는 거지? 내일 아침에 만나겠다고 전했을 텐데?"

그가 날카로운 목소리로 말했다.

"죄송합니다. 한시가 급한 일이기에……. 실은 셜록 홈즈 씨가……."

홈즈의 이름을 듣자마자 그의 태도가 갑자기 변했다. 순식간에 분노의 표정이 사라지고 긴장과 경계하는 빛이 얼굴에 떠올랐다.

"자네. 홈즈의 심부름꾼인가?"

그가 물었다.

"네, 그와 함께 있다 조금 전에 헤어졌습니다."

"홈즈 씨는 어떻소? 건강한가?"

"병에 걸려 당장에라도 죽을 것 같습니다. 그래서 이렇게 찾아온 겁니다."

몸짓으로 내게 의자에 앉을 것을 권한 스미스는 몸을 돌려 자신이 원래 앉아 있던 의자에 앉았다. 순간 난로 위 장식장에 얹어놓았던 거울에 그의 얼굴이 잠깐 비쳤다. 내가 맹세하건데, 그의 얼굴에는 악의에 넘친 음흉한 웃음이 번져 있었다.

하지만 그는 내가 갑자기 방으로 뛰어들어 잠깐 신경질적인 반응을 보이는 것 같았다. 곧 이쪽을 보고 앉은 그의 얼굴에 아주 걱정스러운 빛이 감돌고 있었다.

"그거 큰일이군요. 홈즈 씨와는 일로 알게 됐지만 그 사람의 재능과 인격에는 진심으로 감동을 받았죠. 나는 아마추어 의사이고, 그 사람은 아마추어 범죄학자. 나는 세균을 상대로 하지만, 그는 범죄자를 상대로 하고 있죠. 저기 있는 게 세균들을 가둬두는 감옥이요."

옆쪽 테이블 위에 늘어서 있는 병과 통들을 가리키며 그가 말했다.

"저기 있는 젤라틴 배양균들 중에는 가장 흉포한 범인 같은 녀석도 갇혀 있소."

"홈즈 씨가 선생님을 기다리는 것도 바로 그 전문 지식 때문입니다. 그는 선생님을 높이 평가하고 있고 이 런던에서 자신을 구할 수 있는 사람은 선생님밖에 없다고 생각하고 있죠."

스미스가 내 말에 놀라는 모습을 보였다. 순간 머리에 쓰고 있던 모자가 바닥으로 떨어졌다.

"왜지? 홈즈 씨는 어떻게 내가 병을 고칠 수 있다고 생각한 거요?"

"동양의 풍토병에 대해서 잘 알고 계시기 때문입니다."

"그렇다면 어떻게 동양의 풍토병에 걸렸다는 거죠?"

"어떤 조사 때문에 중국 뱃사람과 함께 도크에서 일을 했기 때문입니다."

컬버튼 스미스는 기쁜 미소를 지으며 모자를 집어 들었다.

"그렇군. 무슨 얘긴지 알겠소. 당신이 걱정하고 있는 것만큼 그렇게 심각한 상태는 아닐 거요. 그래, 언제 병에 걸렸나요?"

"사흘 전입니다."

"정신 착란을 일으키고 있나요?"

"종종 그런 모습을 보입니다."

"이런, 이거 좋지 않은데! 아무래도 위험한 것 같아. 이렇게 부탁을 하러 오셨는데 거절하는 건 사람의 도리가 아니지. 연구를 방해받고 싶지는 않지만 이번만은 예외요, 왓슨 선생. 바로 함께 가도록 하지요."

순간 홈즈의 말이 떠올랐다.

"저는 다른 곳에 볼일이 있습니다."

"그래요? 그럼 나 혼자 가도록 하겠소. 홈즈 씨의 주소는 나도 알고 있소. 30분쯤 후면 도착할 수 있을 겁니다."

홈즈의 방으로 들어서려는 나의 마음은 무척 무거웠다. 내가 자리를 비운 사이에 최악의 사태가 벌어졌을지도 모른다는 생각이 들어서였다. 하지만 그동안 훨씬 좋아진 홈즈의 모습을 보고 나는 마음이 놓였다. 혈색은 여전히 창백했지만 정신 착란 증상은 완전히 사라졌다. 목소리도 여전히 힘이 없기는 했지만 그래도 평소의 밝고 명랑한 어조를 되찾은 상태였다.

"만났나?"

"응, 곧 올 걸세."

"잘 했어, 왓슨. 대단해! 정말 커다란 도움을 줬어"

"같이 가자고 하더라고."

"그래, 잘 따돌렸어. 그 사람이 내 증상에 대해서 묻던가?"

"이스트 엔드에 있는 중국 뱃사람 때문에 병에 걸린 것 같다고 말해줬어."

"잘했어! 자네는 역시 믿음직한 친구야. 정말 대단해. 왓슨, 이제 자리를 좀 비워주게나."

"아니, 여기서 자네가 진찰받는 모습을 꼭 지켜봐야겠네."

"자네의 마음을 모르는 건 아닐세. 하지만 곁에 아무도 없어야만 솔직하고 중요한 말을 이끌어낼 수가 있어. 그래 이 침대 머리맡에 숨어 있으면 되겠군."

"뭐라고?"

"그 외에는 달리 숨을 만한 곳이 없지 않나. 숨기에 적당한 곳은 아니지만 바로 그렇기 때문에 눈치 채지 못할 거야. 그래, 괜찮을 거야."

홈즈가 몸을 벌떡 일으켰다. 야윈 얼굴에 긴장의 빛이 감돌았다.

"마차 소리가 들리네, 왓슨. 진심으로 나를 걱정한다면 빨리 숨어주게! 무슨 일이 있어도 움직여서는 안 돼. 듣고 있나? 무슨 일이 있어도 그래야 돼. 말하거나 움직여서는 안 돼! 그냥 가만히 귀만 기울이고 있게나."

말이 끝나자마자 홈즈는 잠깐 되찾았던 기력을 다시 잃었다. 그리고 자신감에 넘쳐 있던 힘찬 어조도 다시 착란 기미가 섞여 낮고 웅얼거리는 혼잣말로 바뀌었다. 내몰리다시피 해서 숨게 된 곳에 가만히 앉아 있자니 계단을 올라오는 발소리가 들려왔다. 곧 방문이 여닫히는 소리가 들려왔다.

그 다음 순간에 이어진 것은 놀랍게도 오랜 동안의 침묵이었다. 들리는 것이라고는 고통에 잠긴 홈즈의 헐떡이는 숨소리뿐이었다.

컬버튼 스미스는 침대 옆에 서서 홈즈를 내려다보고 있는 듯했다. 드디어 그 어색하던 침묵이 깨졌다.

"홈즈! 이보게, 홈즈!"

잠들어 있는 홈즈를 부르는 소리가 들려왔다.

"일어나게, 홈즈!"

홈즈의 어깨를 붙들고 거칠게 흔들어대는 소리가 들려왔다.

"아, 당신이군요, 스미스 씨. 안 오시는 줄 알았어요."

홈즈의 조그만 목소리가 들려왔다.

스미스가 큰 소리로 웃었다.

"나도 오고 싶지는 않았어. 그래도 혹시나 해서 와봤지. 원수를 은혜로 갚으라는 성경 말씀도 있질 않은가? 원수를 은혜로 갚으려고!"

"고마워요. 당신은 훌륭한 사람이에요. 나는 당신의 전문 지식을 높이 평가하고 있어요."

스미스가 껄껄거리며 웃었다.

"그런가? 고맙게도 내 전문 지식을 인정해주는 건 자네밖에 없지. 그래 어떤 병에 걸린 것 같나?"

"바로 그 병이요."

홈즈가 말했다.

"그래? 그 병의 증상이 나타났나?"

"틀림없어요."

"그럼, 당연히 그래야지. 그 병에 걸렸다 해도 나는 놀라지 않아. 그렇다면 나을 가망은 거의 없겠군. 내 조카 빅터도 가엾게 나흘 만에 죽었지. 그렇게 튼튼하고 건강하던 젊은이였는데도 말일세.

네 말대로 런던 한가운데서 동양의 풍토병에 걸릴 거라고는 누구도 생각지 못했을 거야. 더구나 내가 전문적으로 연구하고 있는 병에 걸리리라고는. 우연의 일치라고 보기에는 조금 이상한 부분이 있지 않나? 홈즈. 그 사실을 눈치 채다니, 자네는 정말 머리가 좋

아. 하지만 거기에 원인과 결과가 있다고 말한 건 조금 너무하지 않았나?"

"당신이 범인이라는 사실을 알고 있었으니까요."

"그런가? 알고 있었나? 하지만 자네가 그걸 증명할 수는 없을 것 같군. 나에 대한 좋지 않은 얘기를 떠들고 다니던 사람이, 자신이 그 병에 걸렸다고 해서 내게 도움을 요청해오다니. 자네 대체 무슨 생각을 하고 있는 거지?"

고통에 잠긴 홈즈의 헐떡이는 숨소리가 들려왔다.

"물 좀 줘!"

홈즈가 헐떡이며 말했다.

"너는 곧 죽을 거야. 네게 해야 할 말이 있는데 그 전에 죽게 내 버려둘 수는 없지. 그러니 물을 좀 마시게! 이봐, 흘리지 마! 그래, 그래. 내 말을 알아듣겠나?"

홈즈가 신음 소리를 냈다.

"당신이 할 수 있는 모든 조치를 취해주세요. 지난 일은 지난 일 아닙니까? 내 머릿속에서 모든 걸 지우도록 하죠. 맹세할 수 있어 요. 고쳐주기만 한다면 당신의 존재까지도 잊겠어요."

홈즈가 조그만 목소리로 말했다.

"뭘 잊겠다는 거지?"

"빅터 세비지의 죽음에 관한 일. 당신도 조금 전에 자신이 한 일 이라고 인정했잖아요. 그 일은 전부 잊겠어요."

"잊든 말든 그건 네 맘대로 해. 네가 증인석에 서게 될 일은 없을 테니까. 네가 들어가야 할 곳은 좀 더 다르게 생긴 상자 속이라고. 조카가 어떻게 죽었는지 네가 알고 있다 해도 나는 신경 쓰지 않아. 지금 얘기하고 있는 건 자네의 죽음에 관한 것이니까."

"그래요, 그래."

"나를 부르러 온 사람, 이름이 뭐였더라, 그 사람의 말에 의하면 이스트 엔드의 뱃사람에게서 병이 옮았다던데."

"그것 말고는 달리 생각나는 게 없어요."

"홈즈, 그 좋은 머리가 늘 너의 자랑거리 아니었나? 언제나 스스로 빈틈없는 사람이라고 생각하고 있었겠지? 하지만 드디어 너보다 더 빈틈없는 사람을 만나게 된 거야. 그 외에 병의 원인이라고 생각되는 일은 없었나?"

"모르겠어. 머리가 멍해. 제발 도와줘요!"

"그래, 그래. 내가 도와주지. 왜 그런 병에 걸리게 된 건지 생각해내는 걸 도와주도록 하지. 죽기 전에 그걸 알려주고 싶었거든."

"진통제를 줘요."

"아픈가? 그래 맞아, 쿨리들도 죽기 전에는 엉엉 울더군. 어때? 경련은 오지 않나?"

"아, 몸이 떨려요."

"그건 아무래도 상관없는 일이지. 아직은 내 말이 들리겠지? 잘 들어! 증상이 나타나기 직전에 어떤 일이 있지 않았나?"

"아니, 아무것도 생각나지 않아."

"잘 생각해봐!"

"괴로워서 아무것도 생각나지 않아."

"그런가? 그럼 내가 생각나게 해주지. 무엇인가가 우편으로 배달되지 않았나?"

"우편으로?"

"상자 같은 게 배달되었을 텐데."

"기절할 것 같아. 아!"

"이봐, 홈즈!"

빈사의 홈즈를 흔드는 소리가 들렸다. 나는 뛰쳐나가고 싶은 마음을 간신히 억눌렀다.

"잘 들어. 듣기 싫다 해도 들려주지. 상자, 상아로 만든 상자를 기억하고 있겠지? 수요일에 도착했어. 그리고 너는 그걸 열었어. 어때, 생각나나?"

"그래, 생각났어. 열어봤지. 강한 용수철이 들어 있었어. 누군가 장난을 친 거라 생각했어."

"지금 그 꼴이 되었으니 장난이 아니었다는 사실을 이제는 알겠지? 이 어리석은 녀석. 자업자득이다. 그러게 왜 시키지도 않은 짓을 해서 내 일을 방해하는 거야? 조용히 입 다물고 있었으면 이런 꼴 안 당했잖아."

"맞아, 그 용수철! 피가 났어. 이 상자야. 테이블 위에 있는 이 상자."

"그래, 바로 그 상자로군. 주머니에 넣어 내가 가져가는 게 좋겠는데. 이로써 증거는 완전히 사라지는 거야. 이제 모든 사실을 알겠나, 홈즈? 내가 너를 죽인 거라는 걸 알고 죽으라고. 빅터 세비지의 운명에 대해 너무 많을 걸 알았기 때문에 너도 같은 운명이 된 거야. 너도 이제 곧 죽을 거야. 그럼, 나는 여기 앉아서 죽어가는 모습을 지켜보기로 할까."

홈즈의 목소리가 더욱 낮아져 그가 중얼거리는 말을 알아들을 수가 없었다.

"응? 뭐라고? 가스등을 좀 더 밝혀달라고? 눈앞이 어두워졌다고? 그래 불을 밝혀주지. 네 얼굴이 잘 보이도록 말이야."

스미스가 방 안을 가로질러가자 방 안이 갑자기 밝아졌다.

"내가 도와줄 일이 또 있나?"

"담배와 성냥 좀 주게나."

나는 너무 놀라 환호성을 지를 뻔했다. 홈즈가 평소와 다름없는 목소리로 말한 것이었다. 조금 약해지기는 했지만 평소의 홈즈로 돌아온 것이다.

오랜 침묵이 이어졌다. 컬버튼 스미스는 어이가 없어 홈즈를 내려다보고 있는 듯했다.

"이게 어떻게 된 거지?"

스미스가 드디어 입을 열었다. 메마르고 갈라진 목소리였다.

"내 연기가 그만큼 뛰어났다는 얘기지. 지난 사흘간 아무것도 먹지 않고 물도 마시지 않았어. 당신이 친절하게 컵에 물을 따라주기 전까지는 말이야. 아니, 정말이야. 제일 참기 힘든 건 담배였어. 아, 여기 있군."

성냥을 긋는 소리가 들려왔다.

"이제 좀 살 것 같군. 드디어 친구가 왔나보군? 발소리가 들리는데."

복도에서 발소리가 나더니 문이 열렸다. 모턴 경감이었다.

"모든 일이 계획대로 진행됐어요. 이 사람을 체포하도록 하세요."

모턴 경감이 사무적인 말투로 그에게 주의를 준 뒤 다시 말을 이었다.

"당신을 빅터 세비지 살해 용의자로 체포하겠소."

"셜록 홈즈 살인 미수라는 죄목도 추가했으면 좋겠는데."

이렇게 말하고 껄껄 웃던 홈즈가 뒤이어 말했다.

"경감님, 여기 계신 컬버트 스미스 씨께서 스스로 가스등을 밝혀 신호를 보내줬어요. 미리 말해두겠는데 이 범인의 오른쪽 상의 주머니에 상자가 들어 있거든요. 압수해두는 게 좋을 겁니다. 고마워요. 아, 나라면 좀 더 조심해서 다룰 거예요. 거기 놔두세요. 재판을 할 때 도움이 될 테니까."

갑자기 몸싸움을 벌이는 소리가 들려왔다. 뒤이어 금속성 소리가 들리더니 고통에 찬 목소리가 들려왔다.

"너만 더 괴로울 뿐이야. 가만히 있으라고, 알겠나?"

경감의 목소리가 들려왔다. 수갑을 채우는 소리가 들렸다.

"나를 속이다니! 내가 아닌 네 녀석이 피고석에 앉게 될 거다, 홈즈. 나는 병을 고쳐달라는 홈즈의 부탁을 받고 왔을 뿐입니다. 그를 가엾이 여겨서 여기가지 온 겁니다. 홈즈는 말도 안 되는 의혹을 날조해서 내가 그런 말을 했다고 위증할 게 뻔합니다. 자네 맘대로 떠들어보게, 홈즈. 나 역시도 진실을 말하고 있는 거니까."

스미스가 날카로운 목소리로 외쳤다.

"아, 이걸 어쩐다지. 깜빡 잊고 있었네. 미안하네, 왓슨. 정말 미안해. 자네가 있었다는 사실을 잊었어! 컬버튼 스미스 씨를 소개할 필요는 없겠지? 조금 전에 만났을 테니까. 경감, 마차를 준비해두었죠? 도움이 될지도 모르니 옷을 갈아입고 함께 경찰서로 가도록 하죠. 아, 이렇게 배고파 본 적도 처음이야."

홈즈는 옷을 갈아입으며 비스킷을 먹기도 하고 적포도주를 마시기도 했다.

"평소 생활이 워낙 불규칙하니 그래도 크게 불편하지는 않군. 허드슨 부인이 내 연기를 진짜라고 믿게 만드는 게 무엇보다 중요한 일이었어. 그러면 허드슨 부인은 자네에게 알리러 갈 거고, 자네는 저 사람에게 알리러 가게 될 테니까.

왓슨, 화난 건 아니겠지? 자네는 틀림없이 뛰어난 재능을 가지고 있네. 하지만 시치미를 떼는 재능은 전혀 없어. 자네도 인정하지? 그러니까 만일 내가 비밀을 가르쳐주었다면 스미스에게 서둘러 이곳으로 와야겠다는 마음을 품게 하지 못했을 거야. 이곳을 끌어들이는 게 이번 계획의 핵심이었어. 저 사람은 아주 집념이 강한 사람이라 자신이 놓은 덫에 걸려든 사냥감의 최후를 지켜보러 올 것이라는 사실을 알고 있었거든."

"그럼, 자네의 그 모습은 어떻게 된 건가? 창백한 얼굴은?"

"사흘 동안 먹지도 마시지도 않으면 이런 얼굴이 되는 법이지. 나머지는 솜만 조금 있으면 원래대로 돌아갈 거야. 이마에 바셀린을 바르고, 눈에는 벨라도나를 넣고, 뺨에는 화장을 조금 했지. 그리고 입술에는 밀랍을 조금 바르면 돼. 그러면 완벽한 중환자가 되지. 이 분장술에 대해서 논문을 써볼까도 생각 중이야. 반 크라운짜리 은화나 굴 등과 같이 아무런 상관도 없는 얘기를 하면 정신 착란을 일으키는 것처럼 보이는 데 아주 효과적이고."

"옮을 염려가 없었다면 왜 나를 접근하지 못하게 했지?"

"뭘 그런 것까지 물어보나, 왓슨. 의사로서의 자네 실력을 내가 믿지 못한다고 생각하는 건가? 몸이 조금 약해지기는 했지만 맥박도 체온도 정상인데 자네가 나를 빈사의 환자라고 생각할 리가 있겠나? 4야드 떨어져 있었기에 자네를 속일 수 있었던 거야. 만일 꾀병이라는 사실을 자네가 알게 되면 스미스를 내게로 끌고 올 사람도 없어지질 않는가?

아니, 저 상자에는 손을 대지 않았어. 옆에서 보면, 뚜껑을 여는 순간 독사의 이빨 같은 날카로운 용수철이 튀어나오게 돼 있다는 것을 알 수 있거든. 저 괴물하고 상속권 때문에 문제를 일으킨 조카 세비지도 같은 방법으로 살해당했다고 보는 게 정확할 거야. 자네도 알다시피 내게는 많은 우편물이 도착하는데 그중에서도 특히 소포에는 늘 주의를 기울이지. 스미스가 계획에 성공했다고 생각하게 해둔 뒤, 의표를 찌르면 자백을 받아낼 수 있을지도 모르겠다고 생각한 거야.

　내가 죽음 직전의 환자의 모습을 진짜 배우처럼 아주 잘 소화해 냈군. 미안하지만 외투를 좀 입혀주겠나? 경찰에서 일을 마치고 나면 심프슨 식당에 가서 영양을 조금 보충하는 게 좋겠어."

프란시스 카팍스의 실종
Lady Frances Carfax

"그런데 왜 하필이면 터키지?"

셜록 홈즈가 내 부츠를 유심히 바라보며 말했다.

나는 등나무 의자에 두 다리를 쭉 뻗고 앉아 있었다. 그것이 무슨 일에나 흥미를 갖는 홈즈의 관심을 끈 모양이었다.

"국산품이야. 옥스퍼드 가에 있는 라티머 구두점에서 산 거라고."

왜 그런 질문을 하는 건지 몰라 고개를 갸우뚱거리며 내가 대답했다.

홈즈가 어이없다는 표정으로 눈웃음 지으며 말했다.

"목욕 말이야! 목욕탕 얘기를 하고 있는 거야. 기분이 상쾌해지는 영국의 목욕탕에 가지 않고 왜 터키식 목욕탕에 갔었나를 묻고 있는 거야. 몸이 더 나른해지고 값도 비싸지 않나?"

"지난 이삼 일 동안 류머티즘 기미가 있어서 노인네가 된 기분이었거든. 약 대신 터키식 목욕탕이란 말도 있잖아? 기분이 새로워지고 몸이 깨끗해져. 그런데 홈즈. 부츠를 보고 터키식 목욕탕에 갔다 왔다는 걸 어떻게 알아냈지? 논리적인 자네에게는 아주 당연한 일일지 모르지만 내게도 좀 가르쳐주게나."

"추리의 단서는 바로 거기에 있지 않나, 왓슨. 아주 초보 수준의 추리라고. '오늘 아침 누구와 함께 마차를 탔었지?' 하고 질문해볼까? 이것만으로도 알 수 있을 것 같지 않나?"

"그런 예로는 설명이 되지 않아."

내가 조금 차가운 어조로 말했다.

"그런가? 과연 자네답군, 왓슨. 논리적이고 엄격한 반론이야. 그러니까, 뭐가 문제였더라? 그래, 마차에 대한 설명부터 하기로 하지. 자네 눈에도 보이겠지만 외투의 왼쪽 소매와 어깨에 진흙이 튀어 있지 않나? 이륜마차의 한가운데 타고 있었다면 진흙은 튀지 않았을 거야. 혹 튀었다 하더라도 왼쪽에만 튀지는 않았을 거야. 그러니까 자네가 좌석의 한쪽에 앉았던 것만은 틀림없는 사실이야. 그렇다면 자네에게는 동행이 있었다는 얘기가 돼."

"그래, 아주 정확하군."

"평범하기 짝이 없는 추리지?"

"그건 그렇다 치고, 부츠와 터키식 목욕탕은 무슨 관계가 있는 거지?"

"그것도 역시 아주 단순한 추리야. 자네는 구두끈을 조금 특이하게 묶는 버릇이 있어. 그런데 지금 신은 구두를 보면 리본 모양으로 깔끔하게 묶여 있어. 그건 평소 자네가 묶는 법과는 다른 모양이야. 그러니까 자네는 구두를 벗었다는 얘기지. 그렇다면 누가 그걸 다시 묶었을까? 구둣방 아저씨나 목욕탕의 보이일 거야.

아직 새 구두니 구둣방 아저씨는 아닐 거고, 그럼 남는 것은? 목욕탕이야. 어떤가? 별것 아니지? 그런데 터키식 목욕탕에 다녀온 보람은 있었나?"

"무슨 말이지?"

"기분 전환을 위해서 터키식 목욕탕에 갔었다고 말한 건 자네였네. 어떤가? 다시 한번 기분전환을 하러 가지 않겠나? 스위스 로잔으로 말일세. 왕자님 부럽지 않을 만큼의 여비를 주겠네."

"굉장하군! 대체 무슨 일인가?"

홈즈가 안락의자에 등을 기대며 주머니에서 수첩을 꺼냈다.

"가장 위험해 보이는 사람은, 친구도 사귀지 않고 여기저기 내키는 대로 돌아다니며 제멋대로 살아가는 여자야. 순수하기로 따지자면 그보다 더한 사람도 없을 거야. 때로는 세상을 위해서 힘을 쓰기도 해. 하지만 한편으로는 범죄자의 표적이 되기도 쉬워. 믿을 만한 친구가 없으니까. 그런 여자들은 철새 같은 생활을 하지. 돈은 얼마든지 있으니 이 나라에서 저 나라로, 이 호텔에서 저 호텔로 건너다녀. 그런 여자들은 또 미심쩍은 하숙, 식사가 딸린 하숙집을 전전하다 행방불명이 되는 경우가 흔히 있어.

여우들의 세상에 발을 잘못 들여놓은 병아리와 같은 신세라고 할 수 있지. 한 번 발을 들여놓으면 도망쳐 나올 가망이 거의 없어. 백작의 딸인 프란시스 카팍스 양의 신변에 무슨 일이 일어나지나 않았나 걱정이 태산일세."

갑자기 이야기가 자세해지기 시작해 나는 마음이 조금 놓였다.

홈즈가 수첩을 봤다.

"백작의 딸인 프란시스 양은 고 러프턴 백작의 직계 자손 중에서는 유일한 생존자야. 남자 자손들이 부동산을 물려받은 것은 자네도 알고 있지? 그녀에게 상속된 재산은 그리 대단한 것이 아니었지만 거기에는 오래 전부터 전해오던 멋진 스페인 보석이 포함되어 있었어. 보기 드문 희귀한 방법으로 자른 다이아몬드로 은과 함께 장식한 거야. 그런데 그게 아주 마음에 들어서 은행에도 맡기지 않고 언제나 몸에 지니고 다녔다는군.

프란시스 양은 이제 막 중년에 접어든 아름다운 여인인데 그렇게 운이 좋은 사람은 아니야. 20년 전까지만 해도 빛나는 여자였는데 이상한 운명에 휩싸여 지금은 버려져 떠도는 배 같은 신세가 되고 말았지."

"그녀에게 무슨 일이 일어났는데?"

"프란시스 양에게 무슨 일이 일어났는지, 죽었는지, 살았는지 그것을 조사해야 하네. 그녀는 규칙적인 생활을 하던 사람이었어. 지난 4년 동안 전 가정교사였던 드브니 양에게 2주일 간격으로 편지를 보냈거든. 드브니 양은 오래 전에 은퇴해서 지금은 캠버웰에서 살고 있어.

바로 그 드브니 양이 사건을 의뢰해왔는데 지난 5주일 동안 편지가 오지 않았다는 거야. 마지막으로 온 편지는 로잔에 있는 내셔널 호텔에서 보낸 것이었어. 프란시스 양은 이미 그곳을 떠났는데 다음 목적지는 알리지 않은 모양이야. 가족들이 걱정하고 있어. 그들은 굉장한 부자니 사건을 해결해주면 돈은 얼마든지 내겠다고 했네."

"드브니 양 외에 정보를 캐낼 만한 곳이 없나? 단서가 될 만한 다른 무언가를 들고 있었을 만도 한데."

"확실한 단서가 한 가지 있어. 바로 은행이지. 독신 여자라 할지라도 생활비는 필요한 법이니까. 은행 통장은 일기장을 축소해놓은 것과 마찬가지야. 프란시스 양이 거래하는 은행은 실베스타 은행일세. 그녀의 출납 기록을 조사해봤어. 마지막에서 두 번째 수표는 로잔에서 발급받았어. 액수가 크니 아직 현금이 남아 있을 거야. 그 뒤에 발급받은 수표는 한 장뿐이야."

"어디서 누가 발급받았지?"

"마리 드뱅이라는 사람인데 어디서 발급받았는지는 모르겠어. 현금화된 곳은 프랑스 남부의 몽펠리에에 있는 리용 은행인데 아직 3주일도 지나지 않았어. 금액은 50파운드야."

"마리 드뱅은 어떤 사람이지?"

"그것도 미리 알아두었네. 마리 드뱅 양은 프란시스 양의 하녀였어. 왜 돈을 줬는지는 아직 모르네. 하지만 자네라면 곧 밝혀낼 수 있을 거야."

"내가 조사해야 하나?"

"그래서 로잔까지 여행을 해달라고 한 거야. 지금 맡고 있는 사건을 의뢰한 에이브러햄스 노인이 생명에 위협을 받고 있는 한 나는 런던을 떠날 수가 없어. 그리고 아주 특별한 일이 아니면 내가 이 나라를 떠나지 않는 것이 가장 좋아. 내가 사라지면 런던 경시청도 쓸쓸해 할 거고, 범죄자들도 활개를 치고 다닐지 모르니까. 그래서 자네가 가줬으면 하는 거야. 내 도움이 필요하면 언제든지 전보를 보내게. 한 글자에 2센트나 되는 엄청난 돈을 지불해야 하지만 기꺼이 답장을 보내겠네."

그로부터 이틀 후, 나는 로잔에 있는 내셔널 호텔에 도착했다. 유명한 지배인 M. 모세가 극진한 태도로 나를 맞아주었다.

프란시스 양이 여기서 몇 주일을 묵었다고 모세가 말했다.

"그분을 본 사람들은 모두 그녀에게 마음을 빼앗겼습니다. 나이는 40세에 가까웠지만 아직도 아름다운 분이었습니다. 젊었을 때는 더욱 아름다웠을 것이라고 생각됩니다."

모세 지배인은 귀중한 보석에 대해서 아는 것이 아무것도 없었다. 호텔 직원들이 침실에 있는 여행용 가방이 언제나 굳게 닫혀 있었다는 얘기를 들려주었다.

하녀인 마리 드뱅도 주인만큼 인기가 있었다고 한다. 이 호텔 급사 중 가장 높은 사람과 약혼을 했기 때문에 주소는 간단하게 알아낼 수가 있었다. 몽펠리에에 있는 트라장 가 11번지였다. 나는 모든 내용을 기록해두었다. 이렇게 순조롭게 자료를 모아나가는 모습은 홈즈에게도 뒤지지 않을 것이라는 생각이 들어 나는 기분이 좋았다.

그래도 알 수 없는 점이 한 가지 있었다. 프란시스 양은 왜 서둘러 떠난 것일까? 나는 그 이유를 밝혀낼 수가 없었다.

그녀는 로잔에서 매우 즐거운 날들을 보내고 있었다. 호수가 내려다보이는 호화로운 방에서 몇 개월간 머물 예정이었다는 사실을 증명해주는 것들을 여기저기서 찾아볼 수 있었다.

그런데 갑자기 내일 출발하겠다고 말하고 이곳을 떠났다고 했다. 그 때문에 일주일치 숙박료를 더 지불했다고 한다.

마드 드뱅의 연인인 줄 비버르만이 흥미로운 얘기를 들려주었다. 갑자기 출발한 것은 하루나 이틀 전에 피부가 가무잡잡하고 키가 크며 턱수염을 기른 남자가 찾아왔던 것과 관계가 있을지도 모른다는 얘기였다. '야만스러운 사람, 정말 야만스러운 사람이었어요!' 하고 줄 비버르만은 큰 소리로 외쳤다.

그 사람은 마을에 묵고 있었던 듯했다. 호숫가 산책길에서 프란시스 양에게 자꾸만 말을 걸려 하던 것을 본 사람이 있었다. 그 후에 호텔로 찾아왔었다. 프란시스 양은 만나기를 거부했다. 남자는 영국 사람인데 이름은 알 수가 없었다.

그리고 얼마 지나지 않아서 프란시스 양은 호텔을 떠났다.

그러나 줄 비버르만도 모르는 사실이 한 가지 있었다. 연인인 마리 드뱅이 왜 프란시스 양의 하녀를 그만두었나 하는 점이었다. 그는 정말 모르고 있는 것일까? 아니면 말하기 싫은 것일까? 원인을 알려면 몽펠리에로 찾아가서 그녀에게 직접 물어보는 수밖에 없을 듯했다.

우선은 여기서 1단계 조사를 마치기로 했다.

2단계로 프란시스 양이 로잔에서 어디로 향했는지를 밝혀내기로 했다. 그녀는 자신이 어디로 가는지 알려지지 않게 하기 위해 상당한 노력을 기울인 듯했다. 백작의 딸 프란시스는 누군가 뒤를 밟지 못하도록 여러 가지로 궁리를 했다. 아니었다면 짐에 바덴 행이라고 확실하게 딱지를 붙여두었을 것이다. 그녀와 그녀의 짐은 상당한 거리를 돌아서 독일 라인 강변에 있는 온천지에 도착해 있었다.

　　이들 정보는 쿡 여행사의 지점장으로부터 입수한 것이었다. 그래서 나는 바덴으로 가기로 했다. 떠나기에 앞서 조사한 내용들을 홈즈에게 전보로 보냈다. 곧 반 놀림에 가까운 찬사가 담긴 홈즈의 답신이 도착했다.

　　바덴에서의 행적은 쉽게 찾아낼 수 있었다. 프란시스 양은 영국관 호텔에서 2주일간 머물렀다. 그동안 슐레징거 박사 부부와 친분을 맺게 되었다고 한다. 고독한 여인들이 대부분 그런 것처럼, 프란시스 양도 종교에서 마음의 평안과 삶의 보람을 얻게 되었다.

　　슐레징거 박사의 강한 개성, 깊은 신앙심, 그리고 적극적인 포교 활동으로 좋지 않았던 몸이 드디어 회복되기 시작했다는 사실을 알고 그녀는 감동을 받았다. 그녀는 회복기에 있는 성직자 슐레징거를 간호하는 부인을 옆에서 도왔다.

　　호텔 주인의 말에 의하면 슐레징거 박사는 양 옆구리에 두 여자를 끼고 간호를 받으며 베란다의 안락의자에 앉아 하루하루를 보냈다는 것이었다. 박사는 미디안 왕국에 관한 특별 주석이 달려 있는 성지 팔레스티나의 지도를 펼쳐놓고 논문을 집필했다고 한다.

곧 병세가 상당히 호전되자 슐레징거 부부는 런던으로 돌아가기로 했다. 그리고 프란시스 양도 그들과 함께 출발했다.

출발한 것은 지금으로부터 정확히 3주 전의 일로 이후의 소식은 완전히 끊겼다고 호텔 지배인은 말했다. 그리고 하녀인 마리 드뱅은 출발 며칠 전에, 이제 이 일을 그만두게 되었다며 다른 하녀들에게 울며 말하고는 떠났다고 했다. 출발 전에 슐레징거 박사가 일행의 모든 비용을 지불했다.

"그런데 얼마 전에 프란시스 카팍스 양에 대해서 물어온 사람이 또 있었습니다. 한두 주쯤 전에도 어떤 남자 분이 오셔서 똑같은 질문을 했었습니다."

이야기를 마친 호텔 주인이 이렇게 덧붙였다.

"이름을 밝혔나요?"

"아니요. 어쨌든 외모와는 달리 영국 사람이었습니다."

"야만스러운 느낌을 주는 남자였나요?"

내 유명한 친구인 홈즈의 방법대로 단서들을 연결해가며 이렇게 물었다.

"틀림없이 그런 느낌을 주는 사람이었습니다. 단단한 체구에 턱수염이 있었고 피부는 햇볕에 검게 타 있었습니다. 고급스러운 호텔보다는 농부가 묵는 숙소가 더 잘 어울릴 것 같은 느낌이었습니다. 고집이 세고 성격이 거친 사람처럼 보여서 기분을 상하지 않게 하려고 신경을 썼습니다."

안개가 걷혀감에 따라서 사람의 모습이 확실하게 드러나듯이, 수수께끼도 점점 풀려가고 있었다. 이 선량하고 신앙심 깊은 귀족 여인은 어디를 가든 비정하고 기분 나쁜 사내의 추적을 받아야 하는 것이다.

무서워서 로잔에서 도망친 것이리라. 그래도 사내는 여전히 여자의 뒤를 쫓고 있다. 언젠가는 그녀를 따라잡을 것이다. 아니, 벌써 따라잡았을지도 모른다. 그녀의 소식이 끊긴 것도 그것 때문이 아니었을까? 그녀의 동행인 선량한 슐레징거 부부가 그 남자의 폭력과 협박에서 그녀를 지켜줄 수 있었을까? 이처럼 끈질기게 따라붙는 남자는 봐서 아주 무시무시한 음모나 음흉한 계획을 세우고 있는 것이 틀림없었다. 내가 풀어야만 할 수수께끼가 바로 그것이었다.

나는 홈즈에게 편지를 써서 얼마나 빨리 문제의 핵심을 파헤쳤는지를 보고했다. 전보로 답장이 왔다.

「슐레징거 박사의 왼쪽 귀는 어떻게 생겼나?」

홈즈의 유머 감각에는 조금 특이한 면이 있어서 때로는 나를 화나게 만들곤 한다. 따라서 그런 쓸데없는 농담은 무시하기로 했다. 솔직히 말하자면 전보를 받기 전에 몽펠리에로 가서 하녀인 마리 드뱅을 만나고 왔다.

하녀였던 그녀를 찾아서 그녀가 알고 있는 사실을 전부 캐내기란 그리 어려운 일이 아니었다. 주인에 대한 생각이 극진했던 그녀는 자신 외에도 좋은 하녀들이 있었기 때문에 안심할 수 있었으며, 자신은 곧 결혼을 해야 했기에 조만간 하녀 일을 그만두어야만 했었다고 말했다.

슬픈 얼굴로 그녀가 말하길, 주인은 바덴에 머무는 동안 그녀에게 화난 태도를 보였다는 것이었다. 한 번은 그녀가 부정을 저지르지 않았냐는 질문을 했었으며 그 때문에 일을 그만둘 때 마음이 편했다고 말했다. 프란시스 양은 결혼 축하금이라며 마리 드뱅에게 50파운드를 주었다고 했다.

이 하녀는 이상한 사내 때문에 주인인 프란시스 양이 로잔을 떠났을 것이라고 말했다. 그 점에 대해서는 나도 동감했다. 그녀는 호숫가 산책로에서 주인의 손목을 억지로 잡으려 하던 것을 목격했다고 했다. 여주인이 슐레징거 부부를 따라 런던으로 가기로 결심한 것은 난폭하고 무시무시하게 생긴 그 사내를 두려워한 때문일 것이라고 굳게 믿고 있었다.

프란시스 양은 그 점에 대해서는 마리 드뱅에게 단 한마디도 하지 않았지만 언제나 불안에 떨고 있었다는 사실을 쉽게 알 수 있었다.

거기까지 얘기한 뒤, 갑자기 마리 드뱅이 의자에서 벌떡 일어났다. 그녀의 얼굴은 놀라움과 공포로 굳어 있었다.

"어머! 그 사람이 아직도 쫓아다니고 있어요! 저 사람이 방금 말한 그 사람이에요."

거실 창문이 열려 있었다. 밖을 바라보니 검게 탄 얼굴에 턱수염을 기른 거구의 사내가 거리 한복판을 천천히 걸어가며 자꾸만 집의 번지를 확인하고 있었다.

그 사내 역시 나처럼 마리 드뱅의 뒤를 쫓고 있는 듯했다. 순간 나도 모르게 밖으로 뛰어나가 그에게 말을 걸었다.

"당신, 영국 사람이지요?"

"그게 뭐 어쨌다는 거야?"

사내가 험악한 얼굴로 나를 노려봤다.

"이름을 물어도 괜찮을까요?"

"아니, 왜 그런 걸 묻는 거요?"

남자가 거절했다.

나는 어쩔 줄 몰라 안절부절 했다. 차라리 과감하게 정면 돌파를 하면 길이 열릴지도 모른다는 생각에 사내에게 이렇게 물었다.

"프란시스 카팍스 양은 어디 계시죠?"

사내는 놀란 표정으로 나를 바라봤다.

"프란시스 양을 어떻게 하신 거죠? 왜 그녀 뒤를 쫓는 겁니까? 어서 대답을 해보세요."

사내가 버럭 화를 내며 호랑이처럼 달려들었다. 격투라면 헤아릴 수도 없이 경험해온 나였지만 상대는 무지막지한 사내로 미친 듯이 소리를 지르며 날뛰었다. 그가 한 손으로 내 목을 눌러서 나는 정신을 잃기 직전에 있었다. 바로 그때, 맞은편 술집에서 파란 작업복을 입은 프랑스 인이 몽둥이를 들고 뛰쳐나왔다. 그 사람이 몽둥이로 사내의 팔을 힘껏 내리치자 사내가 내게서 손을 뗐다. 사내는 분을 삭이지 못하면서도 또 한번 내게 달려들까 말까를 고민하는 듯했다. 곧 분노를 참지 못하겠다는 듯 신음 소리를 내며 내 곁을 지나 조금 전 내가 튀어나왔던 집 안으로 들어갔다.

옆에 서 있는 프랑스 인에게 도와줘서 고맙다는 인사를 건네려하자 그가 이렇게 말했다.

"하하, 왓슨. 이걸로 모든 게 끝일세! 오늘 밤 급행으로 타고 나와 함께 런던으로 돌아가는 편이 낫겠어."

한 시간 후, 홈즈는 내가 묵고 있던 호텔 방에서 편안한 휴식을 취하고 있었다. 옷은 이미 평소와 다름없는 복장으로 갈아입은 뒤였다.

그의 이야기를 들어보면 어떻게 그렇게 적절한 시기에 나타날 수 있었는지를 쉽게 알 수 있을 것이다. 사정이 좋아져 영국을 떠날 수 있게 되자마자 그는 내 뒤를 따라왔다. 그리고 노동자로 변장을 하고 술집에 앉아서 내가 나타나기를 기다리고 있었다.

"정말 열심히 조사해줬네, 왓슨. 내가 생각할 수 있는 모든 실수를 남김없이 저질러줬으니 말일세. 자네의 조사 덕분에 소란만 더 커졌고 단서는 하나도 잡질 못했네."

"자네라 해도 더 이상 잘할 수는 없었을 거야."

나는 치밀어 오르는 화를 참을 수가 없었다.

"'자네라 해도'는 좀 너무 했는데. 나는 일을 좀 더 능숙하게 처리했으니까. 이 호텔에 필립 그린이라는 귀족이 묵고 있어. 그를 만나보면 앞으로의 수사에 커다란 도움이 될지도 몰라."

바로 그때 명함을 한 장 얹은 금속 쟁반이 방 안으로 들어왔다. 뒤이어 들어온 것은 조금 전 길거리에서 내게 덤벼들었던 그 사내였다. 수염을 기른 그 사내는 나를 보자 당황하는 눈치였다.

"홈즈 씨, 이게 대체 어떻게 된 일입니까? 당신의 연락을 받고 여기에 온 건데 이 사람 역시 사건과 무슨 관계가 있단 말이죠?"

"여기는 내 친구이자 협력자인 왓슨 박사입니다. 이번 사건을 해결 하는데 이 사람의 도움을 받고 있어요."

필립 그린은 검게 탄 커다란 손으로 악수를 한 뒤 사과를 했다.

"다친 데는 없습니까? 프란시스 양을 괴롭힌다고 하시기에 나도 모르게 울컥 화가 치밀어 올라서 그만. 요즘 제가 제정신이 아닙니다. 마치 전기가 흐르고 있는 전선 같은 느낌이에요. 어쨌든 이번 일에는 두 손 다 들었습니다. 그런데 홈즈 씨, 우선 이것 먼저 가르쳐주실 수 있습니까? 대체 어떻게 저를 알았습니까?"

"프란시스 양의 가정교사였던 드브니 양과 연락을 했어요."

"언제나 모자를 쓰고 다니던 그 수잔 드브니 선생님 말입니까? 저도 잘 알고 있습니다."

"드브니 양도 당신을 잘 알고 있더군요. 당신이 아프리카로 건너갈 수밖에 없다고 생각하기 전의 일이죠."

"하하, 당신은 나에 대한 모든 것을 알고 계시는군요. 그렇다면 숨길 필요도 없겠죠. 홈즈 씨, 맹세할 수 있습니다. 이 세상에서 나보다 더 진심으로 프란시스 양을 사랑한 사람은 없을 겁니다. 그래요, 젊었을 때 저는 틀림없이 망나니였습니다. 그렇지만 저 같은 계급의 다른 젊은이들도 전부 마찬가지였습니다. 그런데 그녀의 마음은 하얀 눈처럼 깨끗합니다. 난폭한 행동을 견딜 수 없었을 겁니다.

그래서 저의 행동을 들은 순간부터 저와는 말도 하지 않았습니다. 그래도 그녀는 저를 사랑했습니다. 정말, 이상합니다! 저 때문에 아직도 독신을 고집하고 있을 정도로 저를 사랑하고 있습니다.

세월이 흘렀습니다. 저는 미국의 바버튼에서 돈을 벌었습니다. 그래서 그녀를 찾아 화해를 해야겠다고 생각했습니다. 아직 결혼하지 않았다는 사실을 알고 있었습니다. 저는 로잔에서 그녀를 만났고 할 수 있는 것은 무엇이든 했습니다. 그녀의 마음이 움직이려 했지만 결국에는 그녀의 의지가 저를 이겼지요. 호텔로 가서 그녀에 대해 물었더니 이미 그곳을 떠나고 없다고 하더군요.

저는 그녀의 뒤를 따라서 바덴까지 왔습니다. 그리고 그녀의 하녀가 이곳 몽펠리에에 살고 있다는 사실을 알았습니다. 저는 거친 생활에서 이제 막 손을 씻은 사람입니다. 왓슨 박사님, 그런 말을 들으면 저도 모르게 울컥 화가 치밀어 오릅니다. 프란시스 양에게 대체 무슨 일이 일어난 겁니까? 제발 부탁이니 가르쳐 주십시오."

"우리도 그걸 알고 싶어요. 그린 씨, 런던 어디에 살고 계십니까?"

홈즈가 아주 걱정스럽다는 듯이 물었다.

"랭검 호텔에 있습니다."

"그럼 런던으로 돌아가세요. 그리고 제가 부를 때까지 호텔에서 기다려주세요. 이런 말로 위로하고 싶지는 않지만 프란시스 양을 지키기 위해서 최선의 노력을 다할 생각입니다. 지금은 그것밖에 드릴 말씀이 없네요. 연락이 필요할 때를 위해서 명함을 드리죠.

왓슨, 짐을 꾸리게. 난 허드슨 부인에게 전보를 보내고 오겠네. 내일 7시 30분에 굶주린 두 여행객이 도착할 테니 맛있는 요리를 준비해달라고 말일세."

베이커 가의 우리 집에 전보가 한 통 도착해 있었다. 홈즈는 그것을 읽으며 만족스러운 소리를 지른 뒤, 그것을 내게 건네주었다.

「울퉁불퉁. 찢어져 있었을지도 모름.」

이것이 전문이었다. 바덴에서 보낸 것이었다.
"이제 뭐지?"
내가 물었다.
"그거면 충분하네. 그 성직자의 왼쪽 귀에 대해서 자네에게 물은 적이 있었지? 묘한 질문이었으니 자네도 기억하고 있을 거야. 자네는 무시해버렸지만."
"바덴을 출발한 뒤였어. 조사할 방법이 없질 않은가?"
"맞아, 그랬었군. 그래서 나는 같은 전보를 영국관의 지배인에게 보냈어. 그에 대한 답이야."
"그게 어쨌다는 거지?"
내가 물었다.
"그러니까 이것으로 우리의 상대가 교활하고 위험한 인물이라는 걸 알았네. 남아메리카에서 왔다는 슐레징거 박사는, 사실 피터스라는 목사야. 오스트리아 출생으로 가장 파렴치한 악당이라고 할 수 있지. 오스트리아는 생긴 지 얼마 되지 않은 나라지만 교활한 범죄자를 수없이 배출했어. 목사 피터스의 특기는 고독한 여자들의 종교심을 자극해 그녀들을 속이는 거야. 그의 아내 행세를 하는 프레이저라는 영국 여자가 있는데 둘이 손발이 척척 맞지.

수법으로 봐서 그일 것이라고 짐작은 하고 있었지만 신체적 특징까지 확인했으니 내 생각이 틀림없이 맞을 거야. 1889년 오스트리아 남부의 애덜레이드에 있는 술집에서 싸움을 하다 귀를 물어 뜯겼어. 프란시스 양은 가엾게도 무슨 일이든 아무렇지도 않게 해치우는 악마 같은 부부에게 휘둘리고 있는 거야. 벌써 살해됐을 가능성도 충분히 있어. 만일 살아 있다 하더라도 틀림없이 감금되어 있을 거야. 그래서 내가 드브니 양이나 그 외에 친구들에게 상황을 설명하지 않는 거야.

런던으로 끌려오지 않았을 수도 있어. 또 런던에서 다른 곳을 끌려갔을 가능성도 있고. 하지만 전자는 아닐 거야. 외국인 등록 제도 때문에 유럽 대륙 경찰의 눈을 속이기가 그리 쉽지 않거든. 후자도 별로 가능성은 없어 보여. 그런 악당들이 사람을 감금시키기에 런던보다 더 좋은 곳도 없을 테니까.

내 직감에 의하면 프란시스 양은 런던에 있어. 하지만 지금은 그 장소를 밝혀낼 수 없으니 우리가 잘 알고 있는 사실에서부터 시작하자고. 일단 저녁을 먹기로 하지. 그리고 가만히 준비를 하세. 밤이 되면 나는 잠깐 나갔다 오겠어. 런던 경시청의 레스트레이드 경감을 만나볼 생각이야."

하지만 경찰 조직도, 작지만 매우 능률적으로 움직이는 홈즈의 조직도 수수께끼를 시원하게 풀어내지는 못했다. 수백만 사람들이 모여 살고 있는 런던에서 세 사람을 찾아내야 하는 일이다. 처음부터 이곳에 없었다는 듯이 그들은 그림자조차도 보이지 않았다. 광고를 내보기도 했지만 전부 헛수고였다. 단서가 될 만한 것들을 추적해보았지만 아무것도 건진 게 없었다. 슐레징거가 나타날 만한 의심쩍은 장소를 샅샅이 뒤져보았지만 아무런 성과도 거두질 못했다. 그의 옛 동료들도 감시해봤지만 연락을 취하고 있는 것 같지는 않았다.

초조함과 조급함으로 일주일 정도 지난 어느 날, 뜻밖의 곳에서 서광이 비추기 시작했다. 웨스트민트 가에 있는 보빙턴 전당포에서 옛 스페인 양식의 은과 브릴리언트 커트 다이아몬드로 장식한 목걸이가 발견된 것이었다.

그것을 맡긴 사람은 목사처럼 보였는데 몸집이 컸으며 깨끗하게 면도를 한 남자였다고 했다. 이름과 주소는 전부 거짓이었다. 귀까지는 알 수 없었지만 인상으로 봐서 틀림없이 슐레징거였다.

랭검 호텔에 묵고 있는 필립 그린은 그때까지 두 번이나 찾아와 수사가 어떻게 진행되고 있는지를 물었다. 수사에 서광이 비치기 시작한지 채 한 시간도 지나지 않아 또다시 그린이 우리를 찾아왔다. 커다란 몸에 걸치고 있는 옷이 좀 헐렁해진 느낌이었다. 너무나 걱정이 돼서 몸이 말라가는 모양이었다.

"제가 도와드릴 일은 없습니까?"

그는 우리를 찾아올 때마다 마음 약한 소리를 했는데 드디어 홈즈가 그린의 소원을 들어줄 수 있게 되었다.

"녀석이 보석을 전당포에 맡겼어요. 이것으로 녀석을 잡을 수 있을 거예요."

"그렇다면 프란시스 양에게 무슨 일이 있었던 걸까요?"

홈즈가 어두운 표정으로 고개를 끄덕였다.

"녀석들이 지금까지 그녀를 감금하고 있었다면 그대로 놔줄 리가 없어요. 그대로 놔주면 자신들이 파멸을 맞이하게 될 테니까요. 우리는 최악의 사태까지도 생각해두어야 해요."

"내가 도와드릴 일은 없습니까?"

"녀석들이 당신의 얼굴은 모르겠지요?"

"제 얼굴을 본 적은 없습니다."

"머지않아 슐레징거가 전당포에 다시 나타날 거예요. 다른 전당포일 가능성도 있어요. 그렇게 되면 수사를 처음부터 다시 시작해야 해요. 만약 현금이 필요하다면 틀림없이 같은 전당포에 다시 나타날 겁니다. 전당포 주인에게 편지를 써줄 테니 당신이 가게 안에서 그를 기다리세요. 녀석이 나타나면 뒤를 밟아서 집을 알아내는 거예요. 경솔한 행동은 삼가주세요. 특히 폭력을 휘둘러서는 안 돼요. 당신 생각대로 행동해서는 안 돼요. 약속해주실 수 있죠?"

그로부터 이틀이 지났는데도 그린으로부터는 아무런 연락도 오지 않았다. (얘기해도 상관없을 것 같기에 밝혀두는데 필립 그린은 크림 전

쟁 때 아조프 함대를 지휘했던 유명한 제독의 아들로 부친과 같은 이름을 쓰고 있었다)

사흘째 되던 날 저녁, 그가 우리 거실로 뛰어들었다. 너무 흥분해서 얼굴은 파랗게 질려 있었으며 건장한 체구의 근육들이 전부 가늘게 떨리고 있었다.

"녀석을, 녀석을 잡았습니다!"

그가 외쳤다.

흥분한 상태였기 때문에 무슨 말을 하는 건지 도무지 알아들을 수가 없었다. 홈즈가 그에게 말을 걸어 마음을 진정시킨 뒤 안락의자에 앉혔다.

"자, 무슨 일이 있었는지 순서대로 말해보세요."

홈즈가 말했다.

"여자가 왔습니다. 불과 한 시간 전의 일입니다. 이번에는 여자였어요. 전당포에 맡기려 들고 온 목걸이가 전에 맡긴 것과 한쌍입니다. 족제비 같은 눈을 한 창백한 여자였는데 키가 컸습니다."

"틀림없나요?"

홈즈가 말했다.

"여자가 가게를 나서자마자 그녀의 뒤를 밟았습니다. 컨싱턴 가로 걸어갔습니다. 그녀에게 들키지 않도록 뒤를 밟았죠. 곧 그녀가 한 가게로 들어갔습니다. 홈즈 씨, 거기는 놀랍게도 장의사였습니다."

"그래서요?"

홈즈가 놀란 표정으로 물었다. 묻는 그의 목소리가 떨리고 있었다. 냉정한 잿빛 얼굴을 하고 있지만 그 목소리는 불타오르는 마음을 잘 나타내고 있었다.

"여자 점원과 이야기를 나누고 있었습니다. 저도 가게 안으로 들어갔습니다. '너무 늦는데요.' 하고 말하는 걸 들었습니다. '평소 같으면 벌써 다 됐겠지만, 그런 특별 제품은 시간이 좀 걸리거든요.' 하고 점원이 설명했습니다. 제 모습을 보더니 두 사람이 말을 끊었습니다. 그래서 적당히 질문을 한 뒤에 가게에서 나왔습니다."

"잘 하셨어요. 그 다음은 어떻게 됐죠?"

"여자가 나왔습니다. 저는 입구 근처에 숨어서 기다리고 있었습니다. 여자는 경계심이 인 듯 주위를 둘러보았습니다. 그런 다음 마차를 불러 세워 거기에 올라탔습니다. 때마침 빈 마차가 지나가기에 저도 마차에 올라 뒤를 쫓았습니다. 여자가 내린 곳은 브릭스턴의 폴트니 광장 36번지였습니다. 저는 그곳을 지나 광장 옆에 마차를 세우고 그 집을 들여다보았습니다."

"누군가 보였나요?"

"창은 전부 어두웠습니다. 불이 켜져 있는 곳은 1층에 있는 방 하나뿐이었습니다. 블라인드를 내려놨기 때문에 안은 볼 수가 없었습니다. 저는 광장 옆에 앉아 기다리면서 지금부터 어떻게 해야 좋을지를 생각해봤습니다. 그때 덮개를 씌운 짐마차가 집 앞에 멈춰 섰습니다. 남자가 두 명 타고 있었습니다. 짐마차에서 내린 남자들은 마차에서 무엇인가를 내렸습니다. 그것이 현관 앞으로 옮겨지는 순간 그것이 무엇인지를 알 수 있었습니다. 관이었습니다, 홈즈 씨."

홈즈가 신음 소리를 냈다.

"하마터면 저는 그쪽으로 달려갈 뻔했습니다. 관을 옮기는 남자들이 안으로 들어서자마자 문은 닫혔습니다. 문을 연 건 여자였습니다. 그 모습을 지켜보고 있던 저를 여자가 힐끗 쳐다보았습니다. 저를 알아본 듯했습니다. 놀라는 표정을 짓더니 서둘러 문을 닫았습니다. 그러고는 당신에게 이 소식을 전하러 이렇게 달려온 겁니다."

"잘 하셨어요. 영장이 없으면 법률을 어기는 꼴이 되고 말아요. 죄송하지만 이 종이를 들고 경찰서로 가서 영장을 받아오세요. 영장을 발부하려 들지 않을지도 모르겠지만 보석을 팔아치웠으니 괜찮을 거예요. 레스트레이드 경감이라면 모든 것을 잘 이해해줄 거예요."

홈즈가 종이쪽지에 무엇인가를 적으며 말했다.

"그 사이에 그녀가 죽을지도 모릅니다. 왜 관을 안으로 들인 걸까요? 그녀를 거기다 넣으려고 한다는 것 밖에는 달리 생각할 길이 없습니다."

"그린 씨. 가능한 한 모든 조치를 취하겠습니다. 자, 서둘러주세요. 그리고 나머지는 우리에게 맡겨주세요. 나가세, 왓슨."

그린이 밖으로 뛰어나가자 홈즈가 이렇게 말했다.

"이제 곧 경찰이 법에 따라 움직일 걸세. 하지만 우리는 평소처럼 자유롭게 행동하자고. 사태가 긴박해졌으니 어떤 수를 쓰든 나중에 변명할 수 있을 거야. 가능한 한 빨리 폴트니 광장으로 가세."

마차가 전속력으로 국회의사당 앞을 지나 웨스트민트 교에 접어
들려는 순간 홈즈가 입을 열었다.

"이번 사건을 정리해볼까? 그 악당들은 우선 충실한 하녀를 내쫓
은 다음 프란시스 양을 속여서 런던으로 데리고 왔어. 그녀가 보낸
편지도 전부 중간에서 가로챘어. 그리고 악당의 동료 중 한 사람이
가구가 딸린 집을 빌렸어.

그 집에 도착해서는 프란시스 양을 감금하고 처음부터 노리고 있
던 보석을 빼앗았어. 바로 보석의 일부를 팔아치우기 시작한 것을
보면 이제 안전하다고 판단한 모양이야. 그녀의 행방을 아무도 모
를 거라고 생각했기 때문이겠지. 그녀를 내쫓으면 그녀는 당연히
녀석들을 고발할 거야. 그러니 그들은 결코 그녀를 자유의 몸이 되
게 하지는 않을 거야. 그렇다고 해서 언제까지고 감금해둘 수도 없
는 일이고. 유일한 해결책은 죽이는 거야."

"맞아, 자네 말대로야."

"지금부터 또 다른 추리를 해보도록 하세. 두 개의 생각을 더듬
어 올라가다보면 분명히 어딘가에서 만날 거야. 그 교차점이 진상
에 가깝겠지. 프란시스 양에 대한 생각은 이쯤에서 접고 관에 대해
서 생각해보기로 하세. 안타깝게도 관이 들어갔다는 것은 그녀가
이미 죽었다는 걸 증명하는 거야.

그리고 관이 들어갔다는 것은, 정식 사망 진단서와 매장 증명서
를 갖춘 평범한 매장을 할 것이라는 것을 암시하는 것이기도 해.
프란시스 양이 죽었다면 뒤뜰에 구멍을 판 뒤 거기에 묻는 게 좋을

텐데. 왜 공공연한 매장을 하려는 걸까? 이건 뭘 의미하는 걸까? 자연사로 보이는 어떤 방법으로 살해한 뒤, 의사를 속인 것이 틀림 없어. 틀림없이 독살했을 거야. 그래도 이상한걸. 일부러 의사에게 보였다면 의사도 동료 중 하나임에 틀림없을 거야. 그럴 리가 없는데."

"사망 진단서를 위조했을 가능성도 있지 않나?"

"그건 위험한 방법이야, 왓슨. 눈치 챌 가능성이 아주 크잖아. 녀석들이 그렇게 했으리라고는 생각지 않아.

이봐, 여기서 세워줘! 여기가 그 장의사일 거야. 조금 전에 전당 포 앞을 지났거든. 왓슨, 자네가 가주게. 자네의 차림새라면 절대 의심하지 않을 거야. 폴트니 광장의 장례식이 내일 몇 시인지 좀 물어봐주게나."

여점원은 전혀 의심하는 눈치 없이 내일 아침 8시라고 대답해주었다.

"알겠나? 왓슨. 이상한 점이라고는 찾아볼 수가 없어. 정식 절차를 밟고 있다고! 어떻게 한 건지는 모르겠지만 정식 서류를 전부 갖춘 거야. 천연덕스럽게 장례식을 치를 생각인 거야. 이렇게 된 이상 정면으로 공격해 들어가는 수밖에 없겠는 걸. 자네 무기를 가지고 왔나?"

"지팡이가 있네!"

"좋았어, 그거면 충분해. 우리에게는 정의라는 강력한 동지가 있으니까. 경찰이 오기를 기다리고 있을 시간이 없네. 법대로 행동하려면 아무것도 하지 못할 거야.

마부, 이제 출발해도 좋아. 왓슨, 모든 것을 운에 맡기고 한번 해 보기로 하세. 지금까지 수없이 해왔던 일이니까."

홈즈는 폴트니 광장에 면해 있는 크고 어두운 집의 초인종을 힘차게 눌렀다. 곧 문이 열렸다. 희미한 현관의 등불을 뒤로하고 키가 큰 여자가 모습을 드러냈다.

"무슨 일이신가요?"

여자가 어둠 속에 서 있는 우리를 엿보듯 바라보며 쌀쌀맞은 목소리로 말했다.

"슐레징거 박사님을 뵈러 왔어요."

홈즈가 말했다.

"여기에 그런 사람 없어요."

이렇게 말하고 문을 닫으려 했지만 홈즈가 문틈으로 발을 넣어 그것을 막았다.

"어떤 이름을 사용하고 있든 그건 상관없어. 나는 이 집 주인을 만나러 온 거요."

홈즈가 뚜렷한 어조로 말했다.

순간 여자가 당황하는 듯했다. 그러다 곧 문을 열었다.

"그럼, 안으로 들어오세요. 제 남편은 누구를 만나든 겁날 게 없는 사람이니까요."

집 안으로 들어서자 여자가 문을 닫고 오른쪽에 있는 거실로 우리를 안내했다. 그리고 방에서 나가더니 가스등을 켰다.

"남편이 곧 오실 겁니다."

여자의 말은 틀리지 않았다. 곰팡이 핀 방을 둘러볼 틈도 없이 문이 열리더니 수염을 깨끗이 깎은 거구의 대머리 사내가 성큼성큼 방 안으로 들어왔다. 붉은 빛이 도는 얼굴로 뺨의 살이 밑으로 처져 있었다. 인정 많은 사람처럼 행동하고 있지만 악의가 담긴 잔인한 입매가 그런 인상을 지워버리고 있었다.

"뭔가 잘못 알고 오신 것 같습니다. 여기는 찾고 계시는 집이 아닙니다. 좀 더 안으로 들어가셔서 물어보시면......."

사람 좋아 보이는 조용한 목소리였다.

"아니요, 됐어요. 우물쭈물할 시간 없어요. 당신은 애덜레이드의 헨리 피터스. 바덴과 남아메리카에서는 선교사인 슐레징거 박사로 행세했어. 내가 셜록 홈즈인 것처럼 그건 틀림없는 사실이야."

슐레징거 박사로 행세하던 피터스가 깜짝 놀라 홈즈의 얼굴을 빤히 바라보았다.

"홈즈 씨, 당신의 이름을 들었다고 해서 내가 겁먹을 필요는 없을 겁니다. 양심에 가책을 받을 만한 짓을 하지 않았으니 놀랄 필요도 없겠죠. 무슨 일로 나를 찾아오셨나요?"

피터스가 냉정한 목소리로 말했다.

"네가 프란시스 카팍스 양을 어떻게 했는지 알고 싶어서. 바덴에서 이곳으로 데리고 왔지?"

"그 일이라면 내가 당신에게 물어보고 싶소. 그녀에게 백 파운드 가까운 돈을 빌려줬는데 우리는 보석상들이 거들떠보지도 않는 싸구려 목걸이 두 개를 맡고 있을 뿐이니까. 바덴에서는 우리 부부 곁을 떠나려하지 않았소. 그리고 런던까지 졸졸 따라왔지. 바덴에서 다른 이름을 썼던 사실은 나도 인정하오. 거기서는 숙박료와 여비까지 전부 내가 지불했소. 그런데 런던에 도착하자마자 종적을 감췄소. 조금 전에도 말했지만 낡아빠진 보석만 두 개 남긴 채 말이오. 나도 당신이 그 사람을 찾기 바라오."

피터스가 비웃는 투로 말했다.

"무슨 일이 있어도 찾아낼 생각이야. 그녀를 찾을 때까지 이 집을 철저하게 뒤져봤으면 좋겠는데."

홈즈가 말했다.

"영장은 들고 왔겠죠?"

"영장이 올 때까지 이걸로 좀 참아줬으면 하는데."

홈즈가 주머니에 든 회전식 권총을 내보이며 말했다.

"뭐야? 당신. 강도 행세라도 하겠다는 건가?"

"마음대로 생각해. 여기 있는 친구도 꽤 위험한 인물이야. 지금부터 우리 둘이서 이 집을 뒤져봐야겠어."

홈즈가 즐겁다는 듯이 말했다.

적이 문을 열었다.

"애니, 경찰을 불러!"

스커트를 입고 복도를 달려가는 여자의 모습이 눈에 들어왔다. 현관문이 열리고 닫히는 소리가 들렸다.

"시간이 없네, 왓슨. 피터스, 우릴 방해하면 가만두지 않을 거야.

조금 전에 들어온 관은 어디 있지?"

"관을 어쩔 생각인데? 안에 죽은 사람이 들어 있다고."

"그럼 확인을 해봐야겠지."

"거절하겠어."

"그럼 억지로 열어보는 수밖에."

홈즈의 움직임은 놀랄 정도로 민첩했다. 피터스를 옆으로 밀치더니 순식간에 거실로 들어섰다.

반쯤 열린 문이 바로 눈앞에 있었다. 열어보니 그곳은 식당이었다.

밝기를 반으로 줄인 샹들리에가 달려 있었으며, 그 밑 테이블에 관이 놓여 있었다. 홈즈가 가스등을 밝게 했다.

관 안에는 마르고 쇠약해진 채 죽은 시체가 누워 있었다. 머리 위 불빛이 나이 들어 쪼글쪼글해진 얼굴을 눈부시게 비추고 있었다. 제 아무리 거칠게 다루고 먹을 것을 주지 않았다 할지라도, 또 그 무슨 병에 걸렸다 할지라도 아름다웠던 프란시스 양이 이런 비참한 모습으로 죽지는 않았을 것이다. 홈즈의 얼굴에 놀라는 빛이 역력했지만 그와 동시에 안도의 표정도 배어 있었다.

"잘 됐군. 이건 다른 사람이야."

홈즈가 중얼거렸다.

"어처구니없는 실수를 저질렀군, 홈즈 씨."

식당까지 따라온 피터스가 말했다.

"이 여자는 누구지?"

"그렇게도 알고 싶은가? 전에 아내의 유모였던 로즈 스펜더. 브릭스턴 빈민 병원에 있었지. 우리가 이리로 데려와서 호섬 박사의 진료를 받게 했지. 호섬 박사의 주소는 파뱅크 교외 주택구 13번지. 외우고 있는 거지? 홈즈. 우리는 기독교인답게 극진히 간호한다고 했는데 로즈는 사흘 만에 세상을 떴네. 사망 진단서에는 노쇠로 인한 죽음이라고 적혀 있어. 그건 의사의 진단 내용이고, 홈즈 씨라면 물론 더 자세한 사인을 밝혀낼 수 있겠지.

장례식은 켄싱턴 가에 있는 스팀슨 장의사에 부탁을 해놨어. 매장은 내일 아침 8시. 아직도 의심 가는 부분이 있나? 정말 어처구니없는 실수를 저질렀군. 어때, 이제 자신의 실수를 인정할 때가 되지 않았나? 프란시스 카팍스 양이 있는 줄 알고 관 뚜껑을 열었다가 안에 아흔이 넘은 가엾은 노파가 누워 있는 것을 보고 놀라 입을 쩍 벌렸지? 그 얼굴을 사진으로 찍어 뒀어야 하는 건데."

적이 비웃어도 홈즈는 냉정한 표정을 잃지 않았지만, 내심 얼마나 커다란 굴욕감을 느끼고 있었는지는 굳게 쥔 주먹을 보고 쉽게 알 수 있었다.

"이 집 안을 샅샅이 뒤져주지."

홈즈가 말했다.

"아직도 부족한가?"

피터스가 외쳤다.

순간 복도에서 여자 목소리가 들리더니 뒤이어 묵직한 발소리가 들려오기 시작했다.

"그렇게는 안 될걸? 경찰인가요? 어서 안으로 들어오세요. 이 사람들이 들이닥쳤습니다. 제 힘으로는 내쫓을 수가 없습니다. 부탁입니다. 이들을 내쫓아주세요."

문 앞에 순사 부장과 경관이 서 있었다. 홈즈가 지갑에서 명함을 한 장 꺼내들었다.

"내 이름과 주소에요. 이쪽은 내 친구인 왓슨 박사."

"잘 알고 있습니다. 뵙게 돼서 영광입니다. 하지만 홈즈 씨, 영장이 없으시다면 여기서 나가주셔야겠습니다."

순사 부장이 말했다.

"알았어요."

"체포하세요!"

피터스가 외쳤다.

"이 분이 죄를 범했다면 우리는 물론 체포할 겁니다. 홈즈 씨, 여기서 나가주십시오."

순사 부장이 엄격한 어조로 말했다.

"알았어요. 왓슨, 나가야 할 것 같은데."

우리는 곧 밖으로 나왔다. 홈즈는 변함없이 냉정한 표정을 유지하고 있었지만 나는 치밀어 오르는 분노와 굴욕감을 참을 수가 없었다. 순사 부장이 우리 뒤를 따라 나왔다.

"죄송합니다, 홈즈 씨. 하지만 법을 어길 수는 없습니다."

"알고 있어요. 그게 당신 일이니까요."

"그럴 만한 이유가 있어서 이 집에 들어갔으리라는 건 잘 알고 있습니다. 만약 제가 도와드릴 일이 있으면 무엇이든......."

"귀족 여인이 행방불명됐어요. 틀림없이 이 집에 있을 거예요. 곧 영장이 도착할 거예요."

"그럼 저 사람들을 감시하도록 하겠습니다. 무슨 일이 생기면 반드시 연락하도록 하겠습니다."

아직 밤 9시밖에 되지 않았다. 우리는 곧 전력을 기울여서 조사를 하기 시작했다. 우선 마차를 타고 브릭스턴 빈민 병원까지 전속력으로 달려갔다. 며칠 전에 인정 많아 보이는 부부가 찾아왔다고 했다. 쇠약해진 노파가 전에 부리던 하녀라며 데려가도 좋다는 허락을 받아냈다고 했다. 여기까지는 사실이었다. 노파가 죽었다고 말했으나 놀라는 기색은 조금도 보이지 않았다.

다음으로 의사를 만나보았다. 왕진을 부탁받고 가봤는데 죽기 직전의 노쇠한 노파였다고 말했다. 마침 임종을 지켜봤기에 정식 사망 진단서에 사인을 해줬을 뿐이라고 했다. '죽음에 의심 가는 부분은 조금도 없었습니다.' 하고 의사는 말했다. 집 안에서도 이상한 점이라고는 찾아볼 수 없었다고 말했다. 단, 그 정도 신분임에도 불구하고 집에 부리는 하인이 한 명도 없다는 점이 좀 눈에 띄었을 뿐이라고 했다. 의사에게서 들을 수 있었던 말은 그게 전부였다.

마지막으로 런던 경시청을 찾아가보았다. 영장을 발부받으려면 절차를 밟아야 하기 때문에 조금 늦어지는 건 어쩔 수 없는 일이라고 했다. 내일 아침이나 돼야 치안 판사의 사인을 받을 수 있다는 것이었다. 내일 아침 9시에 홈즈와 레스트레이드 경감이 함께 찾아오면 영장에 사인하는 것을 확인할 수 있을 것이라고 말했다.

이렇게 하루가 지났다. 밤 12시 가까운 시각에 그 순사 부장이 우리를 찾아왔다. 크고 어두운 집의 창문 여기저기서 불빛이 번쩍번쩍 거리는 것이 보여지만 드나든 사람은 아무도 없었다는 것이었다. 우리는 그저 가만히 앉아서 날이 밝기를 기다리는 수밖에 없었다.

초조한 마음 때문인지 홈즈는 아무런 말도 하지 않았다. 불안한 마음 때문에 잠도 오질 않는 모양이었다. 내가 잘 자라는 인사를 했을 때, 홈즈는 검고 짙은 눈썹을 찌푸린 채 줄담배를 피워대며 신경질적으로 의자의 팔걸이 부분을 길고 가느다란 손가락으로 두드리고 있었다. 그는 그렇게 앉아서 여러 가지 각도에서 수수께끼를 풀어보려 노력하고 있는 것이다.

밤중에 그가 집 안을 돌아다니는 소리가 몇 번이고 들려왔다. 이튿날 아침, 눈을 뜸과 거의 동시에 홈즈가 내 침실로 뛰어들었다. 잠옷을 입고 있기는 했지만 눈이 움푹 들어가고 얼굴이 창백할 것으로 봐서 어젯밤에 한잠도 자지 못한 듯했다.

"장례식이 몇 시였더라? 8시 아니었나?"

홈즈는 몇 번이고 확인하려 들었다.

"벌써 7시 20분이야. 왜 진작 그 생각을 못했을까? 신께서 주신 내 머리가 어떻게 됐었나봐. 자, 서둘러주게. 죽느냐 사느냐, 사람 목숨이 달린 문제야. 살아날 확률은 백 분의 일. 만일 제때 가지 못한다면 아마 나 스스로를 용서할 수 없을 거야!"

5분도 지나지 않아서 우리는 이륜마차를 타고 베이커 가를 떠났다. 그럼에도 불구하고 국회의사당 앞을 지날 때는 이미 7시 35분이었다. 브릭스턴 가를 지나고 있을 때 8시를 알리는 종소리가 들려왔다. 하지만 늦은 것은 우리들만이 아니었다. 8시 10분이 지났는데도 영구차는 아직 현관 앞에 서 있었다.

우리가 탄 마차를 몰던 말이 입에 물고 있던 거품을 내뿜으며 멈춰 선 순간, 세 남자의 손으로 운반되던 관이 문 밖으로 모습을 드러냈다. 홈즈가 그쪽으로 달려들어 그들을 막아섰다.

"관을 다시 안으로 들고 들어가! 당장 안으로 들어가!"

홈즈가 앞에 있던 남자의 가슴에 손을 대며 외쳤다.

"당신, 무슨 소리 하는 거야? 다시 한 번 묻겠는데, 영장은 가져왔나?"

관 뒤쪽에서 몸집이 크고 얼굴이 붉은 피터스가 눈을 부라리며 외쳤다.

"영장이 곧 도착할 거야. 그때까지 관은 집밖으로 나올 수 없어."

자신감에 넘친 홈즈의 목소리가 관을 메고 있던 남자들을 압도했다. 순간 피터스가 집 안으로 뛰어들어 모습을 감췄다. 남자들이 홈즈의 명령에 따랐다.

"왓슨, 빨리! 서둘러! 드라이버를 가져와."

남자들이 관을 원래 있던 테이블 위에 내려놓자 홈즈가 큰 소리로 외쳤다.

"자, 이 드라이버는 자네 거야. 1분 안에 이 뚜껑을 열면 1파운드짜리 금화를 주겠네! 아무것도 묻지 마. 우선은 뚜껑을 열어! 그래! 하나 더! 다시 하나 더! 됐어. 다 같이 이걸 당겨! 열리기 시작했어! 그래, 잘했어!"

우리는 힘을 합쳐 관 뚜껑을 뜯어냈다. 그 순간 머릿속이 멍해졌다. 강렬한 클로로포름 냄새가 코를 찔렀던 것이다. 관 속에는 솜으로 얼굴을 덮은 시체가 누워 있었다. 솜은 마취약을 듬뿍 머금고 있었다. 홈즈가 솜을 뜯어내자 기품 있고 아름다운 중년 여성의 조각 같은 얼굴이 나타났다. 홈즈가 갑자기 손을 내밀어 그녀를 끌어안아 일으켜 앉혔다.

"죽은 건가, 왓슨? 맥박은 살아 있나? 설마 이미 늦은 건 아니겠지?"

30분 정도 지났지만 가망이 없어보였다. 질식 상태에 빠진 데다 클로로포름 냄새를 맡아 프란시스 카팍스 양은 다시 숨을 쉴 수 있을 것 같지가 않았다. 그래도 인공호흡, 에테르 주사 등 의학상의 모든 수단을 다 동원해봤다. 드디어 희미하게 심장이 뛰고 눈꺼풀이 조금씩 움직이며 코앞에 가져다 댄 거울이 조금씩 흐릿해지기 시작했다. 아주 천천히 생명이 돌아오기 시작한 것이었다.

밖에서 마차 멈추는 소리가 들려왔다. 홈즈가 블라인드를 올려 밖을 내다보았다.

"레스트레이드 경감이 영장을 가지고 왔군. 범인이 도망친 걸 알면 실망이 이만저만이 아니겠는걸."

서둘러 복도를 걸어오고 있는 무거운 발소리가 들려왔다.

"부인을 간병할 적임자가 온 모양이군. 안녕하세요, 그린 씨. 프란시스 양을 가능한 한 빨리 데려가는 게 좋겠어요. 참, 장례식도 예정대로 거행하는 게 좋겠어. 관 안에는 할머니가 한 분 더 계신데 혼자서 마지막 휴게소로 가셔야 할 것 같아."

그날 밤, 홈즈가 내게 말했다.

"왓슨, 이번 사건을 자네의 기록에 덧붙일 생각이라면 말일세....... 그건 제 아무리 뛰어난 머리를 가진 사람이라 할지라도 때로는 그 회전이 둔해진다는 사실의 예밖에 되지는 않을 거야. 그런 실수는 누구나 하는 법이지만 그것을 깨닫고 정정하는 사람이야말로 위대한 사람이라고 할 수 있지. 이번 사건으로 내 명성이 떨어질 뻔했는데 최소한 그에 대한 변명은 할 수 있게 해줬으면 해. 어제는 밤새도록 한 가지 생각에 사로잡혀 있었네. 어딘가에 마음에 걸리는 말이나 눈에 띄는 단서가 있는데 내가 그걸 깨닫지 못하고 놓친 게 아닐까하고 말일세. 동이 틀 무렵 문득 어떤 말이 떠올랐어. 장의사의 여종업원이 말했다며 필립 그린 씨가 들려준 것이야.

'평소 같으면 벌써 다 됐겠지만, 그런 특별 제품은 시간이 좀 걸리거든요.'

여종업원은 관에 대해서 말한 거였어. 특별한 관이라는 말인데 생각할 수 있는 건 관의 크기를 특별히 주문했을 것이라는 것밖에는 없었어. 왜 그랬을까? 왜 특별히 주문을 한 것일까? 그때 바로 우리가 본 모습이 떠올랐어. 관의 깊이. 바닥에 야윈 노파가 누워 있었어. 그렇게 조그만 노인이었는데 왜 그렇게 큰 관이 필요했을까?

또 다른 시체를 넣기 위해서였어. 사망 진단서 한 장으로 시체 두 개를 매장할 수 있는 거야. 머리 회전이 둔해지지 않았었다면 바로 눈치 챘을 거야. 8시면 프란시스 양이 매장을 당할 테니. 방법은 하나밖에 없었네. 관이 출발하기 전에 그것을 막는 것이었지. 산 채로 그녀를 구할 수 있는 확률은 아주 희박했어. 그래도 방법이 아주 없는 것보다는 나았지. 그 뒤의 일은 자네도 잘 알고 있겠지?

내가 알기로 녀석들은 지금까지 살인만은 한 적이 없었어. 그녀를 죽여야 할지 말아야 할지 마지막까지 망설였을 거야. 녀석들은 그녀의 사인을 알지 못하도록 매장할 수 있도록 준비를 했어. 설사 무덤에서 사체를 파낸다 해도 살인죄만은 면할 수 있게 되는 거지.

나는 녀석들이 그렇게 생각했다고 봐. 그곳의 광경은 쉽게 상상해볼 수가 있었어. 2층에 기분 나쁜 조그만 방이 있었지? 프란시스 양은 그 방에 오랫동안 감금되어 있었을 거야. 녀석들이 그 방으로 들어가 억지로 클로로포름 냄새를 맡게 해서 그녀를 기절시켰을 거야. 그런 다음 아래층으로 데리고 내려와서 관에 넣은 다음, 두 번 다시 잠에서 깨어나지 못하도록 클로로포름을 뿌렸어. 뚜껑은 나사못으로 고정시키고. 정말 교묘한 수법이야. 범죄기록 중에서도 이런 예는 찾아볼 수가 없어. 선교사 부부가 레스트레이드 경감의 손아귀에서 벗어났다면 언젠가는 화려한 범죄를 저지르고 말거야."

악마의 발
The Devil's Foot

오랜 친구인 셜록 홈즈는 유명해지는 것을 아주 싫어했다. 나는 그와 함께 경험한 신비한 체험이나 흥미로운 추억들을 기회가 있을 때마다 기록해왔는데 언제나 홈즈 때문에 난처한 입장에 빠지곤 했다. 수수한 성격에 냉소주의자이기도 한 홈즈는 세상 사람들의 칭찬을 별로 달갑게 여기지 않는다. 사건을 멋지게 해결한 뒤 형사들에게 진상을 밝힐 때, 홈즈는 많은 사람들에게서 원하지도 않았던 칭찬을 듣는다. 그럴 때 홈즈는 빙그레 웃으며 말없이 듣기만 한다. 그는 그 순간을 가장 재미있어했다.

　지난 몇 년 동안 내가 기록해둔 것을 거의 발표하지 않은 것은 흥미로운 자료가 바닥났기 때문이 결코 아니다. 앞서 말한 홈즈의 태도 때문이었다. 종종 홈즈와 함께 모험을 떠나는 것은 나에게만 주어지는 특권이었다. 하지만 나는 진중하게 행동하고 쓸데없는 참견은 하지 않도록 주의하지 않으면 안 됐다.

　지난 주 화요일, 내 앞으로 홈즈가 보낸 전보가 도착했다. 홈즈는 이처럼 전보로 연락할 수 있는 곳에는 언제나 편지가 아닌 전보로 연락을 했다.

「왜 콘월의 공포를 발표하지 않았나? 그처럼 이상한 사건을 본 적이 없어.」

내가 왜 놀랐는지 짐작할 것이다. 지금까지 이런 일은 한 번도 없었다.

무슨 일로 그 사건을 떠올린 것인지 알 길이 없었다. 또한 무슨 바람이 불어서 내게 발표하라고 하는 건지도 전혀 알 수가 없었다. 곧 취소한다는 전보가 올지도 몰라 나는 정확한 기록을 남겨둔 나의 사건 노트를 서둘러 찾아냈다. 그리고 지금부터 그것을 여러분에게 이야기할 생각이다.

1897년 봄이었다. 힘들고 어려운 일들을 쉴 새 없이 처리해오던 철인 홈즈는 영양을 제대로 섭취하지 못한탓에 눈에 띄게 몸이 약해졌다. 그해 3월, 할리 가의 무어 애거 박사가 홈즈에게 심각하게 말했다.

"지금 맡고 있는 모든 사건에서 손을 떼고 휴양을 취하지 않으면 몸이 견디지 못할 겁니다."

애거 박사는 홈즈와 극적으로 만나게 된 사람인데 조만간 그에 대한 이야기도 할 생각이다.

홈즈는 자신의 건강에 대해서 거의 생각해본 적이 없는 사람이었다. 보통 사람들과는 달리 그는 그런 것에는 전혀 관심이 없었다. 하지만 영원히 일을 못하게 될지도 모른다는 말을 듣고는 드디어 런던을 떠나 요양할 결심을 했다. 이런 연유로 그해 이른 봄, 홈즈와 나는 영국 남서부에 위치한 콘월 반도의 끝부분에 있는 폴듀 만 근처로 가서 조그만 집을 하나 빌렸다. 그곳은 엄격하고 독특한 성격의 홈즈에게 꼭 알맞은 곳이었다.

하얗게 칠한 조그만 집은 풀이 무성하게 자란 곳의 정상에 세워져 있었다. 창을 통해 반달처럼 생긴 음산한 마운츠 만의 전경을 내려다볼 수 있었다. 그곳에는 거무스름한 절벽이 늘어서 있었다. 거친 파도가 부서지는 암초는 헤아릴 수도 없이 많은 뱃사람들의 목숨을 빼앗아왔기에 예전부터 죽음의 덫이라고 불려왔다고 했다. 북풍이 불 때에 물결도 없이 아주 잔잔한 이곳은 폭풍을 만난 배들이 피난할 생각으로 찾아드는 곳이기도 했다.

하지만 방향이 바뀌어 남서쪽에서 강풍이 불면 바람이 갑자기 소용돌이치기 시작했다. 닻도 소용없고 배는 해안으로 밀려왔다. 그러면 하얗게 부서지는 거친 파도를 향해 마지막 몸부림을 치는 것이다. 그렇기 때문에 노련한 항해자들은 이 사악한 곳에 접근도 하려 들지 않았다.

뭍의 환경도 바다와 마찬가지로 혹독했다. 황량한 암갈색 황무지가 거칠게 펼쳐져 있었다. 곳곳에 교회의 탑이 먼 옛날 마을의 유적처럼 서 있었다.

부근의 황무지에는 지상에서 사라진 종족들의 흔적이 곳곳에 남아 있었다. 이제는 없는 그들이 이 세상에 남긴 것은 기묘하게 생긴 비석과, 죽은 자의 유골을 묻은 울퉁불퉁한 고분, 유사 이전의 전쟁의 모습을 간직하고 있는 토성뿐이었다. 이 지역의 수수께끼 같은 아름다움과 잊혀진 민족의 음울한 분위기가 홈즈의 상상력을 자극한 모양이었다. 그는 매일 혼자서 오랫동안 황무지를 산책하며 시간을 보냈다.

홈즈는 고대 콘월어에도 관심을 보였다. 칼데아어와 비슷한데 페니키아와 주석을 교역하면서 전달된 것 같다고 홈즈가 지적했던 것을 아직도 기억하고 있다. 언어학 책이 도착하자 홈즈는 진득하니 앉아 자신의 견해를 증명하려고 했다.

그런데 불행하게도 우리는 이 꿈나라 같은 곳에서도 곧 사건에 휘말리게 되었다. 우리가 묵고 있는 곳 가까이서 일어난 그 사건은 홈즈를 기쁘게 했다. 런던에서 있었던 그 어떤 사건보다도 강렬하고 매력적이었으며 무엇에도 비할 데 없는 신비를 숨기고 있었다. 안정된 생활, 평화롭고 건강하던 일과는 한순간에 깨져버리고 말았다. 콘월 지방은 물론 영국 남서부 전체를 흥분의 도가니로 몰고 간 일련의 사건 중심에 우리는 내던져졌다.

런던의 신문에는 아주 부분적인 내용의 기사밖에 실리지 않았지만 당시 '콘월의 공포' 라 불렸던 그 사건을 여러분도 아직 기억하고 있을 것이다. 그로부터 13년이 흘렀다. 나는 지금 그 믿을 수 없는 사건의 진상을 자세하게 밝힐 생각이다.

콘월의 부근에는 여기저기 솟아 있는 탑이 마을의 위치를 알려주고 있었다. 그런 마을 중에서 가장 가까이 있는 것은 트레다닉 워사 마을로 인구는 약 2백 명 정도였다. 허술한 집들이 낡고 이끼로 뒤덮인 교회를 둘러싸듯 마을을 이루고 있었다. 이 교구의 라운드헤이 목사는 고고학적 지식이 풍부했는데 홈즈와 친해진 것은 그 때문이었다. 라운드헤이 목사는 뚱뚱하게 살이 쪘으며, 친절했고, 그 지방 전설에 대해서도 아주 잘 알고 있는 중년 남자였다.

우리는 목사관에 초대를 받아 차를 마신 적이 있었다. 그리고 거기서 모티머 트리제니스 씨를 알게 되었다. 그는 일할 필요가 없는 부자로 낡은 목사관의 방을 몇 개 빌려 사용하고 있었다. 그가 내는 방세는 어려운 생활을 하고 있는 목사의 가계에 도움을 주었다. 목사와 모티머 트리제니스는 비슷한 점이 거의 없었다. 하지만 목사는 독신이었기 때문에 목사관에 사람이 들었다는 사실을 매우 기쁘게 생각하고 있었다. 그는 피부가 가무잡잡하고, 말랐으며, 안경을 끼고 있었다. 등이 구부정했는데 정말로 장애인이 아닐까 생각될 정도였다.

오랜 시간 머물지는 않았지만, 목사는 많은 말을 했다. 한편 모티머 트리제니스는 이상할 정도로 말수가 적었다. 우울한 얼굴로 멍하니 한 곳을 바라보며 자신의 생각에만 빠져 있던 모습을 기억하고 있다.

3월 16일, 화요일이었다. 우리는 아침 식사를 마치고 거실에서 담배를 피웠다. 그러고는 이제는 일과가 되어버린 황무지 산책을 나서려던 참이었는데 바로 그때 이 두 사람이 거실로 들어왔다.

"홈즈 씨, 어젯밤 어마어마한 비극이 벌어졌습니다. 이런 사건을 평생 들어본 적이 없습니다. 이런 때 당신이 이곳에 계시다니, 이것도 전부 신의 뜻인 것 같습니다. 이번 사건을 해결할 수 있는 사람은 영국을 통틀어 당신밖에 없을 겁니다."

라운드헤이 목사가 허둥지둥 말했다.

나는 남의 일에 참견하기 좋아하는 목사를 반갑게 맞아들일 수가 없어 그를 노려보았다. 홈즈는 입에서 파이프를 떼며 사냥꾼의 호령을 들은 늙은 사냥개처럼 의자에 앉은 채 자세를 바로잡았다. 홈즈가 의자를 권하는 손짓을 하자 떨고 있던 목사와 침착함을 잃은 동행 모티머 트리제니스가 나란히 의자에 앉았다.

"제가 얘기할까요? 아니면 목사님께서?"

모티머 트리제니스가 말했다.

"그 사건을 처음 발견한 것은 당신이고 목사님은 그 후에 보신 것 같으니 당신이 먼저 말씀해주시는 게 더 좋을 듯하네요."

홈즈가 말했다.

나는 라운드헤이 목사의 흐트러진 옷자락을 힐끔 쳐다보았다. 나란히 앉아 있는 하숙인 모티머 트리제니스는 단정한 차림새였다. 홈즈의 간단한 추리에 두 사람은 놀라는 표정을 지어보였지만 나는 재미있게 그들을 바라보았다.

"제가 먼저 말씀드리는 게 좋을지도 모르겠습니다. 그러면 모티머 트리제니스 씨의 말도 듣는 편이 좋을지, 현장으로 바로 달려가는 게 좋을지를 결정하실 수 있을 겁니다.

여기 계신 트리제니스 씨는 어젯밤 트레다닉 워사 마을에 갔었습니다. 그 마을의 형님 댁에 갔었는데 그 집은 황무지의 낡은 돌 십자가 근처에 있습니다. 오웬 씨, 조지 씨, 여동생인 브랜다 씨, 이렇게 세 사람이 살고 있죠. 모두 함께 식당 테이블에 앉아 카드놀이를 했는데 아주 활기찬 분위기에 모두 기분이 좋았다고 합니다. 트리제니스 씨가 형님 집에서 나온 것은 밤 10시가 조금 넘은 시각이었습니다. 오늘 아침 일찍 일어난 트리제니스 씨는 아침 식사 전에 그쪽으로 산책을 갔었습니다. 그때 의사인 리차드 선생님이 마차를 타고 달려오셨습니다. 급한 환자가 있다는 전갈을 받고 트레다닉 워사 마을까지 서둘러 가는 중이라는 것이었습니다.

트리제니스 씨는 마차를 타고 의사와 함께 마을로 갔습니다. 트레다닉 워사 마을에 도착해보니 커다란 일이 벌어져 있었습니다.

세 형제가 어젯밤 헤어질 때의 모습 그대로 식당 테이블에 앉아 있었는데 카드도 그대로 펼쳐져 있었습니다. 초는 촛대가 있는 부분까지 전부 타들어가 불이 꺼진 채였습니다. 여동생은 의자에 등을 기댄 채 숨이 끊겼습니다. 그리고 나머지 두 사람은 여동생의 양쪽에 앉은 채 웃기도 하고, 소리 지르기도 하고 있었습니다. 마치 미친 사람 같았습니다. 세 사람, 죽은 여동생과 미친 두 형제 모두 겁에 질린 표정으로 굉장한 공포에 얼굴이 굳어 있었습니다.

집에 다른 사람이 침입한 흔적은 없었습니다. 요리사이자 가정부인 나이 든 포터 부인이 있는데 그녀는 깊이 잠들어서 밤에 이상한 소리는 듣지 못했다고 했습니다. 없어진 물건은 없으며, 집 안을 뒤진 흔적도 없었습니다. 한 여자가 죽고 건강한 남자 둘이 미쳤고....... 세상에 그런 일이 있을 수 있을까요?

간단히 말씀드렸지만 그런 상태입니다. 사건 해결에 도움을 주신다면 더할 나위 없이 감사하겠습니다."

라운드헤이 목사가 말했다.

나는 억지로 달래서라도 홈즈를 쉬게 하고 싶었다. 하지만 홈즈의 긴장한 표정이나 눈썹을 찌푸린 모습을 보고 그렇게 해봐야 소용없다는 것을 깨달았다.

홈즈는 가만히 앉아 한동안 생각에 잠겨 있었다. 우리의 평화를 깨트린 기묘한 비극으로 머릿속이 가득한 것이었다. 드디어 홈즈가 입을 열었다.

"조사 좀 해볼까요? 아주 이상한 사건처럼 보이는군요. 현장을 직접 보셨겠죠? 라운드헤이 목사님."

"아직 못 봤습니다, 홈즈 씨. 목사관으로 돌아온 트리제니스 씨에게서 얘기만 들었을 뿐입니다. 당신과 상의를 하려고 서둘러 이곳으로 찾아왔습니다."

"사건이 일어난 곳은 여기서 얼마나 떨어진 곳에 있나요?"

"바다 반대쪽으로 약 1마일 정도 떨어진 곳에 있습니다."

"그럼 함께 걸어가도록 하지요. 트리제니스 씨, 출발하기에 앞서 두어 가지 물어볼 게 있어요."

모티머 트리제니스는 그때까지도 입을 꼭 다물고 있었다. 하지만 참견하기 좋아하는 목사보다도 훨씬 더 흥분된 상태에 있으며 단지 그것을 억누르고 있을 뿐이라는 사실을 나는 쉽게 알 수 있었다. 그는 창백한 얼굴을 찌푸린 채 불안한 표정으로 홈즈를 가만히 바라보고 있었다. 야윈 두 손을 꼭 쥐고 있었지만 그 손은 떨고 있었다. 가족을 덮친 무시무시한 사건을 듣고 있는 입술은 핏기를 잃고 떨고 있었다. 그의 검은 눈은 비극의 현장의 공포를 그대로 비추고 있는 듯했다.

"무엇이든 물어보세요, 홈즈 씨. 입에 담기도 싫지만 있는 그대로 답하도록 하겠습니다."

그가 서둘러 대답했다.

"어젯밤 일을 들려주세요."

"알겠습니다, 홈즈 씨. 목사님께서 말씀하신 것처럼 저는 형님 집에서 저녁을 먹었습니다. 식사를 마친 후 조지 형이 휘스트를 하자고 했습니다. 9시쯤부터 시작했을 겁니다. 10시 15분에 집에 돌아오려고 자리에서 일어났습니다. 그때까지도 다른 형제들은 카드를 즐기고 있었습니다."

"누가 현관까지 배웅을 해줬죠?"

"가정부인 포터 씨는 이미 잠든 뒤였기 때문에 저 혼자 나왔습니다. 현관문도 제가 잠갔습니다. 형제들이 있던 식당의 창문은 닫혀 있었지만 블라인드는 내리지 않은 채였습니다. 오늘 아침에도 현관문과 창문은 그대로였고 수상한 사람이 침입한 흔적도 없었습니다. 그런데 형들은 의자에 앉은 채 미쳐버렸고 브렌다는 공포에 질려 의자의 팔걸이에 몸을 기댄 채 죽었습니다. 그 방의 모습을 절대로 잊을 수 없을 겁니다."

"정말 놀라운 얘기입니다. 그렇다면 왜 그런 일이 일어났는지는 설명해주실 수 없겠죠?"

"악마의 짓입니다. 홈즈 씨, 악마의 짓이에요."

이렇게 외친 그가 말을 이었다.

"인간이 한 짓이 아닙니다. 무언가 찾아와 형들에게서 이성의 빛을 앗아간 겁니다. 인간이 그런 일을 할 수 있다고 생각하십니까?"

"만일 인간의 짓이 아니라면 저도 어쩔 수 없을 겁니다. 하지만 그렇게 생각하기 전에 뭔가 합리적인 설명을 해보고 싶어요. 트리제니스 씨, 당신에 대한 것을 물어보겠어요. 형제들은 함께 살고 있는데 당신은 따로 살고 계십니다. 가족들과 안 좋은 일이라도 있었나요?"

홈즈가 물었다.

"네, 홈즈 씨. 하지만 전부 지난 일이고 이미 화해도 했습니다. 우리 일가는 레드루스에서 주석 광산을 경영했었는데 생활할 수 있을 만큼의 돈을 받고 다른 회사에 경영권을 넘겨준 뒤 은퇴를 했습니다. 그 돈의 배분 문제를 놓고 조금 다툼이 있었습니다. 하지만 곧 문제가 해결됐습니다. 지난 일은 모두 잊고 다시 사이가 좋아졌죠."

"지난 밤 형제들과 함께 계셨는데 이번 사건에 대해서 뭔가 짐작이 가는 부분은 없습니까? 잘 생각해보세요, 트리제니스 씨. 단서가 될 만한 일은 없었나요?"

"전혀요."

"식구들은 평소와 다름없는 모습이었나요?"

"네, 아주 기분이 좋았습니다."

"모두 신경질 적인 편인가요? 위험을 느끼고 무서워하는 모습은 보이지 않았나요?"

"그런 건 전혀 없었습니다."

"그럼 단서가 될 만한 건 아무것도 없단 말인가요?"

한동안 생각에 잠겨 있던 모티머 트리제니스가 입을 열었다.

"그러고 보니 이런 일이 있었습니다. 모두가 테이블에 앉아 있을 때였습니다. 저는 창을 등지고 앉아 있었고 조지 형은 나와 한편이 었기 때문에 창을 보고 앉아 있었습니다. 형이 내 어깨 너머를 뚫 어져라 쳐다보았습니다. 그래서 저도 모르게 뒤를 돌아보았습니다. 창은 닫혀 있었지만 블라인드는 열려 있었습니다. 잔디밭 쪽 수풀 은 아주 잘 보였습니다. 그런데 수풀 쪽에서 무엇인가가 언뜻 움직 이는 것 같은 느낌이 들었습니다. 형에게 뭘 보는 거냐고 물었더니 무엇인가를 봤다고 했습니다. 생각나는 건 그 정도뿐입니다."

"밖을 살펴봤나요?"

"아니요, 크게 떠들 일도 아니기에 그냥 지나쳤습니다."

"그럼 집으로 돌아오는 길이 기분 나쁜 예감이 들지는 않았나 요?"

"전혀 없었습니다."

"오늘 아침, 그것도 이른 시각에 사건의 소식을 접했다고 했는데 그 부분이 잘 이해되지 않는데요."

"저는 늘 일찍 일어나기 때문에 아침 식사 전에 거의 매일 산책을 합니다. 오늘 아침 산책을 나서자마자 리차드 선생님의 마차와 마주치게 되었습니다. 늙은 포터 부인이 서둘러 와달라고 아이를 보냈다고 했습니다. 허둥지둥 마차에 올라 서둘러 갔죠. 집에 도착하자마자 무시무시한 방 안을 봤습니다. 촛불과 난롯불은 몇 시간 전에 꺼진 듯했습니다. 그런데도 형들은 날이 밝을 때까지 가만히 앉아 있었던 것 같아요.

선생님의 말에 의하면 브렌다는 죽은 지 적어도 6시간이 지났다고 했습니다. 폭행을 당한 흔적은 없었습니다. 끔찍한 표정으로 의자의 팔걸이에 기대앉아 있었습니다. 두 형은 더듬더듬 노래를 부르기도 하고 커다란 원숭이처럼 뜻 모를 이야기를 주고받기도 했습니다. 정말 처참한 광경이었습니다.

차마 눈뜨고 볼 수 없었습니다. 리차드 선생님의 얼굴도 하얗게 질려 있었습니다. 그러고는 정신을 잃었는지 의자에 털썩 주저앉고 말았습니다. 가정부와 저는 선생님을 어떻게 해야 좋을지 몰라 허둥댔죠."

"대단해. 정말 굉장한 사건이야."

홈즈는 자리에서 일어나며 모자를 집어 들었다.

"지금 바로 트레다닉 워사로 가보는 게 좋을 것 같습니다. 솔직히 말하자면 이처럼 이상한 수수께끼로 둘러싸인 사건은 이번이

처음입니다."

그 날 아침 조사에서는 거의 아무것도 알아내질 못했다. 그런데 조사를 시작하자마자 맞닥트린 어떤 일 때문에 아주 불길한 인상을 받았다.

비극의 현장으로 가기 위해 좁고 구불구불한 시골길로 접어들었을 때였다. 마차가 덜컹거리며 달려오는 소리가 들렸다. 우리는 길 끝에 서서 마차를 먼저 보냈다. 마차가 스쳐 지나는 순간 닫힌 유리창 너머에서 굳은 표정으로 음흉한 웃음을 짓고 있는 얼굴이 언뜻 보였다. 뚫어져라 쳐다보는 눈, 이를 갈고 있는 입 모양 등이 오싹한 영상처럼 스쳐 지나갔다.

"형들입니다! 헬스턴으로 데리고 가는 모양입니다."

모티머 트리제니스가 외쳤다. 그의 입술에 핏기가 가셨다. 우리는 검은 마차를 바라보며 등골까지 오싹해지는 기분이 들었다. 곧 우리는 다시 그들 형제가 이상한 운명을 맞이하게 된 저주받은 집을 향해 걷기 시작했다. 크고 밝은 집으로 시골집이라기보다는 별장이라고 부르는 편이 더 어울릴 듯했다. 멋진 정원에는 콘월의 공기가 길러낸 봄꽃들이 활짝 피어 있었다. 거실의 창은 그 정원 쪽으로 나 있었다. 그는 단번에 형제들을 미쳐버리게 만든 괴물이 그 창을 통해서 들어온 것이 틀림없다고 했다.

현관으로 돌아 들어가려고 홈즈는 화분에 심어놓은 화초들 사이로 천천히 걸어갔다. 깊은 생각에 잠겨 있던 홈즈가 물뿌리개를 걸

어차 안에 있던 물이 사방으로 튀었다. 덕분에 우리의 구두가 젖었고 정원의 좁은 길도 물에 흠뻑 젖었다.

집에 들어서니 초로의 콘월 여자인 가정부 포터 부인이 우리를 맞아주었다. 이 여자는 젊은 여자 아이를 부리며 일가를 돌보고 있었다. 포터 부인은 홈즈의 질문에 기꺼이 대답을 해주었다.

"밤에는 아무런 소리도 듣지 못했어요. 가족들은 요즘 모두 밝게 생활하고 있었습니다. 지금까지 그렇게 밝고 행복한 모습을 보인 적은 없었어요. 오늘 아침, 그 방으로 갔을 때 테이블에 있던 세 분이 너무나도 끔찍한 모습을 하고 있어서 너무나 무서운 나머지 정신을 잃고 말았습니다. 정신을 차리고 나서 창을 열어 환기를 시킨 뒤 오솔길로 뛰어나갔죠. 그리고 심부름을 하는 아이를 시켜 의사 선생님을 불러오라고 했습니다.

아가씨는 침대에 눕혔습니다. 보고 싶다면 이층으로 올라와주시기 바랍니다. 두 형제를 정신 병원의 마차에 태우느라 진땀을 뺐어요. 건장한 사내 네 명이 달려들었을 정도예요. 이런 집에는 더 이상 머물고 싶지 않아요. 오늘 오후에 세인트 아이브즈에 있는 가족에게로 돌아갈 생각입니다."

우리는 2층으로 올라가 사체를 살펴보았다. 브렌다 트리제니스 양은 중년으로 접어든 나이였지만 상당한 미인이었다. 가무잡잡한 피부에 단정한 얼굴로 죽은 얼굴조차도 아름답게 보였다. 하지만 거기에는 마지막 순간에 느꼈던 공포로 경련의 흔적이 희미하게 남아 있었다.

우리는 침실에서 나와 이상한 일이 일어났던 문제의 거실로 내려 갔다. 난로 안에는 어젯밤 타고 남은 재가 남아 있었다. 테이블 위에는 완전히 타버린 초가 네 개 서 있었는데 촛농이 흘러내려 있었으며, 카드도 여기저기 흩어져 있었다. 의자는 벽 쪽으로 치워져 있었다. 이 밖에는 모두 어젯밤에 있던 그대로 남아 있었다. 홈즈는 가벼운 발걸음으로 방 안을 돌아다니며 조사했다. 그는 의자를 어젯밤에 있던 대로 배치한 뒤 거기에 앉아봤다. 정원이 어떤 식으로 보이는지 살펴본 것이다. 바닥과 천장, 난로도 조사를 했다. 갑자기 눈을 번뜩이거나 입술을 오므리는 모습을 전혀 보이지 않았기에 나는 그가 어둠 속에서 희미한 한 줄기 빛도 발견하지 못했다는 사실을 알 수 있었다.

"왜 불을? 벌써 봄인데 이 좁은 방에서는 밤이면 언제나 불을 피우나요?"

어젯밤은 눅눅하고 추웠기 때문에 불을 피웠다고 그가 설명했다.

"이제 어쩌실 생각입니까? 홈즈 씨."

홈즈가 빙그레 웃으며 내 팔에 손을 얹었다.

"왓슨, 아무래도 다시 줄담배를 피워야겠는걸. 자네는 언제나 몸에 좋지 않다고 말하지? 틀림없는 사실이야.

여러분, 죄송합니다. 먼저 돌아가야겠어요. 여기 있어봐야 새로운 사실을 알아낼 수 있을 것 같지 않으니까요. 트리제니스 씨, 지금까지 본 사실들에 대해서 잘 생각해볼게요. 밝혀내는 것이 있으면 당신이나 목사님께 반드시 알려드리도록 하죠. 그럼 다음에 뵙도록 하겠습니다."

우리가 폴듀에 있는 집으로 돌아오자 그때까지 입을 다물고 생각에 잠겨 있던 홈즈가 입을 열었다.

안락의자에 양반 다리를 하고 앉은 홈즈, 그의 야윈 수도승 같은 얼굴이 소용돌이치며 솟아오르는 푸르스름한 담배 연기 건너편으로 뿌옇게 보였다. 그는 눈썹을 찌푸린 채 멍하니 허공을 응시하고 있었다. 잠시 후, 홈즈는 물고 있던 파이프를 내려놓고 힘차게 자리에서 일어났다.

"왓슨, 잘 안 되는 걸. 바다 기슭을 산책하며 고대의 화살촉이라도 찾아보지 않겠나? 사건의 단서보다 그쪽을 더 쉽게 찾을 수 있을 것 같은데. 제대로 된 자료도 없는데 생각을 한다는 건 엔진을 헛돌게 하는 것과 마찬가지지. 그러면 엔진도 산산조각 나버리고 말 거야. 지금 필요한 것은 바다의 공기, 햇빛, 그리고 인내심일세, 왓슨. 나머지 것들은 저쪽에서 먼저 우리를 찾아올 거야."

우리는 나란히 바다 기슭을 산책했다.

"침착하게 지금 우리의 입장을 생각해보자고, 왓슨. 우리가 아는 건 거의 없어. 하지만 지금 조금이나마 알고 있는 것들을 확실하게 알아둘 필요가 있어. 새로운 사실을 알게 되었을 때 그것을 제자리에 정확하게 끼워 맞출 수 있도록. 우리 두 사람 모두 이 사건이 악마의 짓이라고는 생각지 않아. 그런 가능성은 아예 생각하지 않도록 하겠네. 여기까지는 자네도 동의하지? 고의인지 우연인지는 알수 없지만 어떤 사람이 한 행동 때문에 비참한 일을 당하게 된 사람이 셋 있어. 이건 변하지 않는 사실이야.

그렇다면 범행은 언제 이루어진 걸까? 모티머 트리제니스의 증언이 사실이라면 그가 집에서 나온 직후에 일어났을 거야. 이건 아주 중요한 거야. 사건은 그가 나온 지 몇 분 뒤에 일어났다는 얘기지. 테이블 위에 카드가 그대로 놓인 채였어. 평소 같으면 이미 잠들었을 시각인데 세 사람 모두 자리를 옮기기는커녕 의자에서 일어난 흔적도 없어. 그러니까 다시 말하지만 사건은 그가 나온 직후에 일어난 거야. 밤 11시 이후에 일어났다고는 생각되지 않아.

다음으로 확인해두어야 할 사실은, 당연한 얘기겠지만 그 집에서 나온 뒤의 모티머 트리제니스의 움직임을 가능한 한 파헤치는 거야. 이건 어려운 일도 아니지. 그의 움직임은 확실히 알고 있어. 자네도 물론 내 방법을 알고 있겠지? 정신을 딴 데 팔고 있는 것처럼 해서 물뿌리개를 발로 찼는데 그것으로 그의 발자국을 확실히 알 수 있었어. 그렇게 하지 않았으면 발자국을 확인할 수 없었을 거야. 모래로 덮인 오솔길이 물에 젖는 바람에 발자국이 뚜렷하게 남았어. 어젯밤에는 비가 내렸었지. 그러니까 그의 발자국을 확인한 뒤 그가 어떻게 움직였는지 확인하는 것은 그리 어려운 일이 아니었어. 바로 목사관으로 돌아간 듯해.

사건에서 모티머 트리제니스는 제외됐지만 카드를 하던 세 사람에게 끔찍한 짓을 한 외부 인물은 아직 남아 있어. 그럼 그는 누구였을까? 어떻게 해서 그런 공포를 만든 걸까? 포터 부인은 생각하지 않아도 좋을 것 같아. 범행 동기가 전혀 없으니까. 그렇다면 누군가가 정원 쪽으로 난 창문에 붙어서 사람을 미쳐버리게 만들 정도로 무시무시한 것을 보였을 것이라는 증거는 확실히 있나?

그런 생각을 하게 된 것은 모티머 트리제니스의 말 때문이야. 정원에서 무엇인가가 움직인다고 형이 말했다고 했어. 어젯밤에는 비가 내렸고 구름도 짙게 드리워 있어서 어두웠기 때문에 아무래도 그 부분이 걸려. 형제를 놀라게 하기 위해서는 그들이 눈치 채기 전에 얼굴을 창문에 대고 있어야만 해. 그 창문 바깥쪽에는 3피트 정도 되는 화단이 있는데 발자국 같은 것은 전혀 남아 있지 않았어.

이런 점들로 미루어 생각해볼 때, 집 밖에 있던 사람이 형제를 공포로 몰아넣었다고는 보기 힘들고, 그처럼 기괴하고 복잡한 음모를 꾸밀 만한 동기도 떠오르는 게 없어. 왓슨, 이번 사건이 얼마나 까다로운지 자네도 이제 알겠지?"

"그래, 그건 나도 아주 잘 알고 있네."

내가 힘주어 말했다.

"하지만 사실을 조금만 더 알아낸다면 어떻게 든 문제를 풀어볼 수 있을 거야. 자네는 지금까지 수많은 사건에 대한 기록을 남겼으니 잘 알고 있겠지. 이보다 더 어려운 사건도 틀림없이 있었어. 어쨌든 좀 더 도움이 될 만한 자료를 손에 넣을 때까지 우선은 상황을 지켜보기로 하세. 점심식사 전까지 석기 시대 사람들에 대해서 조사해보지 않겠나?"

홈즈가 평범한 인물이 아니라는 점은 앞서도 얘기한 바 있지만,

콘월의 그 봄날 아침처럼 그가 이상하게 생각된 적도 없었다. 그는 두 시간에 걸쳐서 돌도끼, 화살촉, 토기의 파편 등에 대해서 이야기했다. 그것도 해결해야 할 베일에 싸인 기분 나쁜 사건 같은 것은 전혀 없다는 밝은 목소리로.

12시가 지나 집으로 돌아와 보니 손님이 한 명 우리를 기다리고 있었다. 그 손님 때문에 우리는 다시 조사 중이던 사건으로 되돌아가게 되었다. 손님이 자신을 소개할 필요도 없었다. 우리 모두가 잘 알고 있는 사람이었기 때문이었다. 거대한 몸집, 날카로운 눈과 매부리와 같은 코, 쪼글쪼글한 주름투성이의 얼굴, 시골집의 천장에 닿을 듯한 회색 머리. 주위는 금색이지만 입술 근처의 하얀 턱수염은 끊임없이 피워대는 담배의 니코틴 때문에 전체적으로 누렇게 변해 있다. 그의 이름은 아프리카뿐만 아니라 런던에서도 유명했다. 그는 사자 사냥의 명수이자 위대한 모험가인 레온 스탕달 박사였다.

스탕달 박사가 이 지방에 살고 있다는 사실은 이미 알고 있었고 두어 번 황무지에서 그와 스쳐 지난 적도 있었다. 하지만 박사는 우리에게 접근할 마음이 없는 듯했고 우리도 역시 그랬다. 스탕달 박사는 사람과 사귀는 것을 싫어해서 탐험 여행에서 돌아오면 다음 여행을 출발할 때까지 비첨 알리언스의 인적이 드문 오두막에서 생활한다는 소문이 있었다. 그는 그 오두막에서 책과 지도만을 상대하며 고독하고 소박한 생활을 할 뿐, 주위에 살고 있는 사람들의 문제에는 절대로 개입하지 않는다고 했다.

그런 박사가 수수께끼 같은 이 사건의 수사에 대해 진지한 얼굴로 홈즈에게 물었다. 나는 놀라지 않을 수 없었다.

"이 지방 경찰들은 감도 잡지 못하고 있습니다. 당신은 경험이 풍부하니 뭔가 납득이 갈 만한 설명을 해주실 수 있겠죠? 이렇게 주제 넘는 말씀을 드리는 이유는 이곳에서 오랫동안 살면서 트리제니스 일가와 친하게 지냈기 때문입니다. 솔직히 말씀드리자면 어머니가 콘월 출생이라서요. 저와 트리제니스 집 사람들은 사촌입니다. 그래서 그 이상한 사건에 굉장한 충격을 받았습니다. 오늘 아침, 프리머드에서 얘기를 듣고 아프리카 여행을 중단한 채 바로 이곳으로 돌아왔습니다. 뭔가 도와드릴 일이 없을까 해서 이렇게 찾아왔고요."

홈즈는 눈썹을 찌푸린 채 스탕달 박사를 바라보았다.

"이 사건 때문에 배에 오르지 않았나요?"

"다음 배편으로 가기로 했습니다."

"그렇군요. 친구를 생각하는 마음이 극진하군요."

"트리제니스 가와는 친척이라고 말씀드렸을 텐데요."

"어머님 쪽의 친척이라고 했죠? 짐은 배에 이미 실었나요?"

"일부만 실었고 나머지 짐은 아직 호텔에 있습니다."

"알았습니다. 그런데 프리머드의 조간에는 이번 사건이 아직 실리지 않았을 텐데요."

"네, 실리지 않았습니다. 전보를 받았습니다."

"실례하지만 누가 보냈나요?"

홈즈의 거친 얼굴에 어두운 그늘이 드리워졌다.

"꼬치꼬치 캐묻기를 좋아하시는군요."

"그게 직업이니까요."

스탕달 박사가 다시 침착함을 되찾았다.

"좋습니다. 전보를 보낸 건 라운드헤이 목사입니다. 그래서 되돌아온 겁니다."

"고맙습니다. 처음 질문에 답해드리죠. 아직 확실한 것은 말씀드릴 수 없지만 틀림없이 해결할 수 있을 것이라 믿고 있어요. 지금으로써는 이것밖에 드릴 말씀이 없어요."

"의심이 가는 사람 정도는 알려주실 수 있겠죠?"

"아니, 그것도 말씀드릴 수 없어요."

"그럼 헛걸음 한 거군요. 더 이상 물어도 소용없겠군요."

박사는 아주 불편한 얼굴로 집에서 나갔다. 5분도 지나지 않아서 홈즈는 박사를 따라 집을 나섰다.

홈즈는 저녁이 돼서야 집에 돌아왔다. 무거운 발걸음, 피곤에 지친 얼굴로 봐서 수사에 별 진전이 없었던 듯했다. 홈즈는 도착해 있던 전보를 대충 훑어보고는 난로 안으로 집어던졌다.

"프리머드 호텔에서 온 거야. 목사에게 호텔 이름을 물어서 레온 스탕달 박사의 이야기가 사실인지 확인하기 위해 전보를 보냈었지. 답장을 보니 박사는 틀림없이 호텔에 묵었다고 하네. 짐 몇 개를 아프리카로 보낼 준비를 한 다음, 사건에 대해 알아보려고 이곳으로 돌아온 듯해. 어떻게 생각하나 왓슨?"

"관심이 아주 많은 듯 보였어."

"그래, 맞아. 바로 거기에 우리가 찾지 못했던 실마리가 있고, 그것을 잡으면 사건은 풀릴지도 몰라. 자, 힘내세 왓슨. 곧 사건 해결을 위한 증거를 더 발견할 수 있을 거야. 그러면 수사에도 진전이 있을 거고."

홈즈의 말대로 그렇게 빨리 일이 전개될 줄은, 또 기분 나쁜 사건이 연속해서 발생해 수사의 방향이 완전히 바뀌게 될 줄은 꿈에도 생각지 못했다.

이튿날 아침, 나는 창가에서 면도를 하고 있었다. 그때 말발굽 소리가 들려와 나는 밖을 내다보았다. 이륜마차 한 대가 전속력으로 달려오는 것이 보였다. 마차는 집 앞에서 멈췄다. 라운드헤이 목사가 뛰어내리더니 정원의 좁은 길을 따라 달려왔다. 홈즈도 이미 일어나 있어서 우리는 바로 목사를 맞았다.

목사는 너무 흥분한 나머지 말도 제대로 하지 못하다 숨을 헐떡이며 간신히 새로운 비극에 대한 얘기를 하기 시작했다.

"홈즈 씨, 우리는 악마에게 사로잡혔습니다! 우리 교구가 악마에 홀렸습니다! 마왕이 우리의 얼굴을 밟고 돌아다니고 있어요! 우리는 마왕의 손아귀에 잡히고 말았습니다!"

흥분한 목사는 안절부절 못하고 있었다. 곧 목사의 입에서 놀라운 얘기가 나왔다.

"어젯밤, 모티머 트리제니스 씨가 죽었습니다. 그것도 가족과 똑같이요."

홈즈가 자리에서 벌떡 일어났다. 굉장한 기세였다.

"우리가 마차를 좀 써도 괜찮을까요?"

"네, 괜찮습니다."

"그럼 왓슨, 아침은 나중에 먹기로 하세. 라운드헤이 목사님, 바로 출발합시다. 서둘러주세요. 서두르지 않으면 현장이 엉망이 돼버리니까요."

모티머 트리제니스는 2층 모퉁이에 있는 방과 1층 이렇게 목사관의 두 곳을 빌려 쓰고 있었다. 1층은 넓은 거실이었고 2층이 침실이었다. 창 바로 앞까지 잔디가 자라 있었다. 크로케를 하는 곳이었다. 의사나 경찰보다 우리가 먼저 도착했기 때문에 방은 그대로 보존되어 있었다.

그날은 안개가 낀 3월의 아침이었다. 현장의 광경을 본 그대로 묘사해보도록 하겠다. 그 광경은 아직도 내 머릿속에 선명하게 남아 있다. 방 안은 오싹할 정도로 음울해 숨이 막혔다. 처음에 들어온 하인이 창문을 열어놓기는 했지만 그래도 숨 막힘을 느낄 정도였다. 방 한가운데 있는 테이블에 램프가 그을음을 피워 올리며 타고 있었다. 숨이 막히는 것은 그것 때문일지도 몰랐다.

테이블 옆에 있는 의자에 앉은 채 듬성듬성한 턱수염을 앞으로 내민 모습으로 모티머 트리제니스가 죽어 있었다. 안경은 이마 위로 올린 채였고 창 쪽을 향한 검고 여윈 얼굴은 일그러져 있었다. 여동생과 마찬가지로 공포로 겁에 질린 표정이었다. 손발이 딱딱하게 굳어 있었으며 손가락은 마치 공포의 발작으로 죽은 사람처럼 비틀어져 있었다. 옷을 입고 있기는 했지만 서둘러 입은 듯한 느낌이었다. 침대에 누웠던 흔적이 남아 있는 것으로 보아 사건은 이른 아침에 일어난 듯했다.

이 비참한 방에 들어서는 순간 홈즈의 표정이 갑자기 바뀌었다. 그 모습을 봤다면, 겉으로는 냉정한 척 하고 있지만 마음속은 격렬하게 불타오르고 있다는 사실을 누구나 알아볼 수 있었을 것이다. 홈즈는 바로 자세를 낮추고 주위를 둘러보았다. 그의 눈은 빛나고 있었으며, 얼굴은 긴장으로 굳었고, 손발은 민첩하게 움직여 마치 떨고 있는 것처럼 보였다. 그는 창을 통해 잔디밭으로 들락날락 했다. 방 안을 돌아다니기도 하고 2층 침실로 올라가보기도 했다. 마치 먹이의 냄새를 맡으며 돌아다니는 폭스하운드 같았다.

침실로 들어선 홈즈는 재빨리 방 안을 둘러보았다. 마지막으로 창문을 열었는데 그것이 새로운 흥분을 전해준 듯했다. 창 밖으로 몸을 내밀면서 환호성을 질렀다. 그리고는 계단으로 뛰어 내려가 열린 창문을 통해 밖으로 나가더니 잔디밭에 엎드렸다가 벌떡 일어나 방 안으로 들어왔다. 그 민첩한 동작은 마치 사냥감을 뒤쫓는 사냥꾼 같았다.

램프는 어디서나 흔히 볼 수 있는 것이었는데 홈즈는 그것을 매우 유심히 살펴보았다. 그리고 기름이 얼마나 남았는지도 살펴보는 듯했다. 그는 램프 윗부분을 덮고 있는 백운모로 된 덮개 부분을 돋보기로 주의 깊게 살펴보았다. 그리고 그곳의 표면에 붙어 있는 무엇인가의 재를 긁어내 봉투에 넣고는 수첩 사이에 끼워 넣었다.

곧 의사와 경찰이 나타나 홈즈와 목사에게 인사를 했다. 우리 세 사람은 잔디밭으로 나갔다.

"오늘 조사는 아무 단서도 없이 끝난 게 아니라서 다행이네요. 그러나 여기 남아서 경찰과 사건에 대해서 얘기할 수는 없겠어요.

라운드헤이 목사님, 경감님에게 잘 좀 전해주세요. 그리고 침실의 창과 거실의 램프에 주의해 달라고도 전해주시면 고맙겠어요.

두 가지 모두 단서가 될 것 같고 그 두 가지를 연결하면 수수께끼를 해결할 수 있을 것 같아요. 경찰에서 정보가 더 필요하다고 하면 저의 집까지 와달라고 하세요. 그럼 기꺼이 만나죠.

자, 왓슨. 슬슬 가볼까?"

그로부터 이틀이 지났지만 경찰에게서는 아무런 연락도 없었다. 사립 탐정이 개입했다는 것에 화를 내고 있거나 경찰의 조사만으로도 충분하다고 생각하는 것 같았다. 그동안 홈즈는 집에서 담배를 피우기도 하고 멍하니 앉아서 생각에 잠겨 있기도 했다. 혼자서 산책하는 시간도 꽤 많았는데 몇 시간이나 지난 후에 돌아와서도 어디에 다녀왔는지는 얘기하지 않았다.

홈즈는 어떤 실험을 했다. 그 실험으로 홈즈가 무엇을 조사하고 있는 것인지를 알 수 있었다. 그는 램프를 하나 사왔다. 그 비극이 일어났던 날 아침, 모티머 트리제니스의 방에 있던 것과 똑같이 생긴 램프였다.

홈즈는 목사관에서 사용하고 있는 것과 같은 석유를 넣어 그것이 완전히 타기까지의 시간을 정확하게 쟀다. 또 하나의 실험은 매우 기분 나쁜 것이었는데, 나는 도저히 잊을 수 있을 것 같지가 않다.

어느 날 오후, 홈즈가 이렇게 말했다.

"왓슨, 여러 가지 보고를 손에 넣었지만 공통되는 점이 딱 한 가지 있어. 방에 처음 들어간 사람들이 모두 정신이 희미해졌다고 했어. 모티머 트리제니스의 말을 기억하고 있나? 트리제니스 가에서 비극이 일어난 다음 날 아침에 했던 말. 그때 의사가 방에 들어서는 순간 의자 쪽으로 쓰러졌다고 했지? 뭐? 잊었다고? 어쨌든 좋아. 틀림없이 그렇게 말했어. 그리고 가정부 포터 부인은 방에 들어서자 정신이 아득해지는 것 같아서 뒤에 창문을 열었다고 말했어.

그리고 두 번째 사건, 그러니까 모티마 트리제니스의 죽음. 방에 들어서는 순간 느꼈던 그 숨 막힘은 아직도 잊을 수가 없어. 그나마 하인이 창문을 열어둬서 그 정도였을 거야. 나중에 물어보니 그하인은 속이 좋지 않아서 몸져누웠다고 하더군. 이런 사실들이 상당한 단서를 제공해주고 있어.

두 사건 모두 유독한 공기 때문이었다는 사실을 증명해주는 거야. 그리고 두 개의 방에서는 모두 불이 타오르고 있었어. 난롯불과 램프의 불. 난로는 추워서 피웠다고 하세. 하지만 램프는? 석유가 줄어든 양을 살펴보면 알 수 있는 일인데 날이 밝은 뒤에 켠 거야. 왜였을까? 불, 숨 막히는 공기, 그리고 마지막으로 오는 것은 불행한 사람들의 발광이나 죽음. 이 세 가지 사실에는 어떤 관계가 있을지도 몰라. 아니, 틀림없이 있어."

"그런 것 같군."

"가설에 지나지 않지만 그래도 도움은 돼. 두 가지 사건에서 모두 어떤 독성 가스를 내뿜는 무엇인가를 불태웠다고 생각해보세. 첫 번째 사건, 트리제니스 가에서의 사건에서는 그 물질을 난로 속에 넣었어. 창문은 닫혀 있었지만 그 가스는 굴뚝을 통해 상당한 양이 밖으로 빠져나갔을 것이라고 보는 게 타당하겠지. 그 때문에 독성이 약해졌을 거야. 두 번째 사건에서는 가스가 날아가 버릴 곳이 없었지. 실제 나타난 결과를 봐도 그 차이를 알 수 있으니까.

첫 번째 사건에서는 남자보다 약한 여자만이 죽었고 두 남자는 앞으로 어떨지는 모르겠지만 발광에만 그쳤어. 그 독가스를 마시면 우선 발광부터 하게 되는 게 틀림없어. 두 번째 사건에서는 더 큰 효과를 보였지. 이런 사실들을 바탕으로 태우면 효과를 발휘하는 독물이 사용되었다는 가설을 세울 수가 있어. 그렇게 추리를 했기 때문에 모티머 트리제니스의 방에서 그 물질을 찾아내려 했던 걸세.

그걸 찾아내려면 당연히 램프 윗부분의 백운모로 된 덮개를 살펴봐야겠지. 거기에 재가 가득 묻어 있었어. 그리고 그곳의 표면에는 타다 남은 갈색 가루가 붙어 있었어. 반쯤 이 봉투 안에 긁어 넣는 모습은 자네도 봤겠지?"

"왜 반만 넣은 거지?"

"경찰의 수사를 방해할 수는 없지 않나, 왓슨. 내가 발견한 증거는 그들도 발견할 수 있게 남겨두었어. 그들에게 그것을 발견할 만한 머리가 있는지 없는지는 모르겠지만 어쨌든 독성 물질은 아직 덮개 위에 묻어 있어.

조심하게 왓슨. 램프에 불을 붙일 거야. 혹시 모르니까 창문은 열어두기로 하지. 사회에 공헌하고 있는 사람이 둘이나 한꺼번에 죽어버린다면 그것도 안타까운 일이 될 테니. 자네에게 분별력이 있어서 이런 실험에는 관계하고 싶지 않다면 하는 수 없지만, 아니라면 저쪽 열려 있는 창문 옆에 있는 안락의자에 앉게나. 이런, 함께 실험을 할 생각인가? 그럴 줄 알았네. 이 의자는 자네 맞은편에 놓도록 하지. 그러면 우리는 독성 물질에서 같은 거리에 마주보고 앉게 되네. 문은 열어두기로 하지.

이러면 서로의 얼굴을 잘 지켜볼 수가 있겠지. 위험한 징후가 나타나면 바로 실험을 중단할 수 있을 거야. 알았지? 그럼 갈색 가루, 아니 타다 남은 것이라고 하는 게 더 정확하겠군. 그걸 봉투에서 꺼내 타고 있는 램프 위에 놓겠네. 좋았어! 자, 왓슨. 지금부터 어떤 일이 일어날지 지켜보기로 하세."

기다릴 필요도 없었다. 의자에 앉자마자 사향과 비슷한 짙은 냄새가 코를 찌르며 가슴이 답답해지기 시작했다. 그 냄새를 맡는 순간 사물을 느끼고 생각하는 힘이 사라져버렸다. 눈앞에서 두꺼운 구름이 소용돌이치기 시작했다. 그 검은 구름 속에 곧 모습을 드러내 두려움에 떨고 있는 내 감각을 향해 달려들 것만 같은 무엇인가가 숨어 있었다. 그것은 말로 표현할 수 없는 공포, 우주에 숨어 있는 거대하고 상상을 초월하는 사악한 그 무엇이라는 느낌이었다.

희미하게 보이는 그것들은 두껍고 검은 구름 속에서 소용돌이치

듯 움직이고 있었다. 하나하나의 움직임이 마치 마음 깊은 곳에 있는 무시무시한 무엇인가가 모습을 드러낼 것이라는 협박이자 경고처럼 보였다. 그 그림자만으로도 내 영혼은 갈가리 찢어져버릴 것 같았다. 오싹한 공포가 온몸을 감쌌다.

머리털이 곤두서고, 눈이 튀어나올 것만 같았다. 입을 벌려보았지만 혓바닥이 축 늘어져 버렸다. 머릿속이 울리며 당장이라도 머리가 터질 것만 같았다. 비명을 질러보려 했지만 희미하게 울려 퍼지는 것은 나의 쉰 목소리뿐이었다.

그 순간 나는 도망치려 몸부림을 쳤다. 절망의 구름 속 너머로 홈즈의 얼굴이 언뜻 보였다. 공포에 일그러진 채 경직돼 있는 핏기 없는 홈즈의 얼굴은 트리제니스 가의 형제들이 죽었을 때의 모습과 똑같은 모습이었다. 그 모습을 본 순간 정신이 들며 기운을 되찾을 수 있었다. 의자에서 벌떡 일어나 홈즈를 끌어안은 채 비틀거리며 방 밖으로 나갔다. 그리고 우리는 잔디밭에 쓰러져 나란히 누워 있었다. 지옥의 공포로 넘쳐나는 검은 구름을 뚫고 쏟아지는 눈부신 햇빛이 느껴졌다. 우리를 감싸고 있던 검은 구름이 안개가 걷히듯 천천히 사라져가자 곧 이성과 평화가 되찾아왔다.

잔디밭에 일어나 앉은 우리는 땀에 젖은 이마를 닦으며, 간신히 빠져나온 공포의 실험의 흔적이 남아 있지 않나 서로의 얼굴을 바라보았다.

"정말 고맙네, 왓슨. 그리고 미안해. 나 혼자서도 절대로 해서는 안 되는 실험에 자네까지 끌어들이다니! 정말, 자네에게 미안하네."

홈즈가 어눌한 말투로 간신히 말했다.

"자네에게 도움을 줄 수만 있다면 난 그것으로 만족이야. 이런 일을 다른 사람에게 양보할 수는 없지."

나는 감동해서 이렇게 말했다. 지금까지 홈즈가 이렇게 진심으로 말한 적이 없었기 때문이었다. 홈즈는 순식간에 평소의 모습으로 되돌아갔다. 주위 사람들을 놀리는 듯한, 비웃는 듯한 태도로 말이다.

"우리가 정말로 미쳐버렸다 해도 조금도 이상할 건 없었을 거야. 누군가 지켜보는 사람이 있었다면, 그런 무모한 실험을 하다니 이미 미쳐버린 게 틀림없다고 생각했을 테니까. 이제 와서 말이네만, 그렇게 효과가 빨리 나타나는 무시무시한 물건인 줄은 상상도 못 했었네."

집 안으로 뛰어 들어갔던 홈즈가 다시 밖으로 나왔다. 앞으로 길게 뻗은 손에 불이 붙은 램프를 들고 있었다. 그는 램프를 가시덤불 속으로 내던졌다.

"방 안의 공기가 빠질 때까지 여기서 잠시 기다리세. 이제 지금까지의 비극이 어떻게 일어난 건지 더 이상 의심의 여지가 없겠지?"

"있을 리가 없지."

"하지만 동기까지 알아낸 건 아니야. 저기 정자에 앉아서 얘기를 나누기로 하세. 그 독이 아직도 목에 남아 있는 느낌이야.

모든 증거가 첫 번째 사건의 범인이 모티머 트리제니스라는 사실을 말해주고 있어. 이건 틀림없는 사실일 거야. 그런데 그가 두 번째 사건의 희생자가 됐어. 먼저 생각해야 할 것은 그 형제들 사이에 불화가 있었지만 나중에 화해를 했다는 사실이야. 그 불화가 얼마나 심한 것이었는지, 그리고 화해가 과연 진정한 것이었는지는 알 수가 없어. 하지만 모티머 트리제니스는 여우 같은 얼굴에 안경 너머에서 빛나는 작고 교활한 눈빛을 하고 있었어. 그다지 마음이 좋은 사람 같지는 않아.

다음으로 생각해봐야 할 것은, 정원에서 무엇인가가 움직이고 있었다는 말이야. 그 말 때문에 우리는 잠시 비극의 진짜 원인이 무엇인지를 밝혀내지 못했지. 그건 모티머 트리제니스에게서 들은 이야기야. 그에게는 우리의 수사에 혼선을 빚게 해야만 할 이유가 있었어. 그러니까 방에서 나설 때 그 독성 물질을 난로에 넣은 것은 바로 그야.

만일 다른 사람이 와서 넣었다면 형제들은 자리에서 일어났을 거야. 그리고 이 콘월 지방에서 보통 밤 11시에 남의 집을 찾는 일은 거의 없네. 이런 모든 정황들로 봐서 범인은 틀림없이 모티머 트리제니스야."

"그렇다면 그가 죽은 건 자살일까?"

"그렇게 생각할 수도 있겠지. 자기 가족들에게 그런 짓을 한 죄책감 때문에 자살을 한 것이라고 볼 수도 있기는 있을 거야. 하지만 그게 아닌 확실한 이유가 있네. 고맙게도 그 일에 대해서 모든 것을 알고 있는 사람이 영국에 있어. 오늘 오후, 그 사람에게 사실을 들을 수 있도록 전부 준비해두었네.

아, 벌써 온 모양인데. 생각보다 조금 일찍 왔군. 레온 스탕달 박사님, 이쪽으로 오세요. 조금 전까지 화학 실험을 하느라 집 안이 지금 당신과 같은 유명한 분을 맞이할 만한 상태가 아닙니다."

정원의 나무 문이 닫히는 소리와 함께 위대한 아프리카 탐험가의 당당한 모습이 눈앞에 나타났다. 스탕달 박사는 깜짝 놀란 듯 돌아보더니 우리가 앉아 있는 시골의 정자를 향해서 다가왔다.

"홈즈 씨, 무슨 일이십니까? 한 시간쯤 전에 편지를 받고 이렇게 찾아왔습니다. 왜 나를 오라고 하셨죠?"

"돌아가실 때쯤이면 그 이유를 알게 되실 거예요. 어쨌든 잘 오셨습니다. 이렇게 밖에서 뵙게 돼서 정말 죄송합니다. 왓슨과 제가 하마터면 '콘월의 공포'라고 부르는 사건으로 신문에 날 뻔했거든요. 잠시 동안 신선한 공기를 마시고 싶어요. 지금부터 드릴 말씀은 당신과 밀접한 관계가 있는 것이니 엿듣는 사람이 없는 곳에서 하는 편이 좋겠죠."

스탕달 박사가 입에 물고 있던 담배를 떼면서 홈즈를 힐끗 쳐다보았다.

"저와 밀접한 관계가 있는 이야기라니, 감이 잡히질 않습니다."

"모티머 트리제니스를 살해한 일 말입니다."

순간 무기가 있었으면 하는 생각이 들었다.

스탕달 박사의 거친 얼굴이 검붉어지며 눈이 번뜩이고 이마에는 힘줄이 솟기 시작했다. 그는 주먹을 움켜쥐고 홈즈에게 덤벼들 태세였다. 하지만 홈즈에게 달려들지는 않았다. 간신히 냉정함을 되찾은 그는 침착한 태도를 보이기 시작했다. 분노에 넘쳐 있을 때보다도 훨씬 더 위험하다는 생각이 들었다.

"오랫동안 법의 손길이 닿지 않는 곳에서 생활했기 때문에 나 자신이 법이라는 착각을 하게 됐습니다. 홈즈 씨, 그 점을 헤아려주십시오. 당신에게 피해를 주고 싶지는 않습니다."

"저도 박사님에게 피해를 줄 생각은 없어요. 사실을 알고 있으면서도 경찰이 아닌 박사님을 불렀다는 게 그 증거죠."

스탕달 박사는 숨을 크게 내쉬며 자리에 앉았다. 모험에 넘친 그의 인생에서도 이처럼 위협받기는 처음이었을 것이다. 홈즈의 침착하고 자신감에 넘친 태도에는 거부할 수 없는 무엇인가가 있었다.

박사는 커다란 손을 쥐었다 폈다 하면서 한동안 입을 다물고 있었다.

"홈즈 씨, 뭐라고 하셨죠? 이것이 단순한 협박이라면 사람 잘못 봤습니다. 한번 떠볼 생각이라면 그만두는 게 좋을 겁니다. 뭐라고 하셨죠?"

박사가 드디어 입을 열었다.

"얘기하도록 하죠. 모든 사실을 밝히면 당신도 그렇게 해주시리라 믿으니까요. 박사님의 변명에 따라서 다른 방법을 사용할 수도 있어요."

"내 변명이라고요?"

"네."

"무엇을 변명한다는 겁니까?"

"모티머 트리제니스 살해 혐의에 대한 변명이요."

박사가 손수건으로 이마를 훔쳤다.

"정말 대단한 사람이군. 당신이 성공할 수 있었던 것은 다 이런 교묘한 공갈 때문이었군요."

"스탕달 박사님. 협박은 당신이 하고 있는 것 아닌가요? 나는 그런 짓은 하지 않아요. 증거 대신 제가 이런 결론을 내리게 됐던 이유를 조금 말씀드리도록 하죠. 당신은 프리머드에서 돌아왔을 때 짐 중의 몇몇을 아프리카로 보냈어요. 그 사실 자체는 아무래도 상관없는 일이에요. 단, 그것으로 알 수 있는 일이 있어요. 이 비극을 생각해보면 당신도 사건의 관계자임에 틀림없다는 사실이에요."

"내가 돌아온 것은……."

"그 이유는 전에 들은 적이 있어요. 하지만 그 설명만으로는 납득이 가질 않았어요. 그건 그렇다 치고 다음 얘기를 하기로 하죠. 당신은 이곳에 오셔서 용의자가 누구냐고 물으셨어요. 나는 대답을 거부했고요. 그러자 당신은 목사관으로 발걸음을 돌렸는데 밖에서 잠깐 기다리다 그대로 집으로 돌아갔어요."

"그걸 어떻게 알고 있습니까?"

"당신 뒤를 미행했거든요."

"전혀 눈치 채지 못했는데."

"미행하는 데 내 모습을 보여서는 안 되겠지요. 그날 밤, 당신은 잠을 이룰 수가 없었어요. 그리고 그 계획을 세운 겁니다. 이튿날 아침 일찍 일을 실행했죠. 동이 틀 무렵 당신은 집을 나서 문 옆에 쌓아둔 붉은 빛이 도는 자갈을 주머니에 넣었어요."

스탕달 박사가 깜짝 놀란 얼굴로 홈즈의 얼굴을 뚫어져라 쳐다보았다.

"그리고 1마일 떨어져 있는 목사관을 향해 발걸음을 재촉했어요. 그러고 보니 그때 신고 있었던 것도 그 테니스 화였죠. 바닥에는 골이 패여 있는 테니스 화요. 목사관에 도착해서는 과수원과 울타리를 지나 모티머 트리제니스의 방 창문이 있는 곳까지 갔어요. 이미 날이 밝은 뒤였지만 목사관 사람들은 아직 아무도 일어나지 않았어요. 당신은 주머니에서 자갈을 꺼내 침실을 향해 던졌어요."

스탕달 박사가 자리에서 벌떡 일어나며 외쳤다.

"당신은 악마의 화신이야!"

홈즈는 박사의 말을 칭찬으로 들었는지 빙그레 웃음을 지어보였다.

"가지고 있던 자갈을 두어 개 던지니 그가 창 밖으로 얼굴을 내밀었어요. 당신은 그에게 내려오라는 신호를 보냈어요. 그는 서둘러 옷을 갈아입고 아래층 거실로 내려왔어요. 당신은 창문을 통해서 안으로 들어갔죠? 얘기는 그리 오래 가지 않았어요. 그동안 당신은 방 안을 서성였어요.

잠시 후, 밖으로 나온 당신은 잔디밭에서 담배를 피우면서 모든 일을 지켜봤어요. 곧 트니제니스 씨가 죽자 당신은 왔던 길로 되돌아갔지요. 자, 스탕달 박사님. 당신의 행동을 어떻게 변명하실 생각입니까? 왜 그런 행동을 하셨죠? 만일 저를 속이려 든다면 문제는 제 손에서 떠나게 될 겁니다. 그 사실을 잘 알아두세요."

홈즈의 말을 들으며 박사의 얼굴은 파랗게 질려가고 있었다. 두 손으로 얼굴을 가린 채 한동안 생각에 잠겨 있던 그가 잠시 후 갑자기 가슴 주머니에서 떨리는 손길로 사진 한 장을 꺼내더니 눈앞에 있는 조촐한 테이블 위에 그것을 던졌다.

"이 사람을 위해서 한 일입니다."

스탕달 박사가 말했다.

아름다운 여인의 상반신이 찍힌 사진이었다. 홈즈가 그것을 들여다보았다.

"브렌다 트리제니스 씨로군요."

"맞아요. 브렌다 트리제니스에요. 오래 전부터 나는 브렌다를 사랑했습니다. 그녀도 나를 사랑했습니다. 내가 콘월에서 살게 된 것도 그녀 때문이었습니다. 그렇게 하면 세상에서 오직 하나인 사랑하는 사람 곁에 있을 수 있었으니까요. 나는 브렌다와 결혼할 수 없었습니다. 아내가 있었으니까요. 그러나 그 아내도 내 곁을 떠난 지 이미 오랩니다. 하지만 빌어먹을 영국의 법률 때문에 이혼도 할 수 없었습니다. 브렌다는 몇 년이고 기다려줬습니다. 나도 몇 년이고 기다렸습니다. 그런데 그런 일을 당하게 될 줄이야!"

격렬할 흐느낌으로 박사의 커다란 몸이 흔들렸다. 잠시 후, 얼룩덜룩한 수염에 가려져 있던 목을 진정시켰다. 간신히 침착함을 되찾은 스탕달이 말을 이었다.

"목사님은 알고 계셨습니다. 그는 믿을 만한 사람입니다. 브렌다는 이 세상에 내려온 천사라고 목사님은 말씀하실 겁니다. 그런 이유로 목사님께서 전보를 보내셨기에 되돌아온 겁니다. 사랑하는 사람이 그렇게 끔찍한 최후를 맞았습니다. 그깟 짐과 아프리카가 대체 뭐란 말입니까? 이로써 내 행동에 대한 의문이 풀리셨겠죠, 홈즈 씨."

"자, 말씀을 계속해보세요."

홈즈가 말했다.

스탕달 박사가 주머니에서 종이로 싼 조그만 꾸러미를 꺼내 테이블 위에 올려놓았다. 겉에 '악마의 발의 뿌리'라고 적혀 있었으며 그 밑에 독극물을 표시하는 붉은 라벨이 붙어 있었다. 박사가 그것을 내게 내밀었다.

"당신, 의사라고 하셨죠? 이런 걸 보신 적이 있나요?"

"'악마의 발의 뿌리'라고요? 아니요. 처음 봅니다."

"이걸 모른다고 해서 부끄러워하실 필요는 없습니다. 부다에 있는 연구소에 표본이 있을 뿐, 유럽 어디에도 이것의 표본은 없으니까요. 약제 조합법에도 독극물 문헌에도 아직 실리지 않은 겁니다. 뿌리가 반은 인간, 반은 양을 닮았기 때문에 식물학에 관심이 있던 한 선교사가 그런 이름을 붙였습니다. 서아프리카의 한 지방에서, 주술사가 범인의 죄의 유무를 결정할 때 사용하는 독으로 그들 사이에서 비밀스럽게 전해 내려오는 겁니다. 이건 우반기 지방에서 내가 우연한 기회에 손에 넣게 된 것입니다."

이렇게 말하며 스탕달 박사는 꾸러미를 풀어 코담배처럼 생긴 갈색 가루를 보여주었다.

"그래서요?"

홈즈가 캐묻듯 말했다.

"지금부터 말씀드리겠습니다, 홈즈 씨. 실제로 있었던 일을 하나도 남김없이 들려드리겠습니다. 당신은 이미 대부분을 알고 계시는 것 같지만 모든 것을 알고 계시는 게 내게도 도움이 될 겁니다.

트리제니스 가와 나와의 관계는 이미 말씀드렸죠? 브렌다를 생각해서 나는 형제들과도 친하게 지냈습니다. 금전적인 문제로 집안에 불화가 생겨 모티머 트리제니스가 가족들과 떨어져 살게 되었지만 서로 화해를 한 듯했습니다. 그 후에도 나는 다른 형제들과 변함없이 친하게 지냈습니다. 그는 교활하고 속이 검은 작자였습니다. 이상한 일이 몇 번인가 일어나 의심스럽다고는 생각했었지만 내가 먼저 시비를 걸 생각은 없었습니다.

2주일쯤 전 그가 나를 찾아왔습니다. 나는 아프리카의 진귀한 물건들을 보여줬습니다. 그 안에 이 분말이 들어 있었습니다. 신비한 작용에 대해서도 이야기를 들려줬습니다. 공포감을 지배하는 뇌의 중추를 어느 정도 자극하는지, 그리고 부족의 사제에 의해 죄의 유무를 판결 받는 가엾은 토인 앞에 기다리고 있는 것은 오직 죽음이나 발광뿐이라는 사실도요. 유럽의 과학으로는 이런 독을 검출해낼 수 없다는 얘기까지 했습니다. 내가 방에 있었는데 그가 어떻게 이걸 훔쳤는지 모르겠습니다. 내가 서랍을 열거나 상자 안을 들여다보고 있을 때 '악마의 발의 뿌리'를 조금 훔친 게 틀림없습니다.

그는 얼마나 있어야 효과가 나타나는지, 효과가 나타나기까지 시간은 얼마나 걸리는지 등에 대해서 세세하게 캐물었습니다. 하지만 자신이 사용하기 위해서 질문하는 것이라고는 꿈에도 생각지 못했습니다. 프리머드에서 목사님의 전보를 받는 순간에야 그걸 눈치 챘을 정도였으니까요. 나는 바다 위에서 그 전보를 받았는데, 그 악당 녀석은 제가 아프리카로 가면 몇 년 동안 돌아오지 않을 것이라고 생각했던 듯했습니다. 하지만 저는 바로 되돌아왔습니다. 자세한 얘기를 듣기 전까지는 제 독극물이 사용됐다는 사실을 알지 못했습니다. 당신을 만나러 간 것은 어쩌면 다른 설명을 들을 수 있을지도 모르겠다는 생각에서였습니다. 그런데 아무런 말도 듣지 못했습니다.

저는 모티머 트리제니스가 범인이라고 확신했습니다. 그는 재산이 탐이 나서 가족 모두가 미쳐버리면 혼자서 공유 재산을 차지할 수 있을 거라 생각한 겁니다. 그래서 '악마의 발의 뿌리'를 사용해 두 사람을 미치게 만들고 사랑하는, 저를 사랑하는 여인 브렌다를 죽인 겁니다. 그가 한 짓입니다. 달리 그를 벌할 방법이 있었을까요? 법에 호소하면 됐을까요? 하지만 증거가 없지 않습니까? 저는 녀석이 한 짓이 틀림없다고 생각하고 있습니다. 하지만 어떻게 설명해야 이 꿈 같은 얘기를 시골의 배심원들이 믿어줄까요? 물론 가능할지도 몰랐습니다. 하지만 불가능할지도 몰랐죠. 실패는 있을 수 없었습니다. 내 마음 깊은 곳에서 복수하라는 외침이 들려왔습니다.

홈즈 씨, 처음에 말씀드린 것처럼 저는 인생의 대부분을 법의 손길이 미치지 않는 곳에서 생활한 사람입니다. 결국에는 제 스스로 법이라는 생각을 갖게 되었습니다. 그때도 그렇게 생각했습니다. 녀석이 다른 사람에게 준 것과 똑같은 운명을 그도 받아야 한다고 생각했습니다. 제 손으로 직접 정의를 실천하자고. 지금 영국에서 나만큼 스스로의 목숨을 가볍게 여기는 사람도 없을 겁니다.

여기까지가 다입니다. 나머지 부분은 당신이 이미 메워주셨죠. 말씀하신 대로 저는 밤을 꼬박 새고 아침 일찍 집을 나섰습니다. 그를 깨우기 어려울지도 모른다는 생각이 들어 당신이 말씀하신 것처럼 자갈 더미에서 자갈을 몇 개 골라 창을 향해 던졌습니다. 녀석은 아래층 거실로 내려와 창으로 저를 들여보냈습니다. 저는 그를 꾸짖은 뒤, 판사 겸 사형 집행인으로서 왔다고 말했습니다.

그 파렴치한은 회전식 권총을 보자 의자에 주저앉았습니다. 램프에 불을 켠 나는 그 위에 가루를 얹어놓고 창을 통해 밖으로 나왔습니다. 방에서 도망쳐 나오면 권총으로 쏴죽이겠다고 말하고 권총을 겨누었습니다. 5분 만에 죽었습니다. 아, 녀석의 죽어가는 꼴이라니! 하지만 저는 냉정했습니다. 아무런 죄도 없는 브렌다가 맛본 괴로움에 비한다면 그런 고통쯤은 아무것도 아닙니다.

홈즈 씨, 이것으로 저의 이야기는 끝입니다. 여인을 사랑한 경험이 있었다면 당신도 똑같은 행동을 했을 겁니다. 어쨌든 내 운명은

당신 손에 달려 있습니다. 어떻게 하시든 상관없습니다. 조금 전에
도 말씀드렸듯이 저는 제 목숨이 아깝다고는 조금도 생각하지 않
으니까요."

홈즈가 자리에 앉은 채 한동안 입을 다물고 있었다.

"앞으로 어떻게 하실 생각이었죠?"

드디어 홈즈가 입을 열어 물었다.

"중앙아프리카에 뼈를 묻을 생각이었습니다. 아직 절반도 끝내
지 못한 일이 남아 있어서......."

"그럼 가셔서 나머지 일을 마치도록 하세요. 그걸 방해할 생각은
없어요."

스탕달 박사가 커다란 몸을 의자에서 일으켜 깊숙이 머리를 숙여
인사한 뒤 정자를 뒤로 하고 그곳에서 떠났다.

홈즈가 파이프에 불을 붙인 뒤 담배 상자를 내게 건네주며 말했다.

"독이 없는 연기는 기분 전환에 도움이 되지. 왓슨, 자네도 이번
사건은 우리가 관여할 문제가 아니라고 생각하고 있겠지? 우린 누
구에게 의뢰를 받아 수사한 게 아니야. 마음대로 행동할 수 있어.
자네도 저 사람을 고발하지는 않겠지?

"고발할 리 있겠나."

내가 대답했다.

"나는 연애를 해본 적은 없어. 하지만 사랑하는 여자가 그처럼
비참한 방법으로 살해당했다면 나도 저 무법자 같은 사자 사냥꾼
처럼 행동할지도 몰라. 누구라도 그런 마음을 품게 될 걸세.

왓슨, 너무 뻔한 얘기를 되풀이하는 것 같아 조금 미안하기는 하지만, 수사의 첫걸음은 그 창가에 있던 자갈이었다네. 그 자갈은 목사관의 정원에 있는 자갈과는 전혀 다른 것이었어. 스탕달 박사와 그의 집으로 눈을 돌리자 그것과 똑같은 자갈이 눈에 띄더군. 아침까지 램프에 불이 켜져 있었다는 사실, 덮개 위에 붙어 있던 타다 남은 가루가 추리를 연결해주는 고리가 되었지.

　왓슨, 이제 사건에 관한 것은 전부 잊기로 하세. 나는 다시 마음을 다잡고 칼데아어의 어원에 대해서 연구하고 싶어. 켈트어 계열에 속한 콘월어에서 그 영향을 찾아볼 수 있을 거야."

마지막 인사
His Last Bow

세계 역사상 가장 무시무시했던 8월, 그 8월 2일 밤 9시에 일어난 일이었다. 후텁지근하고 탁한 밤기운 속에 불길한 고요함이 깃들었다. 희미하게 무언가를 느끼게 해주는 듯한 분위기였다. 타락한 이 세상에 신의 저주가 무겁게 내려앉은 것이라는 생각이 들기도 했다.

태양은 이미 떨어진 지 오래지만, 멀리 지평선은 벌어진 상처에서 끈적거리는 피가 흐르듯 붉은 색으로 물들어 있었다. 올려다보면 별이 반짝이고 있었고, 내려다보면 만 안에 정박한 배의 등불이 깜빡이고 있었다.

독일인 두 명이 정원 오솔길에 돌로 만든 난간 옆에 서 있었다. 그 뒤로 낮지만 튼튼해 보이는 저택이 있었다. 두 사람은 절벽 밑에 펼쳐진 해변을 내려다보고 있었다. 그곳은 4년 전 폰 보르크가 하늘을 날아온 독수리처럼 착륙한 곳이었다. 두 사람은 서로 얼굴을 마주보고 낮은 목소리로 비밀스러운 이야기를 주고받았다. 어두운 절벽 밑에서 봤다면 그들이 피우는 담뱃불은 증오로 불타오르는 악마의 눈처럼 보였을지도 모른다.

폰 보르크라는 사람은 범상치 않은 사람이었다. 독일 황제의 충실한 스파이 중에서도 그보다 더 뛰어난 이는 없었다. 영국에서의 중요한 임무를 수행할 적임자를 고를 때 그의 이름이 가장 먼저 올랐던 건 그에 걸맞은 재능이 있었기 때문이었다. 그 사실을 알고 있는 사람은 전 세계에서 단 6명뿐이었다. 그 6명은 폰 보르크의 재능에 새삼스레 놀라지 않을 수 없었다. 독일 대사관의 일등 서기관인 폰 헬링크 남작은 6명 중 하나로, 그날 폰 보르크와 이야기를 나눴다. 100마력짜리 대형 벤츠가 시골길을 가로막고 서서 런던으로 돌아갈 남작을 기다리고 있었다.

"정세로 봐서 자네는 1주일 내에 베를린으로 돌아가야 될 걸세. 베를린에서 성대한 환영식이 자네를 기다리고 있을 걸세, 폰 보르크. 이곳에서 보여준 자네의 활약을 상부에서 높이 평가하고 있어. 나도 우연히 알게 된 사실이지만."

일등 서기관인 남작은 키, 가슴, 어깨, 어디를 봐도 거구의 사내였다. 말투가 느리고 엄숙했는데 정계에서는 그 점을 좋게 받아들였다.

"영국인을 속이는 건 그리 어려운 일이 아닙니다. 그처럼 속이기 쉽고 다루기 쉬운 민족도 없을 겁니다."

폰 보르크가 웃으며 말했다.

"과연 그럴까? 영국인들은 이상한 경계선을 가지고 있어. 그 점을 잘 알아두어야 할 거야. 겉으로 보기에는 어수룩하게 보이지. 그래서 잘 모르는 사람들은 쉽게 덫에 걸려들어. 첫인상으로만 판단하면 아주 관대한 사람들이지만 어느 순간 갑자기 아주 엄격한 표정을 지으며 경계선에 도달했다는 걸 알려오지. 그러니 상대방은 영국인에게 모든 걸 맞춰가야만 해. 섬나라 특유의 낡은 사고에 대해서 특별히 잘 알아둘 필요가 있어. 이건 하나의 예에 지나지 않네."

"'예의범절'에 대해서 말씀하시는 겁니까?"

"모든 면에서 묘하게 고개를 치켜드는 영국식 편견에 대해서 말하는 거야. 그래, 내가 커다란 실수를 했던 적이 있었는데 그때 얘기를 들려주지. 내가 이런 얘기를 할 수 있는 것은, 자네가 내 일에 대해 잘 알고 있어서야. 이곳에 부임한 지 얼마 되지 않아서였어. 시골에 있는 한 각료의 저택에서 열리는 주말 파티에 초대를 받았어. 사람들은 놀랄 정도로 마음을 다 터놓고 이야기를 나누더군."

폰 헬링크 남작이 여기까지 말하자 폰 보르크가 고개를 끄덕이며 말했다.

"저도 갔었습니다."

"그랬었지. 나는 그곳에서 들은 정보를 요약해 베를린으로 보냈네. 그런데 안타깝게도 각하는 그런 문제를 다루는 데 조금 미숙한 면이 있었어. 그날 파티에서 오간 대화를 다 알고 있다는 듯한 말씀을 하셨지. 그 정보가 어디서 흘러나갔는지는 아주 간단하게 밝혀졌다네. 그 때문에 내가 얼마나 고생을 했는지 자네는 아마 상상도 못할 걸세.

그때 참석했던 영국인들 중에는 친절한 사람이 없었어. 내가 명예를 회복하는 데는 2년이 걸렸지. 그런데 자네는 스포츠맨인 척했어. 또 그것이 통했으니 정말 다행이야."

"척이라니요? 그런 말씀 마십시오. 그건 연기일 뿐인걸요. 하지만 저는 타고난 스포츠맨입니다. 스포츠는 정말 재미있죠."

"그렇군. 그래서 일이 더욱 잘 풀린 거군. 요트 레이스, 사냥, 폴로....... 어떤 스포츠에서도 영국인에게 뒤지지 않으니 말이야. 사두마차 종목에서는 올림피아 경기장에서 우승했을 정도니까. 청년 장교들과 권투 시합을 했다는 얘기를 들었는데, 그 결과도 좋았겠지?

그러니 누구도 자네를 경계해야 할 사람이라고는 생각지 않을 거야. '사랑스러운 스포츠맨'이나 '독일인치고는 품위 있는 사람'이라고 생각하겠지. 워낙 술도 잘 마시고, 나이트클럽에 뻔질나게 드나들며 대책 없이 놀기만 좋아하니까. 그러면서도 이런 시골의 저택을 근거지로 영국의 수많은 정보들을 빼냈어. 스포츠를 좋아하는 신사가 유럽 최고의 실력을 가진 스파이라니, 누가 믿겠나? 자네는 천재야, 천재. 정말 대단한 천재야."

"남작님, 과분한 칭찬은 그만두십시오. 영국에 와서 4년 동안 몇 가지 성과를 거두기는 했습니다만....... 그러고 보니 최근에 손에 넣은 게 있는데 아직 보여드리지 못했습니다. 잠깐 안으로 들어가지 않으시겠습니까?"

서재의 문은 테라스와 연결되어 있었다. 문을 열고 안으로 들어간 폰 보르크는 전등을 켰다. 거구의 남작이 서재 안으로 들어서자 폰 보르크는 문을 닫고 창살이 달린 창문에 걸려 있는 두꺼운 커튼을 세심하게 다시 한번 살펴보았다. 조심스럽게 이곳저곳을 살펴본 뒤에야 비로소 그는 검게 탄 독수리 같은 얼굴을 남작에게로 향했다.

"이곳에 없는 서류도 일부 있습니다. 아내와 집안사람들이 어제 플러싱으로 출발했는데 별로 중요하지 않은 서류는 그 편에 보냈습니다. 나머지 서류를 안전하게 보관할 수 있도록 대사관에서 협조를 해주셔야겠습니다."

"자네 이름을 민간 수행원 신분으로 올려 이미 서류를 제출해놨네. 자네 신분이나 자네의 짐 때문에 번거로운 일이 생기지는 않을 거야. 아직 귀국하지 않았을 가능성도 남아 있어. 영국이 프랑스를 외면할지도 모르니까. 양국간에 조약을 맺지 않은 것만은 틀림없는 사실이니까."

"벨기에는 어떻게 됩니까?"

"벨기에도 외면할 거야."

"외면할 리가 없습니다. 벨기에와는 정식으로 조약을 맺었습니다. 그러면 영국은 영원히 굴욕감에서 벗어날 수 없을 겁니다."

폰 보르크가 머리를 흔들며 말했다.

"하지만 당분간은 평화롭게 지낼 거야."

"그럼 영국의 명예는 어떻게 되는 겁니까?"

"지금은 실리를 중히 여기는 시대일세. 명예 같은 건 구시대의 관념에 지나지 않아. 게다가 영국은 아직 전쟁 준비도 마치지 못했어. 5천만 마르크나 되는 우리나라의 특별전시세는, 우리의 목적을 『타임스』 1면에 광고한 것이나 다름없는 것이지 않나? 영국인들은 아직도 잠에서 깨어나지 못하고 있어. 여기저기서 의문의 목소리가 나오고 있네. 그에 답하는 것이 나의 일이지. 그리고 여기저기서 격노한 목소리도 들려오고 있네. 그것을 달래는 것도 나의 일이야.

탄약 비축, 잠수함 공격에 대한 방어, 고성능 폭탄 제조 설비 같은 전쟁에서 없어서는 안 될 것들을 전혀 준비하지 않았어. 이런 상태에서 영국이 참전할 리 없지. 거기다 우리가 아일랜드 내전이나 참전 운동을 배후에서 부추겼기 때문에 국내 정치 문제만으로도 벅찬 상황이야."

"영국은 틀림없이 앞으로를 걱정할 겁니다."

"그건 별개의 문제야. 앞으로 영국을 어떻게 할 것인지 우리는 확실한 계획을 가지고 있네. 바로 그래서 자네 정보가 커다란 도움이 되는 것이지. 영국과 언젠가는 싸우게 될 거야. 설사 영국이 바로 참전한다 해도 우리는 이미 모든 준비를 마친 상태네. 참전을 뒤로 미룬다면 상황은 우리에게 더욱 유리하게 될 거고. 영국은 단독으로 싸우기보다는 동맹군으로 싸우는 편이 더 현명하겠지? 하지만 그런 건 우리가 알 바 아닐세. 영국에게 이번 주는 운명의 7일이 될 거야. 참, 서류에 대해 얘기를 하고 있었지?"

안락의자에 앉은 폰 헬링크 남작이 유유히 담배를 피우며 말했다. 전등 빛을 받아 대머리가 반짝이고 있었다.

참나무 판자로 둘러싸인 이 넓은 서재의 벽에는 책장이 붙어 있었다. 방구석에는 커튼이 드리워져 있었다. 커튼을 걷자 놋쇠로 장식된 번쩍이는 커다란 금고가 나타났다. 폰 보르크가 회중시계의 줄에 걸어두었던 조그만 열쇠를 하나 떼어냈다. 그것으로 자물쇠를 풀어 묵직한 문을 열었다.

"보십시오."

폰 보르크는 금고 옆으로 물러서며 손으로 안을 가리켰다. 밝은 전등 빛이 안을 비추었다. 안은 몇 개의 칸막이로 분리되어 있었는데 거기에 서류가 몇 줄에 걸쳐서 빼곡히 들어 차 있었다. 폰 헬링크 남작은 그 안을 가만히 들여다보았다.

칸막이마다 각각 라벨이 붙어 있었다. 폰 헬링크 남작은 눈을 움직이며 소리 내어 읽어갔다.

'여울', '항만 방 비', '항공기', '아일랜드', '이집트', '포츠머스 요새' ......, 약 스무 가지 정도의 이름으로 분류되어 있었다.

"굉장해!"

담배를 내려놓은 폰 헬링크 남작은 두툼한 손으로 박수 치는 듯한 모습으로 말했다.

"이걸 모으는 데 4년 걸렸습니다. 술 좋아하고 승마를 좋아하는 시골 신사치고는 성적이 괜찮은 편 아닙니까? 하지만 이 수집품의 백미는 이제 곧 손에 넣게 될 물건입니다. 그것을 넣어둘 공간을 이미 마련해두었지요."

폰 보르크가 '해군 암호' 라고 적힌 곳을 가리키며 말했다.

"하지만 이미 정보가 가득 차 있지 않은가?"

"낡은 휴지 조각에 불과합니다. 무슨 일인지 해군성에서 경계를 강화해 지금까지 사용해오던 암호를 바꿔버리는 바람에 애를 좀 먹었습니다. 지금까지의 스파이 활동 중에서 가장 커다란 실수였지요. 그래도 수표책과 유능한 부하인 앨터몬트 덕에 오늘 밤 그것을 손에 넣을 수 있게 됐습니다."

폰 헬링크 남작이 시계를 들여다보더니 안타깝다는 듯 한숨을 내쉬었다.

"미안하지만 나는 이제 돌아가야겠네. 자네도 알고 있겠지만 컬튼 테라스에 있는 대사관에서는 이미 일을 시작했어. 전원이 각 부서에 붙어 있지 않으면 안 돼. 자네의 뛰어난 솜씨를 보고 돌아가고 싶지만 어쩔 수 없지. 앨터몬트가 몇 시에 온다고는 얘기하지 않았나?"

폰 보르크가 전보 한 통을 내밀었다.

「오늘 밤, 반드시 새로운 점화 플러그를 지참 — 앨터몬트」

"점화 플러그라니?"

"앨터몬트는 자동차 기술자입니다. 우리는 수많은 차고를 가지고 있고, 자동차 소유자로 되어 있습니다. 정보의 암호는 전부 자동차 부품으로 되어 있습니다. 냉각기는 군함, 오일펌프는 순양함,

이런 식입니다. 점화 플러그는 해군 암호를 말하는 것입니다."

"정오에 포츠머스에서 발신했군. 그런데 앨터몬트에게는 얼마를 줄 생각이지?"

폰 헬링크 남작은 전보의 겉면을 살펴보며 말했다.

"특별한 일이니 5백 파운드를 줄 생각입니다. 물론 수당도 따로 줘야죠."

"욕심 많은 악당이군. 이런 매국노가 도움이 되는 건 사실이지만 상금을 지불하기는 아깝다는 생각이 든단 말이야."

"앨터몬트만은 그런 생각이 들지 않습니다. 대단한 실력을 가진 자입니다. 늘 돈에 걸맞은 물건을 건네주니까요. 물건이란 앨터몬트가 사용하는 말입니다. 그는 매국노가 아닙니다. 아일랜드계 미국인의 반영 감정에 비하면 우리나라의 가장 보수적인 귀족들은 오히려 조용한 편입니다."

"그렇다면 그가 아일랜드계 미국인이란 말인가?"

"그 사람 말을 들어보면 알 수 있을 겁니다. 나도 그 사람이 무슨 말을 하는지 모를 때가 있을 정도입니다. 영국 국왕은 물론 영국식 영어에도 선전포고를 하는 듯한 느낌이 들 정도입니다. 정말 돌아가셔야 합니까? 이제 슬슬 나타날 때가 됐는데."

"가봐야 하네. 너무 오래 머물렀어. 자네가 내일 아침 일찍 요크 공 기념탑 옆에 있는 우리 대사관으로 암호 문서를 전달해주면 혁혁한 공을 세우게 되는 셈이야. 아니, 이건 토케이 와인이잖아!"

남작이 굳게 봉해진 채 먼지를 뒤집어쓴 병을 가리키며 말했다.

쟁반 위에는 병과 함께 긴 잔이 두 개 놓여 있었다.

"런던으로 가시기 전에 한잔 하시겠습니까?"

"아니, 그만두겠네. 어쨌든 굉장한 술이로군."

"앨터몬트는 특히 와인에 까다로운 사람입니다. 그런데 우리 집 토케이 와인이 아주 마음에 든 듯합니다. 까다로운 사람이라 세세한 부분까지 신경을 쓰죠. 제가 기분을 맞춰줘야 한다니까요."

두 사람은 다시 테라스로 나와서 자동차를 향해 걸어갔다. 남작의 운전사가 가볍게 손을 움직이자 대형차가 소리를 내며 떨기 시작했다.

남작이 더스트 코트를 걸치며 말했다.

"저게 하리치 군항의 불빛인가? 아주 평화롭게 보이는군. 하지만 일주일도 지나지 않아서 다른 불빛이 보이겠지. 그렇게 되면 영국의 해안도 저렇게 평온한 모습으로는 있지 못할 거야! 우리 제펠린 백작의 말이 실현되기만 하면 하늘도 저렇게 조용하지는 않을 거야. 어? 저건 누구지?"

뒤쪽 저택에 불이 밝혀진 창이 하나 있었다. 램프 불빛이었다. 램프 옆 테이블을 향해 앉아 있는 것은 시골풍 모자를 쓴, 얼굴이 붉은 노파였다. 노파는 등을 구부정하게 구부린 채 뜨개질을 하고 있었다. 때때로 손길을 멈춰 옆에 놓인 깔개 위에 몸을 웅크리고 있는 커다란 검은 고양이를 쓰다듬었다.

"하녀인 마사입니다. 그녀만 이곳에 남겨두었습니다."

"대영 제국의 상징물 같군. 자기 일에만 신경 쓰고 있는 모습이 말이야. 당장이라도 꾸벅꾸벅 졸 것 같지 않나? 그럼 다시 만날 때까지 잘 있게나."

남작이 낄낄 웃으며 말하고 인사를 한 뒤 손을 흔들며 자동차에 올랐다. 곧 자동차 전조등에 불이 켜지며 둥그런 두 개의 금색 불빛이 어둠을 밝혔다. 그는 호화로운 리무진 좌석에 편안히 앉아 유럽에서 일어나려 하는 비극에 대해서 깊이 생각했다. 그러느라 그는 반대 방향에서 달려온 소형 포드 자동차가 옆으로 스쳐지나가는 것을 보지 못했다.

자동차의 불빛이 멀리 사라지자 폰 보르크는 발걸음을 돌려 천천히 서재 쪽으로 걷기 시작했다. 램프 불빛이 꺼졌다. 마사는 잠든 모양이었다. 그는 창 옆을 지나면서 그렇게 생각했다. 그는 지금까지 가족들 그리고 많은 하인들과 생활해왔기 때문에 넓은 저택의 어둡고 고요한 모습은 그에게 새로운 경험이었다. 그래도 가족들이 안전한 곳에 있다는 사실을 생각하면 마음이 놓였다. 부엌에서 왔다 갔다 하는 노파가 한 명 있을 뿐, 저택 전부가 완전히 그 혼자만의 것이 됐다.

아직 정리해야 할 것들이 서재에 많이 남아 있었다. 바로 정리를 시작했는데 서류들을 태우느라 단정하고 아름다운 얼굴이 열기에 곧 붉게 물들어버렸다. 테이블 옆에는 가죽으로 된 여행 가방이 놓여 있었다. 폰 보르크는 금고에서 귀중한 서류들을 꺼내 순서대로 가방에 차곡차곡 넣었다. 바로 그때 그의 예민한 귀에 자동차 소리가 희미하게 들려왔다. 그는 기쁘게 소리를 질렀다. 가방의 끈을 묶고 금고를 잠근 다음 서둘러 테라스로 나갔다.

바로 그때 라이트를 켠 소형 자동차가 문 앞에 멈춰 섰다. 안에 타고 있던 사람은 재빨리 내려 빠른 걸음으로 폰 보르크에게 다가갔다.

운전사는 건강한 체구에 하얀 수염을 기른 초로의 사내였다. 그는 내일 아침까지라도 기다릴 수 있다는 듯 운전석 의자에 기대 몸을 쉬고 있었다.

폰 보르크가 달려 나가 손님을 맞았다.

"어떻게 됐나?"

그가 재촉하듯 물었다.

앨터몬트는 대답 대신 조그만 갈색 종이 꾸러미를 머리 위에서 의기양양하게 흔들어 보였다.

"오늘 밤에는 환대를 해줘야겠소. 드디어 해냈소."

앨터몬트가 커다란 소리로 말했다.

"암호인가?"

"전보로 알린 그대로요. 수기 신호, 등화 신호, 무선 신호.......
전부 새로운 것들이요. 단, 사본이고 원본이 아니요. 원본은 위험해서 안 되니까요. 하지만 이보다 더 확실할 것도 없을 거요."

앨터몬트가 아주 친숙한 모습으로 어깨를 두드렸다. 폰 보르크는 얼굴을 찌푸렸다.

"안으로 들어오게. 집에 나 혼자밖에 없어. 이 암호를 위해서 이렇게 기다리고 있었지. 원본보다는 사본이 더 낫네. 원본이 없어지면 암호가 다시 바뀔 테니까. 아무도 이 사본의 존재를 모르겠지?"

앨터몬트는 서재에 들어서자마자 안락의자에 긴 두 팔다리를 쭉 펴고 앉았다. 그는 키가 크고 마른 60세 정도의 남자로 단정한 얼굴에 염소처럼 조그만 수염을 기르고 있었다. 풍자만화에 등장하는 미국인 같은 모습이었다. 반쯤 피우다 꺼버린 담배를 입에 물고 있었는데 의자에 앉자마자 성냥을 그어 다시 불을 붙였다.

"이사 준비인가?"

그가 방 안을 둘러보며 물었다. 커튼을 내리지 않았기 때문에 금고가 눈에 띄었다.

"저런 곳에 서류를 넣어두는군."

"왜? 안 되나?"

"아무나 쉽게 열 수 있는 저런 조잡한 금고에? 당국에서 스파이가 아닐까 의심하고 있소. 미국의 금고털이라면 깡통 따개 하나만으로도 간단히 열 수 있을 거요. 저런 곳에 내 편지가 들어 있는 줄 알았다면 절대 편지를 보내지 않았을 거요. 정말 위험하기 짝이 없군."

"저건 전문 금고털이범도 열기를 포기한 금고야. 저건 어떤 도구로도 뚫지 못하지."

폰 보르크가 대답했다.

"하지만 자물쇠를 열면 되지 않소."

"못 열어. 이중 장치거든. 어떤 건지 짐작할 수 있겠나?"

"모르겠소."

앨터몬트가 말했다.

"잘 들어보게. 열쇠로 금고를 열기 전에 특정한 숫자와 단어를 알고 있어야 하네. 이 밖에 달린 다이얼로 단어를, 안에 달린 다이얼로 숫자를 맞춰야 해."

폰 보르크가 금고 쪽으로 다가가 열쇠 구멍 옆에 있는 이중 다이얼을 가리키며 말했다.

"이야, 정말 정교한 장치군."

"그러니까 자네가 생각하고 있는 것처럼 그렇게 간단하지가 않아. 4년 전에 이걸 마련했지. 어떤 단어와 숫자를 맞춰야 하는지 짐작할 수 있겠나?"

"내가 알 리가 있겠소?"

"단어는 8월, 숫자는 1914야. 보게, 열렸지?"

"대단하군! 시기까지 정확히 맞추다니."

"당시에 이 시기를 예상하고 있던 사람은 겨우 두어 명뿐이었어. 그리고 예상이 적중했지. 나는 내일 아침 이곳을 떠날 생각이야."

"그럼 내 뒤도 봐주겠지? 이런 혐오스러운 나라에서 나 혼자 살 수는 없소. 내 생각대로라면 일주일도 지나지 않아 영국 전체가 술렁이게 될 거요. 그 모습을 바다 건너편에서 지켜보고 싶은데......."

"하지만 자네 국적은 미국이지 않나?"

"잭 제임스도 미국 사람이었지. 그런데 지금은 포틀랜드의 감옥 안에 있질 않소? 영국 경찰에게 '나는 미국 사람이오.' 하고 말해

봐야 아무런 소용도 없는 일이라고. 영국에서는 영국의 법률에 따르라고 말할 게 뻔하오. 잭 제임스 말이 나왔으니 말인데 당신은 부하들의 뒤는 별로 봐주지 않는 것 같소."

"무슨 소리지?"

폰 보르크가 굳은 말투로 말했다.

"말하자면 당신은 그들의 두목이 아니요? 부하가 실수하지 않도록 신경을 쓰는 것이 당신의 일이란 말이오. 그런데 당신은 지금까지 단 한 번도 실수한 사람을 도와준 적이 없어. 제임스 때도 마찬가지였고......"

"그건 제임스의 실수였어. 자네도 알고 있지 않나? 너무 제멋대로 일을 했기 때문이야."

"제임스는 멍청이였다? 그래, 그건 인정하겠소. 그렇다면 홀리스는?"

"그 녀석은 미치광이였어."

"하긴, 잡힐 무렵에는 머리가 좀 이상해지긴 했었지. 경찰에게 밀고할 기회만 노리고 있는 녀석들을 상대로 일을 했으니 정신이 이상해질 만도 하지. 그렇다면 스태이너는?"

깜짝 놀란 폰 보르크의 얼굴이 새파랗게 질렸다.

"스태이너에게 무슨 일이 있었나?"

"잡혔소. 어젯밤, 가게를 급습 당해서 증거 서류와 함께 포틀랜드의 감옥으로 들어갔소. 당신은 도망가면 그만이지만 가엾은 그 녀석은 죄를 전부 뒤집어써야만 하오. 무사히 형기를 마치고 세상에 나오면 그나마 다행일거요. 그러니 나도 당신 뒤를 따라서 바다를 건너야겠소."

폰 보르크는 자제심이 강하고 야무진 사람이었지만 그 이야기를 듣고는 동요하지 않을 수 없었다.

"어떻게 눈치를 챘지? 이런. 상황이 좋지 않은걸."

그가 중얼거렸다.

"상황이 더 나빠질 것 같소. 녀석들이 나도 의심하고 있는 것 같으니."

"설마!"

"틀림없소. 플래턴에 있는 내 하숙집 여주인이 조사를 받았소. 그 말을 듣는 순간 서둘러야겠다고 생각했소. 경찰에서 어떻게 알았을까? 내가 당신과 일한 뒤로 잡힌 사람이 스태이너까지 벌써 다섯 명이오. 이곳에서 도망치지 않는다면 이번에는 내가 여섯 번째가 될 거요. 당신은 그 이유를 알고 있소? 부하들이 이렇게 잡혀가는데 아무렇지도 않단 말이오?"

폰 보르크의 얼굴이 새빨갛게 달아올랐다.

"입 조심해!"

"그 정도 배짱도 없었다면 당신 밑에서 일하지도 않았을 거요. 잘 들어요. 분명하게 말할 테니까. 당신네 독일 정치가들은 쓸모없어진 스파이는 잡혀도 아무런 상관도 없다는 거요?"

폰 보르크가 자리에서 벌떡 일어났다.

"내가 부하들을 적에게 팔아넘기기라도 했단 말인가?"

"그런 말은 하지 않았소. 하지만 어딘가에 밀고자나 배신자가 있는 것만은 틀림없소. 그 녀석을 잡아들이는 게 당신의 일 아닌가? 어쨌든 더 이상 이런 위험한 일을 할 수는 없소. 네덜란드로 도망치고 싶소. 빠르면 빠를수록 좋겠지."

폰 보르크는 화를 억눌렀다.

"자네와는 오랫동안 일을 해왔어. 이런 승리의 순간에 자네와 싸움을 할 수는 없지. 위험한 줄 알면서도 정말 훌륭하게 일을 해줬어. 그것만은 절대 잊지 않겠네. 그래, 네덜란드가 좋겠어. 로테르담에 뉴욕으로 가는 배가 있소. 앞으로 일주일간은 다른 항로는 위험해. 그 암호를 건네주게. 다른 짐과 함께 넣어야 하니까."

앨터몬트는 조그만 종이 꾸러미를 손에 든 채 건네려 하지 않았다.

"그건 어떻게 됐소?"

"뭐라고?"

"보수 말이오. 주기로 한 돈, 500파운드. 그 포수 녀석이 마지막 순간에 딴소리를 해대기에 그를 달래려고 100달러를 더 얹어줬소. 그런데 그가 또 못하겠다고 하는 바람에 100달러를 더 얹어주고 일을 마무리 지었소. 그렇게라도 하지 않았으면 당신과 나, 이번 일을 완전히 실패했을 거요. 전부해서 200파운드나 썼는데 현금도 받기 전에 이걸 순순히 바칠 수는 없지."

폰 보르크가 쓸쓸한 웃음을 지어보였다.

"나를 믿지 못하는군. 돈을 받지 전에는 그걸 넘겨줄 수 없단 말이지?"

"바로 그게 장사라는 거요."

"알았네, 자네 말대로 하지."

테이블 앞에 앉은 그는 수표를 쓴 뒤, 그것을 수표책에서 찢어냈다. 하지만 앨터몬트에게 건네주지는 않았다.

"결국, 우리 사이가 그 정도밖에 안 되었다는 얘긴가, 앨터몬트? 자네가 나를 믿지 못하니 나도 자네를 믿을 수 없지. 안 그런가?"

폰 보르크가 어깨 너머로 앨터몬트를 돌아보며 말했다.

"자, 테이블 위에 수표를 놓았네. 자네가 돈을 받기 전에 꾸러미의 내용물을 살펴봐야겠어."

앨터몬트가 말없이 꾸러미를 건넸다. 폰 보르크는 묶여 있던 끈을 풀고 이중으로 싼 종이를 펼쳤다. 조그맣고 파란 책이 나타나는 순간 그는 그것을 바라본 채 아무런 말도 할 수가 없었다. 표지에 『양봉 실용서』라는 금색 글씨가 적혀 있었기 때문이었다. 하지만 그 거물 스파이가 어처구니없을 정도로 우스운 제목을 노려본 것도 그저 한순간에 지나지 않았다. 갑자기 억센 팔이 그의 목을 감쌌다. 그리고 클로로포름에 적신 스펀지가 괴로움에 몸부림치는 그의 얼굴을 덮었다.

"왓슨, 한 잔 더 하겠나?"

셜록 홈즈가 임페리얼 토케이 병을 내밀었다.

테이블 옆에 있던 건장한 체구의 운전사 왓슨이 고맙다는 듯 잔을 든 손을 앞으로 내밀었다.

"좋은 와인일세, 홈즈."

"훌륭한 와인이지. 소파에 누워 있는 우리 친구의 말에 의하면 쉰브룬 궁의 프란츠 요제프 황제의 특별 술 창고에 있던 것이라고 하네. 미안하지만 창문 좀 열어주겠나? 클로로포름 냄새 때문에 맛이 떨어지면 안 되니까."

금고의 문은 열려 있었다. 홈즈는 그 앞에 서서 서류를 차례차례로 꺼내 내용을 확인 한 뒤, 폰 보르크의 여행 가방에 차곡차곡 넣었다. 독일인은 두 손발을 묶인 채 소파 위에 누워 코를 골고 있다.

"서두를 필요 없어, 왓슨. 방해할 사람은 아무도 없으니까. 거기 벨 좀 눌러 주겠나? 이 저택에는 마사 할머니밖에 없어. 정말 훌륭하게 일을 해줬어. 이번 일을 시작하면서 가장 먼저 그녀를 이곳으로 들여보냈거든. 아, 마사. 기뻐해줘요. 모든 일이 계획대로 됐어."

문에는 마음씨 좋아 보이는 할머니가 서 있었다. 웃는 얼굴로 홈즈에게 인사를 한 뒤 걱정스러운 눈빛으로 소파 위의 남자를 바라보았다.

"걱정할 것 없어요. 몸에는 전혀 손대지 않았으니까."

"그렇다면 안심이네요, 홈즈 씨. 이 분도 나름대로 친절하게 대해줬으니까요. 어제는 자기 부인을 따라서 독일로 가라고 하더군요. 하지만 그러면 계획이 엉망이 돼버리잖아요."

"고마워요. 할머니 덕분에 마음 놓고 일을 할 수 있었어요. 오늘 밤에도 할머니의 신호를 기다리고 있었어요."

"폰 헬링크 남작 때문이었어요."

"알고 있어요. 오면서 그의 자동차를 봤어요."

"돌아가지 않는 줄 알고 걱정했었죠. 그러면 계획에 지장이 있잖아요."

"그래요. 30분 정도 기다렸는데 방에 불이 꺼지기에 방해꾼이 돌아갔다는 사실을 알았죠. 마사, 내일 런던의 클래리지 호텔로 좀 와주세요. 보고를 듣고 싶으니까요."

"알았어요."

"떠날 준비는 끝났겠지요?"

"네. 주인은 오늘 편지를 7통 썼어요. 오늘도 받는 사람들의 이름을 전부 적어뒀어요."

"고마워요, 마사. 내일 조사해보도록 하죠. 안녕히 주무세요."

노파가 가자 홈즈가 말했다.

"이들의 서류는 그다지 중요하지 않아. 내용은 이미 독일 정부에 보냈을 테니까. 이런 원본을 국외로 가져가는 건 위험한 일이지."

"그럼 아무짝에도 쓸모없는 것들이란 말인가?"

"꼭 그렇지만은 않아. 이게 있으면 상대가 무엇을 알고 무엇을 모르는지 알 수 있지 않나? 이 서류 중 상당 부분은 내가 건네준 것인데 그건 아무런 가치도 없는 정도들이야. 내가 건네준 기뢰 부설도를 보고 그것에 따라 독일 순양함이 소렌트 해협을 항해하는 모습을 볼 수 있다면 내 말년은 아주 즐거운 것이 될 거야. 그런데 왓슨."

홈즈가 분주히 움직이던 손을 멈추고 오랜 친구인 내 어깨에 손을 얹었다.

"아직 밝은 곳에서 자네의 얼굴을 똑똑히 보질 못했어. 어디 자네도 나이를 먹었나? 아, 여전히 건강하지 않은가?"

"스무 살이나 젊어진 느낌이야, 홈즈. 하리치까지 자동차로 배웅을 와주기 바란다는 자네 전보를 받았을 때는 너무 기뻐서 어쩔 줄 몰랐다고. 그 우스꽝스러운 염소 수염은 별로 반갑지 않지만."

"조국을 위해서 어쩔 수 없이 기른 거야. 내일이 되면 추억하고 싶지 않은 기억이 되어버릴 거야. 내일 이발소에서 모습을 좀 바꾼 뒤 클래리지 호텔로 갈 생각일세. 미국인으로 분장하는 일, 미안하네 왓슨. 내 영어는 이대로 평생 엉망이 되어버리는 걸까? 이 일이 들어오기 전의 모습으로."

홈즈가 듬성듬성 자란 수염을 잡아당기며 말했다.

"하지만 자네는 이미 오래 전에 은퇴하지 않았었나? 사우스 다운즈(잉글랜드 남부의 낮은 구릉지)의 조그만 농장에서 꿀벌을 기르며 독서를 즐기는 생활을 보내고 있다는 얘기를 들었는데."

"맞아, 왓슨. 바로 이게 내 여생이 낳은 것, 내 말년의 최대 걸작일세!"

홈즈가 테이블 위에 있던 책을 집어 긴 제목을 읽어 내려갔다.

"『양봉 실용서 — 여왕벌의 분봉에 관한 관찰도 포함』, 이걸 전부 나 혼자서 썼네. 밤에는 연구하고 낮에는 열심히 일한 성과지. 지난 날 런던의 범죄계를 감시할 때처럼 이번에는 조그맣고 부지런

한 벌들을 관찰한 거야."

"그런데 왜 다시 일에 복귀한 건가?"

"사실은 나도 조금 놀랐네. 외무부 장관 정도였다면 나도 거절했을 거야. 그런데 수상까지 우리 집을 찾아왔으니 별 수 있겠나? 저 소파에 누워 있는 신사는 우리 영국인보다 연기가 뛰어났었어. 그것도 아주 많이.

정세가 점점 나빠져만 가는데 아무도 그 원인을 알지 못했지. 스파이 용의자들의 이름이 밝혀지고 그중 몇 명은 체포하기도 했는데, 배후에 거물급 스파이가 있다는 증거를 확보했지. 그래서 그 녀석을 잡아들이기로 한 거야.

그리고 그 사건을 조사해달라고 내게 강력하게 요청해왔어. 수사를 하는 데 2년이나 걸렸네. 그 동안에도 꽤 재미있는 일들이 많았네만.

내 순례 여행은 시카고에서부터 시작됐어. 버펄로에 있는 아일랜드 인 비밀 결사에 들어갔고, 스키바린에서는 경찰들에게 애 좀 먹였지. 그걸 지켜본 폰 보르크의 부하가 나를 유능한 사람이라고 저 사람에게 소개시켜주었네. 이 정도만 말해도 얼마나 어려운 일이 었는지 알 수 있겠지?

그 후, 폰 보르크의 신용을 얻게 되었고 그동안 나는 그의 일을 뒤에서 철저하게 방해했어. 그의 실력 있는 부하 다섯 명을 형무소로 보냈고. 그들을 감시하고 있다가 때가 되면 하나씩 꺾어나갔지. 아, 기분은 좀 어떠신가?"

마지막 말은 폰 보르크에게 한 말이었다. 그는 몸부림을 치기도 하고 눈을 껌뻑이기도 하며 홈즈의 설명을 자세히 듣고 있었다. 분노로 떨리는 얼굴을 한 폰 보르크의 입에서 갑자가 독일어 욕설이 쏟아져 나오기 시작했다.

홈즈는 소란을 피우는 포로에게는 눈길 한 번 주지 않고 서류를 훑어보고는 말했다.

"음악적이라고는 할 수 없지만, 독일어는 세상에서 가장 표현력이 풍부한 언어야."

욕설을 퍼붓다 지친 폰 보르크가 입을 다물자 홈즈가 이렇게 말했다.

"아, 이거 잘 됐는데! 한 마리 더 잡아서 새장에 가둬야겠어. 늘 살펴보고 있기는 했지만 이 회계관이 저런 악당과 한 패거리일 줄이야. 폰 보르크, 당신에게서 듣고 싶은 말이 아주 많아."

상자에 넣으려고 집어 들었던 종이 한 장을 가만히 들여다보며 홈즈가 말했다.

폰 보르크가 간신히 소파에 일어나 앉았다. 놀라움과 증오심이 섞인 묘한 얼굴로 홈즈의 얼굴을 뚫어져라 쳐다보았다.

"앨터몬트, 꼭 복수하고 말 테다. 내가 살아 있는 한, 꼭 복수하고 말겠어."

폰 보르크가 천천히 뱃속에서 쥐어짜내는 듯한 목소리로 말했다.

"이제 그런 말 듣기가 싫증이 나는군. 어디 한두 번 들었어야지. 죽은 모리어티 교수가 노래처럼 중얼거리고 다니던 말이었지. 세

바스찬 모란 대령도 자주 그랬고. 그런데도 나는 이렇게 살아 있어. 사우스 다운즈에서 벌을 기르면서 말이야."

"더러운 이중간첩."

독일인이 묶인 채 몸부림을 쳤다. 분노로 가득한 눈에 살기가 넘쳐흐르고 있었다.

"그건 너무 심한 말인데. 내 말을 들었다면 이미 깨달았겠지만 시카고의 앨터몬트라는 사람은 세상 어디에도 존재하지 않아. 내가 잠시 그런 이름을 사용했을 뿐 앨터몬트는 이미 사라진지 오래야."

홈즈가 빙그레 웃으며 말했다.

"그럼 너는 누구냐?"

"내가 누구냐고? 그런 건 아무래도 상관없는 일이야. 그래도 자네가 알고 싶어 하는 것 같으니 알려주기로 하지, 폰 보르크. 사실 자네 일족과 가깝게 지낸 것이 이번이 처음이 아니야. 예전에 독일에서도 꽤 많은 일을 했었으니 자네도 내 이름을 알고 있을 거야."

"바로 그걸 알고 싶은 거야."

폰 보르크가 씁쓸한 표정으로 말했다.

"자네의 사촌인 하인리히가 제국의 전권 공사로 있을 때, 바로 내가 전 보헤미아 왕과 아이린 애들러의 사이를 갈라놓았지. 자네 어머니의 형제인 폰 운트 그라페슈타인 백작이 허무주의자인 크로프만에게 살해당할 뻔한 것을 구한 것도 바로 나고. 그리고......"

폰 보르크가 놀라며 자세를 바로잡았다.

"그렇다면 한 사람밖에 없는데."

그가 큰소리로 말했다.

"맞아."

홈즈가 말했다.

폰 보르크는 신음 소리와 함께 소파에 쓰러졌다.

"당신에게 내가 정보를 얻었단 말인가? 당신이 전해주는 정보를? 이런 어처구니없는 실수를 저지르다니! 나도 이제 끝장이군."

"맞아. 아무 짝에도 쓸모없는 정보들이야. 다시 조사해봐야 할 필요가 있겠지만 자네에게는 그럴 만한 시간이 없을 걸세. 머지않아 독일 제독은 신형 포의 위력이 예상보다 훨씬 더 강하다는 사실, 그리고 순양함의 속도가 조금 더 빠르다는 사실을 알게 되겠지."

절망에 빠진 폰 보르크가 자신의 목을 움켜쥐었다.

"그 외에도 여러 가지가 있지만 곧 알게 될 거야. 어쨌든 폰 보르크, 자네는 독일인 치고는 뛰어난 자질을 가지고 있는 사람이야. 진정한 스포츠맨이야. 지금까지 수많은 사람들을 속이다가 이제 스스로 그런 꼴이 되었다고 해서 나를 원망하지는 않겠지? 결국 자네는 조국을 위해서 최선을 다한 거야. 그리고 나도 조국을 위해서 최선을 다한 거고. 그냥 일이 그렇게 된 것일 뿐이야."

홈즈가 폰 보르크의 어깨에 손을 얹으며 이렇게 말했는데 결코 냉소 섞인 어조는 아니었다.

"이름도 없는 적의 손에 잡히는 것보다는 낫지 않나? 자, 서류 정리는 끝났네, 왓슨. 바로 런던으로 출발하고 싶으니 이 사람을 끌고 가는 것을 좀 도와주게."

폰 보르크를 끌어내는 것은 그리 쉬운 일이 아니었다. 힘이 센 그는 절망감에 빠져 꿈쩍도 하지 않았다. 두 사람에서 간신히 두 팔을 잡고 천천히 정원의 오솔길을 걷기 시작했다. 불과 두어 시간 전에 유명한 외교관의 찬사를 받으며 자신감에 넘쳐그가 걸었던 바로 그 길이었다. 손발이 묶인 채 조그만 자동차의 예비석에 실리려는 순간 폰 보르크가 몸부림을 쳤지만 그리 대단한 것은 아니었다. 귀중한 여행 가방은 그의 옆자리에 실었다.

"조금 갑갑하기는 하겠지만 우리도 편안하게 해주려 최선의 노력을 다한 거야. 담배에 불을 붙여서 입에 물려주면 실례가 되려나?"

드디어 자동차가 출발할 때가 되자 홈즈가 그에게 물었다.

하지만 아무리 친절하게 대해도 독일인 폰 보르크의 분노는 사그라질 줄 몰랐다.

"당신도 잘 알고 있겠지, 홈즈? 영국 정부에서 당신의 이런 짓을 인정하면 전쟁이 일어나게 될 거야."

"독일 정부에서는 이런 짓에 대해서 어떤 생각을 가지고 있나?"

홈즈가 여행 가방을 가볍게 두드리며 그에게 되물었다.

"자네는 일개 민간인에 지나지 않아. 체포 영장도 가지고 있지 않아. 이 모든 행위가 완전히 비합리적인 언어도단이야."

"옳으신 말씀."

"독일 국민 납치야."

"그리고 서류도 훔쳤지."

"좋았어. 당신도, 그리고 저 공범자도 자신들이 한 짓을 잘 알고 있군. 자동차가 마을을 지날 때 내가 큰 소리로 도움을 요청하면......."

"잘 듣게. 만약 자네가 그런 어리석은 짓을 하게 되면 이 마을의 여관이 유명세를 타게 될 거야. '독일인이 목매단 여관' 이라는 간판을 내걸지도 모르지. 영국인은 참을성이 많은 편이지만 지금은 약간 흥분 상태에 있거든. 너무 부추기지 않는 편이 좋을 거야. 폰 보르크, 조용히 런던 경시청까지 동행하도록 하게. 그리고 경시청에서 자네 친구인 폰 헬링크 남작을 불러 아직도 대사관 수행원 신분으로 되어 있는지 확인해보도록 하게.

참, 왓슨. 자네 군대에 복귀할 생각이라고? 그렇다면 런던으로 가도 자네의 일정에 크게 지장은 없겠지? 이쪽 테라스로 오게. 앞으로 이렇게 조용히 이야기를 나눌 기회가 없을지도 모르니까."

홈즈와 왓슨은 지난 일들을 생각하며 몇 분 동안 즐겁게 이야기를 나눴다. 그 동안 폰 보르크는 묶인 끈을 풀어보려고 몸부림을 치고 있었다. 자동차가 있는 곳으로 돌아왔을 때, 홈즈가 달빛을 받아 반짝이고 있는 주변을 손가락으로 가리키며 무엇인가 생각에 잠긴 듯 머리를 흔들었다.

"차가운 동풍이 불기 시작했어, 왓슨."

"그런가? 꽤 따뜻하지 않나, 홈즈."

"자네, 여전하구먼. 시대가 아무리 변했다고는 하지만 자네만은 조금도 변하지 않았어. 하지만 차가운 동풍이 불기 시작한 것만은 틀림없어. 지금까지 영국에서는 일었던 적이 없는 동풍이야. 살을 에는 차가운 바람이야, 왓슨. 그 바람을 맞은 많은 사람들이 시들어 떨어질 거야. 하지만 그것도 신의 뜻이겠지. 곧 그 폭풍이 떠나고 나면 더욱 깨끗하고, 더욱 훌륭하고, 더욱 강한 국가가 밝은 빛 속에서 나타날 거야.

시동을 걸어주게. 얼른 출발하는 게 좋겠어. 이 500파운드짜리 수표를 얼른 현금으로 바꿔야 하거든. 이걸 발행한 사람이 지금 지급 정지를 신청할지도 모르니까."

셜록 홈즈의 사건부

거물급 의뢰인
The Adventure
of Illustrious Client

"이제 괜찮을 것 같군." 홈즈가 말했다. 내가 이 사건을 발표하게 해달라고 오랫동안 끈질기게 부탁한지 10번 만에 겨우 받아낸 답변이었다. 드디어 홈즈의 이력 중에서도 최고의 순간이었던 기록을 발표해도 좋다는 허락을 받아낸 것이다.

홈즈와 나는 터키 식 사우나에 사족을 못 쓴다. 평소 말이 없는 홈즈가 완전히 달라져 그 어느 순간보다도 인간미를 느끼게 해주는 건 따뜻한 사우나에서 편안하게 쉬고 있을 때였다. 노섬버랜드가에 있는 터키탕 위층에는 긴 안락의자가 두 개씩 칸막이로 나뉘어져 있다. 1902년 9월 3일, 이 이야기가 시작되던 날 우리는 그곳에 누워 있었다.

내가 요즘 뭐 재밌는 사건이 없냐고 묻자, 홈즈는 대답대신 칭칭 감싸고 있던 시트 사이로 마르고 길쭉한 팔을 빼내더니 옆에 걸려 있던 코트 안주머니에서 봉투 하나를 꺼내 들었다.

"착각이 심한 인간이 소동을 일으키는 것일 수도 있고 생사가 달린 문제일수도 있네." 홈즈는 편지를 건네주며 말했다. "내가 아는 건 거기 적힌 게 다일세."

편지는 칼튼 클럽에서 어젯밤에 보낸 것으로 내용은 다음과 같다.

「제임스 데머리라고 합니다. 셜록 홈즈 씨, 꼭 만나고 싶으니 내일 4시 반에 찾아가겠습니다. 갑자기 부탁을 드려 죄송하지만 홈즈 씨와 상담하고 싶은 내용은 매우 미묘하고 중대한 문제입니다. 따라서 반드시 만나 뵙기를 간곡히 부탁드립니다. 참고로 칼튼 클럽에 확인 전화를 주시면 감사하겠습니다.」

"왓슨, 이미 만나자고 전화를 했네." 홈즈가 편지를 돌려주는 내게 말했다. "이 데머리라는 인물에 관해 들은 적이 있나?"

"사교계에서는 잘 알려진 인물이라는 정도네."

"그럼 거기에 몇 가지 더 추가해 주지. 이 사람은 다루기 까다로운 사건을 신문에 나지 않도록 무마시키는 능력으로 명성이 높네. 아마 자네도 기억하고 있을 걸세. 해머퍼드 유언장 사건에서 조지 루이스와 단판을 진 남자네. 세상물정에 밝고 타고난 협상 꾼이지. 따라서 이 편지를 보낸 건 우리의 도움이 정말로 절실하기 때문이라고 생각하네."

"우리?"

"응, 자네만 괜찮다면 말일세."

"그야 두 말할 필요도 없지."

"약속시간은 4시 반이네. 그때까지 푹 쉬세."

나는 그 당시 퀸앤 가의 집에서 살고 있었기 때문에 약속시간 전에 미리 베이커 가를 찾아갔다. 4시 반 정각에 제임스 데머리 대령이 도착했다. 이 인물에 대해 새삼스럽게 설명할 필요는 없을 것이다. 겉치레 하지 않은 성실한 성품, 수염을 깔끔하게 깎은 커다란 얼굴, 그리고 무엇보다 가슴 속 깊숙이 울려 퍼지는 부드러운 목소리는 쉽게 잊혀 지지 않는다. 아일랜드인 답게 회색 눈동자는 아무 거짓이 없는 듯 반짝거리고 풍부한 표정에 미소가 끊이지 않는 입가는 밝은 인상을 준다. 반짝이는 비단 중절모에 검은 플럭 코트, 검은 색 새틴 넥타이에 꽂혀 있는 진주 넥타이핀, 반짝반짝 광이 나는 구두 위에 찬 옅은 보랏빛 스패츠(각반)까지 섬세함이 묻어났다. 과연 잘 알려진 대로 외모에 세심하게 신경을 쓰는 멋쟁이라는 느낌이었다. 큰 체격에 당당한 태도인 이 귀족이 들어서자 작은 방이 답답하게 느껴질 정도였다.

"당연히 왓슨 선생님도 계실 거라고 생각했습니다." 대령은 이렇게 말하고 정중하게 인사를 했다. "선생님의 도움이 필요할 지도 모르겠습니다. 홈즈 씨, 지금 상대하고 있는 사람은 매우 거칠고 아무렇지도 않게 폭력을 일삼는 남자입니다. 유럽 전체를 뒤져봐도 이렇게 위험한 남자는 없을 겁니다."

홈즈는 빙긋 웃었다. "제게는 그런 말이 어울리는 자들과 몇 번이고 상대한 경험이 있습니다. 담배 피우시나요? 그럼, 잠깐 파이프에 불을 좀 붙이겠습니다. 지금 말씀하신 그 남자가 죽은 모리어티 교수보다, 혹은 살아있는 세바스찬 모런 대령보다 위험한 인물이라면 상대해볼 가치가 있겠군요. 이름을 말해 주시겠습니까?"

"그루너 남작을 알고 계시나요?"

"오스트리아 인 살인자 말인가요?"

데머리 대령이 염소 가죽 장갑을 낀 두 손을 치켜들고 큰 소리로 웃었다. "거참, 당신의 눈은 무엇 하나 놓치는 일이 없군요! 대단해요! 홈즈 씨, 그렇다면 당신은 그 남자를 살인자라고 생각하십니까?"

"대륙에서 벌어진 범죄를 자세히 조사하는 것도 저의 일 중에 하나니까요. 프라하에서 일어난 사건을 조사해 보면 그 남자가 죄가 없다는 게 오히려 이상하죠. 그 남자가 벌을 받지 않은 건 증인의 갑작스런 의문의 죽음 때문입니다. 수플루겐 언덕에서의 일은 사고로 처리됐지만 실은 그 남자가 자신의 아내를 살해한 겁니다. 그 남자가 영국에 와있다는 걸 알고 있습니다. 조만간 내가 나설 때가 올 거라고 예상하고 있었습니다. 자, 그루너 남작이 무슨 짓을 꾸미고 있는지 말씀해 주시겠습니까? 지금 말한 것처럼 과거의 비극이 되풀이되는 건 아니겠지요?"

"되풀이 정도가 아니라 더 심각한 일입니다. 단죄하는 것도 중요하지만 범죄를 미연에 방지하는 건 더 중요합니다. 엄청난 사건이 착착 진행되고 있고, 그 결과가 어떨지도 뻔히 알고 있는데 사전에 막을 방법이 없으니, 이렇게 곤혹스런 상황이 또 있을까요?"

"아마 없을 겁니다."

"그렇다면 제 의뢰인을 도와주실 수 있습니까?"

"당신이 단순한 대리인이라고는 생각하지 못 했습니다. 당사자는 누구죠?"

"홈즈 씨, 그 질문만은 하지 말아주십시오. 그 분의 이름을 절대로 말 할 수 없습니다. 그분의 행동은 절대적으로 기사도 정신에 입각한 것이지만 절대로 정체를 밝히지 말아달라는 부탁을 받아서. 물론 사례는 충분히 할 것이고 홈즈 씨에게 전권을 일임하겠습니다. 실제 의뢰인의 이름이 그렇게 중요하지는 않잖습니까?"

"죄송하지만, 제가 맡은 사건이 상대방에게 비밀이 새나가지 않도록 하고 있지만 양쪽 다 비밀이라면 손을 댈 수 없습니다. 제임스 씨 아무래도 거절할 수밖에 없겠네요."

의뢰인은 당황한 기색이 역력했다. 감정이 풍부한 큰 얼굴이 낙담하여 어두워졌다.

"홈즈 씨, 당신의 그런 언행이 어떤 결과를 초래할 지 잘 모르시는 군요. 저로서는 그야말로 진퇴양난입니다. 물론 사실을 있는 그대로 다 털어놓으면 의뢰를 받아주시겠죠. 하지만 약속한 이상 모든 걸 다 말씀드릴 수는 없습니다. 일단 가능한 것만 말씀드려도 될까요?"

"물론입니다. 제가 아무런 약속도 하지 않은 것만 양해해 주신다면."

"알겠습니다. 먼저 드 머빌 장군의 이름은 들어보셨겠죠?"

"카이베르 고개 전투에서 명성을 떨친 드 머빌 장군말씀입니까? 네, 알고 있습니다."

"장군에게는 따님이 한 분 계십니다. 이름은 바이올렛 드 머빌 양인데. 젊고 아름다우며 유복한데다 센스가 넘쳐 어디 하나 흠잡을 데가 없는 여성입니다. 이 순진한 아가씨를 악마의 손아귀에서 구해내려고 하는 겁니다."

"그렇다면 그루너 남작이 그 아가씨에게 마수를 뻗었다는 말인가요?"

"여자들의 가장 약점인 사랑이란 끈으로 얽어 버린 겁니다. 이 남자에 들은 바가 있는지 모르지만 조각 같은 외모에 사람을 단숨에 끌어들이는 달콤한 목소리, 거기에 낭만적이고 신비로운 분위기를 자아내고 있어 여자들이 단숨에 넘어가 버리죠. 어떤 여자라도 자신의 것으로 만들어 자신이 원하는 대로 조종한다고 합니다."

"그런 자가 어떻게 바이올렛 양과 같은 신분의 숙녀와 만날 수 있었죠?"

"지중해 크루즈 여행에서 입니다. 배에 탄 손님들은 선택받은 사람들로 각자 여비를 부담했습니다. 남작의 정체에 대해 주최 측이 깨달았을 때는 이미 늦었을 겁니다. 이 악당은 드 머빌 양의 곁을 맴돌다 결국 아가씨의 마음을 사로잡았습니다. 아가씨의 마음은 그 남자를 사랑한다는 표현만으로는 부족할 정도입니다. 사랑에 취해 버렸습니다. 그 남자에게 완전히 홀려버린 겁니다. 그 남자 이외에 다른 것은 아무 것도 눈에 들어오지 않았던 겁니다. 그 남자를 비난하는 말에는 전혀 귀를 기울이지 않습니다. 모든 방법을 동원해 아가씨가 정신을 차리게 하려 했지만 허사였습니다. 실은 바이올렛 아가씨는 다음 달 그 남자와 결혼하려고 하고 있습니다. 이미 성년이고 의지가 너무 확고해서 어떻게 말려야 할지."

"오스트리아에서 일어난 사건에 대해서는 알고 있나요?"

"악마 같은 그 남자는 빈틈이 없습니다. 이미 세상에 알려진 자신의 과거에 대해서 숨김 없이 아가씨에게 다 말했습니다. 하지만 자신은 죄 없이 고통을 당했다고 했습니다. 아가씨는 그 놈의 말을 철썩 같이 믿고 다른 사람의 말에는 전혀 귀를 기울이지 않습니다."

"이런, 세상에! 헌데 경은 깜박하고 의뢰인의 이름을 밝히고 말았네요. 드 머빌 장군이라고 했나요?"

손님은 의자에 앉아 안절부절 못했다.

"홈즈 씨, 그렇다고 말해버리면 제가 거짓말을 하는 게 됩니다. 드 머빌 장군은 이 일로 완전히 녹초가 돼 버렸습니다. 전쟁터에서도 끄떡없던 분이 지금은 기력을 잃었고 그저 힘없는 노인에 불과합니다. 그 오스트리아인처럼 명석하고 기운이 넘치는 악당을 상대할 수 있는 여력이 없습니다. 진짜 의뢰인은 장군의 오랜 친구입니다. 바이올렛 양이 어릴 적부터 친자식처럼 귀여워하던 분입니다. 그래서 마냥 손 놓고 이 결혼식을 바라보고 있을 수 없었던 겁니다.

아직 범죄가 발생한 게 아니라 스코틀랜드 야드에서 손을 쓸 수 있는 상황도 아닙니다. 그래서 의뢰인께서 홈즈 씨에게 부탁을 드리자고 한 겁니다. 단, 의뢰인의 신분을 밝히지 않는다는 조건으로 말이죠. 홈즈 씨, 당신의 능력이라면 의뢰인이 누군지 알아내는 건 어렵지 않을 겁니다. 하지만 제발 부탁이니 의뢰인이 누군지는 덮어주시길 바랍니다."

홈즈는 묘한 미소를 지었다.

"잘 알겠습니다. 그 점에 대해서는 안심해도 좋습니다. 당신이 골치를 썩고 있는 문제에 흥미가 생기는 군요. 기꺼이 의뢰를 받아들이겠습니다. 연락은 어떻게 하면 될까요?"

"칼튼 클럽으로 연락하시면 됩니다. 하지만 다급한 상황도 있을 수 있으니 제 개인 전화번호를 알려드리겠습니다. XX-31입니다."

홈즈는 번호를 적고 미소를 지은 채 펼쳐진 메모장을 무릎에 올려놓았다.

"남작의 현 주소를 알려주시겠습니까?"

"킹스턴 가까이에 있는 버논 롯지입니다. 아주 큰 저택이죠. 뭔가 미심쩍은 투기를 해서 돈이 차고 넘칠 정도입니다. 그래서 더욱 상대하기가 쉽지 않죠."

"지금 현재 그곳에 살고 있나요?"

"그렇습니다."

"지금까지 말씀하신 것 말고 그자에 대해 더 아는 게 없습니까?"

"돈이 많이 드는 취미를 가지고 있습니다. 말을 아주 좋아합니다. 헐링엄에서 폴로(네 명이 한 팀인 마상경기)를 즐겼지만 프라하 사건이 사람들의 입에 오르내리게 되면서 그만 두게 됐습니다. 고서와 그림 수집가이기도 합니다. 예술에 관해 상당한 식견을 가지고 있는 것 같습니다. 중국 도자기에 대한 감정도 가능할 정도고 그에 관한 책도 냈습니다."

"정신세계가 복잡한 친구군." 홈즈가 말했다. "위대한 범죄자들이 대부분 그렇습니다. 저의 오랜 숙적 찰리 피스는 바이올린의 명인이었습니다. 웨인라이트도 뛰어난 예술가였고. 예를 들자면 끝이 없죠. 제임스 경, 의뢰인에게 제가 그루너 남작에게 전력을 다해 대처할 거라고 전해주십시오. 지금은 거기까지만 말씀드리죠. 저도 나름대로 정보통이 있으니 어떡해서든 사태를 정리할 방법을 찾을 수 있을 겁니다."

손님이 돌아가자 홈즈는 생각에 잠겼다. 너무 오랫동안 꼼짝하지 않고 앉아 있어 내가 있다는 것조차 잊은 게 아닐까하는 생각이 들 정도였다. 마침내 현실로 돌아온 홈즈가 내게 물었다.

"왓슨, 자네는 어떻게 생각하나?"

"그 젊은 아가씨를 직접 만나보는 게 좋지 않을까?"

"아니, 왓슨. 안타깝게도 늙은 아버지의 가슴이 찢어지는 심정조차 외면당했네. 알지도 못하는 사람의 말을 들을 리 만무하네. 하지만 모든 방법을 동원해도 안 된다면 그것도 생각해 봐야겠지. 하지만 먼저 다른 방법을 생각해 봐야겠네. 내 생각에는 신웰 존슨이 도움이 될 것 같네."

지금까지 신웰 존슨에 대해 쓸 기회가 없었던 것은 홈즈가 해결한 사건 중 새로운 부류의 것을 거의 다루지 않았기 때문이다. 이 남자는 20세기라는 새로운 세기가 펼쳐지면서부터 몇 년 동안 많은 도움을 준 협력자였다. 존슨은 원래 아주 위험한 악당으로 유명했다. 파크허스트 형무소에서 두 번이나 복역한 자였다. 하지만 자신의 죄를 뉘우치게 된 존슨은 현재 런던 범죄자들의 지하세계와 홈즈를 잇는 정보원으로 활약하고 있다. 사건해결에 중요한 단서가 될 정보를 제공해 준적도 많았다. 존슨이 경찰의 끄나풀이었다면 바로 정체가 탄로 났겠지만, 법정에서 시비를 가리지 않아도 될 사건만 다루는 홈즈 덕에 그의 활동에 대해 아는 사람은 전혀 없었다. 두 번의 형무소 복역이란 별을 단 덕분에 런던의 나이트클럽이나 싸구려 여관, 도박장 등, 어딜 가더라도 출입이 자유로웠다. 게다가 눈치가 빠르고 머리 회전이 뛰어난 이 남자는 정보를 수집하는데 더할 나위 없이 이상적인 친구였다. 지금 홈즈가 도움을 받으려고 하는 자가 바로 이 존슨이었다.

나는 아쉽게도 홈즈가 행동을 개시하는 걸 지켜보지 못 했다. 원래 직업인 의사로서의 하지 않으면 안 되는 일이 있었기 때문이다. 하지만 그날 밤 약속 장소인 심슨 레스토랑에서 홈즈를 만났다. 정면 창가의 작은 테이블에 앉아 스트랜드 가를 오가는 행인들의 흐름을 내려다보면서 일의 진행과정에 대해 들었다.

"존슨이 정보를 수집하고 있네. 지하 세계의 어둠 속 쓰레기 더미에서 뭔가 찾아낼 걸세. 그 남작의 비밀을 찾아내려면 범죄의 뿌리를 따라 더 깊은 땅속까지 파헤치지 않으면 안 되니까."

"하지만 바이올렛 양은 이미 알고 있는 것조차 다 덮어주기로 하지 않았는가. 자네가 남작의 미심적은 부분을 찾아냈다고 하더라도 아가씨의 마음이 과연 흔들릴까?"

"뭐라 단정 지을 수 없네, 왓슨. 여자들의 마음속은 남자들이 알래야 알 수 없는 수수께끼 같으니까. 살인에 대해서는 그냥 넘어가더라도 아주 사소한 잘못은 용서하지 않을 수도 있으니까. 그루너 남작도 그렇게 말하더군."

"남작을 만났나?"

"아, 이런. 어쩔 생각인지 자네에게 말하지 않았군! 왓슨, 나는 그자에 대해 속속들이 들여다보고 싶었네. 그자의 눈을 들여다보고 어떤 자인지 내 눈으로 직접 확인해 보고 싶었지. 나는 존슨에게 지시를 하자마자 마차를 타고 킹스턴으로 출발했네. 남작은 더없이 친절했지."

"자네가 누군지 알아보던가?"

"당연하지. 내가 하인에게 내 명함을 건네 줬거든. 녀석, 적이지만 참 대단하더군. 얼음처럼 차갑고, 비단처럼 부드러운 목소리에 자네처럼 잘 나가는 의사들처럼 사람을 다루는 데도 뛰어나더군. 그러면서도 코브라처럼 독을 감추고 있지. 태생이 좋으니 그야말로 범죄자의 귀족이라고 해야겠지. 겉으로는 한가로이 차를 권하는 듯한 분위기를 풍기면서도 저승사자와 같은 잔혹함을 감추고 있었네. 애들버트 그루너 남작을 관찰할 수 있어 상당히 기뻤네."

"친절했다고?"

"생쥐를 구석에 몰아놓고 장난을 치는 고양이 같았네. 거친 녀석들의 폭력보다 품격 있고 친절하게 대하는 놈들이 더 무서운 거지. 인사가 아주 걸작이었네."

'홈즈 씨, 조만간 만나 뵙게 될 거라 생각하고 있었습니다. 일 때문에 오셨겠죠? 아마 드 머빌 장군님의 부탁으로 저와 따님이신 바이올렛 양과의 결혼을 어떡해서든 막으려고요. 그렇지 않나요?'

나는 부정하지 않고 가만히 있었네.

그러자 '홈즈 씨, 선생이 공들여 쌓아온 평판만 망가뜨리게 될 겁니다. 선생 입장에서 좋은 결과가 나오지 않을 테니까요. 아무 성과도 거두지 못 할 거고 신변의 위험만 초래할 겁니다. 좋게 말씀드릴 때 손을 떼는 게 좋을 걸요.' 라고 하더군.

그래서 내가 말했지. '재미있군요. 나도 댁에게 똑같은 충고를 하려고 왔는데. 당신의 명석함에는 항상 경의를 표하고 있어요, 남작. 이렇게 잠깐 만났을 뿐인데도 대단한 분이라는 생각이 드는 군요. 단도직입적으로 말하죠. 당신의 과거를 들춰내 불쾌하게 하고 싶지 않습니다. 모두 지나간 과거 일뿐 사람들의 기억 속에서 사라진지 오래죠. 하지만 이 결혼을 강행한다면 수많은 사람들을 적으로 돌리게 될 겁니다. 당신을 절대로 가만히 내버려 두지 않고 영국 전체에 엄청난 소동이 일어나 당신이 설 땅이 없어지게 되겠죠. 그렇게까지 해야 할   만한 가치가 있는 게임인가요? 아가씨에게서 손을 떼는 게 좋을 겁니다. 당신의 과거가 아가씨에게 전부 알려지면 곤란하지 않을까요?'

남작은 숱이 적은 콧수염을 왁스로 굳혀 놨는데 마치 벌레의 짧은 더듬이 같았네. 그 수염이 내 이야기를 듣는 동안 우습다는 듯 살짝 떨리고 있었는데 결국 참을 수 없다는 듯 큰소리로 웃기 시작했네.

'홈즈 씨, 실례했습니다. 손에 쥔 게 아무 것도 없으면서 게임 판에 뛰어들다니 너무 우습군요.'

'그렇게 생각하나요?'

'생각하는 게 아니라 알고 있습니다. 확실히 해두죠. 저는 무적의 패를 가지고 있으니 모든 걸 보여줘도 아무런 충격도 받지 않습니다. 저는 운이 좋게도 아가씨의 마음을 완전히 사로잡았으니까요. 제 어두운 과거를 하나도 남김없이 전부 다 털어놨는데도 그녀의 사랑은 변하지 않았죠. 그녀에게는 이렇게 말했습니다. 우리의 사랑을 방해하려는 자들이 나를 음해하려 한다고… 무슨 말을 하려는지 알겠죠? 바로 당신 같은 사람 말입니다. 찾아와 이런저런 말을 꾸며댈 거라고 말해줬죠. 그럴 때는 어떻게 해야 하는지도 미리 가르쳐 줬습니다.

최면을 걸어놓고 암시를 하는 것에 대해 들은 적이 있나요, 홈즈 씨? 어느 정도 효과가 있을지는 직접 확인해 보시죠. 개성이 강한 상대라면 손가락 하나 까딱하지 않고 암시를 걸 수 있죠. 따라서 그녀에게는 당신을 상대할 마음의 자세가 돼 있으니 당신을 만나줄 겁니다. 아버님의 말씀을 잘 따른 사람이니까요. 단 한 가지 이번 일만 빼고요.'

왓슨, 이러더군. 더 이상 이야기할 필요가 없을 것 같아 태연하게 일어서려고 했지. 헌데 한 손으로 문고리를 잡는 순간 그자가 나를 불러 세우더니 이렇게 말하더군.

'헌데 홈즈 씨, 프랑스의 탐정 르 브랑을 아시나요?'

그렇다고 했더니.

'그 사람이 어떻게 됐는 지도요?'

'몽마르트에서 괴한들에게 습격을 당해 평생 다리를 절게 됐다고 하던데.'

'맞습니다. 홈즈 씨, 우습게도 그 사람이 일주일 전에 저에 대해 조사를 하고 있었습니다. 그러니 저와 인연을 맺으면 운이 별로 좋은 것 같지 않습니다. 그런 사람이 한 둘이 아니니까요. 마지막으로 한 마디만 더. 당신은 당신의 길을 가고, 나는 내 갈 길을 가도록 상관하지 마십시오. 그럼 안녕히 가십시오!'

"왓슨, 이게 남작과 나눈 내용일세. 최신 정보를 얻은 것 같지?"

"위험한 작자 같군."

"정말 위험한 놈이야. 허풍을 치는 인간들은 별거 아니지만, 이자는 자신이 하려는 짓보다 오히려 축소해서 말하더군."

"자네가 꼭 이 일에 관여해야 하나? 그놈이 아가씨와 결혼하면 정말 문제가 심각한 건가?"

"생각해 보게. 그자는 틀림없이 전처를 살해했네. 큰 문제 아닌가? 게다가 의뢰인이 누군가? 참, 말하면 안 되지! 커피를 마시고 나서 함께 집에 가세. 활기찬 신월이 보고하려고 기다리고 있을 테니까."

정말로 엄청나게 큰 덩치에 채소부족으로 괴혈병에 걸린 듯 불그 스레한 얼굴의 남자가 기다리고 있었다. 생생한 검은 눈동자만이 내면에 잠재돼 있는 예리함과 묘하게 자신감에 차있다는 걸 느끼 게 했다. 그의 곁에는 날씬하고 불같이 타오르는 분노를 억누르고 있는 여성이 앉아 있었다. 젊은 나이에도 불구하고 창백하고 긴장 된 얼굴은 한숨과 회한으로 찌들어 있었고 피부병 흔적과 함께 지 금까지의 비참했던 시간들을 짐작하기에 충분했다.

신웰 존슨이 솥뚜껑만한 손으로 여자를 가리키며 소개했다. "이 쪽은 미스 키티 윈터라고 합니다. 이 여자가 모르는 건… 이런, 본 인에게 직접 듣든 게 좋겠어요. 홈즈 선생님, 선생님의 이야기를 듣고 한 시간도 채 안 돼 이 여자를 찾아냈습니다."

"나는 금방 찾을 수 있어요." 젊은 여자가 말했다. "런던이란 지 옥에 언제까지나 빠져 있을 테니까요. 뚱보 신웰과 같은 곳에 살고 있어요. 우린 오랫동안 알고 지낸 사이죠. 신웰, 당신과 나는 말이 지, 이런 빌어먹을! 이 세상에 정의라는 게 있다면 우리보다 더 지 독한 지옥에 떨어져야 하는 인간이 한 놈 있는데! 선생님이 쫓고 있 는 그 놈 말이에요, 홈즈 씨!"

홈즈는 빙긋 웃었다. "다시 말해 우리를 도와준다는 뜻이겠죠, 윈터 양?"

"그놈을 지옥에 처넣는 일이라면 뭐든 다 하겠습니다." 그녀는 격한 어조로 말했다. 하얀 피부에 단호한 표정과 이글거리는 눈에서는 여자들에게서도 쉽게 볼 수 없고, 남자들에게서는 절대 볼 수 없는 강렬한 증오가 불타고 있었다. "홈즈 씨, 제 과거는 들을 필요도 없습니다. 이야기 해봤자 소용없는 일이니까요. 하지만 나를 이렇게 만든 건 애들버트 그루너예요. 아, 복수만 할 수 있다면!" 그녀는 두 손을 움켜쥐며 말했다.

"아, 그 악마가 수많은 사람들을 밀어 넣은 바로 그 지옥에 끌고 들어갈 수만 있다면!"

"지금 그자가 무슨 짓을 하고 있는지 알고 있나요?" 홈즈가 물었다.

"신웰에게 들었어요. 그자가 또다시 어느 불쌍하고 어리석은 여인을 홀려 결혼하려고 한다는 걸요. 선생님은 그걸 막고 싶은 거죠? 그 악당에 대해 잘 알고 계시니까 멀쩡한 아가씨가 그놈과 손잡고 교회에 들어가는 걸 막으려고 하시는 거겠죠?"

"상대 아가씨는 멀쩡하다고 할 수 없어요. 사랑에 홀딱 빠져 놈이 모든 과거를 다 털어놨는데도 전혀 신경 쓰지 않아요."

"사람을 죽인 것도요?"

"네."

"호오, 대단한 여자네요."

"전부 다 모함이라며 듣질 않아요."

"그 바보 같은 여자 코앞에 꼼짝 못 할 증거를 들이대면요?"

"그렇게 하도록 도와주시겠어요?"

"내가 바로 증거예요. 제가 그 여자 앞에 가서 얼마나 끔찍한 일을 당했는지 말해주면…."

"그렇게 해 줄 수 있나요?"

"할 수 있냐고요? 안 하는 게 이상하죠."

"음, 한 번 해볼 만한 가치는 있을 것 같군. 단지, 그자는 자신이 저지른 죄를 죄다 털어놓고 용서를 받았어요. 그러니 그녀가 같은 문제를 다시 문제 삼지는 않을 겁니다."

"그 놈이 말하지 않은 것도 전부 다 털어놓을 겁니다." 윈터 양이 말했다. "저는 다 알고 있습니다. 세상에 알려진 것 말고도 살인을 더 했다는 걸. 고양이를 쓰다듬듯 부드러운 목소리로 나를 뚫어져라 바라보며 아무렇지도 않다는 듯 이렇게 말했어요. '그자는 한 달도 채 안 돼 죽어버렸어.'라고요. 하지만 저는 그 당시엔 전혀 신경 쓰지 않았어요. 아시다시피 저도 그놈에게 완전히 미쳐있었거든요. 무슨 짓을 했던 상관이 없었던 거예요. 그 불쌍한 바보 아가씨처럼 말이죠. 하지만 한 가지 용서할 수 없었던 게 있었어요. 맞아요, 절대 용서할 수 없어요! 그 호색한의 달콤한 사탕발림에 넘어가지만 않았어도 그날 밤 집을 나왔을 거예요. 그자가 가지고 있는 책, 갈색 가죽에 열쇠가 달려 있는 책인데, 겉표지에 금색 문장이 새겨져 있었어요. 아마 취했던 것 같아요. 그렇지 않고서야 제게 그걸 보여줬을 리 없으니까요."

"그게 뭐였죠?" 홈즈는 몸을 앞으로 숙이며 물었다.

"홈즈 씨, 그건 그자의 컬렉션이었어요. 마치 곤충 채집을 해 놓은 듯 자신의 컬렉션을 자랑하는 거예요. 그 책에는 자신이 농락한 여자들의 스냅 사진과 이름 등, 온갖 정보를 모아놓은 책이에요. 아무리 천박한 사람이라도 그런 추잡한 책을 만들지는 않을 거예요. '내가 망가트린 여자' 라고 제목을 붙일지도 모르죠. 하지만 아무 소용도 없는 얘기에요. 그 책이 선생님에게 별로 도움이 되지 않을 것 같고, 만약 도움이 된다고 해도 손에 넣을 수 없을 테니까요."

"그게 어디 있죠?"

"지금 어디 있는지 제가 어떻게 알겠어요. 그와 헤어진 지 벌써 1년이 넘었어요. 그 사이 어딘가에 꼭꼭 숨겨 두었겠지요. 여러 면에서 꼼꼼하고 깔끔한 고양이 같은 인간이니 어쩌면 아직까지 서재 깊숙한 곳에 있는 낡은 책상 서랍 속에 있을지도 모르죠. 그자의 집을 알고 계시나요?"

"서재에 들어가 봤습니다."

"어머, 그래요? 오늘 아침부터 일을 시작했다더니 꽤 빠르네요. 그놈이 이번에는 임자를 제대로 만난 것 같네요. 겉으로 보기에는 중국 도자기로 가득한 방이지만 유리가 끼워진 커다란 책장을 보셨나요? 그 방 책상 뒤에 있는 문이, 비밀 서재로 통하는 문이죠. 책 같은 걸 보관하는 작은 방이죠."

"도둑맞을 걱정이 없을까?"

"애들버트는 겁쟁이가 아니에요. 홈즈 씨도 그놈을 겁쟁이라고 말 할 수 없겠죠? 자신을 스스로 지킬 줄 아는 놈이에요. 밤에는 방범용 경보장치도 달려 있고, 무엇보다 도둑놈이 훔칠만한 게 있던

가요? 괴상야릇한 도자기를 훔쳐간다면 또 모를까."

"그건 헛수고지." 신웰 존슨이 전문가답게 자신 있게 말했다. "팔아치울 수도 없고 사줄 사람도 없을 테니까요."

"맞는 말이야." 홈즈가 맞장구를 쳤다. "그럼, 윈터양, 내일 오후 5시에 이곳으로 와 주신다면 문제의 그 아가씨를 만날 수 있도록 조치를 취해 두겠습니다. 협력해 주셔서 감사합니다. 물론 제 의뢰인이 보수를 흔쾌히…"

윈터는 홈즈의 말을 가로막았다. "홈즈 씨, 보수는 필요 없어요. 돈 때문이 아니에요. 그자가 진흙탕에 뒹구는 모습을 보고 싶을 뿐이에요. 그걸로 보수는 충분해요. 진흙탕 속에 빠진 놈의 얼굴을 짓밟아 주겠어요. 내일이든, 언제든 그 놈을 쫓고 있는 한 언제까지나 함께 할 겁니다. 여기 신웰이 제가 어디 있는지 알고 있으니까요."

내가 다시 홈즈를 만난 건 다음 날 저녁, 스트랜드의 단골 레스토랑에서였다. 바이올렛 양과의 면담이 잘 진행됐는지 묻자 홈즈는 어깨를 들썩해 보였다.

"쉽게 약속을 잡았네. 이번 결혼문제로 아버지의 뜻을 거슬러서 그걸 보상이라도 하듯 결혼이외의 일에 대해서는 아버지의 말을 잘 따르더군. 장군으로부터 기다리겠다는 전화를 받았고 윈터 양도 약속시간에 와줘서 5시 반에는 버클리 광장 104번지에 도착했네. 하인의 안내를 받아 노란 커튼이 쳐진 응접실로 들어가자 아가씨가 기다리고 있었고. 투명하고 흰 얼굴에 새침한 표정. 마음의 문을 닫고 있어 접근하기 힘들어 보였네.

왓슨, 뭐라고 표현해야 자네가 알 수 있을까? 결론이 나기 전에 그녀를 만나게 될 테니 자네의 타고난 말솜씨로 표현해 주게. 아름답기는 하지만 황홀할 정도로 높고 고귀하게 보여 마치 다른 세상에서 온 듯한 느낌이었네. 이 세상에서 찾아볼 수 없을 정도로 아름답다고 해야 할까. 중세 거장들의 그림에서 그런 얼굴을 본 적이 있네. 짐승 같은 자가 그렇게 천사 같은 사람에게 어떻게 그 더러운 손길을 뻗쳤는지 전혀 알 수가 없네. 자네도 잘 알다시피 서로 극단적인 것에 끌리고 있는 건지도 모르겠네. 여신과 야수, 혹은 악마와 천사처럼 말일세.

우리가 왜 왔는지는 이미 다 알고 있었네. 그 악당이 미리 우리에게 넘어가지 않도록 손을 써 놓은 거지. 윈터 양이 함께 온 건 의외라고 생각한 것 같지만 그래도 친절하게 우리를 자리로 안내해 주었네. 왓슨, 뭐라고 표현하는 게 좋을지 모르지만 자네도 거만하게 보이고 싶다면 바이올렛 양에게 배우면 좋을 걸세. 게다가 목소리는 빙산에서 불어오는 바람처럼 차가웠지.

'네, 당신의 이름은 익히 들어 잘 알고 있습니다. 제 약혼자인 그루너 남작의 흉을 보러 오신 거죠? 제가 선생님을 만나는 건 아버지의 간곡한 부탁 때문입니다. 미리 말씀해 드리겠지만 무슨 말씀을 하셔도 제 마음은 절대 흔들리지 않을 거예요.'

나는 그녀가 불쌍하다는 생각이 들었네. 마치 자신의 딸을 걱정하듯이 말이야. 마음이 아니라 머리를 쓰는 내가 그렇게 진심을 담아 부모의 입장으로 설득을 했지. 결혼을 하고 나서 남편의 참모습을 깨달은 여자들이 어떻게 되는지 차근차근 설명해 주었지. 그 결혼생활이 얼마나 처참하고 공포와 고통속에 절망스러운지를 말해 주었네. 그렇게까지 열변을 토했는데도 불구하고 상아처럼 하얀 얼굴을 한 번도 붉히지 않고 정신이 나간 듯 표정이 전혀 없었네. 남작이 말했던 최면 암시효과가 생각이 났었지. 하지만 바이올렛 양은 주저하지 않고 단호하게 대답했네.

'홈즈 씨, 저는 끝까지 참고 말씀을 다 들어 드렸습니다. 처음에 말씀드렸듯이 제 마음은 전혀 흔들리지 않아요. 애들버트, 다시 말해 제 약혼자가 파란만장한 인생을 살아왔고 까닭 없는 원망과 부당한 중상모략을 당하고 있다는 걸 잘 알고 있습니다. 제게 그런 중상모략을 한 분이 여럿 계셨지만 이걸로 끝이라고 생각합니다. 걱정해 주시는 건 잘 알겠지만 선생님을 돈을 주고 고용한 걸로 알고 있습니다. 고용한 상대가 저였다면 남작을 위해 충실하게 일하셨겠죠? 어찌됐거나 이것만은 분명히 말씀드리겠습니다. 제가 그분을 사랑한다는 것과 그 분도 저를 사랑하고 있다는 겁니다. 세상 사람들이 뭐라 해도 창밖에서 새들이 지저귀는 것과 다를 게 없습니다.' 그러자 함께 간 윈터 양에게 눈을 돌리더니 '헌데 이 젊은 여성분은 누구시죠?'

내가 대답을 하려 하자 윈터 양이 가로막고 나섰는데 마치 불과 얼음의 대결 같았네.

'내가 누군지 가르쳐 주지.' 흥분한 윈터 양은 벌떡 일어서면서 일그러진 입술로 소리쳤네. '그자가 당신을 만나기 전 애인이야. 그놈이 유혹해 가지고 놀며 단물을 다 빨아먹어 껍질만 남아 쓰레기더미에 버려진 수많은 여자들 중에 한 명이지. 당신도 곧 나처럼 되겠지. 아니, 당신이 버려질 곳은 쓰레기더미가 아니라 공동묘지야. 결국 그렇게 끝날 거야. 이 바보 같은 여자야, 그놈과 결혼하는 건 당신의 목숨을 던지는 거야. 절망을 할지, 목뼈가 부러질지 모르지만 적어도 둘 중에 하나야. 당신을 위해 이런 말을 하는 게 아냐. 당신이 죽든 말든 나하고는 상관없는 일이니까. 그놈이 죽이고 싶도록 미우니까. 그놈에게 복수하고 싶으니까, 복수하기 위해서라고. 나를 그런 눈으로 보지 마. 머지않아 당신은 나보다 더 불쌍한 신세가 될지도 모르니까.'

바이올렛 양은 차분하고 냉정했네. '그런 이야기 듣고 싶지 않아요. 분명히 말씀드리지만 제 약혼자가 질이 나쁜 여성분들과 사귄 게 세 번 있다는 걸 알고 있습니다. 만약 그 때 잘 못 한 게 있다면 그이도 후회하고 있을 겁니다.'

'세 번이라고?' 윈터 양이 고함쳤지. '당신, 정말 바보야! 꽉 막힌 바보!'

얼음장 같이 차가운 대답만 돌아왔네. '홈즈 씨, 그만 가주세요. 당신을 만나라는 아버님의 부탁을 따르긴 했지만 이 여성의 하소연까지 듣고 싶지 않습니다.'

욕을 퍼부으며 윈터 양이 앞으로 나서는 걸 내가 막지 않았다면 바이올렛 양의 머리채를 잡고 흔들어 댔을 걸세. 분노에 차 제정신이 아닌 윈터 양을 현관 앞까지 끌고 나가 기다리고 있던 마차에 태웠네. 우리는 어떡해서든 도우려고 하는데 마치 남의 일인 양 너무나 차분하고 냉정하게 대하니 말이야. 대충 이런 상황이네. 이번 일이 수포로 돌아갔으니 뭔가 다른 수를 생각해 내야겠지. 왓슨, 자네가 활약할 때가 올 테니 계속 상황을 알려주겠네. 이번에는 놈이 먼저 움직이기 시작할 걸세."

과연 홈즈의 말 대로였다. 놈들이… 그 아가씨가 관여했다고는 생각할 수 없지만, 남작이 기습 공격을 해 왔다. 길을 걷다가 신문팔이의 손에 든 광고 문구를 본 순간을 영원히 잊을 수 없을 것이다. 갑자기 심장을 송곳으로 찔린 듯 두려운 생각이 뇌리를 스쳤기 때문이다. 그랜드 호텔과 채링 크로스 역 사이에서 절름발이 신문팔이가 들고 있던 광고지. 우리가 만난 지 겨우 이틀이 지나고 나서다. 노란 종이에 검은 글씨로 적혀 있던 건 끔직한 문구였다.

명탐정 셜록 홈즈 씨, 괴한의 습격으로 중상!

그 뒷일이 잘 생각이 나지 않지만 나는 한동안 멍하니 정신을 놓았던 것 같다. 그리고 신문 한 부를 낚아챘고, 돈을 내지 않았다며 신문팔이와 실랑이를 한 다음 약국 앞에 선 채로 불길한 기사를 읽은 것으로 기억한다.

「유감스런 일이 일어났다. 유명한 사립탐정 셜록 홈즈 씨가 오늘 아침 괴한의 습격으로 건강이 걱정된다. 자세한 발표는 없었지만, 사건은 12시경 리젠트 가의 카페 로얄 앞에서 일어난 것으로 보인다. 단장으로 무장한 두 명의 괴한에게 기습을 당한 홈즈 씨는 머리와 몸을 구타당했다. 의사의 발표에 의하면 중상이라고 한다. 피해자는 채링 크로스 병원으로 후송되었으나 본인의 희망에 따라 베이커 가로 옮겨졌다. 괴한들은 점잖은 차림을 한 남자들이 카페 로얄 안을 가로질러 뒷문을 통해 글래스하우스 가로 도망친 듯하며 목격자는 없다. 아마도 홈즈 씨에게 원한이 있는 범죄자들의 복수극으로 예상된다.」

이 기사를 읽자마자 마차를 집어타고 곧장 베이커 가로 향했다. 유명한 외과의사 레슬리 옥숏의 모습이 보였고, 사륜마차가 대기 중이었다.

"생명에는 지장이 없습니다." 의사가 말했다. "단지, 머리가 두 군데 찢어졌고 타박상이 심합니다. 몇 바늘 꿰매고 모르핀 주사를 놓으니 절대 안정이 필요하지만 잠시 면회하는 건 괜찮을 겁니다."

나는 의사의 허락을 받고 어두침침한 방안으로 들어갔다. 홈즈는 이미 일어서있었고, 잠긴 목소리로 내 이름을 불렀다. 블라인드가 4분의 3정도 내려져 있었지만 한 줄기 햇빛이 파고들어 붕대로 칭칭 감싼 홈즈의 머리를 비스듬하게 비추고 있었다. 단단히 감은 흰 붕대에 검붉은 피가 얼룩져 있었다. 곁에 앉아 얼굴을 가까이 하자 홈즈가 가냘프게 말했다.

"왓슨, 괜찮네. 그런 얼굴 하지 말게. 보기보다 말짱하네."

"다행이야!"

"내 봉술 실력을 자네도 알고 있잖나. 거의 다 막아냈네. 두 명이 덤벼서 역부족이었지만."

"내가 할 일이 없겠나? 당연히 그놈 짓이겠지? 자네가 원한다면 놈을 찾아가 혼내주고 오겠네."

"왓슨, 고마워서 눈물이 다 나겠어! 하지만 경찰이 범인을 잡지 못 하는 이상 우리가 할 수 있는 일이 아무 것도 없네. 그런데 놈들은 정말 재빨리 도주로를 찾아냈어. 아니, 잠깐만. 잠시 생각할 게 있네. 일단 내가 부상이 심하다고 소문을 내고 다니게. 모두가 자네에게 내 상태를 물을 테니 의식이 없다거나, 헛소리를 한다거나 자네가 맘대로 말해도 좋네. 더 심하게 과장을 해도 상관없네."

"옥숏 선생은 어떡하고?"

"그건 걱정하지 말게. 내가 아픈 척을 하면 그만이니까. 그건 내게 맡겨두게."

"그런 다음?"

"음. 신웰 존슨에게 윈터 양을 안전한 곳으로 피하도록 말해주게. 놈들이 이번에는 그녀를 노릴 걸세. 우리에게 협력한 게 이미 알려졌으니까. 서두르게. 오늘 밤 안에 부탁하네."

"지금 바로 가지. 그밖에 다른 건?"

"파이프를 테이블 위에 놓아 주게. 담배와 슬리퍼도 부탁하네. 매일 아침에 와 줄 수 있나? 작전을 짜야지."

그날 저녁 존슨과 상담한 끝에 윈터 양을 조용한 교외로 데리고 가 위험이 사라질 때까지 몸을 숨기도록 했다.

그렇게 엿새 동안 모든 사람들이 홈즈가 생사를 넘나드는 중태라고 생각했다. 신문기사 또한 아주 심각한 상태라고 전하고 있었다. 베이커 가를 드나들던 나는 소문처럼 상태가 나쁘지 않은데 안심했다. 홈즈의 강철처럼 단련된 육체와 강한 정신력이 눈부신 작용을 하고 있었다. 그는 빠르게 회복했고, 실제로는 보기보다 회복이 더 빠른 게 아닐까 하는 의심이 들 정도였다.

이 친구는 묘한 신비주의 경향이 있고, 그것이 수없이 많은 극적 효과를 연출했지만 가장 가까운 친구조차 그가 정확히 어떤 계획을 꾸미고 있는지 알 수 없어 섭섭한 마음이 들기도 한다. 자신의 머리에서 짜낸 것이 가장 안전한 대책이라는 원칙을 지키는 홈즈. 그 누구보다도 가깝게 지내는 나였지만 항상 둘 사이에 메울 수 없는 간격을 깨닫게 되고 만다.

이레 째 되는 날 실밥을 풀었다. 한편 각 신문에는 그에게 단독(丹毒, 고열과 오한을 동반하며 피부가 붉게 부어오르는 질환) 증상이 나타났다는 기사가 실렸다.

같은 석간에 홈즈의 상태가 좋건, 나쁘건 간에 알리지 않으면 안 되는 기사가 실려 있었다. 금요일 리버풀을 출항하는 큐나드 증기선, 루리타니아 호 승객 명단에 애들버트 느루너 남작이 있었다. 남작은 조만간 있을 결혼을 앞두고 재정상의 중요한 문제를 처리하기 위해 미국으로 떠난다. 결혼 상대인 드 머빌 장군의 외동딸은….

소식을 들은 홈즈의 창백한 얼굴에 떠오른 냉정하고 긴장된 표정에서 상당한 충격을 받았다는 걸 알 수 있었다.

"금요일! 이제 사흘밖에 안 남았군. 그 악당이 모험을 하지 않겠다는 거군. 하지만 그렇게는 안 될 걸. 절대 그렇게 내버려 두진 않겠어! 왓슨, 내 대신 해 줄 일이 있네."

"그러기 위해 내가 여기 있는 거 아닌가."

"좋아, 그럼 지금부터 24시간 동안 중국 도자기에 대해 공부를 해주게."

홈즈는 이유를 설명하지 않았고, 나 또한 아무것도 묻지 않았다. 홈즈와의 오랜 경험을 통해 그냥 시키는 대로 하는 게 현명하다는 걸 알고 있기 때문이다. 하지만 방을 나서자마자 이내 이 요상한 지시를 어떻게 이행해야 하는 게 좋을지 궁리하기 시작했다. 할 수 없이 세인트 제임스 광장에 있는 런던 도서관으로 마차로 달려가 부사서로 있는 친구 로맥스의 추천으로 참고가 될 만한 책 한 권을 옆구리에 끼고 집으로 돌아왔다.

나는 그날 저녁부터 거의 쉬지 않고 밤을 새고, 다음 날 오전에도 여전히 지식을 흡수하고 있었다. 책에 실린 이름이란 이름은 전부 다 외워버렸다. 위대한 도예 가들의 기법을 기억하고, 중국의 음력에 대해서도 공부했다. 홍무제 시대 도자기 문양, 영락제 시대 도자기의 아름다움, 당영(唐英)이란 도공의 화법. 그리고 송과 원나라의 도자기 전성시대. 이런 지식을 머릿속에 가득 채우고 다음 날 저녁 홈즈를 찾아갔다. 신문보도로는 상상도 할 수 없는 일이지만, 홈즈는 이제 침대에서 벗어나 그가 즐기던 팔걸이의자에 앉아 붕대를 칭칭 감은 머리를 한 손으로 받치고 있었다.

"어라, 홈즈, 신문기사에 따르자면 자네는 거의 죽어가는 상태 아닌가."

"내가 바라던 바야. 헌데 왓슨, 공부는 열심히 했겠지?"

"어쨌거나 최선을 다 했네."

"좋아. 도자기에 대해 전문가처럼 말 할 수 있겠나?"

"아마 가능할 걸."

"그럼 난로 선반에 있는 작은 상자를 집어주겠나?"

홈즈는 상자를 열어 동양의 비단 같은 걸로 소중하게 감싼 작은 물건을 꺼내들었다. 보자기를 풀자 눈부시게 아름답고 고상한 청자 접시가 나왔다.

"왓슨, 조심해서 다뤄야하네. 명나라의 진품 청자 접시네. 크리스티 경매에 나온 것 중에 최고의 걸작이네. 이 접시 한 세트면 어지간한 왕국 하나를 살 수 있을 걸세. 실제로 완벽하게 한 세트를 다 가지고 있는 건 중국 황실 밖에 없을 테지만. 도자기를 아는 사람이라면 이걸 보고 한 눈에 반해버릴 걸."

"이걸 어쩌라는 거지?"

홈즈는 명함 한 장을 건넸다. "힐 버튼 박사, 하프 문 가 369번지"라고 적혀 있었다.

"왓슨, 오늘 밤 이 사람이 되어 그루너 남작을 찾아가게. 내가 알기로는 녀석은 8시 반이 되면 한가할 걸세. 미리 아주 진귀한 명조 시대 도자기 세트 중 하나를 견본으로 가져간다고 연락해 두게. 자네가 연기해야할 인물도 의사로 했네. 그러는 게 자네도 조금은 편할 테니까. 자네는 도자기 수집가고 이 도자기 한 세트를 가지고 있고, 남작이 도자기에 관심이 있다고 해서 값만 제대로 쳐준다면 팔 수도 있다고 말하게."

"가격은 얼마나 부를까?"

"좋은 질문이야, 왓슨. 자신의 수집품 가격을 모른다면 누가 보더라도 이상할 테니까. 이 접시는 제임스 대령이 우릴 위해 준비해 준 거지만 틀림없이 의뢰인의 수집품일 걸세. 세상에 이보다 소중한 게 없다고 해도 허풍이 아닐 걸세."

"이 세트를 전문가의 감정을 받아보는 게 좋겠다고 말해볼까?"

"왓슨, 바로 그거야! 오늘따라 자네 머리 회전이 빠르군. 크리스티나 소더비 이름을 팔아도 괜찮을 것 같군. 너무 진귀한 물건이라 감히 값을 매기지 못한다는 거지."

"하지만 만나주지 않으면?"

"아니야, 놈이라면 꼭 만나줄 걸세. 수집가의 수준을 넘어 마니아에 가까울 정도네. 그 중에서도 도자기에 대해서는 알 만한 사람은 다 아는 전문가일세. 왓슨, 앉아보게. 편지를 어떻게 쓸지 가르쳐 주겠네. 답변은 받을 필요 없네. 간단하게 방문 이유, 용건만 쓰면 되네."

그야말로 완벽한 편지였다. 정중하면서도 간결해 전문가의 호기심을 자극하기에 충분한 편지였다. 배달부를 시켜 편지를 보냈다. 그날 밤 나는 값비싼 도자기와 힐 버튼 박사란 명함을 들고 홀로 모험에 뛰어들었다.

훌륭한 정원과 저택. 제임스 대령 말대로 그루너 남작은 상당한 재력가인 듯 했다. 양 옆으로 키 작은 정원수가 심어져 있는 구불구불한 마찻길을 지나자 작은 돌로 모자이크 장식을 한 멋진 광장이 나왔다. 이 저택은 한참 경기가 좋을 때 남아프리카 금광 왕이 지은 것으로 모퉁이마다 작은 탑을 세운 낮고 긴 저택으로 건축물로서는 형편없었지만 크고 안정적이었다. 주교 자리에 앉아 있어도 어울릴만한 위엄을 갖춘 집사가 나를 맞은 뒤 벨벳 복장을 한 시종에게 인계하였고, 시종이 남작이 기다리는 방으로 안내했다.

창과 창 사이에 중국 도자기들로 가득 찬 장식장 문이 열려 있었고 그 앞에 그루너 남작이 서 있었다. 내가 들어서자 작은 갈색 도자기를 손에 쥔 채 뒤를 돌아봤다.

"박사님, 앉으시죠. 제 보물들을 감상하면서 과연 제 수집품에 넣을 만한 것인지 생각하고 있던 참입니다. 예를 들어 7세기 당나라 때 만든 이 작은 도자기가 관심을 끌지 않나요? 이렇게 정교하고 깊은 광택을 본 적이 없을 겁니다. 헌데 말씀하신 명나라 접시라는 건?"

나는 보자기를 조심스럽게 풀어 접시를 건넸다. 남작은 책상 앞에 앉아 램프를 가까이 하고 도자기를 유심히 살폈다. 그러는 사이 노란 불빛이 남작의 얼굴을 비추어 줘서 마음껏 그의 얼굴을 관찰할 수 있었다.

과연 보기 드문 미남이었다. 유럽 전체에 그 명성이 자자한 것도 납득할만했다. 보통의 키지만 우아하고 날렵한 몸 놀림. 약간 가무잡잡한 얼굴이 동양적이었고 우수에 젖은 크고 검은 눈동자는 단박에 여자들을 홀리기에 충분했다. 머리카락과 수염 또한 윤기 나는 검정색으로 짧은 콧수염을 왁스로 뾰족하게 고정시켰다. 균형이 잡힌 이목구비 중 한 가지 맘에 걸리는 것이 한 일자로 뻗은 얇은 입술이다. 쉽게 보기 힘든, 그야말로 아무렇지 않게 살인을 저지를 것 같은 입이었다. 얼굴에 칼로 갈라놓은 듯 냉정해 보이는 굳게 다문 입술이 차갑고 무섭게 느껴졌다. 목소리는 사람을 매혹시키기 충분했고 행동거지도 나무랄 데가 없었다. 나이는 서른 전후로 보였는데 나중에 확인한 결과 42살이었다.

"꽤 괜찮은 물건이네요. 아니, 아주 훌륭해요!" 남작은 한참 만에 입을 열었다.

"게다가 여섯 점 한 세트를 가지고 계신다니, 이런 대단한 물건에 대해 왜 제가 알지 못 했을까요? 이와 똑같은 게 영국에 딱 한 개만 있다는 것으로 알고 있는데.. 그 물건이 시장에 나돌 리가 없어요. 힐 버튼 박사님, 이걸 어떻게 구하셨는지 물어봐도 될까요?"

"그게 중요한가요? 그 도자기가 진품이라는 건 잘 아실 테고, 가격에 대해서는 전문가의 감정을 받아도 좋습니다."

가능한 침착하게 말했지만 상대의 검은 눈동자에 의심의 눈빛이 스쳤다. "무슨 괴변을 늘어놓으시는 겁니까. 이만한 가치가 있는 작품을 거래할 때는 그 이력에 대해 모든 걸 알고 싶어 하는 게 정상 아닙니까? 진품임에는 틀림없습니다. 그에 대해서는 전혀 의심의 여지가 없습니다. 하지만 혹시 있을 수 있는 모든 경우의 수를 따져보지 않으면 안 됩니다. 나중에 당신이 이 작품을 팔 권리가 없다는 걸 알게 되면 어쩌죠?"

"제가 보증을 서죠. 그런 일은 절대 없습니다."

"그렇다면, 다음은 선생께서 하신 말씀을 얼마나 신뢰 할 수 있을까가 문제가 되겠죠."

"그야 제가 거래하는 은행이 대답해 줄 겁니다."

"그렇군요. 하지만 여전히 이 거래가 왠지 미심쩍다는 생각이 드는 군요."

"거래를 하고 안 하고는 당신 마음입니다. 내가 남작을 찾아온 건 물건의 가치를 인정해 줄 거라고 생각했기 때문입니다. 싫다면 다른 사람을 찾아보면 그만입니다."

"제가 전문가라는 건 어떻게 아셨죠?"

"책을 썼다는 걸 알고 있습니다."

"그 책을 읽어 보셨나요?"

"아니오."

"허어, 점점 더 이해가 되질 않네요! 전문가에, 수집가라는 사람이 엄청난 가치가 있는 소장품을 가지고 있으면서도, 읽어보면 그 가치를 알 수 있는 책을 한 권도 읽지 않았다는 걸 어떻게 설명해야 되죠?"

"저는 바쁜 사람입니다. 개업 의사니까요."

"그건 답이 되지 않아요. 취미를 가진 사람은 아무리 바쁜 일이 있어도 자신의 취미에 빠지지 않나요? 선생이 보낸 편지에 본인이 전문가라고 소개했습니다."

"그렇소."

"참고삼아 몇 가지 질문을 해도 괜찮겠습니까? 박사님, 당신이 정말 의사인지 조차 의심이 갈 정도로 미심쩍게 느껴집니다. 자아, 쇼무(聖武)천황이 누구죠? 나라의 쇼소잉(正倉院)과 관련이 있다는 걸 알고 계십니까? 왜 대답을 못 하시죠? 말씀을 해 보시죠. 북위 (北魏) 왕조의 역사 상 가치에 대해서 말해보세요."

나는 화가 난 척하며 의자를 박차고 일어났다.

"더 이상 참을 수 없소. 생각해서 찾아왔더니 학교에서 애들이 시험을 보는 것도 아니고, 뭐하자는 겁니까? 당신만큼은 아니더라도 내 나름대로 지식이 있소. 하지만 당신의 그런 불쾌한 태도에 대답할 필요성을 느끼지 못하오."

그루너 남작은 내게서 눈을 떼지 않았다. 우수에 찬 눈빛이 사라지고 순식간에 광채가 빛났다. 잔인해 보이는 입술 사이로 하얀 이가 드러났다.

"무슨 꿍꿍이지? 내 집을 염탐하러 왔군. 홈즈의 첩자겠지. 내게 덫을 놓을 수작인가? 놈이 다 죽어가게 되니 부하를 보내 나를 감시하라고 시켰군. 제 발로 무덤 속으로 기어들어왔군. 들어오기 쉬워도 나가기는 어렵다는 걸 깨닫게 해주지."

남작이 화가 치밀어 벌떡 일어서자 나는 뒤로 물러서면서 방어 자세를 취했다. 남작은 처음부터 나를 의심하고 있었는지도 모른다. 이것저것 물어보고 결국 내 정체를 알아차린 것이다. 이자를 속인다는 건 처음부터 무리였을지도 모른다. 남작은 책상 서랍을 열어 손을 집어넣고 이리저리 뒤지기 시작했다. 그때 인기척이 들린 듯 잠시 귀를 기울였다.

"이런, 젠장!" 그루너 남작은 외마디 비명만 남긴 채 등 뒤에 있는 방으로 달려갔다.

나도 열린 문 앞으로 다가 갔다. 방안에서 벌어진 광경은 아마 죽을 때까지 잊을 수 없을 것이다. 정원으로 나 있는 창문이 활짝 열려 있었다. 그 옆에 유령처럼 누군가 서 있었다. 피로 얼룩진 붕대를 머리에 감싸고, 마르고 창백한 얼굴의 셜록 홈즈였다. 순간 홈즈가 창밖으로 빨려 들어가듯 월계수 덤불로 뛰어내리는 소리가 들렸다. 그루너 남작이 고함을 지르며 그 뒤를 쫓아 창가로 다가갔다.

그때였다! 순식간에 벌어진 일이었지만 나는 그 순간을 놓치지 않았다. 팔 하나가, 여자의 팔이 나무 덤불사이로 불쑥 튀어나왔다. 그와 동시에 남작이 소름이 끼칠 정도로 비명을 질렀다. 평생 잊으려야 잊을 수 없는 비명소리였다. 두 손으로 얼굴을 감싸고 방안을 뛰어다니며 미친 듯이 머리를 벽에 박아대는 남작. 그러더니 카펫 위로 쓰러져 데굴데굴 구르며 끊임없는 비명소리가 집안에 울려 퍼졌다.

"물! 제발, 물을 줘!"

나는 탁자 위의 주전자를 들고 그에게 달려갔다. 동시에 집사와 하인들이 방 안으로 뛰어 들어왔다. 나는 부상당한 남작 옆에 무릎을 꿇고 앉아 처참한 얼굴을 향해 램프를 비췄을 때 누군가 뒤에서 실신했던 걸 기억하고 있다. 황산이 얼굴 전체에 파고들었고 양쪽 귀와 턱을 타고 흘러내리고 있었다. 한 쪽 눈은 이미 희뿌옇게 변했고, 나머지 한 쪽도 붉게 부어오르고 있었다. 조금 전까지 감탄을 금치 못했던 얼굴이 화가가 지저분한 스펀지로 문질러 버린 그림처럼 돼 버렸다. 일그러지고 변색된 남작의 얼굴은 차마 인간의 얼굴이라고 할 수 없을 정도로 처참하게 변했다.

나는 두세 마디 황산에 의한 것이라고 간단히 설명했다. 하인들 중 어떤 자는 창문을 통해 밖으로 뛰어내리고, 또 어떤 자는 잔디밭으로 뛰어나갔지만 날이 어두운데다 비까지 내렸다. 절규하는 사이 보복을 당한 남자는 헛소리를 하듯 상대에 대해 욕을 퍼부었다. "그년이야, 키티 윈터! 그 년, 마녀 같은! 가만두지 않겠어! 기다리고 있어! 으으, 너무 아파!"

나는 남작의 얼굴에 오일을 듬뿍 바르고 벗겨진 피부에 탈지면을 덮어준 뒤 모르핀 주사를 놔 주었다. 이 충격으로 조금 전 까지 의심하던 내 두 팔을 꼭 붙들고 있었다. 이런 엄청난 일을 당하게 된 이유, 이 남자의 파렴치한 삶에 대해 모르고 있었다면 너무나 불쌍한 모습에 눈물을 쏟았을 것이다. 불타듯 뜨거운 두 손으로 내게 매달려 있었지만, 잠시 후 주치의와 뒤를 이어 전문의가 달려오면서 나는 안도의 한숨을 쉬었다. 경찰서에서도 형사가 한 명 왔다. 나는 내 진짜 명함을 건네주었다. 스코틀랜드 야드에는 홈즈 만큼이나 내 얼굴도 잘 알려져 더 이상 숨길래야 숨길 수가 없었다. 그렇게 그 어둠과 공포에 휩싸인 저택을 벗어났다. 한 시간 뒤 나는 베이커 가에 있었다.

홈즈는 늘 앉아 있던 의자에 앉아 있었다. 창백한 얼굴에 지친 모습이 역력했다. 상처를 입고 있는데다 그날 밤 사건이 강철처럼 강한 홈즈의 신경마저도 뒤흔들어 놓은 듯 했다. 완전히 달라진 남작의 얼굴에 대해 이야기 하자 끔찍하다는 듯 전율을 금치 못 했다.

"인과응보군. 죗값을 치른 셈이야! 언제가 됐든 반드시 치러야할 대가를 치른 거지. 신만이 알고 있는 죄는 수없이 많으니까." 홈즈는 이렇게 말하면서 한 권의 갈색 책을 집어 들었다. "여기, 그 여자가 말했던 책이네. 이걸로 파혼이 이루어지지 않는다면 더 이상 손쓸 방법이 없을 걸세. 왓슨, 이게 효과가 있을 거야. 틀림없어. 자존심이 강한 여자라면 참을 수 없을 걸세."

"그 자의 연애 일기인가?"

"그보다는 애욕의 일기가 어울릴 걸. 뭐라고 부르던 상관없지만. 그 여자 말을 듣고 이거다 싶었지. 이것만 손에 넣을 수 있다면 최강의 무기가 될 수 있을 거라고. 그때는 그 여자가 무슨 소릴 하고 다닐지 몰라서 아무 대꾸도 하지 않았지만 말이야. 하지만 계속 방법을 찾고 있었지. 이렇게 습격을 당한 건 남작이 나를 경계하지 않도록 할 수 있는 절호의 기회가 됐고 성공을 했네. 좀 더 시간을 두려고 했지만 남작이 아메리카로 떠난다고 해서 더 이상 기다릴 수 가 없었지. 너무나 위험한 책이니 집에 두고 가려하지 않았을 걸세. 그러니 한시가 급하게 된 거지."

경계가 삼엄하니 야밤에 잠입하는 건 불가능하다고 생각했네. 하지만 그리 늦지 않은 시간에 그자가 뭔가에 신경을 빼앗기고 있다면 충분히 가능하다고 생각했네. 그래서 자네와 그 청자 접시를 보내게 된 거지. 그런데 그 책이 있는 장소를 확실히 아는 것도 아니니 시간이 얼마 없었지. 내게 허락된 시간은 자네의 중국 도자기 지식에 달려 있었던 걸세. 그래서 결국 그녀를 데리고 갈 수밖에 없었지. 그녀가 망토 밑에 감추고 온 게 뭔지, 내가 알 턱이 없지 않나? 나는 그저 쓸데가 있는 물건이려니 했고 그녀도 그렇게만 말했네."

"남작은 내가 자네를 보낸 줄 알고 있었네."

"그럴 줄 알았네. 하지만 자네는 이 책을 손에 넣을 수 있을 만큼 충분히 시간을 벌어줬네. 들키지 않고 도망칠 수는 없었지만. 오, 제임스 대령 잘 오셨습니다!"

미리 연락을 취해둬 우리의 고귀한 친구가 나타났다. 홈즈가 자초지정을 설명하는 동안 제임스 대령은 조용히 귀를 기울였다.

"멋져요! 아주 훌륭해요!" 대령이 소리쳤다. "만약 그자의 상태가 왓슨 박사님말대로 심하다면 결혼을 막으려는 우리 목적은 달성한 것과 마찬가지니 이 더러운 책은 보여줄 필요가 없겠군요."

홈즈는 고개를 저었다.

"드 머빌 양 같은 타입의 여성은 절대 그렇지 않습니다. 추해진 모습으로 고통스러워하는 그를 더욱 사랑하게 될 겁니다. 안 되요, 절대 안 됩니다. 우리가 밝혀야 하는 건 그자의 육체적인 부분이 아니라 도덕적인 부분이니까요. 이 책을 보면 아가씨도 환상에서 깨어날 겁니다. 환상을 깨려면 이것밖에 없습니다. 그자가 직접 쓴 거니까요. 아가씨도 이걸 보고 눈감아 주진 않을 겁니다."

제임스는 책과 고가의 접시를 들고 돌아갔다. 나도 집으로 돌아가야 했기에 함께 거리에 나섰다. 한 대의 사륜마차가 기다리고 있었다. 대령이 올라타고 코케이드(영국왕실의 종복이 모자에 다는 문장)를 단 마부에게 서두르라는 명을 내리자 마차는 순식간에 사라졌다. 대령은 외투 한 쪽을 창밖으로 늘어트려 마차 옆쪽의 문장을 가렸지만 부채꼴 모양의 창으로 새어나오는 불빛 속에서 그것을 보고 말았다. 깜짝 놀란 나는 숨이 멎는 듯 했다. 그리고 되돌아서서 홈즈의 방으로 달려갔다. 엄청난 사실을 알아내고 밑도 끝도 없이 소리를 질렀다.

"알아냈네, 홈즈. 의뢰인이 누군지 알아냈네."

홈즈는 한 손을 들어 내 말을 막았다. "장군은 고귀한 우리의 벗이며 기사도정신이 투철한 신사일세. 우리에게 지금도, 앞으로도 계속 그걸로 충분하지 않나?"

그 후 모든 죄의 증거인 책이 얼마나 도움이 됐는지는 우리는 알 수 없었다. 제임스 대령이 알아서 처리했을 것이다. 혹은 아주 미묘한 문제라 그 젊은 아가씨의 아버지에게 맡겼을 지도 모른다. 어쨌거나 모든 게 만족스런 결말에 다다르게 됐다. 사흘 뒤, 〈모닝 포스트〉지에 애들버트 그루너 남작과 바이올렛 드 머빌의 결혼이 취소됐다는 기사가 실렸다. 같은 신문에 황산을 뿌린 중죄로 기소된

키티 윈터 양에 대한 첫 번째 경찰심문이 보도됐다. 재판에서는 정상참작의 여지가 분명하기 때문에 중범죄를 저질렀음에도 불구하고 가벼운 형량의 판결을 내렸다. 셜록 홈즈는 가택 침입 죄로 기소될 뻔 했지만 동기가 선의에 의한 것이고, 의뢰인이 너무나 유명한 인물일 때는 엄격한 영국 법률조차 융통성을 발휘한다. 따라서 나의 친구는 아직까지 피고인석에 서지 않아도 됐다.

서섹스 흡혈귀
The Adventure
of the Sussex Vampire

홈즈는 그날 마지막으로 도착한 편지를 천천히 읽고 있었다. 잠시 후 홈즈는 킥킥거리며 그 편지를 내게 던져주었다.

　"현대와 중세, 현실과 엉뚱한 공상이 뒤죽박죽 돼 있군. 왓슨, 자네는 어떻게 생각하나?"

　내용은 이랬다.

「올드 주어리 46번지 11월 19일 흡혈귀 건

　저희 회사의 고객이신 민싱 레인의 홍차 중개상 퍼거슨 앤드 뮤어헤드상사의 로버트 퍼거슨 씨로부터 위와 같은 날짜의 서면으로 흡혈귀에 대한 문의가 있었습니다. 하지만 당사는 기계류 조사에 관한 일을 하고 있습니다. 이와 같은 문제는 영업내용에 포함돼 있지 않아 퍼거슨 씨에게는 홈즈 씨에게 상담하도록 권했습니다. 마틸다 브릭스 사건에서의 활　약상을 익히 알고 있습니다. 용건만 간단히 적어 죄송합니다.

– 모리슨 모리슨 앤드 도드 상사

담당자 – E.J.C」

"마틸다 브릭스가 마치 젊은 여자 이름 같지?" 홈즈는 과거를 회상하는 듯 말했다. "수마트라의 커다란 쥐와 연관이 있는 배의 이름인데 아직 이 이야기가 정식으로 공표되지 않았네. 하지만 우리라고 흡혈귀에 대해 아는 게 있어야지 말이야. 우리 영업 범위에도 포함돼 있지 않아. 그냥 빈둥거리는 것보다는 낫겠지만 왠지 그림 동화 속으로 빠져드는 느낌이군. 왓슨 거기 색인집 좀 집어주지 않겠나? V 항목을 조사해 봐야겠군."

나는 몸을 젖혀 홈즈가 말한 커다란 색인집을 꺼냈다. 홈즈는 그걸 무릎위에 펼쳐놓고 갖가지 오래된 사건 기록과 신문 스크랩을 유심히 살펴보았다.

"글로리아 스코트 호의 항해라."홈즈가 소리 내 읽었다. "꽤 고생한 사건이었지. 아마 자네가 이 사건에 대해서도 기록했었지? 별로 반향은 없었지만. 다음은 빅터 린치, 위조사건의 범인이네. 그리고 독 도마뱀 히라. 이 사건은 재미있었지! 서커스 미녀 빅토리아. 반더빌트와 살인청부업자. 독사 사건. 거기에 헤머스미스의 괴인 비거. 어! 이거 정말 대단한데! 이런 색인은 흔치 않을 걸세. 여기 보게, 왓슨. 헝가리 흡혈귀라는 항이 있네. 여기에는 트랜실바니아의 흡혈귀도..." 홈즈는 열심히 페이지를 넘기며 읽다가 실망한 듯 소리치고 자료집을 집어 던졌다.

"왓슨, 이거 완전히 말도 안 되는 쓰레기야! 심장에 말뚝을 박지 않으면 무덤에서 살아나 돌아다니는 시체 따위는 사양하겠어. 무슨 헛소린가?"

"하지만 흡혈귀라는 게 꼭 죽은 사람에 국한된 건 아니잖나? 살아 있는 흡혈귀가 있는지도 모르지. 다시 말해 젊어지려고 젊은이의 피를 빨아먹는 노인이라든가. 책에서 읽은 적이 있거든."

"그럴지도 모르지. 이 항목에 실려 있는 전설 중에도 똑같은 내용이 있으니 말이야. 하지만 이 사건을 어떡해야 좋을까? 우리 탐정 사무실은 지금까지 현실적인 문제를 다뤄왔고, 앞으로도 계속 그렇게 할 생각이네. 이승의 사건만으로도 힘겨운 게 현실이야. 그런데 저승의 일까지 관여를 해야 하는 건가? 로버트 퍼거슨 씨의 의뢰를 진지하게 받아들인다는 게 좀 우습지 않을까? 어, 이게 당사자로부터 온 편지 같군. 무슨 일로 고민하고 있는지 살펴볼까."

홈즈는 첫 이야기를 멈추고 테이블 위에 던져두었던 다른 한 통의 편지를 집어 들었다. 기가 막힌다는 표정으로 읽어 내려가던 얼굴이 진지하게 변하면서 점점 편지 내용에 빠져 들고 있다는 느낌이 들었다. 홈즈는 끝까지 읽고 나서 미동도 하지 않고 잠시 깊은 생각에 잠겼다가 뭔가 생각이 난 듯 상체를 일으켜 세웠다.

"램벌리... 왓슨, 램벌리가 어디쯤이지?"

"서섹스 주야. 호섬 남쪽이지."

"그리 멀지 않군. 그럼 치즈맨 저택은?"

"그 주변은 내가 잘 아네. 몇 세기 전에 집을 지은 사람들의 이름을 따서 그대로 저택의 이름에 붙일 정도로 고풍스런 집들이 모여 있는 곳이네. 예를 들자면 오드리 가, 하비 가, 캐리턴 가 라는 식으로. 사람들은 잊혀 져 버리지만 그 이름은 집과 함께 남아 있는 거지."

"그렇군." 신통치 않은 반응이었다. 자존심이 강하고 자신감이 넘치는 홈즈는, 새로운 지식을 머릿속에 재빨리 입력하면서도 그 지식을 전해준 상대에게 고마움을 표현하는 일이 거의 없다. "이 건을 해결하기 위해서는 램벌리 치즈맨 가에 대해 모든 걸 알지 않으면 안 되겠군. 그런데 말이야, 로버트 퍼거슨의 편지에 자네와 아는 사이라고 쓰여 있네."

"나?!"

"읽어보게."

이렇게 말하고 내게 편지를 건넸다. 편지의 내용은 다음과 같았다.

「홈즈 선생님께

변호사로부터 당신께 상담을 해보라는 권유를 받았지만 사안이 엉뚱하고 예민한 부분이 있어 설명하기가 어렵습니다. 한 친구에게 일어난 사건으로 저는 그의 대리인 역할을 하고 있습니다. 이 신사는 5년 전에 질산염 수입 업무로 만난 페루 상인의 딸과 결혼했습니다. 너무나 아름다운 여성이었지만 태어난 곳도 다르고 믿는 종교도 달라 심적 갈등이 심해지고, 결국 부인에 대한 애정이 식어버린 그는 결혼을 후회하게 됐습니다. 아내에게 자신이 다가가거나 이해할 수 없는 부분이 상당히 많다는 걸 깨달았습니다. 그녀는 아내로서의 세심한 배려와 남편에게 끝없이 헌신했기 때문에 그 고통이 더욱 컸습니다.

만나 뵙게 되면 좀 더 솔직히 말씀드릴 생각이지만 먼저 사건의 핵심만 간략하게 요약하여 적어 보내드릴 테니 참고하시기 바랍니다. 친구의 아내는 평소 상냥하고 온화했었지만 그녀답지 않게 이해할 수 없는 행동을 보이기 시작했습니다. 이 신사는 두 번째 결혼으로 전처와의 사이에 사내아이가 한 명 있습니다. 15살로 나이에 걸맞지 않게 사려 깊어 사람들의 사랑을 받는 소년이지만 어릴 적 사고로 장애가 남아있습니다.

안타깝게도 그녀가 이 소년을 아무 이유도 없이 체벌하는 장면이 두 번 목격 됐습니다. 한 번은 막대기로 심하게 때려 소년의 팔이 심하게 부을 정도였습니다.

하지만 그녀 자신이 낳은, 돌도 채 지나지 않은 아기에게 한 일과 비교하면 아무것도 아닙니다. 한 달 전 쯤의 어느 날 겨우 2,3분 정도 유모가 아기 곁을 비운 적이 있습니다. 아이의 우는 소리에 유모는 바로 아기에게 달려갔습니다. 방에 들어가 보니 부인이 아기 위에 올라타 목덜미를 물고 있는 것입니다. 아기의 목에 작은 상처와 함께 피가 흘러나왔습니다. 깜짝 놀라 남편을 부르려는 유모를 부인이 애원하듯 말리고 입을 다무는 대가로 5파운드 지폐를 손에 쥐어줬다고 합니다. 이 일은 이유도 모른 채 그냥 덮어졌습니다.

하지만 유모는 이 괴기스런 일을 잊지 않고 이후 부인으로부터 한시도 눈을 떼지 않고 아기를 더욱 철저히 지켰습니다. 그러자 아기 엄마인 부인도 유모의 일거수일투족을 철저히 감시하며 유모가 아기 곁을 벗어나는 기회를 노리는 듯 느껴졌다고 합니다.

유모는 밤낮없이 아기를 지키는 한편 부인은 어린 양을 노리는 늑대처럼 밤낮으로 호시탐탐 기회를 엿보고 있습니다. 이런 말도 안 되는 소리가 어디 있냐고 생각하시겠지만 부디 진지하게 받아들여 주십시오. 아기가 무사할 수 있을지, 한 남자가 미쳐버리지 않을지, 아주 중대한 문제니까요. 결국 남편까지 알게 되는 엄청난 일이 벌어지고 말았습니다. 매일 신경이 곤두서 있던 유모가 지쳐 남편에게 모든 사실을 털어놓게 됐습니다.

아마 홈즈 씨도 믿지 않으시겠지만, 당시 남편도 터무니없는 모함으로 여겼습니다. 배려심이 깊은 아내며 의붓아들을 체벌하긴 했지만 모성애가 깊은 여자였습니다. 그런데 어떻게 자신의 아기에게 상처를 입히겠습니까? 남편은 유모에게 꿈을 꾸고 있냐고, 그런식으로 사람을 모함하다니 머리가 이상한 거 아니냐고, 안주인의 험담을 용서하지 않겠다고 말했습니다. 바로 그때 아기의 비명과도 같은 울음소리가 들려와 두 사람은 아기방으로 달려갔습니다.

홈즈 씨, 한 번 입장을 바꿔 생각해 보세요, 이런 상황에서 제 친구의 심정을. 요람 옆에서 아내가 천천히 일어나자 아기의 훤히 들어난 목에, 그리고 시트 위에도, 피가 묻어 있는 겁니다! 너무 놀란 나머지 비명도 지르지 못 했습니다. 아내의 얼굴을 밝은 곳으로 돌리자 입 주변에 피가 잔뜩 묻어있었습니다. 틀림없이, 의심의 여지가 없습니다. 귀여운 아기의 피를 빨고 있던 건 그의 아내였습니다.

　상황이 이렇습니다. 지금 부인은 자신의 방에 갇혀 있고 아무런 변명도 하지 않고 있습니다. 친구는 거의 정신이 나간 상태입니다. 그 친구나 저나 흡혈귀라고는 이름만 들어 봤을 뿐입니다. 멀고 이상한 나라의 이야기라고만 생각했습니다. 헌데 영국의 서섹스 한복판에서 이런 일이. 자세한 내용은 내일 아침이라도 만나서 말씀드리겠습니다. 만나 뵐 수 있을까요? 정신을 차리지 못 하고 있는 한 남자를 당신의 놀라운 능력으로 꼭 구해주고 싶습니다. 혹시 만나주실 의향이 있으시다면 부디 램벌리 치즈맨 가 퍼거슨 앞으로 전보를 보내주십시오. 그러면 제가 10시까지 그쪽으로 찾아가 뵙겠습니다.

– 로버트 퍼거슨

〈추신〉

　제가 리치먼드 럭비 팀의 쿼터백이었을 때 친구 분인 왓슨 씨도 블랙히스에서 럭비를 하셨던 걸로 알고 있습니다. 저에 대한 소개는 이 정도로 하겠습니다.」

　"당연히 기억하고 있지." 나는 편지를 내려놓으며 말했다. "빅 봅 퍼거슨이군. 리치먼드 팀이 생긴 이래 최강의 쿼터백이었지. 항상 활달한 성격에 친구 일에 발 벗고 나서는 남자다운 성격은 여전하군."

홈즈는 의외라는 듯 나를 바라보며 고개를 흔들었다.

"자넨 알다가도 모를 친구군. 내가 모르는 게 아직도 많아. 왓슨, 전보를 쳐주겠나. '귀하의 의뢰를 기꺼이 받아들이겠습니다.' 라고."

"귀하라고?"

"우리 탐정 사무실을 얕보면 안 되지. 편지에는 친구라고 썼지만 본인 이야기일세. 전보를 보내고 나면 내일 아침까지 기다리는 일만 남았군."

퍼거슨은 다음 날 10시 정각에 성큼성큼 방으로 들어섰다. 내가 기억하고 있는 퍼거슨은 훤칠한 키에 팔다리가 길고 날렵했었다. 뛰어난 신체조건으로 상대 팀의 수비수들을 농락했었다. 하지만 전성기 시절을 잘 알고 있던 나로서는 지금의 망가진 스포츠맨의 몸매를 보고 가슴이 아팠다. 건장하던 체격은 사라지고 흰머리가 섞인 갈색 머리카락은 듬성듬성해졌고, 어깨도 앞으로 구부정했다. 그도 나를 보고 비슷한 회한에 잠겼을 것이다.

"오오, 왓슨!" 목소리만큼은 여전히 굵고 낭랑했다. "올드 디어 파크에서 관중석으로 던졌을 때와는 많이 달라졌군. 하긴 나도 많이 변했으니까. 요즘 들어 폭삭 늙어버렸네. 홈즈 씨, 전보에 남의 일인 양 쓴 건 실수 같군요."

"솔직히 있는 그대로 상담하시는 게 제일 좋습니다." 홈즈가 말했다.

"옳으신 말씀입니다. 하지만 한 여자를 보호하고 구해야 하는 일을 쉽게 입에 담을 수 없다는 걸 홈즈 씨도 이해해주시겠죠? 제가 할 수 있는 일이 뭐가 있겠습니까? 경찰을 찾아가 봤자 상대도 해주지 않을 게 뻔하고요. 어쨌거나 아이들은 지켜야 하니까요. 홈즈 씨, 아내의 머리가 이상해진 걸까요? 유전적인 문제일까요? 이런 비슷한 일을 다뤄본 적이 있나요? 당신의 지혜를 빌리는 것 밖에 더 이상 달리 방법이 없습니다."

"당연합니다, 퍼거슨 씨. 일단 이리 앉으시죠. 마음을 가라앉히고 몇 가지 질문에 대답해 주세요. 제가 방법을 찾아 낼 거고, 또한 자신이 있으니까요. 먼저 어떤 조치를 취했나요? 부인은 지금 아이들 곁에 있나요?"

"정말 끔찍한 일이었습니다. 홈즈 씨, 아내는 정말 착한 여자입니다. 혼신을 다해 부족한 저를 내조 해줬습니다. 감추고 싶었던 비밀이 탄로나자 아내는 너무 슬퍼했습니다. 이유를 물어도 한 마디도 하지 않은 채 자포자기 한 듯 바라보기만 하다가 결국 자기 방에 들어가 안에서 문을 잠가버렸습니다. 그 후로 저를 만나려고도 하지 않습니다. 결혼하기 전부터 아내와 함께 있었던 하녀가 한 명 있습니다. 이름은 돌로레스라고 하는데 하녀라기보다 친구 같은 사이인데 이 하녀가 아내의 식사를 가져다주고 있습니다."

"지금 아이들의 신변에 위험은 없나요?"

"유모인 메이슨 부인이 한시도 아이들 곁을 떠나지 않는다고 했습니다. 저는 유모를 전면적으로 믿고 있습니다. 저로서는 큰 아들

책이 더 걱정입니다. 편지에도 썼다시피 두 번이나 매를 맞았으니까요."

"상처는?"

"없습니다. 하지만 아주 심하게 때렸습니다. 큰 아들은 장애가 있어 더욱 가엾습니다." 그 아이를 보면 누구나 마음이 너그러워질 겁니다. 어릴 때 높은 곳에서 떨어져 척추가 휘어버렸습니다. 하지만 더 없이 착하고 속이 깊은 아이입니다."

홈즈는 어제 온 편지를 들고 다시 읽기 시작했다. "퍼거슨 씨, 댁에 누가 더 있죠?"

"들어온 지 얼마 안 되는 하인이 두 명 더 있습니다. 그리고 말을 돌보는 마이클이란 친구가 본체에 기거하고 있습니다. 그리고 저희 부부와 아들 잭, 갓난아기, 돌로레스와 메이슨 부인이 함께 살고 있습니다."

"결혼한 시점에는 부인에 대해 잘 모르고 계셨던 것 같은 데요?"

"만난 지 2,3주 만에 결혼했으니까요."

"돌로레스라는 하녀는 언제부터 부인 곁에 있었죠?"

"몇 년 전부터입니다."

"그렇다면 돌로레스가 아내에 대해 당신보다 더 잘 알고 있다는 말씀인가요?"

"그렇습니다."

홈즈는 뭔가 메모를 했다.

"아무래도 여기서 이렇게 아니라 램벌리로 직접 가보는 게 좋을 것 같군요. 제가 직접 조사를 해야 할 것 같습니다. 부인은 방에서 안 나오신다니 저희가 간다고 부인께 폐를 끼칠 일은 없겠군요. 물론, 저희는 다른 곳에 숙소를 정하겠습니다."

퍼거슨은 한숨 돌린 듯 했다.

"홈즈 씨, 생각지도 못 한 일입니다. 고맙습니다, 빅토리아 역에서 2시에 출발하는 열차가 있습니다."

"지금은 여유가 있으니 당연히 가서 문제를 해결해야죠. 물론 왓슨도 함께. 헌데 가기 전에 몇 가지 물어볼게 있습니다. 분명히 불쌍한 부인께서 두 자녀분에게 몹쓸 짓을 했다고 하셨죠? 자신의 아기는 물론 의붓아들에게도."

"네."

"헌데 각각 다른 방법이었고요. 의붓아들은 심하게 때렸다고 했죠?"

"한 번은 막대기로, 또 한 번은 손바닥으로 아주 심하게 때린 것 같습니다."

"왜 때렸는지 이유는 말하지 않았나요?"

"아무 말도요. 그저 밉다는 말만 몇 번이고 반복했습니다."

"음, 계모에게 드문 일이 아니죠. 후처의 복잡한 심적 갈등 같은 거죠. 부인은 원래 질투심이 강한 편인가요?"

"네, 열대지방 여자답게 불처럼 정열적이죠. 사랑만큼 질투심도 보통이 아닙니다."

"헌데 큰 아드님이 15살이라고 했나요? 몸은 맘대로 움직이지 않는다고 해도 정신적으로는 별다른 이상이 없는 것 아닙니까? 아드님은 왜 맞았는지 아무런 설명을 하지 않았나요?"

"아무 말도. 그저 아무 이유 없이 맞았다고만 합니다."

"이전에는 둘 사이가 좋았나요?"

"아니오. 전혀 마음이 통하지 않았어요."

"아드님이 사려가 깊다고 말씀하셨는데요."

"그렇게 부모를 생각하는 자식은 없을 겁니다. 제 목숨과도 같은 아들입니다. 제가 하는 말, 행동 하나하나에 마음을 써줍니다."

홈즈가 다시 뭔가를 적었다. 그리고 한동안 생각에 잠겼다.

"재혼하시기 전에도 부자지간에 사이가 좋았군요. 그렇죠?"

"그야 당연하죠."

"그리고 그렇게 사려 깊은 아이라면 아드님은 아마도 자신을 낳아준 어머니와의 추억을 소중히 여기겠죠?"

"당연히 그렇습니다."

"아주 흥미로운 친구군요. 이제 한 가지만 더 물어보겠습니다. 아기와 아드님에 대해 심한 행동을 한 것이 같은 시기인가요?"

"처음에는 같은 시기였습니다. 마치 뭔가에 홀린 듯 두 아이에게 심하게 감정을 폭발시키는 것 같았습니다. 두 번째는 잭 혼자 당했습니다. 메이슨 부인도 아기에 대해 아무 말도 하지 않았습니다."

"문제가 좀 복잡하군."

"홈즈 씨, 무슨 말씀인지 이해가 안 가는데요."

"그럴 테지요. 사람들은 대체로 일단 가설을 세우고 시간의 흐름에 따라 정보가 늘어남에 따라 가설을 고치려고 합니다. 퍼거슨 씨, 좋지 않은 버릇이죠. 하지만 인간은 약한 동물이니까요. 여기 있는 퍼거슨 씨의 옛 친구가 저의 과학적 방법을 너무 과장되게 광고한 것 같습니다. 지금 단계에서는 이 문제가 해결가능하다는 것만 말씀드리죠. 그럼 2시에 빅토리아 역에서 뵙기로 하죠."

우리가 램벌리 체커스에 여장을 풀고 서섹스 특유의 구불구불한 황토길을 따라 퍼거슨이 살고 있는 고풍스런 집에 도착한 건 안개와 구름이 한데 섞인 11월의 저녁이었다.

그 집은 왠지 부자연스런 느낌의 건물이었다. 집 중앙은 오래됐지만 양쪽으로 늘어선 건물은 지은 지 얼마 되지 않았다. 튜더 왕조 풍의 굴뚝이 솟아 있고 호섭 석판을 얹은 지붕에 여기저기 이끼가 껴 있었다. 현관 돌계단은 움푹 파였고 현관 주변의 낡은 타일에는 이 집을 지은 치즈맨의 이름에서 유래한 치즈와 사람 그림이 새겨져 있었다. 집안으로 들어가니 천정에는 커다란 참나무 들보가 겹겹이 걸쳐져 있었고, 바닥은 여기저기 울퉁불퉁 휘어져 있었다. 위험해 보이는 건물 전체에 오랜 세월의 흔적인 양 퀴퀴한 냄새가 배어 있었다.

퍼거슨은 집 한가운데 넓은 방으로 우리를 안내했다. 방에는 상당히 크고 오래된 난로가 있었고 철재 칸막이 뒤편에 1670이라는 연호가 새겨져 있었다. 난로 안에는 장작이 탁탁 소리를 내며 붉게 타오르고 있었다.

방 안을 둘러보니 여러 시대, 여러 장소에서 수집한 것들이 한데 섞여 묘한 분위기를 자아내고 있었다. 아래쪽 절반에 나무판자를 댄 벽면은 17세기 자유농민이 생활했던 흔적일 것이다. 하지만 그 벽 하단에는 세련된 수채화가 늘어서 있는 반면 노란색 회칠을 한 위쪽에는 훌륭한 남미의 도구와 무기류가 즐비하게 걸려있었다. 이 모든 게 2층의 페루 부인이 수집한 것이란 걸 한 눈에 알 수 있었다. 호기심이 발동한 홈즈는 걸음을 멈추고 감상을 했다. 그러더니 잠시 생각에 잠긴 눈으로 내게 다가와 큰 소리로 외쳤다.

"이리 온! 이리!"

방구석 바구니 안에 있던 스페니얼 종의 개가 잠에서 깨어나 다리를 절며 주인에게로 다가갔다. 뒷다리의 움직임이 불규칙했고 꼬리는 축 늘어져 있었다. 개가 퍼거슨의 손을 핥았다.

"홈즈 씨, 왜 그러시죠?"

"그 개는 어디가 아픈가요?"

"수의사도 자세한 원인은 모르고 일종의 마비랍니다. 수의사 말로는 뇌막염이라고 합니다. 하지만 위험한 고비는 넘겼고 곧 괜찮아질 겁니다. 그렇지, 칼로?"

개는 대답이라도 하듯 처진 꼬리가 떨렸다. 개는 슬픈 눈으로 우리를 한 명씩 둘러보았다. 자신의 병에 관해 이야기 하고 있다는 걸 알고 있었다.

"갑자기 이렇게 됐나요?"

"네, 하룻밤 사이에."

"그게 언제죠?"

"4개월쯤 됐을까요."

"아주 흥미롭군요. 대단한 힌트가 되겠어요."

"홈즈 씨, 그게 무슨 뜻이죠?"

"제 생각을 뒷받침해주고 있어요."

"홈즈 씨, 말씀해 주세요. 대체 무슨 생각을 하신 거죠? 홈즈 씨에게는 사소한 일일지 모르나 제게는 목숨이 걸린 일입니다! 아내가 살인마로 변할지도 모르니 제 아들의 목숨이 풍전등화입니다! 애태우지 마시고 말씀해 주세요, 홈즈 씨. 저는 아주 다급합니다."

과거 화려했던 럭비 선수가 온 몸을 부들부들 떨고 있었다. 홈즈는 부드럽게 그의 팔에 손을 올렸다.

"퍼거슨 씨, 어떤 결과가 나오더라도 당신은 괴로우실 겁니다. 가능한 그 고통을 조금이라도 덜어드리고 싶습니다. 지금은 이 말밖에 할 수 없지만 이 집을 나서기 전에 모든 걸 해결할 수 있을 것 같습니다."

"제발 부탁드리겠습니다! 저는 잠시 2층으로 가서 무슨 변화가 있었는지 아내를 살펴보고 오겠습니다."

퍼거슨이 나가자 홈즈는 벽에 걸린 골동품들을 다시 살펴보기 시작했다. 잠시 후 갈색 피부에 키가 늘씬한 소녀를 데리고 돌아온 퍼거슨의 얼굴이 어두운 걸 보니 차도가 없는 듯 했다.

"돌로레스, 차는 이미 내왔다." 퍼거슨이 말했다.

"마님을 잘 살펴줘라."

소녀는 화난 눈빛으로 퍼거슨에게 소리쳤다. "마님, 많이 아파요. 아무 것도 먹지 않아요. 너무 아파요. 의사가 필요해요. 의사 없어요. 나 혼자 무서워요."

퍼거슨은 내 얼굴을 바라봤다.

"내가 도움이 된다면 기꺼이 봐 주겠네."

"왓슨 선생님이 마님을 만나도 될까?"

"가요. 허락은 필요 없어요. 의사가 필요해요."

"그럼 지금 당장 가보자."

나는 흥분해서 부들부들 떨고 있는 소녀를 따라 계단을 올랐다. 오래된 복도를 지나자 무쇠 장식이 박혀 있는 육중한 문이 나왔다. 제아무리 거구인 퍼거슨이라도 쉽사리 들어갈 수 없을 것 같다는 생각이 들었다. 소녀가 주머니에서 열쇠를 꺼냈다. 낡은 경첩에서 삐걱 소리를 내면서 육중한 참나무 문이 열렸다. 내가 방 안에 들어서자 소녀는 재빨리 들어와 문을 닫고 자물쇠를 채웠다.

침대에는 한 눈에 봐도 고열에 시달리는 여인이 누워 있었다. 꾸벅꾸벅 졸다가 겁에 질린 아름다운 눈으로 방에 들어선 나를 불안하게 올려다봤다. 모르는 사람이라는 걸 확인하고는 안도의 숨을 내쉬고 베개에 얼굴을 묻었다. 나는 몇 마디 말을 걸어 안심시키고 다가갔다. 맥을 짚고, 체온을 재는 동안 환자는 얌전히 있었다. 맥이 빠르고 체온도 높았지만 육체의 병이 아니라 정신이 날카로워져 생긴 병이라 느껴졌다.

소녀가 입을 열었다. "마님 하루, 이틀 이렇게 잠만 자요. 마님, 죽어, 나 무서워요."

부인이 붉게 홍조를 띤 얼굴로 나를 바라봤다.

"남편은 어디 있죠?"

"아래층에 계십니다. 만나고 싶어 합니다."

"저는 만나지 않을 거예요. 절대로 안 만나요." 이렇게 말하더니 더욱 흥분해서 헛소리를 하기 시작했다. "악마야! 악마! 어쩌란 말이야!"

"제가 도울 일이 없을까요?"

"아니오. 아무것도, 어쩔 도리가 없어요. 다 끝났어요. 모든 게 엉망진창이에요. 완전히 끝났어요."

이 여인은 해괴한 망상에 시달리고 있는 게 분명했다. 사람이 좋은 봅 퍼거슨은 악마 따위와 전혀 닮지 않았으니까 말이다.

"부인, 남편은 진심으로 부인을 사랑하고 있습니다. 지금도 너무 괴로워하고 있습니다."

"그이는 나를 사랑해요. 맞아요. 그렇다면 저는 그이를 사랑하지 않는다고 생각하나요? 그이가 상처를 받지 않게 하려고 고통스러워하고 있는 제가 사랑하고 있지 않다고 말씀하시는 건가요? 저는 그이를 소중하게 생각하고 있어요. 하지만 그이는 저를 생각하고… 그렇게 말하는 거예요."

"너무 슬퍼서 그럴 거예요. 이유를 모르니까."

"그래요, 모를 거예요. 그래도 믿어야 했어요."

"만나보시는 게 어떨까요?" 나는 이렇게 말해 봤다.

"아니, 싫어요. 그 끔찍한 말, 그 얼굴, 잊을 수 없어요. 만나지 않을 거예요. 이제 됐어요. 더 이상 저를 위해 선생님이 할 일은 없어요. 한 가지만 그이에게 전해주세요. 아기와 함께 있고 싶다고. 저에게는 그럴 권리가 있어요. 제가 남편에게 할 말은 이것뿐이에요." 그렇게 말하고 부인은 얼굴을 벽으로 돌린 채 더 이상 아무 말도 하지 않았다.

나는 아래 방으로 돌아갔다. 퍼거슨과 홈즈는 여전히 불 옆에 앉아 있었다. 부인과 나눈 이야기를 퍼거슨은 어두운 얼굴로 들었다.

"어떻게 아기를 아내에게 맡길 수 있겠나? 아내가 무슨 짓을 할지 어떻게 알고. 아기 옆에서 피투성이가 된 얼굴로 일어서는 모습을 절대 잊을 수 없어." 퍼거슨은 생생하게 기억이 떠오른 듯 끔찍하다는 표정을 지었다. "아기는 메이슨 부인이 곁에 있는 게 안심할 수 있으니 그대로 두는 게 좋을 것 같네."

이 집에서 유일하게 현대적이고 영리한 존재인 소녀가 차를 내왔다. 소녀가 차를 준비하는 사이 문이 열리고 한 소년이 들어왔다. 창백한 얼굴에 금발의 소년은 눈길이 끌리는 아이였다. 선명하고 푸른 눈동자가 아버지를 발견하자 기쁨에 넘쳐 빛이 났다. 순식간에 달려들어 사람들의 눈은 전혀 의식하지 않은 채 마치 사랑에 빠진 소녀처럼 아버지의 목에 매달렸다.

"아버지, 벌써 돌아오셨어요? 그럴 줄 알았다면 여기서 기다리고 있었을 텐데. 빨리 돌아 오셔서 정말 기뻐요!"

퍼거슨은 당황스러워하며 소년의 팔을 살며시 풀었다.

"잭, 빨리 돌아 올 수 있었던 건 아빠 친구인 홈즈 씨와 왓슨 선생님이 우리를 도와주시기로 결심해주신 덕분이야. 오늘 밤 여기서 지내실 거야." 퍼거슨은 소년의 옅은 갈색 머리를 쓰다듬으며 말했다.

"홈즈 씨라면 혹시 그 탐정?"

"맞아."

소년은 우리를 유심히 살펴봤다. 그 눈빛은 우리를 전혀 환영하지 않는 눈치였다.

"퍼거슨 씨, 아기는?" 홈즈가 물었다. "아기도 보시겠습니까?"

"메이슨 부인에게 아기를 데려오라고 해라." 퍼거슨의 말에 소년이 뒤뚱뒤뚱 걸어 방을 나갔다. 의사의 소견대로 척추장애가 있는 듯 했다. 잠시 후 돌아온 소년의 뒤에 큰 키에 비쩍 마른 여인이 나타났다. 품에는 검은 눈동자에 금발의, 색슨 족과 라틴계의 혼혈 결과라고 할 수 있는 너무나도 아름다운 아기가 안겨 있었다. 퍼거슨이 아기를 넘겨받아 어르기 시작했다. 너무 귀여워 어쩔 줄 모르는 모습이었다.

"이런 아이에게 상처를 입히려는 사람이 있을 줄이야." 천사와 같은 아기 목덜미에 있는 작고 붉은 상처를 보며 중얼거렸다.

그때였다. 무심코 홈즈의 얼굴을 본 나는 뭔가에 열중하고 있다는 걸 깨달았다. 미동도 없는 얼굴이 마치 상아 조각상 같았다. 한동안 부자에게 쏠렸던 시선이 지금은 방 반대편의 무언가에 호기심으로 가득한 눈으로 뚫어져라 바라보고 있었다.

홈즈의 시선을 따라가 보니 창 너머 안개로 축축해진 어두운 정원을 응시하고 있는 듯 보였다. 그 이상은 알 수 없었다. 바깥 덧문이 반쯤 내려져 있어 풍경이 잘 보이지 않았지만 틀림없이 그 창문을 바라보고 있었다. 그러다가 홈즈는 빙긋 웃으며 시선을 아기에게 옮겼다. 통통한 목덜미에 작고 붉은 흉터가 남아 있다.

아무 말 없이 홈즈는 그 흉터를 조사했다. 조사가 끝나자 조막만한 손을 잡고 살며시 흔들어주었다.

"안녕, 아가야. 인생의 출발점에서 이상한 경험을 하게 됐구나. 메이슨 부인, 저쪽에서 이야기 좀 할 수 있을까요?"

홈즈는 메이슨 부인을 저만치 데리고 가서 2,3분 간 열심히 질문을 했다. 이야기가 끝날 때까지 내 귀에 들린 건 고작 "잠시 후 걱정이 사라질 겁니다."라는 한 마디뿐이었다. 심술궂고 말수가 적은 유모는 아기를 안고 밖으로 나갔다.

"메이슨 부인은 어떤 사람인가요?" 홈즈가 물었다.

"보시다시피 아부도 못 하고 인상이 좋아 보이지 않지만 심지가 굳은 사람입니다. 아기도 귀여워하고요."

"너는 유모를 좋아하니, 잭?" 갑자기 소년을 향해 홈즈가 말을 걸었다. 표정이 풍부했던 소년의 표정이 순간 굳어지더니 고개를 저었다.

"잭은 좋고 싫은 감정이 확실한 편입니다." 소년을 감싸 안으며 퍼거슨이 대신 변명했다. "다행히 저는 좋은 쪽인 것 같습니다."

소년은 애교스런 목소리를 내며 마치 병아리처럼 아버지의 가슴에 얼굴을 가져갔다. 퍼거슨은 부드럽게 소년의 머리를 가슴에서 떼어 냈다.

"네 방에 가 있어라, 아가야." 눈에 넣어도 안 아프다는 듯한 눈
길로 아들이 나가는 것을 지켜보던 퍼거슨은 이야기를 이어갔다.
"홈즈 씨 일부러 먼 걸음을 해 주셨는데 아무래도 성과가 없는 것
같군요. 저를 동정하는 것 말고 해결한 게 뭐가 있죠? 아마도 너무
해괴하고 복잡한 사건이라고 생각하고 계시겠죠?"

홈즈는 빙긋 웃었다. "분명, 해괴한 사건이라고 볼 수 있죠. 하지
만 복잡해서 고민할 정도는 아니었습니다. 이 사건은 머리를 써서
추리하는데 적당한 사건입니다. 처음에 가정한 추리를 여러 가지
단서로 하나 둘 뒷받침해 나가죠. 그리고 그저 추리에 불과했던 것
들이 차츰 누가 보더라도 확실한 사실로 들어나게 됩니다. 그렇게
되면 문제는 해결 된 거라고 자신 있게 말할 수 있는 거죠. 실은 베
이커 가를 출발하기 전부터 이미 결론을 내려 놨으니까요. 나머지
는 그저 관찰해서 추리를 뒷받침할 단서를 찾는 것뿐입니다."

퍼거슨은 커다란 손을 주름이 파인 이마에 가져갔다.

"홈즈 씨, 제발 부탁이니 진상이 파악됐다면 힘들게 하지 마시고
말씀해 주세요." 쉰 목소리였다. "지금 제가 어떤 처지죠? 어떻게
하면 됩니까? 정말로 결론이 났다면 왜 그런 결론이 났는지는 상관
하지 않겠습니다."

"제게는 당신에게 설명할 의무가 있다고 생각하고 있으니 잠시
후 모든 걸 알게 될 겁니다. 하지만 제 방식대로 하고 싶습니다. 왓
슨, 부인이 우릴 만날 수 있는 상태인가?"

"몸 상태는 좋지 않지만 정신은 멀쩡하네."

"좋아, 부인이 함께 하지 않으면 아무 소용없습니다. 위층 부인 방으로 가시죠."

"저를 만나주지 않아요." 퍼거슨이 호소했다.

"아니오, 만나주실 겁니다." 홈즈는 이렇게 말하고 종이에 간단히 두세 줄 적어 내려갔다. "왓슨, 자네는 들어갈 수 있을 걸세. 미안하지만 부인에게 이 편지를 전해주지 않겠나?"

다시 2층 방으로 올라온 나는 조심스럽게 문을 연 돌로레스에게 홈즈의 편지를 건네주었다. 잠시 후 방에서 감격에 벅찬 외침이 울려 퍼졌다. 돌로레스가 얼굴을 내밀었다.

"마님, 만나고 싶어 해요. 마님, 듣고 싶대요."

나는 홈즈와 퍼거슨을 불렀다. 세 명이 함께 방으로 들어갔다. 퍼거슨이 상체를 일으켜 세우고 누워있던 부인에게 한두 걸음 다가가자 부인은 손을 흔들며 멈춰 세웠다. 퍼거슨은 팔걸이의자에 앉고, 홈즈는 깜짝 놀라 두 눈을 크게 뜨고 바라보는 부인에게 목례를 한 뒤 곁에 앉아 이야기를 시작했다.

"돌로레스 양은 좀 나가있는 게 좋을 것 같은데요."

홈즈가 말했다. "아, 괜찮습니다, 부인. 곁에 두길 원하신다면 저는 상관없습니다. 자, 퍼거슨 씨, 저는 사건 의뢰가 상당히 많아 그리 한가로운 사람이 아니니 단도직입적으로 말하겠습니다. 수술은 빨리 끝내는 게 고통이 덜하니까요. 먼저 좋은 소식부터 말씀 드리죠. 당신의 부인은 배려심이 깊은 착한 분입니다. 그런데 아주 심한 오해를 받고 있습니다."

퍼거슨은 기쁨에 상체를 쭉 펴며 소리쳤다.

"확실한가요, 홈즈 씨? 증명해주신다면 그 은혜를 평생 잊지 않겠습니다."

"설명해 드리죠. 하지만 그로 인해 당신은 깊은 상처를 받게 될 겁니다."

아내가 아무 잘못이 없다는 것만 확실하다면 그만한 각오는 돼 있습니다. 지금의 고통에 비할 바가 있겠습니까?"

"그렇다면 제가 베이커 가에서 정리한 추리를 말씀드리겠습니다. 흡혈귀 이야기는 터무니 없다고 생각했습니다. 그런 일은 영국 범죄세계에 있을 리 만무하니까요. 하지만 부인이 아기 침대 옆에서 입가에 피범벅이 돼 있는 것을 당신은 두 눈으로 똑똑히 목격했죠."

"두 눈으로 분명히."

"피를 빠는데 다른 목적이 있다는 건 생각지도 못 했겠죠. 하지만 분명히 영국에 그런 식으로 상처에 입을 대고 독을 빨아낸 여왕이 한 분 계셨습니다."

"도... 독!"

"부인이 남미 출신이라는 걸 알고 바로 알아차렸습니다. 벽에 걸려있는 무기를 이 눈으로 확인하기 전에, 뭔가 틀림없이 있을 거란 걸. 다른 독일지 모르지만 직감적으로 그렇게 생각했습니다. 새를 잡는 작은 화살 옆에 빈 화살 통을 보고 제 상상이 적중했다는 걸 알았습니다. 큐라레나 그와 비슷한 맹독을 묻힌 화살. 만약 아기가 그 화살에 맞았다면 독을 빨아내는 것 밖에 달리 방법이 없습니다.

그리고, 만약 그런 독을 쓰려는 자가 있다면 효과를 확인하려고 했겠죠. 개를 처음부터 염두에 둔 건 아니지만, 개를 본 순간 알 수 있었고 제 추측과 일치했습니다.

무슨 말인지 이해가 가십니까? 부인은 아기가 그런 일을 당하는 걸 두려워했습니다. 현장을 목격하고 바로 아기의 목숨을 살렸지만 당신에게 모든 걸 털어놓을 수는 없었습니다. 당신이 얼마나 아들을 사랑하고 있는지 알고 있었고 그로인해 당신이 고통 받는 걸 보고 싶지 않았으니까요."

"잭이!"

"좀 전에 당신이 아기를 어르고 있을 때 저는 아드님을 관찰했습니다. 닫힌 창문의 덧문에 얼굴이 또렷이 비추고 있었습니다. 사람의 얼굴에서 그런 질투심과, 증오가 드러난 걸 아직까지 본 적이 없습니다."

"우리 잭이!"

"모든 게 사실입니다, 퍼거슨 씨. 비뚤어진 사랑, 당신과 죽은 어머님에 대한 집착에 가까운 사랑이 원인이라 더욱 안타깝습니다. 장애가 있는 자신의 외모와 대조적으로 건강하고 아름다움을 타고난 귀여운 아기에 대한 증오심으로 마음이 썩어 들어간 겁니다."

"이게 무슨 난리인가! 믿을 수 없어!"

"제 말에 틀림이 없죠, 부인?"

부인은 베개에 얼굴을 파묻고 울고 있었다. 잠시 후 남편에게 얼굴을 돌리며 말했다.

"어떻게 내가 그런 말을 할 수 있겠어요? 당신이 얼마나 충격을 받을까 걱정했어요. 시간이 흘러 다른 사람의 입을 통해 듣는 게 났다고 생각했어요. 때마침 마법처럼 이 분이 나타나 모든 걸 알고 있다는 편지를 보내주셔서 얼마나 기뻤는지 몰라요."

홈즈는 의자에서 일어나며 말했다. "잭을 1년 정도 바다에서 공부하도록 하는 게 좋을 것 같습니다. 이게 제 처방입니다.

단, 한 가지 풀리지 않는 의문이 있습니다, 부인. 잭을 체벌한 이유는 알겠습니다. 어머니로서 인내의 한계에 달했을 겁니다. 하지만 이틀 동안 아기와 어떻게 떨어져 있을 수 있었습니까?"

"메이슨 부인에게는 다 말했어요. 그녀는 모든 걸 알고 있어요."

"제 생각이 맞군요."

퍼거슨은 침대로 다가가 떨리는 손으로 아내의 손을 잡고 복받치는 눈물을 참았다.

홈즈가 내게 속삭였다.

"왓슨, 우리는 퇴장할 때가 된 것 같군. 돌로레스가 너무 일을 열심히 하고 있군. 자네가 그녀의 한쪽 팔을 잡게. 내가 나머지 팔을 잡을 테니. 나가세." 홈즈는 이렇게 말하고 돌로레스를 방밖으로 데리고 나와 문을 닫았다. "뒷일은 두 사람에게 맡기세."

이 사건에 관해 한 가지 덧붙일 게 있다. 원래 이 사건에 대해 의뢰를 부탁한 편지에 대한 최종 답장이었다. 내용은 다음과 같다.

「베이커 가에서 11월 11일 흡혈귀 건

　19일 자로 보내주신 편지 건에 대해 귀사의 고객이신 민싱 레인의 차 중개인 퍼거슨 앤드 뮤어헤드 사의 로버트 퍼거슨 씨 사건에 대해 조사했습니다. 이 사건이 만족스럽게 해결됐기에 서신을 빌어 보고 드립니다. 추천해 주신데 대해 감사드립니다.

　　　　　　　　　　　　　　　　　　　－ 셜록 홈즈」

소어교사건
The Problem of Thor Bridge

채링 크로스에 있는 콕 은행의 귀중품 보관실 어딘가에 오래 사용해 낡고 찌그러진 철재 문서함이 있다. 뚜껑에 내 이름 인도 육군 소속 의학박사, 존 H 왓슨이라는 이름이 적혀있는 상자가 있다.

　그 안에 꽉 차 있는 대부분의 서류는 셜록 홈즈가 여러 시대에 걸쳐 해결한 흥미로운 사건들의 구체적인 기록이다. 그 중에는 흥미롭지만 해결하지 못한 사건도 있다. 마지막 결론까지 다다르지 못한 사건을 이야기로 다룰 수는 없었다. 해답을 찾지 못 한 문제가 연구가들에게는 구미가 당길지 모르지만, 가볍게 읽기를 원하는 독자들에게는 걸맞지 않을 것이다.

　이런 미해결 사건 중에 제임스 필리모어 씨 사건 등이 있다. 이 사람은 우산을 가지러 집에 돌아간 채 돌연 종적을 감추고 말았다. 이에 뒤지지 않을 정도로 해괴한 사건이 소형 범선 알리샤 호 사건인데, 이 배는 어느 봄날 아침 안개 속을 출항한 채 자취가 묘연했다. 배와 승선원의 소식은 완전히 끊겨 버렸다. 세 번째로 기억에 생생한 사건은 결투를 좋아하는 저명한 저널리스트 이사도라 페르사노 사건이다. 실성한 상태로 발견된 그의 눈앞에는 성냥갑이 있었고 학계에 전혀 알려지지 않은 놀랄만한 벌레 한 마리가 들어 있었다.

이 미궁에 빠진 사건과는 별도로 외부에 알려지기를 꺼려하는 가정 내 비밀에 관한 사건도 있다. 예상치 못 하게 활자화 되거나 한다면 수많은 명문가문의 명성에 먹칠을 하게 된다. 따라서 두 말할 필요 없이 비밀을 공개할 생각도 없을뿐더러, 홈즈가 시간적 여유가 생기면 이런 기록들은 정리해 폐기시킬 생각이다.

이런 사건 말고도 흥미로운 사건들은 얼마든지 있다. 너무 많이 소개해 버리면 독자들이 질려버리지는 않을 지, 혹은 내가 경애하는 친구의 평판에 흠집을 내지는 않을 지 걱정하지 않았다면 벌써 세상에 소개했을 것이다. 내가 직접 연관됐고, 내 눈으로 직접 목격한 사건도 있으며, 내가 전혀 관여를 하지 않아 3인칭으로 기술할 수밖에 없는 것도 있다. 이제부터 이야기 할 내용은 내가 직접 체험한 이야기다.

스산한 10월의 어느 날 아침의 일이다. 나는 옷을 갈아입으면서 하숙집 뒤뜰에 심어진 플라타너스에 얼마 남지 않은 나뭇잎이 바람에 날려 떨어지는 것을 바라보고 있었다. 내 친구 홈즈가 우울한 기분일 거라 생각하며 아침식사를 하러 내려갔다. 뛰어난 예술가들이 모두 그렇듯 홈즈 또한 주변 환경에 예민하게 반응한다. 하지만 서둘러 식사를 마친 홈즈는 의외로 쾌활하고 밝았다.

기분이 들떠 있을 때는 언제나 그렇듯 불길할 정도로 쾌활하다.

"홈즈, 사건인가?"

"왓슨, 추리 능력이란 것도 전염이 되나보군." 홈즈가 대답했다.

"덕분에 자네도 내 비밀을 읽어낼 수 있게 됐군. 맞네, 사건이야. 한 달 동안 하찮은 일만 일어나더니 운명의 쳇바퀴가 다시 돌아가기 시작했군."

"나도 낄 수 있겠나?"

"두 사람이나 필요한 사건은 아니지만 새로 온 요리사가 우리를 위해 너무 삶아버린 두개의 달걀을, 자네가 다 먹고나면 이야기를 하세. 달걀을 이렇게 삶은 건 어제 현관 테이블 위에 있던『패밀리 해럴드』잡지 때문이겠지. 계란을 삶는 작은 일조차도 시간에 따라 좌우되는데 그 잡지의 연애소설에 푹 빠져 버렸으니 제대로 삶아질 리가 없지."

15분 정도 뒤에 테이블이 정리되자 우리는 마주 앉았다. 홈즈는 주머니에서 한 통의 편지를 꺼내들었다.

"금광 왕 닐 깁슨에 대해 들어본 적이 있나?"

"미국 상원의원 말인가?"

"그래, 서부 어느 주의 상원의원이었던 적도 있지만 세계 제일의 금광 왕으로 더 잘 알려져 있지."

"그 사람이라면 알고 있네. 영국에서 한동안 살아서 이름이 잘 알려져 있지."

"맞아, 5년 정도 전에 햄프셔 주에 엄청난 땅을 샀지. 혹시 그의 부인이 비극적인 죽음을 맞이한 것에 대해서도 아나?"

"당연하지, 이제 알겠네. 그 사건 때문에 이름이 널리 알려지게 됐지. 하지만 자세한 내용은 잘 모르네."

홈즈는 한 손으로 의자 위에 놓여 있는 서류 뭉치를 가리켰다. "설마 내게 이 사건 의뢰가 들어올 줄은 상상도 못 했네. 그럴 줄 알았다면 비밀정보를 수집해 놓았을 텐데. 실은 이 사건이 엄청난 파장을 불러일으키기는 했지만 전혀 어려운 문제가 아니라고 생각했었네. 죄를 지은 자에 대해서는 흥미롭지만 꼼짝 못 할 증거가 있네. 검시 재판의 배심원들도 그렇게 생각했었고, 경찰 심리에서도 같은 견해였지. 지금은 윈체스터 순회재판에 넘겨졌지만 말이지. 아무런 소득도 없는 일일지도 모르겠네. 내게는 사실을 발견하는 일은 가능하지만 사실을 바꾸는 일은 불가능하니까. 전혀 새로운 사실이나 생각지도 못 했던 사실이 발견되지 않는 한 내 의뢰인에게 희망은 없어 보이네."

"의뢰인이라면?"

"참, 잊은 게 있네. 뒤에서부터 말하는 자네의 나쁜 습관이 물든 것 같군. 일단 이걸 읽어보는 게 좋겠어."

홈즈가 건네준 편지에는 굵고 달필인 글씨로 다음과 같이 적혀 있었다.

「클레어리지 호텔에서. 10월 30일

친애하는 셜록 홈즈 귀하

조물주가 창조한 것 중에 가장 훌륭한 여성이 죽음으로 내 몰리는 걸 지켜보고 있을 수 없습니다. 그녀를 구하기 위해서라면 가능한 모든 일을 하고 싶습니다. 제가 직접 설명드릴 수는 없습니다. 설명하고 싶지도 않지만 저는 의심할 여지도 없이 던바 양에게 죄가 없다는 걸 알고 있습니다. 사건에 대해서는 모든 사람이 알고 있으니, 홈즈 씨도 이미 알고계시리라 생각합니다. 영국 전체에 소문이 파다하니까요.

그럼에도 불구하고 그녀를 구하고자 하는 사람이 한 명도 없습니다! 제가 화가 난 이유가 바로 이점입니다. 이 여성은 파리 한 마리도 죽이지 못 할 정도로 마음이 여립니다. 그래서 내일 아침 11시에 찾아뵙고 뭔가 방법을 찾기 위해 상담을 하고 싶습니다. 제가 해결책을 가지고 있음에도 불구하고 그걸 깨닫지 못하고 있을 수도 있습니다. 어쨌거나 홈즈 씨가 이 여성을 구해주신다면 제가 알고 있는 모든 것, 제 모든 것을 이용해 주시기 바랍니다. 지금까지 홈즈 씨가 보여주신 활약처럼 부디 이 사건에도 힘이 되어 주시기를 부탁드립니다.

－ J 닐 깁슨」

"대충 이렇네." 홈즈는 이렇게 말하고 피우던 파이프의 재를 툭툭 털고 천천히 담배를 갈아 넣었다. "그 신사를 기다리고 있는 중이야. 자네가 이 서류들을 전부 다 머릿속에 입력할 여유가 없으니 흥미가 있다면 요점만 간단하게 설명해 주지."

이 사람은 이 세상에 몇 안 되는 재력가고, 내 생각에는 아주 거칠고 무서운 성격을 가진 사람이네. 그의 아내가 이 사건의 피해자야. 여성의 가장 아름다운 시기가 지났다는 것 밖에 모르지만 아주 아름답고 매력적인 여성 가정교사 두 명이 어린 아이들을 돌보게 되면서 부인은 더욱 불행해 졌네. 이 세 사람이 사건에 연관된 사람들이고 무대는 잉글랜드의 유서 깊은 곳 한 복판인 고풍스런 정취에 훌륭한 매너 하우스였지.

다음은 비극에 대해서네. 저택에서 반마일 가까이 떨어진 곳에서 밤늦게 부인이 쓰러진 채 발견됐고. 디너 드레스를 입고 어깨에 숄을 걸친 채 총으로 머리에 구멍이 나 있었네. 피해자 옆에 흉기는 없었고 현장에 단서가 될 만한 게 전혀 없었다는 걸 잘 기억해 두게나. 범행을 저지른 건 그날 밤늦게 인 것 같아. 11시경, 사냥터지기가 시체를 발견했고 경찰과 의사가 조사를 마치자마자 시신은 관으로 옮겨졌네. 설명이 너무 빠르지 않았나? 제대로 알아들었는가?"

"아주 알기 쉽군. 하지만 어째서 가정교사가 의심을 받는 거지?"

"음, 그게 너무나 직접적인 증거 때문이지. 총알이 한 발 발사된 총이, 게다가 살인에 쓴 총알과 구경이 똑같은 총이 그 가정교사 옷장 서랍에서 발견됐네." 갑자기 홈즈가 눈을 번쩍 뜨더니 띄엄띄엄 말을 반복했다. "그… 가정교사의… 옷장 서랍… 바닥" 그리고 그대로 입을 다물어 버렸다. 뭔가 새로운 사실을 깨달은 듯 했다. 방해를 하지 않는 것이 좋을 것이라 생각했다. 홈즈가 갑자기 몸을 움찔하면서 또 다시 일사천리로 말을 이어갔다. "맞아, 왓슨, 찾아냈어. 결정적 증거야! 배심원 두 사람도 그렇게 생각했을 거야. 게다가 죽은 부인이 그 장소에서 만나자는 내용의 가정교사 서명이 있는 편지를 가지고 있었네. 어떻게 생각하나?"

게다가 충분한 동기도 있네. 깁슨 상원의원은 사람을 끄는 매력이 있는 사람이지. 부인이 죽으면 이전부터 상원의원의 뜨거운 눈길을 받고 있던 젊은 가정교사 말고 누가 그의 부인이 되겠는가? 애정, 재산, 권력, 이 모든 것이 한 명의 중년 여성의 죽음에 달려있었지. 왓슨, 정말 추악해!"

"음, 정말 그렇군."

"가정교사에게는 알리바이도 없네. 오히려 사건이 일어났을 때 비극이 일어난 현장인 소어 교 주변에 있다는 걸 인정했네. 지나가던 마을 사람이 그녀를 발견했으니 부정할 수 없었네."

"그야말로 결정적이군."

"더 있네, 왓슨. 게다가 말이야! 이 다리는 교각이 없이 양쪽에 난간이 있는 폭넓은 돌다리로, 소어 연못의 갈대로 가득한 가늘고 깊은 연못의 가장 좁은 곳에 세워져 마차가 통행을 할 수 있게 했네. 그 다리 입구에 부인이 쓰러져 있었지. 사건에 대해서는 대충 이랬네. 어라, 의뢰인이 꽤 빨리 찾아온 것 같군."

빌리가 문을 열고 소개한 손님은 기다렸던 이름이 아니었다. 말로 베이츠 씨라는 사람은 우리가 모르는 사람이었다. 손님은 마르고 마음이 약해보이는 남자로 두려움에 찬 눈매에 겁먹은 태도였다. 의사인 내 눈에는 전형적인 신경쇠약 일보직전으로 보였다.

"베이츠 씨, 괜찮습니까?" 홈즈가 물었다.

"이리로 앉으시죠. 11시에 선약이 있어서 시간이 별로 없습니다."

"알고 있습니다." 손님은 숨이 찬 목소리로 짤막하고 빠르게 대답했다.

"깁슨 씨죠? 저는 깁슨 씨에게 고용된 토지 관리인입니다. 홈즈 씨, 그는 악당입니다. 너무너무 무서운 악당."

"베이츠 씨, 무슨 뜻이죠?"

"시간이 없으니 딱 부러지게 말씀드리겠습니다. 제가 여기 온 걸 알면 곤란하니까요. 지금 당장이라도 들이닥칠 것 같아요. 하지만 빨리 올 수가 없었습니다. 그자의 비서 퍼거슨 씨가 당신과 약속했다는 걸 가르쳐 준 게 오늘 아침이었으니까요."

"하지만 당신은 관리인이라고 하셨잖습니까?"

"이미 그만두겠다고 말했습니다. 2,3주 뒤면 저주받은 손길에서 벗어날 수 있습니다. 홈즈 씨, 그자는 정말 악당입니다. 주변 사람들 모두에게 심하게 대합니다. 공공연하게 자선사업을 하는 것도 사악한 자신의 사생활을 감추기 위한 수단에 불과합니다. 누가 뭐래도 가장 큰 희생자는 마님입니다. 그자는 마님에게 너무 잔인했습니다. 정말 악마예요! 어떻게 돌아가시게 됐는지는 모르겠지만 그자가 마님의 인생을 엉망진창으로 만든 건 분명합니다. 홈즈 씨도 들어서 아시겠지만 마님은 열대지방인 브라질 출신입니다."

"그건 처음 듣는 이야기네요."

"열대지방 출신이라 성품도 열대지방 사람다웠습니다. 마치 태양의 자식처럼 정열적인 분이었습니다. 모든 열정을 전부 그자에게 쏟아 부었지만 나이가 들면서 점점 육체적인 매력이 떨어지자 거들떠보지도 않았습니다. 마님이 젊었을 때는 대단한 미인이었다고 합니다만. 모든 사람들이 마님을 사랑하고, 동정했으며, 그자의 처사에 대해 증오했습니다. 하지만 그자는 말주변만 좋은 비열한 사람입니다. 이점을 잘 기억해두시고 그자의 말을 액면 그대로 받아들이지 않는 게 좋을 겁니다. 겉과 속이 다른 사람이니까요. 그럼 이만 실례하겠습니다. 아니오, 저를 붙잡지 마세요! 그자가 금방 나타날 테니까요."

이 이상한 객은 불안한 눈으로 시계를 바라보더니 그야말로 줄행랑을 치듯 사라졌다.

한동안 침묵이 흐른 뒤 홈즈가 입을 열었다. "정말 놀랍군! 깁슨이란 사람은 충성스런 일꾼들을 거느리고 있군. 하지만 생각지도 못 한 정보를 입수하게 됐으니 이제 본인이 나타나기만 기다리면 되겠군."

약속시간에 딱 맞춰 계단을 올라오는 묵직한 발소리가 들리더니 그 유명한 억만장자가 방으로 들어왔다. 한 눈에 보기에도 좀 전에 왔던 관리인의 두려움과 혐오뿐만이 아니라 사업 경쟁자들이 이자에게 저주를 퍼붓는 이유까지 알 것 같았다.

만약 내가 조각가이고, 냉혹하고 양심이라고는 찾아볼 수 없는 벌레처럼 추한 사업가의 모습을 조각한다면 서슴지 않고 닐 깁슨을 모델로 삼을 것이다. 큰 키에 마르고 우락부락한 모습은 욕망과 탐욕으로 넘쳐흘렀다. 아브라함 링컨에 비열함을 더한 모습이라고 해야 할까? 화강암에 새겨 놓은 듯한 얼굴은 완고하고, 무례하며, 인정 없어 보이고 수많은 풍파를 이겨낸 깊은 주름이 훈장처럼 새겨져 있었다. 빈틈없어 보이는 차가운 잿빛 눈동자가 뻣뻣한 눈썹 아래에서 우리를 번갈아 바라봤다. 홈즈가 나를 소개하자 건성으로 인사를 하고 거만한 태도로 홈즈 곁으로 의자를 끌어다 놓고는 툭 불거진 무릎이 닿을 정도로 바싹 붙어 앉았다.

"홈즈 씨, 단도직입적으로 말하겠습니다." 상대가 말을 꺼냈다. "돈은 얼마가 들어도 좋소. 진상을 밝힐 수만 있다면 돈다발을 불쏘시개로 써도 좋소. 가정교사에게는 죄가 없소. 누명을 벗기기 위해 당신을 찾아 온 겁니다. 수고비를 얼마나 드리면 되겠소!"

"수고비는 정해져 있습니다." 홈즈는 냉정하게 대답했다. "상대에 따라 수고비가 변하지는 않습니다. 무료 봉사를 할 때 말고는요."

"호오, 돈으로 움직이지 않으신다면 명성은 어떻소? 이 사건을 해결한다면 영국은 물론 아메리카의 신문에도 당신에 대해 대문짝만하게 실릴 거요. 두 대륙을 떠들썩하게 만들 겁니다."

"깁슨 씨, 고마운 말씀이지만 인기에 연연하지 않습니다. 의외라고 여길지 모르겠지만 저는 이름을 감추고 일하는 걸 좋아하니다. 제가 의뢰를 맡을지 결정하는 건 어디까지나 사건 자체입니다. 시간 낭비는 그만하고 사건의 사실관계에 대해 말씀을 나눌까요?"

"대략적인 사실은 신문기사로 알 수 있을 거요. 내 말이 도움이 될지 어떨지 모르겠지만 묻고 싶은 게 있으면 물어보시오."

"그렇다면 한 가지만."

"뭐죠?"

"던바 양과는 어떤 사이죠?"

금광 왕은 의자를 박차고 일어났다. 하지만 잠시 후 마음을 가라앉히고 원래의 냉철함을 되찾았다.

"그런 질문을 할 권리가 당신에게 있고, 사건과 관계가 있다고 말하고 싶은 거요?"

"그렇게 생각하셔도 좋습니다."

"그렇다면 분명히 해두겠소. 어디까지나 고용주와 고용된 젊은 여성일 뿐이오. 그녀가 우리 아이들과 있을 때 말고는 만난 적도 말 한 적도 없소."

홈즈가 의자에서 일어서면서 말했다.

"깁슨 씨, 나는 바쁜 사람입니다. 쓸데없는 잡담을 나눌 만큼 한 가롭지도 않고 그런 취미도 없습니다. 그만 돌아가시죠."

손님도 일어섰다. 당당하고 냉철한 태도로 금방이라도 홈즈에게 달려들 태세였다. 뻣뻣한 눈썹 밑에 분노로 눈빛이 이글거리고 누렇게 뜬 얼굴이 붉게 상기됐다.

"홈즈 씨, 이게 무슨 짓이오? 내 의뢰를 받아들이지 않겠다는 거요?"

"그렇습니다. 깁슨 씨. 아무튼 당신과 연관되기 싫습니다. 알아듣게 설명했을 텐데요."

"너무 잘 알았지. 당신이 진짜로 원하는 게 뭐요? 사건 수임료를 올릴 생각인가? 아니면 포기하겠다는 건가? 내게는 확실한 이유를 들을 권리가 있소."

"글쎄요, 그럴지도 모르죠." 홈즈가 대답했다.

"말씀드리죠. 이제 와서 거짓 정보로 혼돈을 가중시키지 않아도 이 사건 자체만으로도 충분히 복잡합니다."

"내가 거짓말을 한다고?"

"그렇습니다. 가능한 직접적으로 말하지 않으려 했지만 깁슨 씨가 그렇게 표현하시니 더 이상 돌려 말할 필요가 없겠죠."

나는 벌떡 일어섰다. 억만장자의 얼굴이 도깨비처럼 일그러지고 불끈 쥔 커다란 주먹을 치켜 올렸다. 홈즈는 짜증스럽다는 표정으로 파이프에 손을 뻗었다.

"깁슨 씨, 소동을 일으키지 마십시오. 아침식사를 마친지 얼마 안 돼 소화에 좋지 않습니다. 아침 찬 공기라도 마시며 산책이라도 하는 게 좋겠군요. 잠시 머리를 식히는 게 당신을 위해 도움이 될 겁니다."

금광 왕은 분을 억누르고 있었다. 그 모습에 감탄을 금할 수가 없었다. 강한 의지로 불꽃처럼 활활 타오르는 분노를 얼음처럼 차가운 무관심으로 순식간에 잠재워 버렸다.

"좋소, 당신 방식대로 일을 하겠다니 억지로 이 사건을 맡길 수가 없겠지. 홈즈 씨, 오늘 일을 잊지 않겠소. 나는 당신보다 훨씬 능력 있는 사람들을 수도 없이 파멸시켰지. 한 번이라도 나를 화나게 하고 제대로 살고 있는 사람이 없어."

"그런 협박은 수도 없이 많이 들어왔지만 보시다시피 아직까지 멀쩡합니다."

홈즈는 가볍게 받아 넘겼다. "깁슨 씨, 그럼 잘 가세요. 아직까지 배워야 할 게 많은 것 같군요."

손님이 거칠게 머리를 흔들며 나갔지만 홈즈는 아무 말도 하지 않고 차분히 앉아 파이프를 문채 넋을 놓고 천장만 바라봤다.

"왓슨, 자네 생각은 어떤가?" 한참 만에 내게 말을 걸었다.

"홈즈, 물으니 말인데 저자는 자신에게 방해가 되는 건 뭐든 정리해 버리는 자 같네. 관리인 베이츠가 말한 것처럼 부인이 방해가 돼서 꼴도 보기 싫어졌겠지. 왠지 씁쓸하군."

"맞아. 나도 그렇게 생각하네."

"하지만 그자와 가정교사와의 관계를 자네는 어떻게 알았나?"

"그냥 넘겨짚어 본걸세, 왓슨! 그는 편지를 너무 정성스럽게 썼고 평소의 사무적인 태도와는 다르다는 걸 느꼈네. 그의 독선적인 태도를 보면 희생당한 부인보다 죄를 뒤집어 쓴 여성에 더 마음을 빼앗기고 있네. 진실에 다가가려면 이 세 사람의 관계를 명확히 하지 않으면 안 되지. 자네도 봤듯이 내가 정면으로 부딪혔지만 그는 아무렇지 않게 대응했네. 그래서 넘겨짚어 본거지. 실은 그저 미심쩍다고만 여겼지만, 다 알고 있다고 착각을 하게 만든 거지."

"혹시 되돌아올까?"

"반드시 되돌아올 걸세. 돌아올 수밖에 없을 걸. 사건을 이대로 덮어버릴 수 없을 테니까. 거 보게! 종소리가 들리는군. 그자의 발자국 소리야. 오, 깁슨 씨, 지금 막 왔슨 박사와 선생에 대해 이야기를 하고 있었습니다. 되돌아오시는 게 좀 늦는 것 같아서."

문을 박차고 나갔을 때와는 판판으로 금광 왕이 다시 방으로 들어섰다. 눈에는 여전히 자존심에 금이 가 분노로 가득했지만 목적을 달성하기 위해서는 자신이 굽힐 수밖에 없다는 걸 깨달은 것이다.

"홈즈 씨, 곰곰이 생각해보니 너무 서두른 것 같소. 무슨 일이건 사실을 알아야 한다는 당신 말이 맞는 것 같소. 미리 못 박아 두겠지만 던바 양과 나의 관계가 이번 사건과는 아무런 상관이 없소."

"그건 제가 판단해야할 일 아닌가요?"

"음, 그렇겠지. 의사는 여러 가지 증상을 들어야 진단을 할 수 있는 것과 마찬가지겠지."

"그렇습니다. 아주 적절한 비유군요. 그리고 증상을 감추려하는 것은 의사를 속이려는 환자와 마찬가집니다."

"그럴지도 모르지. 홈즈 씨 하지만 이해해 주기 바라오. 단도직입적으로 여자와의 관계를 캐물으면 대부분의 남자들은 사실을 숨기려 하는 것 아니오? 진지하게 사귀는 사이라도. 남자들이란, 마음속에 자신밖에 모르는 비밀을 감추고 있고 남이 그 비밀을 파헤치는 걸 싫어하잖소. 헌데 당신은 그런 예민한 부분을 갑자기 들춰냈소. 하지만 어쩔 수 없겠지. 사람을 먼저 살려야 하니까. 이제 뭐든 다 물어보시오. 알고 싶은 게 뭐요?"

"진실입니다."

생각을 정리하는 듯 금광 왕은 침묵에 잠겼다. 주름이 깊게 파인 어두운 얼굴이 더욱 무겁고 힘들어 보였다.

"홈즈 씨, 아주 간단히 말하리다." 그는 겨우 입을 열기 시작했다. "너무 가슴 아픈 일이라 민감한 부분까지 다 말할 수는 없을 것 같소.

아내와는 브라질에서 금광을 찾다가 만났소. 아내 마리아 핀토는 마나오스(브라질 북부도시) 공무원의 딸로 상당히 미인이었소. 당시 나는 젊고 혈기 왕성했지만 그 뜨거웠던 열정이 식은 지금도 냉정하게 돌이켜 생각해봐도 황홀할 정도로 아름다웠소. 사려 깊고 풍성한 감성에 정열적인 사람이었고. 지금까지 만났던 미국 여성들과 달리 이국적인 매력에 마음이 두근거렸소. 나는 그런 아내를 사랑했고 결혼까지 하게 됐지. 하지만 오랫동안 지속된 애정은 우리 둘 사이에 아무런 공통점이 없다는 걸 깨달으면서 점점 식어가게 됐소. 아내의 애정도 식었다면 이야기는 간단했겠지.

하지만 여자는 정말 불가사의한 존재야! 내가 무슨 짓을 해도 사랑이 변치 않았지. 내가 괴물이라는 소릴 들을 정도로 심한 행동을 하게 된 것도 아내의 애정이 식고, 사랑이 증오로 바뀐다면 두 사람의 마음이 훨씬 편해질 거라고 생각했지. 하지만 어떤 상황에서도 아내의 마음은 변치 않았소. 20년 전에 아마존 강가에서 내게 뜨거운 애정표현을 했듯이 이 땅에서도 나를 뜨겁게 사랑했소. 내가 무슨 짓을 하더라도 변함없이 헌신적이었소.

그때 그레이스 던바 양이 나타났소. 우리가 낸 구인광고를 보고 찾아온 그녀가 두 아이의 가정교사가 됐고. 신문에서 사진을 봤을 것이오. 모든 사람이 입을 모아 그녀의 미모를 칭찬했소. 도덕군자인척 해봤자 소용없으니 다 인정하겠소. 그런 미인과 한 지붕 아래 살면서 매일 얼굴을 맞대고 살면서 마음이 흔들리지 않을 수 없었소. 홈즈 씨, 나를 비난할 거요?"

"뜨거운 마음을 비난할 수 없죠. 하지만 그런 마음을 입 밖으로 낸다면 비난받아 마땅하겠죠. 당신은 그 젊은 여성의 보호자이기도 하니까요."

"맞아. 그럴지도 모르지." 순간 억만장자의 눈이 처음처럼 분노의 눈빛이 역력했다.

"나는 성인군자인척 하고 싶지 않소. 나는 지금까지 갖고 싶은 건 전부 손아귀에 넣었고 그 어떤 것보다도 그녀의 모든 걸 내 것으로 만들고 싶었지. 그리고 그녀에게도 말했소."

"오오, 말씀을 하셨다고요?"

홈즈는 마음이 끌리면 반드시 인상이 굳어진다.

"물론. 가능하다면 당신과 결혼 하고 싶지만 나로선 어쩔 수가 없다고. 돈이라면 아무 문제가 없다고. 당신이 행복하고 편하게 살 수만 있다면 뭐든 하겠다고 했소."

"정말 대단히 너그러우신 분이군요." 홈즈는 콧방귀를 꼈다.

"이보시오, 홈즈 씨. 내가 여기 온 건 증언을 하기 위한 것이지 도덕적 비난을 받기 위한 게 아니오. 설교라면 사절하겠소."

"제가 이 사건을 맡고자 하는 건 오로지 그 젊은 가정교사 때문입니다." 홈즈의 말투가 엄격했다. "그녀가 지금 어떤 혐의를 받고 있건 간에 당신이 지금 말한 당신의 죄보다 무거운 죄를 지었다고는 생각하지 않습니다. 당신은 자신이 돌보고 있던 여성에게 그 어떤 보상도 불가능한 젊은 여성의 인생을 망친 죄를 지었습니다. 선생들과 같은 갑부들은 돈으로 모든 게 해결될 거라 생각하죠. 모든 사람이 다 그렇지는 않겠지만 선생께서는 모든 걸 다 돈으로 해결할 수 없다는 걸 염두 해 둬야 할 겁니다."

놀랍게도 금광 왕은 모든 비난을 참고 있었다.

"지금 생각해보면 그 말이 맞는 것 같소. 내 욕심대로 진행되지 않은 게 다행인 것 같소. 그녀는 냉정히 거절하고 집을 나가겠다고 했소."

"왜 떠나지 않았죠?"

"그녀에게는 부양할 가족이 있었소. 일을 그만두고 식구들을 실망시킬 수 없었지. 그래서 두 번 다시 그런 말을 하지 않겠다고 맹세했고 그 맹세를 지켰소. 그렇게 해서 떠나지 않고 남게 된 거요. 하지만 떠나지 않은 또 하나의 이유가 있소. 나에 대한 영향력을 발휘할 수 있게 됐다는 걸 알고, 그 힘이 엄청난 위력을 발휘한다는 것을 안 그녀는 그 힘을 좋은 쪽으로 쓰고 싶어 했소."

"어떤 식으로?"

"그녀는 내 사업에 대해 대충 알고 있었소. 아주 광범위한 사업이오. 일반사람들은 상상조차 할 수도 없을 정도로 엄청난 규모요. 내게는 만들 수도, 부술 수도 있는 능력이 있소. 대부분 부수는 쪽이지만 사업 대상은 개인뿐만이 아니라 단체, 도시, 국가까지 포함돼 있지. 비즈니스는 아주 냉혹한 약육강식의 세계고 그만한 가치가 있다고 생각하면 그게 무슨 게임이든 참가를 하게 돼. 결코 비명을 지르지도 않고 남의 죽는 소리에도 개의치 않소.

하지만 그녀의 생각은 달랐소. 어쩌면 그녀의 생각이 맞을 지도 모르지. 수만 명의 사람을 길거리로 내몰면서까지 필요 이상의 부를 축적해서는 안 된다고 했고. 그녀는 돈보다 더 가치 있는 것이 있다고 했지. 내가 그녀의 말에 귀를 기울여주자 나를 잘만 조정한다면 세상 사람들을 위해 많은 도움이 될 것이라 생각했던 것 같소. 그래서 그녀가 집을 떠나지 않은 것이오. 그런데, 결국 이런 사건이 일어났소."

"사건에 관해 뭔가 희망적인 부분은 없나요?"

이 질문에 금광 왕은 상당히 오랫동안 입을 다물고 머리를 감싼 채 생각에 잠겼다.

"모든 정황이 그녀에게 불리하오. 그 어느 것도 부정할 수 없을 정도로. 게다가 여자들이란 남자들이 이해할 수 없는 부분이 있잖소. 나도 처음에는 그저 평소 그녀의 성격으로는 상상조차 할 수 없는 엄청난 일을 저질렀다고 생각했소.

아! 홈즈 씨, 한 가지 생각난 게 있소. 말할 만한 가치가 있는지 모르지만 아내는 대단히 질투심이 강했고. 육체적인 질투에 뒤지지 않게 정신적인 부분에 대한 질투 또한 엄청났소. 물론 육체적으로 아내가 질투할 만한 일은 없었지만, 아내도 가정교사가 내 생각과 행동에 대해 자신은 경험하지 못 했던 영향력을 발휘한다는 걸 깨닫게 됐소. 좋은 쪽의 영향력이었지만 그렇다고 달라지는 건 아무 것도 없었소. 아내는 증오와 분노로 이성을 잃었고 거기에 아내의 몸속에는 아마존의 뜨거운 피가 소용돌이치고 있었소. 어쩌면 아내가 던바 양을 죽이려고 했을지도 모르지. 아니면 권총으로 협박해서 내쫓아버리려고 했을 수도 있고. 두 사람이 서로 엉켜 다투다가 우연히 권총이 발사됐을 수도 있소."

"저도 이미 그럴 가능성에 대해 생각해 봤습니다. 실제로 의도적으로 살해한 게 아니라면 그렇게 볼 수밖에 없죠."

"하지만 그녀는 처음부터 그걸 부정하고 있소."

"그렇다고 그대로 두고만 볼 수는 없죠, 안 그런가요? 너무 두렵고 당황한 나머지 넋을 놓고 권총을 그대로 손에 쥔 채 돌아왔고, 자신에게 무슨 일이 벌어졌는지조차 모를 정도로 정신이 없는 상황에서 권총을 옷장 서랍에 집어던졌을지도 모르죠. 권총이 발견되고 변명의 여지가 없게 되자 모든 걸 부정하고 현실도피를 하려한다. 이런 가정을 깨뜨릴만한 증거라도 있나요?"

"던바 양 본인이 증거요."

"그렇겠죠."

홈즈는 자신의 시계를 들여다보며 말했다. "오전 중에 필요한 허가를 받을 수 있다면 저녁 기차로 윈체스터에 갈 수 있을 겁니다. 가정교사를 만나보면 틀림없이 도움이 될 겁니다. 참고삼아 말씀드리겠지만 제가 반드시 깁슨 씨가 바라는 결론을 이끌어낼 수 있다는 약속은 할 수 없습니다."

허가를 받는데 생각보다 시간이 걸려 우리는 그날 윈체스터로 가는 걸 포기하고 햄프셔 주에 있는 닐 깁슨 씨의 저택인 소어 플레이스로 향했다. 깁슨 씨는 함께 가지 않았고 이 사건을 제일 처음 조사한 코벤트리 경사의 주소를 알려주었다. 경사는 큰 키에 마르고 낯빛이 좋지 않은 사내였다. 입이 무겁고, 밝힐 수 없는 많은 비밀을 알고 있는 듯한 표정이었다. 게다가 갑자기 소리죽여 중요한 비밀 이야기를 하듯 귓가에 속삭이지만 대부분 쓸 만한 정보는 하나도 없었다. 하지만 이런 행동들이 그저 버릇에 불과하다는 것과 정직하고 근면한 인물이라는 걸 금방 깨닫게 됐다. 전혀 거드름을 피우지도 않고 사건해결에 도움이 된다면 대환영이라고 했다.

"제 입장에서 보면 스코틀랜드 야드 보다는 홈즈 씨가 훨씬 반갑습니다. 녀석들은 잘 되면 제 탓 안 되면 남의 탓으로 돌려버리니까요. 그와 달리 선생께서는 공정한 분이라고는 걸 익히 들어 알고 있습니다."

"저에 대해서는 표면으로 들어낼 필요가 전혀 없습니다." 홈즈의 말에 경사의 못마땅해 하던 표정이 금방 밝아졌다. "혹시 제가 사건을 해결한다고 해도 제 이름은 밝히지 않아도 됩니다."

"이야, 정말 훌륭하십니다. 친구 분인 왓슨 박사님도 신뢰할 수 있는 분이라고 생각하겠습니다. 홈즈 씨, 저택에 가면서 한 가지 물어보고 싶은 게 있습니다. 두 분에게만 드리는 말씀입니다만." 경사는 조심스럽게 주변을 살피고 말을 꺼냈다. "닐 깁슨 씨가 수상하다고 생각하지 않나요?"

"그 점에 대해서는 이미 생각해 봤습니다."

"던바 양을 아직 만나 보지 않으셨죠? 어느 모로 보나 훌륭하고 아름다운 분이죠. 깁슨 씨가 부인을 어떻게 하고 싶다고 생각하는 것도 이상하지 않을 정도죠. 게다가 미국 사람들은 저희보다 권총에 익숙하니까요. 총도 깁슨 씨의 것이었습니다."

"확실한 이야기인가요?"

"네, 깁슨 씨가 소유하고 있던 두 정 한 세트 중 하나였습니다."

"그렇다면 나머지 하나는 어디 있죠?"

"깁슨 씨는 온갖 종류의 총을 많이 소유하고 있습니다. 문제의 권총과 한 세트인 나머지 하나는 찾지 못했지만, 상자가 두 정이 들어가는 것이었습니다."

"한 세트였다면 나머지 하나도 틀림없이 어딘가에 있을 텐데."

"저택에 있는 총을 전부 모아두었으니 원하신다면 직접 확인해 보시죠."

"나중에 확인할 지도 모르겠군요. 하지만 먼저 사건 현장 안내를 부탁드립니다."

이런 대화가 오고간 곳은 지역 파출소로도 이용되고 있는 코벤트리 경사의 소박한 집 앞쪽에 있는 작은 사무실이었다. 거기서 반 마일정도를 황금빛 갈대와 청동빛 잡목들이 바람에 흩날리고 있는 평야를 지나자 소어 플레이스 영지로 들어가는 출입문이 나왔다. 꿩 사냥이 금지돼 있는 작은 길을 지나자 넓게 펼쳐진 작은 언덕에 반은 튜더 왕조 식이고 반은 조지 왕조 식의 커다란 목조 건물이 보였다. 우리가 서있는 바로 옆에 갈대가 무성한 가늘고 긴 연못이 있었다. 가운데 폭이 좁아진 곳에 걸쳐진 돌다리 마찻길이 연못을 둘로 나누고 있었다. 안내를 하던 경사가 이 다리 앞에 멈춰서고 지면을 가리키며 말했다.

"깁슨 부인의 시체가 있던 곳입니다. 위치를 확인하기 위해 저 돌을 올려놨습니다."

"시체에 다른 사람이 손대기 전에 경사님이 도착했나요?"

"네, 사건이 일어나고 바로 연락이 왔으니까요."

"누가 알리러 왔죠?"

"깁슨 씨가 직접 왔습니다. 사건이 일어난 걸 알자마자 다른 사람들과 함께 이리로 달려오면서 경찰이 오기 전에 아무 것도 손대지 말라고 지시했다고 합니다."

"현명하게 처리하셨군요. 신문기사에는 아주 가까운 거리에서 발사됐다고 하던데."

"네, 바로 옆에서 발사됐습니다."

"오른쪽 관자놀이 부분인가요?"

"관자놀이 바로 뒤입니다."

"시신은 어떻게 쓰러져 있었죠?"

"하늘을 바라보고 쓰러져 있었고 싸운 흔적은 없었습니다. 흉기도 발견되지 않았지만 던바 양이 쓴 짧은 편지만 왼 손에 쥐고 있었습니다."

"쥐고 있었다고요?"

"네, 손가락을 펴기도 힘들 정도였습니다."

"상당히 중요한 의미가 있군. 거짓으로 꾸미기 위해 시체 옆에 편지를 남긴 자가 있다는 가설은 사라졌군. 그렇다면! 편지 내용이 아주 짧았다던데. '9시에 소어 다리에서. G 던바' 라고 쓰여 있었다고 했죠?"

"그렇습니다."

"던바 양이 이 편지를 썼다고 인정했나요?"

"네."

"뭐라고 설명하던가요?"

"그녀가 아무 말도 하지 않고 있어 순회재판까지 기다려야 할 것 같습니다."

"이 문제는 정말 흥미롭군. 편지 내용이 애매하다고 생각하지 않나요?"

"그런가요? 제 짧은 소견으로는 그 편지야말로 이 사건에서 가장 확실한 단서라고 생각하지만요."

홈즈는 머리를 흔들었다.

"편지가 진짜로 그녀가 쓴 게 틀림없다하더라도 미리 받은 걸 겁니다. 아마 한두 시간정도 전 쯤에요. 그런데 왜 죽는 순간까지 손에 꽉 쥐고 있었을까요? 만나러 가는데 편지는 필요 없잖아요, 안 그런가요?"

"그리고 보니 좀 이상한 것 같네요."

"잠시 앉아서 생각 좀 해야겠어요." 홈즈는 다리 난간에 걸터앉았다. 홈즈는 곧장 예리하고 빈틈없는 회색 눈동자로 여기저기 두리번거리다 벌떡 일어나 건너편 난간으로 다가가 주머니에서 돋보기를 꺼내 유심히 살피기 시작했다.

"이상한데."

"네, 난간 끝이 살짝 떨어져 나갔습니다. 대부분 지나가던 행인들에 의한 겁니다."

난간은 회색 돌로 만들어져 있었지만 한 군데가 1펜스 은화크기로 떨어져 나가 하얗게 드러나 있었다. 자세히 보니 강한 충격에 예리하게 잘려 나가 있었다.

"웬만한 힘으로는 이렇게 깨지지 않을 텐데." 홈즈는 생각에 잠겼다. 단장으로 몇 번이고 난간을 내리쳤지만 아무런 흔적도 남지 않았다. "역시 뭔가 강한 힘이 가해졌군. 게다가 위쪽이 아니라 아래쪽에서 힘이 가해졌군요. 보다시피 난간 아래쪽 가장자리가 깨져 나갔소."

"하지만 시체가 있던 곳에서 적어도 15피트(약 5미터)는 떨어졌습니다."

"맞아요, 15피트 정도죠. 사건과 아무런 관계가 없을 지도 모르지만 무시할 수는 없겠죠. 여기서 조사할 건 더 이상 없을 것 같군요. 발자국 같은 건 없다고 했죠?"

"바닥이 철판처럼 단단해서 아무런 흔적도 발견할 수 없었습니다."

"그럼 이곳 조사를 끝내고 저택으로 가서 좀 전에 말씀하셨던 총들을 보기로 하죠. 그런 다음 윈체스터로 가겠습니다. 던바 양을 만나고 나서 수사방향을 정하기로 하죠."

닐 깁슨 씨는 아직 런던에서 돌아오지 않았지만 아침 일찍 우리를 방문했던 신경쇠약 초기증상의 베이츠 씨가 저택에 있었다. 그는 기분이 나쁠 정도로 반가워하며 고용주의 파란만장한 인생살이의 산물인 온갖 종류의 총들이 진열된 방으로 안내했다.

"깁슨 씨는 적이 많은 사람입니다. 그 사람의 성품을 아는 사람이라면 누구나 예상할 수 있는 일이지만요. 잠을 잘 때도 항상 머리맡에 권총을 감추고 잡니다. 힘으로 모든 걸 제압하려고 해서 저희도 수없이 당했습니다. 안타깝게도 돌아가신 마님도 매일같이 공포에 떨고 계셨을 겁니다."

"깁슨 씨가 부인에게 폭력행사를 하는 걸 직접 목격한 적이 있나요?"

"아니오, 그렇지는 않지만 폭언을 퍼붓는 걸 들은 적이 있습니다. 하인들이 앞에 있건 말건 간에 심장을 갈기갈기 찢어 놓을 듯한 차갑고 냉정한 말투였습니다."

"우리 억만장자께서 사생활에서는 크게 성공하지 못 한 것 같군." 역으로 향하는 길에 홈즈가 입을 열었다. "이보게, 왓슨. 상당히 많은 사실이 밝혀졌고 새로운 사실도 몇 가지 있지만 결론을 내리기에는 아직 무린 것 같군. 깁슨을 노골적으로 대놓고 싫어하는 관리인 베이츠 씨의 말로는 사건이 일어났을 때 집주인이 서재에 있었다고 증언하고 있네. 저녁 식사가 8시 반에 끝났고 그때까지는 평소와 다를 게 없었지. 사건 소식을 듣게 된 건 밤늦게지만 사건이 일어난 시각은 손에 쥐고 있던 편지에 적혀있던 시간이 틀림없었네. 5시에 런던에서 돌아온 깁슨 씨가 밖으로 나간 흔적은 전혀 없네.

그런데 던바 양은 깁슨 부인과 다리에서 약속을 했다는 걸 인정한 채 더 이상 아무 말도 하지 않네. 변호사가 묵비권을 행사하라고 조언했을 테지. 이 젊은 가정교사에게 물어보지 않으면 안 되는 매우 중요한 것들이 몇 가지 있네. 그녀와 이야기를 나누기 전에는 머릿속이 정리되질 않겠어. 한 가지 마음에 걸리는 점이 있지만 그도 아니라면 나조차도 그녀를 의심할 수밖에 없을 걸세."

"홈즈, 맘에 걸린다는 게 뭔가?"

"그녀의 옷장 서랍에서 권총이 나왔다는 사실."

"그게 어째서?" 나도 모르게 큰소리로 물었다. "그거야말로 부정할 수 없는 증거라고 생각하는데."

"그렇지 않네, 왓슨. 처음에 별 생각 없이 신문에서 이 사건을 접했을 때부터 미심쩍게 생각했네. 이렇게 사건에 깊숙이 연관되고 나니 그게 유일한 희망이란 걸 깨닫게 됐네. 논리적으로 설명할 수 있는 이유를 찾아야 하네. 만약 설명이 안 된다면 교묘한 속임수가 아닐까 의심할 수밖에 없지.”

“갈수록 뭐가 뭔지 모르겠군.”

“왓슨, 잠시 자네가 연적을 제거하려고 냉정하게 준비하는 한 여인이라고 가정해 보게. 계획을 세우고 한 통의 편지를 보냈지. 희생자가 약속장소에 나타나고 자네에게는 흉기가 있네. 그리고 아무도 눈치 채지 못 할 정도로 완벽하게 처리했지. 어떤가, 자네라면 이렇게 완벽하게 처리하고 자신이 범인이란 증거를 남기겠나? 절대로 찾지 못하게, 적어도 갈대 덤불 속에라도 흉기를 숨기는 게 정상일 텐데, 아주 소중하게 가지고 돌아가서 가장 먼저 수사를 할 게 빤한 자신의 옷장 서랍 속에 감춘다는 게 이해가 가나? 왓슨, 나는 자네가 이런 터무니없는 행동을 할 거라고는 상상도 할 수 없네.”

“그 때는 너무 흥분한 상태라…”

“왓슨, 그렇지 않네. 미리 냉철하게 범죄계획을 세웠다면 범행을 감출 방법도 냉정하게 생각했을 걸세. 따라서 우리는 틀림없이 중대한 사실을 놓치고 있다고 생각하네.”

“그렇다면 설명할 부분이 너무 많아지는군.”

“물론이지, 이제부터 슬슬 풀어나가자고. 일단 상황을 다른 관점에서 보기 시작하면 절대적이었던 것이 진실을 찾아가는 실마리가 되지. 예를 들어 권총을 생각해 보게. 던바 양은 전혀 모르는 일이라고 주장하고 있네. 우리의 새로운 가설은 그녀의 말에 거짓이 없다는 거지. 따라서 권총은 누군가 그녀의 옷장 서랍에 가져다 놓은 게 되네. 누가 권총을 가져다 놓았을까? 당연히 그녀에게 죄를 뒤집어씌우고 싶은 사람이겠지. 그 사람이 과연 진범일까? 어떤가? 그럴듯한 수사방향이 잡힌 것 같지 않나?"

면회 절차가 늦어져 그 날 밤은 윈체스터에서 하룻밤을 지내야 했지만, 다음 날 아침에는 이 사건을 담당하고 있는 젊은 변호사 조이스 커밍스 씨와 함께 독방에 있는 젊은 여성과 면회를 할 수 있었다. 여러 사람들에게 아름다운 여성이란 말은 들었지만 실제로 만나보고 던바 양의 모습을 잊을 수 없게 됐다.

그 시건방진 억만장자조차 자신을 조정하는 뭔지 모를 강력한 힘을 그녀에게서 발견한 것도 무리가 아니었다. 청아하면서도 단호한 얼굴에서는 충동적이기도 하지만 항상 주변에 좋은 영향을 미치게 하는 고귀함을 느끼게 했다.

짙은 머리카락에 늘씬하고 귀티 나는 행동거지에 당당한 태도. 하지만 검은 눈동자에는 마치 아무리 발버둥 쳐도 벗어날 수 없는 덫에 걸린 동물처럼, 가슴이 아플 정도로 서글픈 표정을 짓고 있었다. 지금 이렇게 유명한 탐정이 자기 앞에 있고 자신에게 도움의 손길을 내밀고 있다는 것을 깨닫자 그녀의 볼이 살짝 상기되면서 우리를 바라보는 눈길에 희망의 빛이 돌기 시작했다.

"닐 깁슨 씨에게 우리 사이에 무슨 일이 있었는지 들으셨겠죠?"
낮고 떨리는 목소리였다.

"다 들었습니다." 홈즈가 대답했다. "그 이야기로 더 이상 심적
고통을 받을 필요는 없습니다. 던바 양을 만나보니 깁슨 씨의 말씀
이 이해가 가는 군요. 당신이 깁슨 씨에게 영향력을 가지고 있다는
것도, 두 분 관계에 있어 당신이 아무런 흑심을 품고 있지 않다는
것까지요. 하지만 왜 법정에서 아무 말도 하지 않았습니까?"

"이렇게까지 제 혐의가 풀리지 않을 줄은 몰랐습니다. 참고 기다
리면 저절로 진실이 밝혀질 거라 생각했습니다. 굳이 가정 내의 이
야기를 시시콜콜 다 말하고 괴로워하기 싫었습니다. 하지만 해결
되기는커녕 더욱 더 힘들어지기만 합니다."

홈즈는 진심으로 말했다. "던바 양, 혐의를 벗고 싶으시면 모든
걸 다 털어 놓으십시오. 여기 계시는 커밍스 씨도 현재 아주 불리
한 상황이라는 걸 알고 계실 겁니다. 그걸 뒤집기 위해서는 가능한
모든 일을 해야 할 겁니다. 당신이 지금처럼 아무렇지 않다는 태도
를 취하는 건 터무니없는 눈속임에 불과합니다. 진실을 파헤치기
위해 제게 가능한 모든 협력을 부탁드립니다."

"이제 당신과 깁슨 부인과의 관계가 실제로 어땠는지 말씀해 주
십시오."

"부인은 저를 증오하고 계셨습니다. 열대지방 출신답게 강렬한
성품을 가지고 계셨고 그 모든 열정으로 저를 증오했습니다. 어떤
일이건 애매모호하지 않은 분이라 깁슨 씨에 대한 열정적인 사랑

만큼 저를 증오했습니다. 그래서 깁슨 씨와 저의 관계를 부인이 오해한 게 아닐까요?

부인을 흉볼 생각은 없지만, 너무나 육체적인 애정에 집착해 깁슨 씨가 제게 느끼는 감정이 정신적이고 형이상학적인 관계라는 걸 이해하기 힘드셨던 것 같습니다. 저는 깁슨 씨의 능력을 보다 좋은 방향으로 발휘하길 바랐고, 그러기 위해 그 집에 남기로 결정했지만 그런 제 마음을 이해하시지 못 한 것 같습니다. 하지만 이제야 알 것 같습니다. 제 생각이 틀렸습니다. 저로 인해 불행이 시작됐는데 그 집을 떠나지 않았다는 건 지금 생각해 보니 모두가 제 잘못입니다. 하지만 제가 그 집을 나갔다고 불행이 사라지지는 않았을 테지만요."

"던바 양, 이제 그날 밤에 일어난 일들을 정확히 말씀해 주시겠습니까?"

"홈즈 씨, 제가 아는 한 모든 걸 말씀 드리겠지만 어느 하나 증명을 할 수는 없습니다. 게다가 이러지도 저러지도 못 할 아주 중대한 문제가, 해명이 불가능한 문제가 있습니다."

"문제를 다른 사람이 풀 수 있도록 사실을 그대로 말씀해 주시면 됩니다."

"그날 밤 저는 부인에게 소어 교로 오라는 편지를 받았습니다. 공부방 테이블 위에 놓여 있었는데 아마 직접 가져다 놓으셨을 겁니다. 저녁 식사 후 소어 교에서 만나자는 편지였습니다. 중요한 이야기가 있으니 아무에게도 알리지 말고 답장을 정원 시계탑 위에 놓아 주길 바란다는 내용이었습니다.

왜 그렇게 몰래 만나야 하는지 이해가 되지는 않았지만 시키는 대로 했습니다. 편지는 불태우라고 해서 공부방 난로에 집어넣었습니다. 부인은 깁슨 씨를 너무너무 무서워했습니다. 저도 부인을 학대하는 깁슨 씨에게 그러지 말라는 이야기를 자주 했을 정도니까요. 그래서 깁슨 씨 몰래 만나려고 한다고만 생각했습니다."

"헌데 부인은 죽으면서까지 당신의 답장을 손에 꽉 쥐고 계셨죠?"

"네, 부인이 돌아가실 때 그 답장을 손에 쥐고 계신다는 말을 듣고 놀랐습니다."

"그 다음에는?"

"약속대로 다리에 가 보니 부인이 벌써 와서 기다리고 계셨습니다. 그때야 비로소 애처로운 부인께서 저를 얼마나 증오했는지 깨달았습니다. 부인은 제정신이 아닌 것 같았습니다. 정상적인 사람이라면 불가능할 정도로 자신을 감추고 있었습니다. 그렇지 않고서야 매일 아무렇지도 않게 얼굴을 마주하며 마음속의 증오심을 키워나갈 수 가 있겠습니까?

부인이 무슨 말을 했는지는 말씀드리지 않겠습니다. 격렬한 분노를 참지 못 해 쏟아내는 듯 했다고만 말씀 드리죠. 저는 아무 대꾸도 하지 못 했습니다. 아니, 할 수 없었습니다. 부인을 마주하는 것만으로도 두려웠습니다. 저는 귀를 막고 정신없이 도망쳤습니다. 제가 뛰어가는 사이 부인은 여전히 다리 입구에 서서 찢어지듯 날카로운 목소리로 저주를 퍼붓고 계셨습니다."

"나중에 시신이 발견된 곳과 같은 자리 인가요?"

"그 자리에서 2,3야드 밖에 떨어지지 않았습니다."

"당신이 도망친 후 부인이 돌아가셨다고 칩시다, 총성은 들리지 않았습니까?"

"아무 소리도 못 들었습니다. 사실은 너무 무섭고 떨려 조용한 제 방으로 도망치는데 정신없어 무슨 일이 벌어지더라도 알아차리지 못 했을 겁니다."

"방으로 돌아가셨다고 하는데 다음 날 아침까지 방밖으로 나간 적이 있나요?"

"네, 부인이 돌아가셨다는 소릴 듣고 다른 사람들과 함께 달려갔습니다."

"깁슨 씨는 보셨나요?"

"네, 다리에서 돌아오시는 걸 봤습니다. 의사와 경찰에게 사람을 보낸 상태였습니다."

"흥분한 상태였나요?"

"깁슨 씨는 정신력이 강한 분이라 자신의 감정을 억누를 수 있는 분입니다. 그런 성격이니 자신을 잘 들어내지 않을 거라 생각하지만 제 눈에는 무척 걱정스럽게 보였습니다."

"이제 가장 중요한 걸 물어보겠습니다. 방에서 발견된 권총을 본 적이 있습니까?"

"한 번도 없습니다."

"발견된 건 언제죠?"

"다음 날 경찰조사를 했을 때입니다."

"던바 양 옷가지 속에서요?"

"네, 서랍 속, 옷가지 밑에서요."

"얼마나 오래 거기 있었는지 짐작할 수 있나요?"

"전 날 아침에는 없었습니다."

"그건 어떻게 알죠?"

"옷장 정리를 했으니까요."

"결정적인 단서군. 그렇다면 누군가 방에 들어가서 당신에게 죄를 뒤집어씌우기 위해 권총을 가져다 놓았다는 말이네요."

"틀림없이 그럴 겁니다."

"언제 그랬을까요?"

"식사시간이나 아이들 공부방에 있을 때일 겁니다."

"편지를 받은 건 공부방에 있을 때라고 했죠?"

"네, 그리고 오전 중에는 계속 거기 있었습니다."

"감사합니다. 그밖에 수사에 도움이 될 만한 게 있나요?"

"특별히 생각나는 게 없습니다."

"다리 난간에 강한 힘으로 인해 깨진 곳이 있습니다. 시신이 있던 바로 건너편 난간으로 최근에 떨어져 나간 것 같은데 뭔가 생각나는 게 없나요?"

"그냥 우연의 일치 아닐까요?"

"던바 양, 정말 이상하지 않나요. 사건이 일어난 때, 사건이 일어난 현장에 왜 그런 흔적이 남아 있을까요?"

"하지만 어떡해야 그런 흔적이 남을 수 있나요? 돌난간이 그렇게 쉽게 깨지지 않을 텐데요."

홈즈는 대답하지 않았다. 열의에 찬 창백한 얼굴에 팽팽한 긴장감이 돌면서 생각에 잠겼다. 내 경험으로 보면 홈즈의 이런 표정이 그의 천재성이 빛나는 순간이라는 걸 알고 있었다. 홈즈가 사건 해결의 실마리를 찾아냈다는 걸 깨닫고 변호사와 용의자, 그리고 나는 입을 다문 채 숨을 죽이고 홈즈를 지켜보고 있었다. 순간 홈즈가 의자에서 벌떡 일어섰다. 비장함과 조급한 마음을 억누르고 외쳤다.

"자아, 왓슨, 가세!"

"홈즈 씨, 무슨 일이죠?"

"던바 양 아무 걱정하지 마십시오. 커밍스 씨 연락드리겠습니다. 정의의 신이 도와 잉글랜드 전역을 발칵 뒤집어 놓을만한 판례를 당신에게 선물해 드리죠. 던바 양, 내일까지 연락을 드릴 테니 그때까지 저를 믿어 주십시오. 어두웠던 하늘이 걷히기 시작했습니다. 구름 사이로 진실의 빛이 비추게 될 겁니다."

윈체스터에서 소어 플레이스는 그리 멀지 않았지만 몸이 달아있던 내게는 까마득하게 멀게 느껴졌다. 홈즈에게는 아마도 끝도 없는 여행처럼 느껴졌을 것이다. 신경이 곤두선 홈즈는 열차 안을 서성거리거나, 가늘고 부드러운 손가락으로 쿠션을 두드리는 등, 한시도 가만히 있지 못 했다.

홈즈는 목적지에 가까워지자 갑자기 내 맞은 편 자리에 앉았다. 일등 석 객석은 우리 두 사람밖에 없었다. 내 무릎에 손을 올려놓더니 장난기가 발동한 개구쟁이처럼 내 눈을 바라봤다.

"왓슨, 사건 때문에 여행을 떠날 때 자네는 항상 무기를 소지하고 있었지?"

그건 홈즈를 위한 것이기도 했다. 사건해결에 정신이 팔리면 자신의 안전은 전혀 신경 쓰지 못 하는 홈즈에게 내 권총이 도움을 준 게 한두 번이 아니었다. 나는 홈즈에게 그 사실을 일깨워 줬다.

"으응, 그랬지. 나는 그런데 좀 둔감하니까. 그런데 권총은 가져 왔겠지?"

나는 뒷주머니에서 권총을 꺼내 보여줬다. 짧고 휴대에 편리한 크기의 상당히 도움이 되는 권총이었다. 홈즈는 안전장치를 풀고 탄환을 꺼낸 뒤 권총을 뚫어져라 바라봤다.

"무겁군, 상당히 무거워."

"그럼, 아주 묵직하지."

그렇게 한참을 총을 들고 생각에 잠겼다.

"왓슨, 자네의 권총이 지금부터 풀어갈 문제와 때려야 뗄 수 없는 관계가 있네."

"이보게, 그런 무서운 농담하지 말게."

"왓슨, 농담이 아닐세. 한 가지 실험해 보고 싶은 게 있네. 실험이 제대로만 된다면 모든 비밀이 다 풀릴 걸세. 그리고 그 실험에 이 작은 무기가 꼭 필요하지. 총알을 한 발만 빼고 나머지 다섯 발을 다시 넣은 채 안전장치를 잠그겠네. 됐어! 아까보다 조금 더 무거워졌으니 실험도 잘 될 걸세."

홈즈가 뭘 하려고 하는지 이야기를 들어도 전혀 이해가 되지 않았지만, 이런 저런 생각을 하는 사이 우리는 햄프셔의 작은 역에 도착했다. 삐거덕거리는 이륜마차를 타고 15분도 지나지 않아 우리의 믿음직스런 경사 집에 도착했다.

"홈즈 씨, 단서란 게 뭐죠?"

"왓슨 박사의 총에 달렸습니다. 여기, 이 총이죠. 헌데 10야드(약 9미터)정도 되는 줄을 구할 수 있을까요?"

마을 가게에서 튼튼한 삼베 끈 한 다발을 구입했다.

"필요한 건 전부 다 구했소. 이제 슬슬 나가 볼까요. 이게 우리 여행의 종착지가 되길 바랍니다."

태양이 지고 있는 노을 저편으로 햄프셔의 황야가 멋진 가을 풍광을 자아냈다. 우리와 함께 걷고 있는 경사는 의심스런 눈초리로 우리를 힐끔힐끔 쳐다보며 내 친구 홈즈가 제정신인지 걱정하는 모습이 역력했다. 현장에 다가갈수록 차분한 척하는 홈즈가 실제로는 상당히 흥분한 상태였다.

"맞아, 왓슨. 내 추리가 빗나간 적도 있지. 이럴 경우 감이 작용하지만 때론 그 본능적인 감이 방해가 되기도 했지. 윈체스터 독방에서 섬광처럼 영감이 떠올랐을 때는 바로 이거라고 생각했지. 머리 회전이 빠른 것의 결점은 겨우 잡아낸 단서를 수포로 돌아가게 하는 다른 설명을 끝없이 생각해 낸다는 걸세. 하지만 말이지 왓슨, 일단 해보는 수밖에 없는 상황일세."

홈즈는 걸으면서 줄 끝을 권총 손잡이에 단단히 고정했다. 드디어 우리는 비극의 무대에 도착했다. 홈즈는 경사가 알려준 시신이 놓여 있던 정확한 위치에 조심스럽게 표시를 했다. 그리고 풀숲 사이를 헤치고 주먹만 한 돌을 찾아냈다. 그 돌을 끈의 다른 한 쪽에 둘둘 감아 다리 난간 밑으로 내려 연못 위에 걸어 놓았다. 그리고 홈즈는 다리 앞에서 조금 떨어진 시체 위치에 내 권총을 손에 쥐고 서 있었다. 한 쪽의 권총과 다른 한 쪽에 매달려 있는 돌로 인해 줄이 팽팽해졌다.

"지금이야!"

홈즈는 이렇게 외치고 권총을 머리로 가져가더니 손에서 권총을 놓았다. 순식간에 줄이 당겨지면서 권총이 공중을 날아가더니 난간에 엄청난 힘으로 충돌하고 연못 속으로 빨려 들어갔다. 권총이 사라지자마자 홈즈는 난간 밑에 쭈그리고 앉았다. 환호소리에 홈즈가 예상했던 결과가 나왔다는 걸 알 수 있었다.

"이렇게 확실하게 재현될 줄은 몰랐군. 왓슨, 여길 보게. 자네 권총이 비밀을 풀었어!" 이렇게 말하며 홈즈가 가리킨 난간 아래 모서리에는 이전에 깨져나간 크기와 형태가 똑 같은 흔적이 남아있었다.

"오늘은 여관에서 자야겠소." 홈즈는 일어서면서 어안이 벙벙한 경사에게 말을 걸었다. "갈고리만 있으면 왓슨의 권총을 당장 건져 낼 수 있겠죠. 그거 말고도 또 하나! 권총과 끈, 추 역할을 한 돌멩

이가 나올 겁니다. 질투심과 증오심으로 불타던 여성이 스스로 목숨을 끊은 것을 교묘하게 꾸며 무고한 사람에게 살인 누명을 씌우려 했던 도구 말입니다. 깁슨 씨에게 내일 아침 만나겠다고 전해 주십시오. 그런 다음 던바 양의 누명도 벗겨 주기로 하죠."

그날 밤 늦게 마을 여관에서 함께 파이프를 피우고 있을 때 홈즈가 사건의 전말에 대해 이야기 해 주었다.

"왓슨, 내 생각에 이 소어 교 사건을 자네 연대기에 덧붙인다고 해도 내 명성이 좀 더 높아질 것 같진 않군.

왠지 머리가 빨리 돌아가지 않았고 내 예술의 기본인 상상과 현실을 결합하는데도 정확하고 빠르지 못 했네. 솔직히 말해 난간이 깨져 나간 것만으로도 진실을 밝힐 충분한 단서였네. 어째서 더 빨리 비밀을 풀지 못 했는지 나 자신이 한심할 정도네.

정말 그 불행한 여자의 마음 속 깊은 곳까지 파악할 수 없어 계략을 파악하기 쉽지 않았네. 수많은 사건을 다뤄왔지만 비뚤어진 애정으로 인해 벌어진 사건 중에 이렇게 해괴한 사건은 없었던 것 같네. 던바 양이 육체적이건 정신적 라이벌이건 간에 부인은 그것을 절대 용납할 수 없었던 것 같군. 너무 노골적인 애정표현이 부담스러웠던 깁슨 씨는 아내를 심하게 학대하게 됐는데, 그조차도 전부 가정교사 때문이라고 생각한 게 분명하네. 그녀는 일단 스스로 목숨을 끊기로 결심했네. 게다가 죽음보다도 가혹한 운명으로 가정교사를 끌어들이는 방법을 택하기로 했지.

죽을 때까지 하나하나 되짚어 보면 그녀의 교묘한 수법에 경의를 금치 못할 정도네. 던바 양에게 편지를 쓰께 해서 그녀가 죽음의 장소를 선택한 것처럼 꾸몄네. 편지를 손에 꽉 쥐고 봐주길 바랐지만 그건 너무 빤한 수법이었지. 이것만으로도 의심을 해야 했는데 내가 그만 간과하고 말았네. 그 다음으로 그녀는 남편의 권총을 몰래 빼냈네. 저택에 있는 엄청난 무기고에서 권총 세트 중에 하나를 그날 아침 던바 양의 옷장 서랍에 감춰뒀지. 물론 총알 한 발을 발사시킨 다음에 말이지. 숲 속에서 쏜다면 총소리를 걱정할 필요도 없었을 걸세. 그리고 다리로 가서 흉기를 감춰버릴 교묘한 방법을 생각해 냈네. 죽기 전에 마지막으로 던바 양에게 온갖 증오를 내뱉은 다음 그녀가 총성이 들리지 않을 정도로 멀리 도망간 후 끔찍한 목적을 달성한 걸세. 이걸로 모든 퍼즐 조각이 끼워져 그림이 완성일세.

신문에서 왜 연못 바닥을 수색하지 않았는가에 대해 비난이 쏟아지겠지. 사건이 해결된 다음에야 무슨 말이든 못 하겠나. 어쨌거나 어디서 무엇을 찾아야 할지 분명하지 않고서야 갈대로 무성한 드넓은 연못을 수색하는 데도 한계가 있겠지. 왓슨, 우리는 훌륭한 여성 한 명과 회한이 많은 남성 한 명을 구해 냈네. 이 두 사람이 앞으로 힘을 합칠 가능성도 상당히 커 보이네. 그렇게 되면 삶이 '슬픔' 이란 걸 깁슨 씨가 배우게 됐다고 재계에 소문이 파다하게 나지 않을까?"

쇼스콤 저택
The Adventure
of Shoscombe Old Place

셜록 홈즈는 오랫동안 저배율의 현미경을 들여다보고 있었다. 한참이 지나 허리를 펴고 돌아서서 자랑스럽다는 듯이 나를 쳐다 봤다.

　"왓슨, 아교야. 틀림없는 아교. 현미경 속에 퍼져 있는 이 물건을 자네도 한 번 들여다보게!"

　나는 접안렌즈를 감싸듯 눈을 대고 핀트를 맞췄다.

　"털 같은 건 트위드 코트의 조직이군. 규칙적이지 않은 회색 덩어리는 먼지. 왼쪽에 물고기 비늘처럼 벗겨진 피부세포가 있군. 한가운데 갈색 얼룩은 틀림없는 아교군."

　나는 웃으며 말했다. "응, 자네 말이 틀림없군. 헌데 그게 어쨌다는 거지?"

　"자네도 세인트팽크라스에서 일어난 사건으로 죽은 경관 옆에 모자가 떨어져 있던 걸 기억하지? 이게 그 사건을 풀어줄 열쇠네. 피고는 자신의 모자가 아니라고 주장했네. 하지만 이 남자는 액자

만드는 일을 하고 있어 매일 아교를 쓰고 있지."

"그 사건도 맡았나?"

"아니, 스코틀랜드 야드의 친구인 머리베일에게 조사해 달라는 부탁을 받았네. 내가 화폐 위조 범 옷자락에 끼어 있던 아연과 구리 부스러기를 찾아내 범죄를 입증하고 나서부터 경찰들도 현미경의 위력을 재평가한 것 같네." 이렇게 말하고 초조한 듯 손목시계를 들여다봤다.

"새로운 의뢰인이 오기로 했는데 좀 늦는군. 왓슨, 자네 경마에 대해 좀 아나?"

"당연하지. 상이용사 연금의 절반을 경마에 쏟아 붓고 있으니까."

"그럼 내 경마 선생님이 돼 주게. 로버트 노버턴이란 사람이 누군가? 이 이름을 듣고 뭐 생각나는 게 있나?"

"있고 말구. 쇼스콤 저택에 살고 있네. 여름에 거기서 지낸 적이 있어 잘 알지. 노버턴은 하마터면 자네의 업무 영역에 발을 디딜 뻔 한 적이 있네."

"그게 무슨 뜻이지?"

"뉴마켓 히스(사포크 주에 있는 경마장)에서 커즌 가의 유명한 사채업자 샘 브루어를 말채찍으로 때렸었네. 여차하면 죽일 뻔 했지."

"오오, 흥미로운 얘기군. 그런 일이 자주 있나?"

"음, 위험한 인물이라는 평판이 나 있지. 잉글랜드에서 겁 없기로 둘째가라면 서러워할 기수인데, 몇 년 전 그랜드 내셔널에서 2

등을 했네. 좀 더 일찍 태어났으면 좋았을 걸. 섭정시대(1811~1820년)에 태어났다면 한세상을 풍미했을 텐데. 권투선수에 만능 스포츠맨, 말에 엄청난 돈을 쏟아 붓고, 여자라면 환장을 하지. 어떻게 보면 돈을 물 쓰듯 써대 두 번 다시 정상적인 생활을 할 수 없는 사람이지."

왓슨, 대단해! 간단명료하게 특징을 잘 설명하는군. 마치 이전부터 그자를 알고 있는 듯한 느낌이 드네. 그럼, 쇼스콤 저택은?'

"쇼스콤 파크 중심에 있는데 유명한 쇼스콤 종마사육장과 조교장이 거기 있다는 정도밖에 모르네."

"그리고 그곳의 조교 주임이 존 메이슨이지. 내가 조교 주임을 안다고 놀랄 것 없네. 왓슨, 이 편지가 그 남자에게 온 편지일세. 하지만 쇼스콤에 대해 좀 더 말해주게. 들으면 들을수록 흥미로워지는 군."

"쇼스콤 스패니얼이라는 개가 있네. 개 박람회 어딜 가도 그 개의 이름을 들을 수 있지. 잉글랜드에서 가장 고급에 순종 혈통이지. 쇼스콤 저택 여주인의 자랑이 이만저만이 아니네."

"여주인이라면 로버트 노버턴의 부인인가?"

"로버트 노버턴은 한 번도 결혼한 적이 없네. 오히려 다행이지만 말일세. 미망인인 여동생 비어트리스 펠더와 함께 살고 있지."

"여동생이 오빠와 함께 사는 거 아닌가?"

"아닐세. 그곳은 여동생의 죽은 남편 제임스의 집이었고. 노버턴에게는 아무런 권리도 없네. 현재 1대에 한정된 권리로 땅의 소유권이 여동생 남편의 형제들에게 돌아가게 돼 있거든. 그때까지 미망인인 여동생이 해마다 임대료를 받고 있는 걸세."

"그러면 오빠 로버트가 임대료를 다 써버리는 거 아닌가?"

"아마 거의 그럴 걸세. 형편없는 녀석이군... 그래서 여동생의 생활도 안정적이지 않을 걸세. 그럼에도 불구하고 오빠를 잘 돌봐주고 있다는 소문이네. 헌데 쇼스콤에 무슨 일이라도 일어났나?"

"으음, 나도 그걸 알고 싶네. 아무래도 우리에게 그걸 가르쳐 줄 사람이 온 것 같군."

문이 열리고 급사가 큰 키에 수염을 말끔히 깎은 남자를 안내했다. 말과 하인들에게 명령을 내리는 사람들에게서만 볼 수 있는 단호하고 엄한 인상이었다. 존 메이슨 씨 밑에는 말과 하인들이 많았다. 그 일을 소화할만한 능력이 있어 보였다. 손님은 차분하게 인사를 하고 홈즈가 권하는 의자에 자리를 잡았다.

"홈즈 씨, 제가 보낸 편지를 읽어보셨나요?"

"네, 하지만 그것만으로는 아무 것도."

"아주 예민한 문제라 편지에 자세한 내용은 쓸 수 없었습니다. 아주 복잡하기도 하고요. 찾아뵙고 말씀드리려고 했습니다."

"뭐든 좋으니 말씀해 보시죠."

"홈즈 씨, 미리 말씀드리는데, 제 고용주인 로버트 씨는 머리가 이상해진 것 같습니다."

홈즈의 눈 꼬리가 치켜 올렸다. "여기는 베이커 가지 할리 가(런던의 일류 전문의들이 모여 있는 곳)가 아닙니다. 왜 그런 말씀을?"

"그게 말이죠, 이상한 행동이 하나둘 정도라면 아무 걱정도 하지 않을 겁니다. 하지만 모든 말이나 행동이 이상하다면 의심하지 않을 수 없죠. 아마 쇼스콤 프린스와 경마 때문에 정신이 어떻게 된 것 같습니다."

"당신이 돌보고 있는 말인가요?"

"잉글랜드 최고의 말입니다. 홈즈 씨, 그 누구보다도 제가 잘 압니다. 이제 모든 걸 말씀드리겠습니다. 선생님은 훌륭한 신사분이니 비밀이 새나갈 일이 없을 테니까요. 로버트 씨는 이번 경마에서 반드시 이기지 않으면 안 됩니다. 빚을 청산할 수 있는 마지막 기회니까요. 가능한 수단 방법을 다 동원해 돈을 긁어모아 이 말에 걸었습니다. 배당률도 장난이 아닙니다! 지금은 40배지만 그분이 처음에 걸었을 때는 거의 100배였습니다."

"하지만 그렇게 훌륭한 말이 왜 그렇게 배당률이 높죠?"

"얼마나 훌륭한 말인지 사람들은 잘 모릅니다. 로버트 씨는 기가 막힌 방법으로 사람들의 눈을 속였습니다. 지금까지 경주에서 프린스의 이복형제 말을 출주시켜 왔던 거죠. 두 마리는 겉으로 봐선 절대 구별을 할 수 없습니다. 헌데 두 마리를 함께 달리게 하면 1펄롱에 말 두 마리 분의 차이가 납니다. 로버트 씨 머릿속에는 이 말과 이번 레이스뿐입니다. 인생의 모든 걸 걸었습니다. 아직까지는 고리대금업자가 닦달을 하고 있지 않습니다. 만약 프린스가 이기지 못 한다면 모든 게 끝장입니다."

"상당히 위험한 도박 같기는 하지만 머리가 이상하다는 것과 무슨 관계죠?"

"그저 보기만 해도 알 수 있을 정도입니다. 아마 밤에도 자지 않는 것 같습니다. 매일 하루 종일 마방에 계시니까요. 눈매도 이상하고요. 정신적으로 한계에 달한 것 같습니다. 게다가 동생 분을 대하는 태도까지!"

"오오! 어떤 식이죠?"

"두 분은 아주 친구처럼 사이좋은 오누이였습니다. 두 분 다 취향이 비슷했는데 비어트리스 부인도 오빠에 지지 않을 정도로 말을 좋아하셨죠. 매일 정해진 시간에 마차로 말을 보러 오셨습니다. 게다가 그 어떤 말보다 프린스를 맘에 들어 하셨죠. 매일 아침마다 프린스도 자갈길을 달려오는 마차 소리를 들으면 귀를 쫑긋 세우고 마차로 다가가 각설탕을 받아먹었습니다. 하지만 지금은 그것도 끝났습니다."

"어째서요?"

"비어트리스 부인이 말에 대한 관심이 완전히 시들어버렸기 때문이죠. 최근 일주일 동안은 마방을 지나면서도 '안녕'이란 인사한 마디도 없습니다."

"다투었다고 생각하시는 군요?"

"그냥 다툰 정도가 아닙니다. 아주 크게 싸운 것 같습니다. 그렇지 않고서야 비어트리스 부인이 친자식처럼 예뻐하는 스패니얼 애견을 오빠 맘대로 남에게 줘버릴 리가 없지 않습니까? 로버트 씨는 며칠 전에 3마일 정도 떨어진 크렌달에서 그린 드래곤이라는 숙박업을 하는 반스 영감에게 개를 줘버렸습니다."

"정말 이상하군."

"비어트리스 부인은 심장이 좋지 않은데다 수종을 앓고 있어 함께 다니기 힘들어서, 이전까지는 오빠가 매일 밤 동생 방으로 찾아가 두 시간 정도 함께 했습니다. 부인에게 있어서 오빠는 몇 안 되는 친구 중에 한 명이기도 합니다. 하지만 그것도 끝입니다. 동생 근처에도 가지 않게 됐습니다. 비어트리스 부인은 그 때문에 마음의 병이 든 것 같습니다. 혼자 시무룩하게 생각에 잠기거나 술을 퍼붓듯 마시기만 합니다."

"이렇게 사이가 나빠지기 전에도 술을 드셨나요?"

"네, 한 잔 정도는 마셨지만 지금은 하룻밤 새 한 병을 다 마시는 일도 흔합니다. 스티븐스 집사가 얘기해 주더군요. 홈즈 씨, 성격이 완전히 바뀌어 버렸어요. 왠지 느낌이 좋지 않아요. 하지만 이게 다가 아닙니다. 로버트 씨는 한밤중에 낡은 교회의 납골당에 찾아가 뭐하시는 걸까요? 거기서 만난 남자는 누굴까요?"

홈즈는 두 손을 비볐다.

"메이슨 씨, 계속하시죠. 점점 흥미로워지는 군요."

"로버트 씨가 몰래 나가는 걸 처음 발견한 건 집사였습니다. 한밤중인 11시, 엄청나게 비가 퍼붓는 날이었습니다. 그래서 다음 날 밤 제가 집으로 가보니 그날도 역시 외출을 했습니다. 집사와 저는 숨을 죽이고 뒤를 쫓았습니다. 들키는 날엔 어떻게 될지 뻔하니까요. 로버트 씨는 화가 나면 상대가 누구 건 간에 주먹이 먼저 날아가는 분입니다. 그래서 들키지 않게 적당한 거리를 두고 몰래 쫓아갔습니다. 도착한 곳은 귀신이 나온다는 납골당인데 한 남자가 기다리고 있었습니다."

"귀신이 나오는 납골당이란 게 무슨 뜻이죠?" "정원 한 가운데 버려진 낡은 예배당이 있습니다. 너무 오래돼서 언제부터 거기 있었는지 아는 사람이 한 명도 없습니다. 그 예배당 지하가 섬뜩한 소문이 나있는 납골당입니다. 한 낮에도 컴컴하고 습해서 사람들이 가지 않는 곳입니다. 하지만 로버트 씨는 겁이 없는 분입니다. 무언가를 무서워하는 걸 본 적이 한 번도 없습니다. 헌데 한밤중에 그런데서 뭘 하고 계셨던 걸까요?"

"잠깐만요! 한 명이 더 있었다고 했죠? 마방 사람이나, 저택의 하인 중 한 명이겠죠. 누군지 확인하고 그 사람에게 이유를 물어보면 그만 아닌가요?"

"모르는 사람입니다."

"어떻게 알죠?"

"지금 말씀드린 두 번째 날 밤 얼굴을 봤습니다. 로버트 씨가 한 바퀴 돌더니 저희 앞을 지나갔습니다. 그날 밤은 달빛이 비추고 있어 우리는 마치 토끼처럼 나무덤불에 숨어서 떨고 있었습니다. 그런데 뒤에서 다른 발자국 소리가 들려왔습니다. 그 남자는 전혀 무섭지 않았습니다. 그래서 로버트 씨의 모습이 보이지 않게 되자, 달밤에 산책을 하다 우연히 만난 듯이 남자 앞에 나섰습니다.

'거기, 누구시죠?' 하고 말을 걸었습니다. 우리 발자국 소리를 못 들었는지 어깨 너머로 고개를 돌렸는데 마치 귀신이라도 본 듯 놀란 얼굴이었습니다. 순식간에 비명을 지르며 어둠 속으로 도망쳐 버렸습니다. 완전히 걸음아 나살려라 하고 도망쳤습니다. 순식간에 모습이 사라지더니 발자국 소리도 들리지 않게 됐습니다. 그게 누군지, 어떤 사람인지, 전혀 알 수 없었습니다."

"하지만 달빛으로 얼굴은 확실하게 확인했죠?"

"네, 틀림없이 누런 피부였습니다. 도둑고양이 같은 놈! 로버트 씨와는 대체 무슨 관계가 있는 건지."

홈즈는 앉은 채 한동안 생각에 잠겼다.

"누가 비어트리스 팰더 부인의 시중을 들죠?" 라고 물었다.

"캐리 에번스라는 시녀입니다. 5년째 부인의 시중을 들고 있습니다."

"그렇다면 꽤 충실한가 보죠?"

메이슨 씨는 곤란한 표정을 지으며 대답했다.

"충실하죠. 하지만 누구에게나 그런 건 아닙니다."

"허어!" 홈즈가 말했다.

"집안의 허물을 제 입으로 말씀드리기가 곤란합니다."

"메이슨 씨, 잘 알겠습니다. 더 이상 말씀 안하셔도 무슨 뜻인지 알겠습니다. 왓슨 박사 말을 들어보니 로버트 씨가 주변 여자들을 가만 두지 않는다고 하더니 아마 그 일로 남매지간의 사이가 안 좋아진 게 아닐까요?"

"으음, 그 소문이 퍼진지는 꽤 오래 전 일입니다."

"하지만 동생 분은 몰랐을 수도 있습니다. 최근에 그 사실을 알고 그 시녀를 내보내려고 하자 오빠가 반대했을지도 모르죠. 심장병으로 몸이 허약해 거동이 불편하자 부인 맘대로 할 수 없었을 겁니다. 정나미가 떨어진 하녀를 곁에 둔 채로요. 결국 비어트리스 부인은 입을 다물고 술에 빠지게 됐고, 화가 난 로버트 씨가 동생 분의 애견을 남에게 줘버린 게 아닐까요?"

"그런 것 같습니다. 현재로서는."

"아마 맞을 겁니다. 하지만 밤마다 납골당을 찾아가는 이유는 뭘까요? 그 이유를 알 수 없군요."

"그것도 그렇고 더 이해가 안 가는 일도 있습니다. 어째서 로버트 씨가 시체를 파내는 걸까요?"

홈즈는 자신도 모르게 몸을 앞으로 내밀었다.

"그걸 안 게 바로 어제였습니다. 편지를 보낸 다음입니다. 로버트 씨가 런던으로 볼일을 보러 가서 스티븐슨과 저는 납골당 아래로 내려가 봤습니다. 별다른 점은 없었지만 한쪽 구석에 시신이 놓여 있었습니다."

"경찰에는 알렸나요?"

손님은 허탈한 웃음을 지었다.

"아니오, 경찰이 관심도 가지지 않을 겁니다. 그저 해골과 뼈 조각 몇 개가 고작이니까요. 한 천 년쯤은 돼 보였습니다. 하지만 그전에는 그런 게 없었습니다. 틀림없는 사실이고 스티븐슨도 그렇게 증언해줄 겁니다. 한 쪽 구석에 나무판자로 가려 놨는데 이전에는 그런 게 없었습니다."

"그걸 어떻게 했나요?"

"허어, 그냥 그대로 둬야지 어떡하겠습니까?"

"다행입니다. 오늘 로버트 씨는 외출 중이라고 했는데, 혹시 벌써 돌아왔을까요?"

"오늘 돌아오실 예정입니다."

"로버트 씨가 동생 분의 애견을 남에게 준 게 언제죠?"

"딱 1주일 전입니다. 녀석은 오래된 우물 앞에서 짖어대고 있었는데, 그 날 아침 로버트 씨는 언제나처럼 짜증스러워 했습니다. 개의 목덜미를 잡아들길래 그대로 죽이는 게 아닐까 걱정했습니다. 그러더니 로버트 씨는 기수 샌디 베인에게 개를 넘겨주고 두 번 다시 보고 싶지 않으니 〈그린 드래곤〉의 반즈 영감에게 갖다 줘 버리라고 했습니다."

홈즈는 한동안 잠자코 생각에 잠겼다. 가장 낡고 오래된 파이프에 불을 붙였다.

"메이슨 씨, 아직 확실하지는 않지만 이 건에 대해 제가 어떻게 해주길 바라는지 확실히 말해주지 않겠습니까?"

홈즈가 입을 열자 손님은 주머니에서 종이 꾸러미를 꺼내 보였다.

"홈즈 씨, 이걸 보시면 확실하지 않을까요?"

종이 꾸러미에는 검게 그을린 뼈 조각이 있었다. 홈즈가 그걸 흥미롭다는 듯 조사했다.

"어디서 이걸?"

"비어트리스 부인 방 지하실에 중앙난방 난로가 있습니다. 한동 안 사용하지 않았는데 로버트 씨가 춥다고 하셔서 다시 쓰기 시작 했습니다. 이 뼈를 발견한 건 제 밑에 있는 하비라는 친구입니다. 오늘 아침 잿더미를 긁어내다 발견해서 제게 가져 왔습니다. 왠지 꺼림칙하다면서요."

"제가 봐도 꺼림칙하군요. 왓슨, 자네 생각엔 어떤가?"

검게 탔지만 해부학적인 특징은 분명했다.

"사람의 대퇴골 상부 관절구일세."

홈즈는 아주 심각한 얼굴로 변했다.

"맞아! 헌데 그 젊은이는 대략 언제 쯤 그 난로에 가죠?"

"매일 밤, 불을 지펴놓고 나옵니다."

"그렇다면 밤사이 누군가 들어왔을 수도 있겠군요?"

"그렇습니다."

"그 지하실을 밖에서도 들어갈 수 있나요?"

"밖에서 들어 갈 수 있는 문이 하나 있고, 비어트리스 부인 방이 있는 복도로 연결된 출입문이 있습니다.""메이슨 씨, 상당히 까다 로운 사건이군요. 비밀이 많아 방향을 종잡을 수 없군요. 어젯밤 로버트 씨는 집에 안 계셨다고 했죠?""그렇습니다."

"그렇다면 누구 뼈를 태웠는지 모르지만 로버트 씨는 아니란 말 인데."

"그렇습니다."

"그 숙박업소 이름이 뭐라고 했죠?"

"〈그린 드래곤〉입니다."

"버크셔 주변이라면 괜찮은 낚시터가 있지 않았나?"

정직한 조교사의 얼굴에 그렇지 않아도 걱정이 태산인데 또 한 명 미치광이가 자신의 인생에 끼어든 게 아닌가 하는 표정이 역력했다.

"그렇습니다. 물레방아 수로에서는 송어가 잡히고, 홀 저수지에서는 농어가 잡힌다고 합니다."

"좋습니다. 왓슨과 나는 낚시 광입니다. 안 그런가, 왓슨? 앞으로 우리는 〈그린 드래곤〉에 가 있을 생각입니다. 오늘 저녁부터 가 있을 겁니다. 두말할 필요 없지만 일부러 찾아오실 필요는 없습니다. 편지로 연통을 하면 될 거고 필요하다면 저희가 찾아갈 겁니다. 사건에 대해 좀 더 조사해보고 생각한 다음 제 의견을 알려드리죠."

이렇게 5월의 화창한 오후 홈즈와 나는 우리 둘밖에 타지 않은 1등석 열차로 쇼스콤의 작은(요구가 있을 때만 정차하는 역) 역을 향해 출발했다. 머리 위 선반에 잔뜩 올려 져 있는 건 낚시 대, 릴, 바구니였다. 목적지 역에 도착해 마차로 잠시 덜컹거리며 가자 낡은 여관에 도착했다. 도착하자마자 물고기를 잡을 계획을 장황하게 늘어놓자, 낚시 광인 여관 주인 조사이어 반즈가 우리 이야기에 끼어들었다.

"홀 저수지는 어떻소, 농어가 좀 잡히나요?" 홈즈가 물었다.

여관주인이 얼굴을 찌푸렸다.

"선생, 그건 쉽지 않을 겁니다. 잘못하다간 낚시는 커녕 물에 빠지기 십상입니다."

"무슨 뜻이죠?"

"로버트 씨 때문이죠. 염탐꾼들 때문에 경계가 삼엄합니다. 못 보던 사람이 마방 가까이에 나타나면 분명히 쫓아내려 할 겁니다. 아주 철저한 성격이니까요."

"그러고 보니 이번 경마에 출전시킬 마주라는 소린 들었소만."

"그래요, 아주 훌륭한 말이죠. 우리도 그 레이스를 위해 있는 돈을 다 긁어모았고, 로버트 씨는 모든 걸 다 걸었죠. 헌데 두 분은 설마 경마 관계자가 아니겠지요?" 의심의 눈초리로 우리를 바라봤다.

"천만에요. 버크셔의 맑은 공기를 마시고 싶어 찾아온 런던의 평범한 시민들입니다."

"그렇다면 이곳이 안성맞춤이죠. 공기 하나만큼은 끝내주죠. 하지만 지금 말한 것처럼 로버트 씨는 주의하세요. 말보다 손이 먼저 나가는 사람이니까요. 집이나 마방 근처에는 얼씬도 하지 않는 게 좋습니다."

"반즈 씨, 잘 알겠습니다. 가까이 가지 않도록 주의하죠. 헌데 아주 멋진 스패니얼 개가 있더군요. 홀에서 낑낑거리던 개 말입니다."

"당연하죠. 잡종이 아니라 완벽한 쇼스콤 스패니얼 순종이니까요. 그렇게 훌륭한 개는 잉글랜드에서 찾아 볼 수 없을 겁니다."

"저도 개를 아주 좋아하죠. 언짢게 생각할지 모르지만 저 정도의 개라면 값이 얼마나 할까요?"

"우리가 상상도 할 수 없을 정도입니다. 선생, 저 개를 주신 게 바로 로버트 씨죠. 그래서 줄을 매어 놓은 겁니다. 풀어 놓으면 순식간에 원래 주인에게 달려갈 테니까요."

주인이 자리를 뜨자 홈즈가 입을 열었다. "왓슨, 아귀가 맞아 가는군. 쉬운 게임은 아니지만 하루 이틀 사이에 방향이 결정되겠지. 헌데 로버트는 아직 런던에 있는 것 같네. 잘하면 오늘 밤 그 납골당에 들어가도 괜찮을 것 같네. 한두 가지 확인해 볼 게 있거든."

"홈즈, 벌써 뭔가 가설을 세웠나?"

"하나뿐이지만. 일주일 전 쯤에 쇼스콤 저택의 일상이 뿌리 채 흔들릴 정도의 사건이 일어났지. 그게 과연 뭘까? 그로인해 발생된 여러 가지 일들에 대해 하나하나 조사하는 수밖에 없네. 비정상적으로 여러 가지 복잡한 일들이 벌어진 듯 보이네. 하지만 오히려 그런 것들이 사건 해결에 도움이 될 걸세. 해결하기 힘든 사건일수록 아무런 변화도 일어나지 않으니까.

우선 알고 있는 것부터 차근차근 정리해 나가세. 오빠는 사랑하는 여동생의 방을 찾지 않게 됐네. 오빠가 동생이 아끼는 개를 남에게 줘 버렸고. 기르던 개를 말이지. 왓슨, 이 점에서 뭔가 떠오르는 게 없나?"

"심술궂다는 것밖에."

"음, 그럴 수도 있지. 혹은⋯ 어쩌면 다른 이유때문일수도 있지. 남매지간에 진짜 싸움을 했다고 가정하고 싸움이 시작됐던 때부터 다시 한 번 생각해 보세. 부인은 방안에 틀어박힌 채 이전과 전혀 다른 사람이 돼 시종과 마차로 외출할 때 이외에는 모습을 볼 수 없게 됐네. 마방에 들러 귀여워하던 말을 보지도 않고 술에만 빠져 있는 것 같네. 뭐 대충 이 정도인가?"

"납골당을 빼면 말이지."

"그건 따로 생각하는 게 좋네. 선이 두 개인데 꼬이지 않는 게 좋아. 첫 번째는 비어트리스 부인에 관한 건데 왠지 불길한 느낌이 들지 않나?"

"그런가?"

"그건 그렇다고 치고, 두 번째는 로버트에 관한 걸세. 로버트는 이번 경마에서 필사적으로 이기려 하고 있어. 고리대금으로 언제 어떻게 전 재산이 경매로 넘어가고 마방이 차압당하게 될지 모르네. 궁지에 몰려 숨이 막힐 지경이지. 수입은 동생에게 의지하고 있고, 동생의 시종을 꼭두각시처럼 움직일 수 있어. 여기까지는 의심할 여지가 없네, 그렇지 않은가?"

"하지만 납골당은?"

"맞아, 그거야! 납골당! 왓슨, 좀 흉측한 가정이지만 혹시 로버트가 동생을 죽였다면 어떨까?"

"홈즈, 그건 너무 심하지 않나."

"로버트는 명망 높은 가문 출신인데 비약이 좀 심했나? 하지만 백로 틈에 까마귀가 날아드는 일도 종종 있으니까. 잠시 이 가정 하에 논의해 보세. 로버트는 돈을 따기 전까지 이 나라를 벗어날 수 없고, 돈을 손에 쥘 수 있는 방법은 쇼스콤 프린스로 한몫 챙기는 수밖에 없네. 따라서 지금 당장 쇼스콤 저택을 벗어날 수도 없지. 그러기 위해서는 동생의 시신을 처리하지 않으면 안 되고, 동생 대역도 필요했겠지. 시종을 꼭두각시로 움직일 수 있으니 불가능한 일도 아니지. 여동생 시신을 그 납골당으로 옮겼을지도 모르네. 그곳에는 사람들이 거의 가지 않으니까. 그리고 한 밤중에 저택 지하 난로에서 몰래 처리했지만 우리가 본 것처럼 증거가 남게 된 거지. 왓슨, 어떤가?"

"음, 터무니없는 가설이지만 가능한 이야기군."

"왓슨, 이 사건을 확실하게 하기 위해서 내일 한 가지 실험을 해 보세. 그때까지 우리는 그냥 낚시꾼 행세를 하면서 주인과 술이나 마시며 장어나 황어 이야기로 분위기를 띄워보세. 주인의 환심을 사는 데는 그게 제일이지. 그러다보면 이 지역의 필요한 정보를 캐낼 수도 있으니까."

아침이 되자 농어용 루어를 챙기지 않은 걸 깨닫고 그 날 낚시는 포기한 채 11시 경 산책을 나섰다. 홈즈는 스패니얼 개를 데리고 가도 좋다는 허락을 받아냈다.

우리는 꼭대기에 문장으로도 이용되는 그리핀이 장식 돼 있는 정원 문 앞에 도착했다.

"여길세. 번스 씨의 말에 의하면 정오경에 비어트리스 부인이 마차로 외출 한다고 하네. 문이 열리는 동안 마차는 속도를 줄이게 돼 있지. 왓슨, 마차가 속도를 내기 전에 어떻게 해서든 마차를 멈추게 하지 않으면 안 되네. 나는 호랑가시나무 덤불 뒤에 숨어서 살펴보고 있겠네."

그리 오래 기다릴 필요가 없었다. 15분도 채 되지 않아 덮개를 접은 노란색 사륜마차가 점박이 말 두 마리에 이끌려 가로수 길을 달려오고 있었다. 홈즈는 개와 함께 나무 덤불 속에 숨어 있었다. 나는 단장을 돌리며 길가에 여유롭게 서있었다. 문지기가 달려 나와 재빨리 문을 열었다. 마차가 속도를 늦추자 타고 있는 사람들을 자세히 살펴볼 수 있었다. 짙은 화장을 한 황갈색 머리의 젊은 여성이 건방진 눈매로 왼편에 앉아 있었다. 오른편에는 등이 굽어 그야말로 환자처럼 보이는 여성이 얼굴부터 어깨에 걸쳐 숄을 두른 채 앉아 있었다. 말이 문을 나서는 순간 나는 천천히 손을 들었다. 마부가 고삐를 당기고 마차를 세우자 로버트 씨가 집에 계시냐고 물었다.

바로 그 순간 홈즈가 스패니얼을 풀어 놓았다. 개는 기뻐 날 뛰듯 짖어대며 마차로 다가가 뛰어 올랐다. 꼬리를 살랑거리던 개가 순식간에 으르렁대더니 검은 스커트를 덥석 물었다.

"빨리! 마차를 출발시켜!" 귀에 거슬리는 외침. 마부가 채찍질을 하자 우리는 길바닥에 남겨져 버렸다.

"왓슨, 됐네." 홈즈는 흥분해 있는 개의 목줄을 채웠다.

"이 개가 주인으로 생각하고 뛰어갔는데 가까이 가보니 모르는 사람이었네. 개가 틀릴 리 없지."

"헌데, 남자 목소리였어!" 내가 소리쳤다.

"맞아! 왓슨, 퍼즐 조각 하나를 더 찾아냈네. 하지만 아직 방심은 금물이야."

홈즈는 더 이상 조사를 하지 않고 물레방아 수로에 앉아 낚시 줄을 드리우고 우리의 저녁식탁에 오를 송어를 잡아 올리는 성과를 올렸다. 홈즈가 다시 움직이기 시작한 건 그날 저녁 식사를 마친 뒤였다. 우리는 또 다시 아침에 갔던 정원 문으로 이어진 길을 걷고 있었다. 큰 키의 그림자가 우리를 기다리고 있었다. 런던에서 만난 조교사 존슨이었다.

"안녕하십니까. 홈즈 씨, 편지 잘 받았습니다. 로버트 씨는 아직 돌아오시지 않았지만 오늘 밤 돌아오실 예정이라고 합니다."

"납골당은 저택에서 어느 정도 떨어져 있죠?"

"4분의 1마일 정도입니다."

"그렇다면 방해받을 염려는 없겠군요."

"홈즈 씨, 저는 시간을 낼 수 없어요. 로버트 시가 돌아오시면 곧장 저를 찾아와 쇼스콤 프린스의 상태를 물을 테니까요."

"알겠습니다. 그렇다면 함께 있기 곤란하겠군요. 메이슨 씨, 납골당까지만 안내해 주시고 돌아가셔도 괜찮습니다."

달이 뜨지 않은 컴컴한 밤이었지만 메이슨이 앞장서 초원을 지나자 눈앞에 검은 물체가 보였다. 낡은 예배당이었다. 낡아 무너져 내린 현관 건물 안의 처마 사이로 들어가자, 안내인은 쌓여 있는 돌무더기에 걸려 주춤거리며 건물 구석에 당도했다. 그곳에 납골당으로 내려가는 가파른 계단이 나타났다. 메이슨은 성냥을 켜 음침한 납골당을 비췄다. 음침하고 불길한 분위기가 풍겼다. 거칠게 다듬은 돌 벽이 낡아 무너져 내릴 것만 같았다. 한 쪽에 쌓아올린 납관과 석관이 아치 형태의 천장까지 닿았고 어둠속에 빨려 들어간 듯 그 끝이 보이지 않았다. 홈즈가 가져온 램프에 불을 붙이자 으스스한 지하실에 노랗고 선명한 한 줄기 빛이 관에 달린 이름표를 비췄다. 저세상까지 이승의 명예를 가져가려는 듯 오랜 역사를 자랑하는 명문가의 그리핀 문장이 새겨져 있는 관들이 많았다.

"메이슨 씨, 뼈가 있었다고 했죠? 돌아가시기 전에 보여 주시겠습니까?"

"이쪽 구석입니다." 조교사는 성큼성큼 걸어가 랜턴을 비추더니 아무 말도 하지 않고 멈춰 섰다. "없어."

홈즈는 허허 하며 웃으며 말했다. "그럴 줄 알았지. 아마 전에 보여 줬던 뼈를 태운 난로에서 재가 되어 사라져 버렸겠지요."

존 메이슨은 황당한 표정을 지었다. "하지만 대체 무슨 이유로 천 년 전에 죽은 사람의 뼈를 뭐 하러 태웠을까요?"

"그 해답을 여기서 찾으려고 하는 겁니다." 홈즈가 대답했다.

"조사하는데 시간이 오래 걸릴지 모르니 이제 돌아가셔도 됩니다. 아침까지는 해결될 것 같습니다."

존 메이슨이 떠나자 홈즈는 납골당 안을 천천히 조심스럽게 조사하기 시작했다. 한가운데 섹슨 시대 것으로 보이는 아주 낡은 관을 시작으로 노르만 족 휴고 가와 오도 가를 거쳐 18세기 윌리엄 팰더와 데니스 팰더까지. 한 시간쯤 지나자 홈즈는 늘어선 관들의 끝자락, 지하 납골당 입구 앞에 놓인 납 관 앞에 이르렀다. 만족스럽다는 듯 작은 탄성과 함께 두리번거리며 재빨리 움직였다. 결국 찾아낸 것이다. 확대경으로 무거운 뚜껑 끝부분을 열심히 조사하더니 주머니에서 작은 쇠 지렛대를 꺼내 관 뚜껑 틈 사이에 끼워 넣었다. 두 개의 고리만으로 고정돼 있는 뚜껑을 단숨에 열어 재끼려고 한다. 끼이익 소리와 함께 뚜껑이 열렸다. 헌데 고리가 풀리고 관 속이 들여다보이는 순간 생각지도 못 한 방해꾼이 들어왔다.

위층 예배당에서 발자국소리가 들리고 있었다. 거침없고 서두르는 발자국은 확실한 목적과 주변 상황을 잘 아는 사람의 것이다. 불빛이 계단을 타고 흘러내려오더니 잠시 후 고딕 풍 아치 사이로 불빛 주인이 나타났다. 엄청나게 거대한 몸집에 거친 태도의 남자였다. 손에 들고 있는 마방용 램프가 짙은 콧수염을 기른 사내다운 얼굴과 분노로 이글거리는 눈을 비추고 있었다. 그 눈이 지하 납골당 구석구석을 두리번거리더니 홈즈와 나를 잡아먹을 듯 노려보고 있었다.

"네놈들은 누구냐?" 목소리가 쩌렁쩌렁 울렸다.

"내 땅에서 뭐하는 거야?" 홈즈가 아무런 대답도 하지 않자 두세 걸음 앞으로 다가서며 묵직한 단장을 치켜들었다.

"내 말이 안 들리나? 뭐 하는 놈들이야? 여기서 뭘 하는 거지?" 단장이 윙윙거리며 허공을 갈랐다.

하지만 홈즈는 움츠리지 않고 앞으로 나서며 남자와 마주 했다.

"로버트 씨, 나야말로 묻고 싶은 게 있소." 엄중한 말투였다. "이게 누구죠? 이 사람은 여기서 뭘 하는 겁니까?"

뒤로 돌아 관 뚜껑을 열어 재꼈다. 램프 불빛에 머리에서 발끝까지 천으로 감싼 시체가 보였다. 마녀처럼 섬뜩한 얼굴. 코와 턱만 남은 얼굴이 삐져나와 있었고, 변색돼 뭉개진 얼굴, 썩어 흐릿해진 눈동자는 움직임이 없었다.

준남작은 외마디 비명을 지르며 비틀거리더니 석관에 몸을 기댔다.

"어떻게?" 이렇게 외치며 공격적인 말투를 다시 회복했다. "네놈들이 알 일이 아니야!"

"나는 셜록 홈즈라고 합니다. 혹시 들어본 적이 있는지 모르겠군요. 어쨌거나 다른 선량한 시민도 마찬가지겠지만 이유를 알고 싶소, 법을 지키기 위해. 제게 털어놓아야할 것들이 상당히 많을 거라고 생각합니다만."

로버트는 여전히 무서운 눈으로 노려봤지만 홈즈의 온화한 목소리와 차분하고 단호한 태도에 흔들리기 시작했다.

"홈즈 씨, 맹세코 양심의 가책을 받을 짓을 하지 않았소. 수상쩍다는 건 인정합니다. 하지만 이렇게 할 수 밖에 없었소."

"저도 그렇게 생각할 수 있다면 좋겠지만 변명은 경찰서에 가서 하는 게 좋을 것 같군요."

로버트는 넓은 어깨를 들썩했다.

"그렇게 생각하신다면 어쩔 수 없죠. 집으로 갑시다. 어떻게 된 사정인지는 홈즈 씨가 직접 판단해 주시오."

15분 후 우리는 저택의 한 방에 있었다. 유리 진열장 안에는 잘 손질된 총이 가득 진열돼 있는 걸로 봐서 이 저택의 총기고인 듯했다. 안락하게 잘 꾸며진 방에 우리를 남겨둔 채 로버트는 밖으로 나갔다. 그리고 두 사람을 데리고 돌아왔다. 한 명은 마차에 탔던 화려하게 치장한 젊은 여성. 또 한 명은 기분 나쁠 정도로 눈치를 살피는 쥐처럼 생긴 얼굴의 조그만 남자였다. 두 사람은 무슨 영문인지 모르겠다는 표정이었다. 준남작이 아직 정황을 설명하지 않은 것 같았다.

준남작이 한 손을 들어 소개했다. "이쪽은 놀렛 부부입니다. 놀렛 부인은 에번스라는 옛 성을 쓰면서 몇 년째 동생을 돌봐준 시종입니다. 이 두 사람을 데리고 온 건 모든 사실을 다 털어 놓는 게 좋다고 생각했기 때문입니다. 제 이야기를 증명해 줄 사람은 이 두 사람밖에 없으니까요."

"로버트 씨, 무슨 일이죠? 어떻게 하시려고 그럽니까, 잘 생각해 보셨어요?" 여자가 소리쳤다.

"저는 아무 책임이 없습니다." 라고 그녀의 남편이 말했다.

로버트가 남자를 경멸하는 시선으로 바라봤다. "모든 책임을 내가 지겠네. 홈즈 씨, 모든 걸 사실 그대로 털어놓겠소.

아무래도 저에 대해 많은 걸 알고 계시는 것 같군요. 그렇지 않고서야 그런데서 만날 리가 없겠죠. 이미 잘 알고 계시겠지만 저는

이번 경마에 감춰뒀던 명마를 출주시킬 생각이었고 그 레이스에
모든 게 달려있습니다. 이기면 모든 게 다 해결되고, 져버리면…
오오, 그런 일은 상상조차 할 수 없어!"

"마음은 충분히 이해합니다." 홈즈가 말했다.

"저는 여동생 비어트리스에게 모든 걸 의지하고 있었소. 그런데
모든 사람이 다 알고 있듯이 이 땅에 대한 여동생의 권리는 동생이
살아있는 동안뿐입니다. 제 숨통은 고리대금업자가 쥐고 있는 상
황이죠. 만약 여동생이 죽으면 고리대금업자들이 까마귀 떼처럼
몰려들 겁니다. 제가 가진 모든 것을 압류할 겁니다. 마방도, 말들
도, 전부 다. 홈즈 씨, 그런데 일주일 전에 여동생이 정말로 죽어버
렸습니다."

"그리고 아무에게도 알리지 않았죠!"

"어떡해야 좋았을까요? 눈앞이 깜깜했습니다. 만약 3주 만 기다
려 줬어도 다 잘됐을 겁니다. 시종의 남편, 바로 이 사람은 배우입
니다. 우리는… 저는 결심했습니다. 잠시 동안 이 친구가 여동생
역할을 대신해주면 된다고. 그것도 하루 한 번 마차로 외출하기만
하면 되는 거죠. 시종 이외의 사람은 여동생 방에 들어갈 일이 없
었으니까요. 전혀 어려운 일이 아니었죠. 동생은 오랜 지병인 수종
으로 죽었습니다."

"사인은 검시관이 판단하겠죠."

"동생의 주치의가 최근 수개월 간 위험한 상황이었단 걸 증명해
줄 겁니다."

"음, 다음은요?"

"시신을 방에 그대로 둘 수가 없었죠. 동생이 죽은 날 밤, 놀렛과 제가 지금은 쓰지 않는 낡은 우물 건물로 운반했습니다. 헌데 동생의 애견 스페니얼이 냄새를 맡고 우물을 향해 짖어 대서 좀 더 안전한 장소로 옮기기로 했습니다. 스페니얼을 쫓아버리고 그 예배당의 납골당으로 시신을 옮겼습니다. 부끄러운 일도, 수상한 짓도 절대 하지 않았습니다. 홈즈 씨, 죽은 여동생을 불경하게 대하진 않았소."

"로버트 씨, 당신이 하는 말은 전부 변명으로밖에 들리지 않는군요."

준남작은 화가 난 듯 고개를 흔들었다. "남의 일이라고 그렇게 말하지 마시오. 입장이 바뀌었다면 그렇게 말 할 수 없을 겁니다. 모든 희망, 모든 계획이 마지막 순간에 수포로 돌아가는 걸 그저 바라만 볼 수 없을 겁니다. 동생에게는 잠시 남편의 선조들이 잠들어 있는 신성한 장소의 관들 중 하나에 뉘어놓기로 했소. 편안히 잠들기에 나쁘지 않다고 생각했죠. 관 하나를 열어 그 안에 있던 유골을 꺼내고 이미 보신바와 같이 동생을 뉘었소. 관에서 꺼낸 오래된 유골은 계속 납골당에 놔둘 수가 없었습니다. 놀렛과 저는 유골을 모아 한밤중에 지하실로 내려가 난방용 난로에 태워버렸습니다. 홈즈 씨, 이게 답니다. 어떻게 이 사실을 알았는지 모르겠지만요."

홈즈는 앉아서 한동안 생각에 잠겼다.

"로버트 씨, 당신의 말 중에 잘 못 된 부분이 있습니다." 드디어 홈즈가 입을 열었다.

"비록 재산이 압류를 당하더라도 레이스, 다시 말해 장래의 희망은 사라지지 않았을 겁니다."

"그 말도 압류당할 재산 중에 하나입니다. 내가 레이스에 돈을 걸었건 말건 상관하지 않을 겁니다. 말은 출전도 하지 못 할 겁니다. 게다가 최고 채권자는 가장 껄끄러운 상대죠. 샘 브루어라는 지독한 녀석인데 제가 옛날에 뉴마켓 히스에서 놈을 채찍으로 때린 적이 있죠. 그런 상대가 인정을 베풀 거라고 생각하십니까?"

홈즈는 일어서며 말했다. "로버트 씨, 당연히 이 사건은 경찰에 맡기지 않으면 안 됩니다. 하지만 제 역할은 사실을 확실히 파악하는 것이니 여기서 손을 떼겠습니다. 당신이 하신 일에 대해 저는 도덕이나 품위가 어쩌고저쩌고할 입장이 아닙니다. 왓슨, 벌써 밤이 깊었으니 우리 숙소로 돌아가세."

이 괴이한 이야기가 로버트의 행동거지에 비하면 아까울 정도로 대단한 결말을 맞이했다는 건 모든 사람이 다 알고 있다. 쇼스콤 프린스가 레이스에서 승리해 엄청난 돈을 건 마주는 8000 파운드를 손에 넣었다. 레이스가 끝날 때까지 기다리던 채권자들에게 돈을 다 갚고도 로버트의 수중에는 생활에 전혀 지장이 없을 정도로 충분한 돈이 남았다. 경찰이나 검시관이나 사건을 관대하게 눈감아주고, 로버트가 비어트레스의 사망 신고가 늦은 것에 대해 가벼운 문책으로만 끝났다. 이 괴기스런 사건으로 인해 경력에 흠집을 내지 않아도 됐고, 이 사건을 계기로 명예를 훼손하지 않는 노후를 보내게 될 것이다.

■코난 도일 연보

1859년 스코틀랜드 에든버러 시의 피커디 플레이스에서 왕립 건설원 관리인이던 아버지 찰스와 어머니 메어리 사이에서 넷째로 태어남.

1871년 스토니 허스트에 있는 예수회 칼리지의 예비 학교인 호더 학원에서 삼 년간 수학한 뒤, 그 해에 칼리지에 입학.

1875년 가을에 스토니 허스트 학교 교장의 권유로 오스트리아의 페르트키르히 학교로 유학.

1876년 뛰어난 성적으로 페르트키르히를 졸업한 후 에든버러 대학 의과에 입학. 가계를 돕기 위해 의사의 조수로 일함. 은사였던 조셉 벨 교수는 독특한 유머와 날카로운 관찰력을 지닌 사람으로, 후에 홈즈의 모델이 됨.

1881년 대학을 졸업. 의사 자격증을 획득한 뒤 아프리카 서해안을 항해하는 화물선의 선의(船醫)로 승선.

1882년 포츠머스 시 교외에 위치한 사우스 시에서 병원을 개업.

1885년 의학 박사 학위를 획득. 8월 6일에 루이즈 호키스와 결혼.

1886년 전부터 동경해 오던 포와 가보리오의 영향으로 탐정 소설을 쓰기로 결심. 홈즈 시리즈 중 최초의 작품인 『진홍빛에 관한 연구』(장편)를 완성하지만, 출판사에서 출간을 원하지 않아 이듬해에 발표됨.

1889년 역사소설인 『마이커 클라크』가 출간되어 인기를 얻는다.

1891년 런던에서 안과 전문의로 개업했지만 뜻대로 되지 않자, 의사 생활을 접고 작가로 살아갈 것을 결심. 사우스 노드로 거주를 옮김. 『스트랜드』지에 홈즈 시리즈의 단편을 차례로 발표.

1892년 『스트랜드』지에 발표되었던 열두 개의 단편을 모아 『셜록 홈즈의 모험』이라는 단편집을 출간.

1893년 『스트랜드』지 12월호에 발표했던 「마지막 사건」을 끝으로 홈즈 시리즈를 마무리 지음.

1894년 두 번째 단편집인 『셜록 홈즈의 추억』을 출간.

1899년 보어 전쟁이 일어나자 군의관으로 남아프리카 전선에 종군.

1900년 애국적인 작품 『대 보어 전쟁』을 출간.

1902년 보어 전쟁이 끝남. 나이트 작위를 받음.

1903년 독자들의 요청으로 다시 홈즈 시리즈를 집필.

1905년 세 번째 단편집인『셜록 홈즈의 귀환』을 출간.

1906년 아내인 루이즈가 사망함.

1907년 9월18일에 제인 레키와 재혼. 서식스 주로 이주.

1912년 SF 소설『잃어버린 세계』를 출간.

1917년 『스트랜드』지에 단문『셜록 홈즈 씨의 성격에 대한 소고』를 발표. 네 번째 단편집인『셜록 홈즈의 마지막 인사』를 출간함.

1927년 다섯 번째 단편집인『셜록 홈즈의 사건집』을 출간.

1930년 7월 7일, 윈돌 섬의 자택에서 사망함.

아서 코난 도일 지음

1859년 영국의 에든버러에서 태어났다. 의과 대학을 졸업한 후, 병원을 개업했으며 소설도 함께 쓰기 시작했다. 1887년 『진홍빛에 관한 연구』를 시작으로 홈즈 시리즈를 발표했다. 1893년에 발표한 『마지막 사건』을 끝으로 홈즈 시리즈를 마무리 지으려 했지만 독자들의 요청으로 1903년부터 다시 집필을 시작할 만큼 발간 당시부터 선풍적인 인기를 얻었다. 홈즈 시리즈 외에도 애국적인 작품 『대 보어 전쟁』과 SF 소설인 『잃어버린 세계』 등의 작품을 집필했다.

박진배 옮김

ATI 학교 졸업. 동경종합사진전문학교 졸업. 일본TV, 동경TV 현지 코디네이터, 사진작가, 에이전트, 전문 번역가. 역서로는 『마음을 사로잡는 사람, 꿰뚫는 사람』, 『나를 당당하게 표현하는 화술』, 『부모와 자식의 뇌내 혁명』, 『사람들에게 호감받는 100가지 방법』 등이 있다.

박현석 옮김

목원대학교 국어국문학과 졸업. 번역 전문가, 에이전트.번역서로는 『마법의 언어』, 『어리석은 자의 철학』, 『유쾌한 표현술』, 『바보들은 항상 머리로 생각한다』, 『오만과 편견』 외 다수.

셜록홈즈 (프리미엄 단편 콜렉션 3)

2017년 08월 25일 1판 1쇄 인쇄
2018년 01월 20일 1판 2쇄 발행

펴낸곳 | 파주 북스
펴낸이 | 하명호
지은이 | 아서 코난 도일
옮긴이 | 박진배, 박현석
주　소 | 경기도 고양시 일산서구 대화동 2058-9호
전화 | (031)906-3426
팩스 | (031)906-3427
e-Mail | dhbooks96@hanmail.net
출판등록 제2013-000177호
ISBN 979-11-86558-15-7 (04840)
　　　979-11-86558-12-6 (세트)
값 10,000원